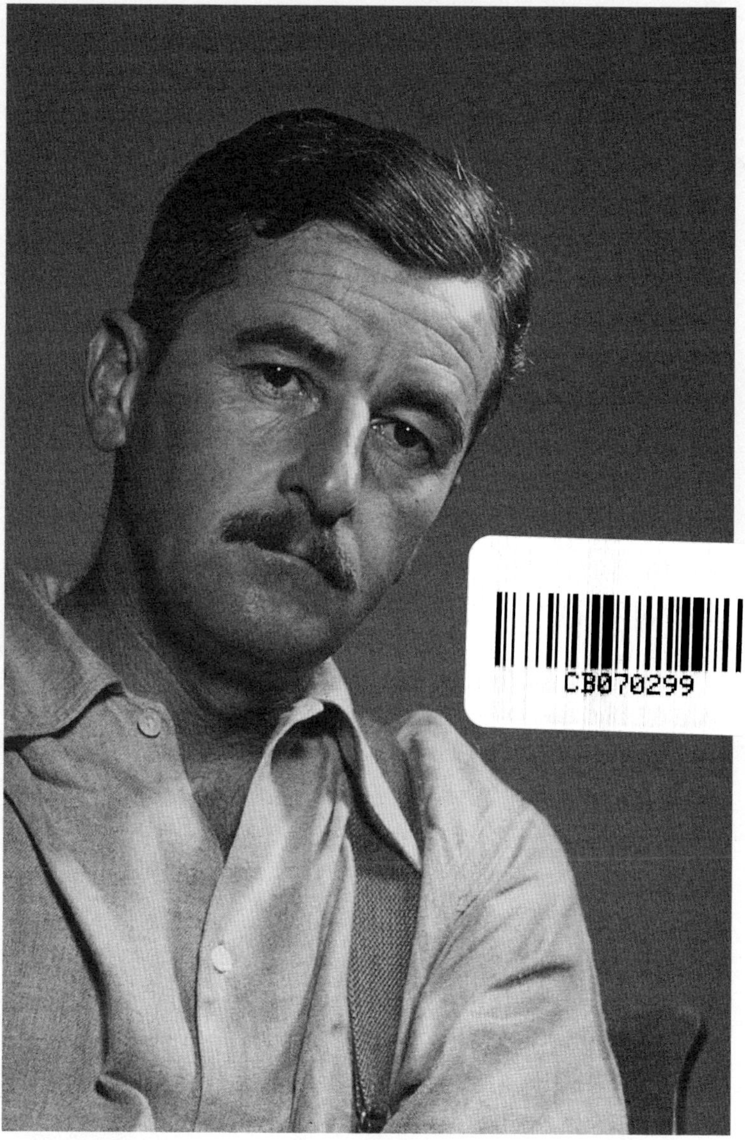

WILLIAM FAULKNER

Absalão, Absalão!

Tradução
Celso Mauro Paciornik
Julia Romeu

1ª reimpressão

PRÊMIO NOBEL
COMPANHIA DAS LETRAS

Copyright © 1936 by William Faulkner
Tradução publicada mediante acordo com a Random House, uma divisão da Penguin Random House LCC.

Grafia atualizada segundo o Acordo Ortográfico da Língua Portuguesa de 1990, que entrou em vigor no Brasil em 2009.

Título original
Absalom, Absalom!

Capa
Alceu Chiesorin Nunes

Foto de capa
Notes from Salalah, Note II, Cy Twombly, 2005-2007, acrílico sobre painel de madeira, 243,8 x 365,8 cm. © Cy Twombly Foundation, cortesia de Gagosian Gallery

Foto do Autor
© Eric Schaal/ The LIFE Images Collection/ Getty Images

Revisão
Carmen T. S. Costa
Isabel Cury

Dados Internacionais de Catalogação na Publicação (CIP)
(Câmara Brasileira do Livro, SP, Brasil)

> Faulkner, William, 1897-1962
> Absalão, Absalão! / William Faulkner ; tradução Celso Mauro Paciornik e Julia Romeu — 1ª ed. — São Paulo : Companhia das Letras, 2019.
>
> Título original: Absalom, Absalom!
> ISBN 978-85-359-3258-4
>
> 1. Ficção norte-americana I. Título.

19-27416 CDD-813

Índice para catálogo sistemático:
1. Ficção : Literatura norte-americana   813

Maria Paula C. Riyuzo – Bibliotecária – CRB-8/7639

Todos os direitos desta edição reservados à
EDITORA SCHWARCZ S.A.
Rua Bandeira Paulista, 702, cj. 32
04532-002 — São Paulo — SP
Telefone: (11) 3707-3500
www.companhiadasletras.com.br
www.blogdacompanhia.com.br
facebook.com/companhiadasletras
instagram.com/companhiadasletras
twitter.com/cialetras

ABSALÃO, ABSALÃO!

I

De um pouco depois das duas da tarde até quase o sol se pôr na longa, calma, quente, maçante e ociosa tarde de setembro, eles permaneceram sentados no que a srta. Coldfield ainda chamava de escritório porque assim o tinha chamado seu pai — um quarto escuro, quente e abafado, com todas as venezianas fechadas e trancadas havia quarenta e três verões porque quando ela era menina alguém acreditara que luz e ar corrente traziam calor e que no escuro era sempre mais fresco, um cômodo que (à medida que o sol batia com mais e mais força naquele lado da casa) ficava rajado de talhos amarelos repletos de grãos de poeira que, para Quentin, pareciam as lascas da própria tinta velha e seca, soltas das venezianas descamadas como se o vento as tivesse soprado para dentro. Havia uma trepadeira de glicínias florindo pela segunda vez naquele verão numa treliça de madeira em frente a uma janela na qual pardais surgiam de vez em quando em rajadas impetuosas, fazendo um barulho seco, vívido e empoeirado antes de sair voando: e, diante de Quentin, a srta. Coldfield no luto eterno que vestia havia quarenta e três anos, se por irmã, pai ou não-marido ninguém sabia, sentada tão empertigada na cadeira dura e reta que de tão alta para ela deixava suas pernas penderem verticais e rígidas como se tivessem tíbias e tornozelos de ferro, sem tocar o chão com aquela aparência de raiva estática e impotente como os pés de uma criança, e falando naquela voz soturna, exausta e atônita até que, por fim, o ouvir renunciaria e o sentido da audição se confundiria e o objeto havia muito enterrado de sua frustração impotente mas indômita emergiria como se evocado por ultrajada recapitulação, sereno, distraído e inofensivo, saído do paciente e onírico e vitorioso pó.

Sua voz não cessava, se desvanecia apenas. Havia a escuridão baça cheirando a defunto, adoçada e superadoçada pela glicínia que floria pela segunda vez contra a parede externa, pelo sol inclemente e sereno de setembro, destilada e hiperdestilada, na qual penetrava de vez em quando o farfalhar forte e confuso dos pardais como uma vareta de madeira fina estalada por um menino à toa, e o cheiro rançoso de carne velha de mulher havia muito resguardada na virgindade, enquanto o rosto descorado e exausto o fitava sobre o triângulo pálido de rendas em punhos e garganta da cadeira alta demais onde ela parecia uma criança crucificada; e a voz não cessando mas desvanecendo para dentro e para fora dos longos intervalos como um regato, um filete correndo de banco a banco de areia seca, e o fantasma cismando com sombria docilidade como se fosse a voz que ele assombrava, enquanto outro mais afortunado teria uma casa. De um silencioso trovão ele irromperia (homem-cavalo-demônio) numa cena pacata e decorosa como uma aquarela premiada na escola, um vago cheiro de enxofre ainda nos cabelos, roupas e barba, e, agrupado atrás dele, seu bando de pretos selvagens, como feras meio domadas para andarem eretas como homens, com ares selvagens e tranquilos e, algemado entre eles, o arquiteto francês com sua aparência triste, exausta e esfarrapada. Imóvel, barbado e com a palma da mão erguida estava o cavaleiro; atrás dele, os negros selvagens e o arquiteto cativo se ajuntavam em silêncio, carregando em incruento paradoxo as pás e picaretas e machados de uma conquista pacífica. Então, no longo desassombro Quentin pensou que estava vendo-os invadir abruptamente as cem milhas quadradas de terra calma e atônita e arrancar violentamente casa e jardins simétricos do Nada silencioso e deitá-los como se fossem cartas de baralho sobre uma mesa diante daquele de palma erguida, o imóvel e pontifical, criando a Centena de Sutpen, o *Faça-se a Centena de Sutpen* como o ancestral *Faça-se a Luz*. Então a audição se conciliava e ele agora parecia ouvir dois Quentins diferentes — o Quentin Compson que se preparava para Harvard no Sul, o Sul profundo morto desde 1865 e habitado por fantasmas prolixos, ultrajados, desnorteados, ouvindo, tendo que ouvir um dos fantasmas, que havia mais tempo ainda que a maioria se recusava a descansar, contar-lhe sobre velhos tempos fantasmagóricos; e o Quentin Compson que ainda era jovem demais para merecer ser um fantasma, mas tendo que sê-lo por tudo aquilo, pois nascera e fora criado no Sul profundo feito ela — os dois Quentins diferentes falando agora um com o outro no longo silêncio de não-pessoas em não-língua, assim: *Parece que esse demônio* — *seu nome era Sutpen* — (*coronel Sutpen*) — *coronel Sutpen. Que veio do nada e sem aviso para esta terra com um bando de pretos estranhos e construiu uma fazenda* — (*abriu violentamente uma fazenda, diz a srta. Rosa Coldfield*) — *violentamente. E casou-se com a irmã dela, Ellen, e gerou um filho e uma filha que* — (*Sem carinho gerou, diz a srta. Rosa Coldfield*) — *sem carinho. Que deveriam ter sido as joias de seu orgulho e o abrigo e conforto de sua velhice, só que* — (*Só que eles o destruíram ou algo assim ou ele os destruiu ou algo assim. E morreram*) — *e morreram. Sem pesar, diz a srta. Rosa Cold-*

field — (*Exceto dela*) Sim, exceto dela. (*E de Quentin Compson*) Sim. *E de Quentin Compson.*

"Porque você vai embora para cursar a universidade em Harvard, foi o que me contaram", disse a srta. Coldfield. "Por isso eu imagino que nunca voltará para cá para se estabelecer como um advogado rural numa cidadezinha como Jefferson, uma vez que o povo do Norte já cuidou de deixar pouca coisa no Sul para um jovem. Por isso, talvez entre na profissão literária como tantos cavalheiros e também damas do Sul estão fazendo agora e talvez algum dia se lembre disso e escreva sobre isso. Você já estará casado na ocasião, eu imagino, e quem sabe sua esposa vá querer um vestido novo ou uma cadeira nova para a casa e você poderá escrever isso e oferecer às revistas. Talvez até se lembre com carinho da velha que o fez passar uma tarde inteira sentado dentro de casa ouvindo enquanto ela lhe falava de pessoas e fatos dos quais você teve a sorte de escapar, quando preferiria estar na rua com amigos jovens da sua idade."

"Sim, senhora", disse Quentin. *Só que isso não é verdade*, pensou ele. Ainda era cedo então. Ele ainda trazia no bolso o bilhete que tinha recebido da mão de um negrinho pouco antes do meio-dia, pedindo-lhe que a visitasse — o pedido singular, rigidamente formal que era, na verdade, uma intimação, vindo quase de outro mundo — a estranha folha de papel de carta antigo de qualidade coberta pela caligrafia boa, apagada, miúda que, devido ao espanto dele diante do pedido de uma mulher com três vezes a sua idade e a quem conhecia desde que nascera sem com ela ter trocado uma centena de palavras ou, talvez, devido ao fato de ter apenas vinte anos, ele não reconheceu como revelador de um caráter frio, implacável e até cruel. Ele obedeceu logo depois do almoço, atravessando a meia milha entre o seu lar e o dela no calor seco e poeirento do início de setembro e entrando na casa (esta também, de alguma maneira, era menor que seu tamanho real — tinha dois andares —, sem pintura e um pouco maltratada, mas com um ar, uma qualidade de inflexível durabilidade como se, como ela, tivesse sido criada para integrar e complementar um mundo sob todos os aspectos um pouco menor do que aquele em que se encontrava) onde, na escuridão do vestíbulo com as venezianas fechadas cujo ar era ainda mais quente que lá fora, como se nele estivesse aprisionado, como num túmulo, todo o suspirar do tempo lento e carregado de calor que se repetira durante os quarenta e três anos, a pequena figura de preto que nem sequer farfalhava, o triângulo descorado de renda em punhos e garganta, o rosto torvo fitando-o com expressão inquisitiva, urgente e intensa esperava para convidá-lo a entrar.

É porque ela quer que isso seja contado pensou ele *para que pessoas que ela jamais verá e cujos nomes jamais ouvirá e que nunca ouviram seu nome nem viram seu rosto o leiam e saibam enfim por que Deus permitiu que nós perdêssemos a Guerra: que somente através do sangue dos nossos homens e das lágrimas das nossas mulheres Ele poderia deter esse demônio e apagar seu nome e linhagem da terra.* Então, quase imediatamente, ele decidiu que essa também não era a razão pela qual ela enviara o bilhete, e tendo-o enviado, por que a ele, pois se apenas quisesse que aquilo fosse contado, escrito, ou até mesmo impresso, não teria precisado chamar ninguém — uma mulher que ainda na juventude de seu (de Quentin) pai já se estabelecera como a poeta laureada da cidade e do condado enviando para a severa e reduzida lista de assinantes do jornal do condado poemas, odes, panegíricos e epitáfios, saídos de alguma amarga e implacável reserva de vitória; e isso vindo de uma mulher cujos antecedentes militares, conhecidos tanto na cidade como no condado, consistiam do pai que, como objetor de consciência por motivos religiosos, havia morrido de inanição no sótão de sua própria casa, escondido (emparedado, disseram alguns) ali dos membros da guarda militar confederada e alimentado secretamente à noite por essa mesma filha que naquele exato momento acumulava seu primeiro fólio no qual os não-regenerados vencidos da causa perdida eram embalsamados nome por nome; e o sobrinho que serviu por quatro anos na mesma companhia do noivo de sua irmã e depois o matou com um tiro diante do portão da casa onde a irmã esperava em seu vestido de noiva na véspera do casamento e depois fugiu, desapareceu, ninguém soube para onde.

Ainda passariam três horas até ele descobrir por que ela mandara chamá-lo, porque esta parte, a primeira parte, Quentin já sabia. Era uma parte de sua herança após vinte anos respirando o mesmo ar e ouvindo seu pai falar daquele homem: uma parte da herança da cidade — de Jefferson — após oitenta anos do mesmo ar que o próprio homem tinha respirado entre aquela tarde de setembro de 1909 e aquela manhã de domingo em junho de 1833 quando entrou cavalgando na cidade pela primeira vez vindo de um passado indefinido e adquiriu sua terra ninguém soube como e construiu sua casa, sua mansão, aparentemente do nada, e casou-se com Ellen Coldfield e gerou seus dois filhos — o filho que enviuvou a filha que ainda não tinha sido noiva — e assim percorreu o curso que lhe cabia até seu violento (a srta. Coldfield, ao menos, teria dito justo) fim. Quentin crescera com aquilo; os meros nomes eram intercambiáveis e quase inumeráveis. Sua infância estava repleta deles; seu corpo mesmo era um salão vazio ecoando sonoros nomes derrotados; ele não era um ser, uma entidade, era uma comunidade. Era um acampamento militar repleto de fantasmas teimosos que olhavam para trás e que ainda estavam se recuperando, quarenta e três anos depois, da febre que curara a doença, despertando da febre sem nem mesmo saber que havia sido contra a febre que tinham lutado e não contra a doença, olhando com recalcitrante teimosia para trás, para além da febre e para a doença com verdadeira nostalgia, enfraquecidos pela febre mas livres da doença e nem mesmo conscientes de que a liberdade vinha da impotência.

("Mas por que falar disso para mim?", disse ele a seu pai naquela noite, quando voltou para casa depois que ela enfim o dispensou com a promessa de vir buscá-la de charrete; "por que falar disso para mim? Que me importa se o lugar ou a terra ou seja o que for afinal se cansou dele e se voltou contra ele e o destruiu? E se destruiu mesmo a família dele também? Ele vai se voltar e destruir todos nós algum dia, sejam nossos sobrenomes Sutpen ou Coldfield ou não."

"Ah", disse o sr. Compson. "Anos atrás, nós do Sul transformamos nossas mulheres em grandes damas. Aí veio a Guerra e transformou as damas em fantasmas. Então o que mais podemos fazer, cavalheiros que somos, senão ouvir esses fantasmas?" Então ele disse: "Quer saber a verdadeira razão por que ela te escolheu?". Eles estavam sentados na varanda depois do jantar, esperando pela hora que a srta. Coldfield marcara para Quentin buscá-la. "É porque ela vai precisar de alguém para ir com ela — um homem, um cavalheiro, mas um que ainda seja jovem o suficiente para fazer o que ela quiser, fazê-lo da maneira como ela quer que seja feito. E ela te escolheu porque teu avô era a coisa mais próxima de um amigo que Sutpen jamais teve neste condado, e ela provavelmente acredita que Sutpen talvez tenha dito ao teu avô algo sobre ele próprio e ela, sobre aquele noivado que não durou, aquele compromisso que não se firmou. Talvez tenha até dito ao teu avô por que ela acabou se recusando a casar com ele. E que o teu avô talvez tenha me contado e eu contado a você. E assim, num certo sentido, o caso, a despeito do que possa acontecer lá hoje à noite, ainda estará em família; o esqueleto (se há um esqueleto), ainda no armário. Ela talvez acredite que, se não fosse pela amizade do teu avô, Sutpen poderia não ter conseguido jamais tomar pé por aqui, e que, se não tivesse conseguido, não teria se casado com Ellen. Então, talvez ela te considere parcialmente responsável, por hereditariedade, pelo que aconteceu a ela e a sua família por meio dele.")

Fosse qual fosse a razão dela para escolhê-lo, se era essa ou não, chegar à verdade, pensou Quentin, estava demorando muito tempo. Entrementes, como se em proporção inversa à voz desvanecedora, o fantasma invocado do homem a quem ela não poderia perdoar e de quem não poderia se vingar começou a assumir uma qualidade quase de solidez, permanência. Circundado e encerrado em seu eflúvio do inferno, sua aura de incorrigibilidade, ele cismava (cismava, pensava, parecia ser ciente, como se, embora privado da paz — que era de qualquer maneira indiferente à fadiga — que ela se recusara a lhe dar, estivesse ainda irrevogavelmente fora do alcance de suas agressões ou injúrias) com aquela qualidade pacífica e ora inofensiva e nem mesmo muito atenta — o vulto-ogro que, à medida que a voz da srta. Coldfield prosseguia, se revelava perante os olhos de Quentin nos dois filhos meio ogros, os três formando um fundo sombrio para a quarta pessoa. Este era a mãe, a irmã falecida Ellen: essa Níobe sem lágrimas que concebera do demônio numa espécie de pesadelo, que mesmo enquanto viva tinha se movido, mas sem vida, e sofrido, mas sem lágrimas, que agora tinha um ar de tranquila e inconsciente desolação, não como se tivesse sobrevivido aos outros ou morrido primeiro, mas como se jamais houvesse realmente vivido. Quentin parecia vê-los, os quatro posicionados como o grupo familiar tradicional do período, com decoro formal e sem vida, e vistos agora como a própria fotografia antiga e desbotada teria sido vista ampliada e pendurada na parede atrás e acima da voz e de cuja presença ali a dona da voz nem sequer tinha consciência, como se ela (a srta. Coldfield) jamais tivesse visto este aposento antes — uma foto, um grupo que mesmo para Quentin tinha uma qualidade estranha, contraditória e bizarra; não muito compreensível, não (mesmo para os vinte anos) muito certa — um grupo cujo último membro tinha morrido vinte e cinco anos antes e o primeiro, cinquenta, evocado agora na escuridão abafada de uma casa morta entre o rancor feroz e implacável de uma velha e a impaciência passiva de um jovem de vinte anos dizendo a si mesmo em meio à voz *Talvez você tenha que conhecer uma pessoa muito bem para amá-la, mas quando se odeia alguém por quarenta e três anos você o conhece muito então talvez seja melhor, talvez seja bom porque depois de quarenta e três anos eles já não podem mais surpreendê-lo ou deixá-lo nem muito satisfeito nem muito zangado.* E talvez ela (a voz, a fala, o incrédulo e insuportável espanto) tenha sido um grito alto um dia, pensou Quentin, há muito tempo, quando ela era uma menina — de jovem e indomável não-arrependimento, de acusação de circunstância cega e acontecimento selvagem; mas não agora: agora somente a velha carne feminina, frustrada, solitária, resguardada por quarenta e três anos no velho insulto, a velha rancorosa ultrajada e traída pela afronta final e completa que foi a morte de Sutpen:

"Ele não era um cavalheiro. Não era nem mesmo um cavalheiro. Chegou aqui com um cavalo e duas pistolas e um nome que ninguém jamais ouvira antes, ou soubera ao certo se era mesmo seu, não mais que o cavalo ou mesmo as pistolas, procurando algum lugar para se esconder, e o Condado de Yoknapatawpha lhe deu um. Ele buscou o aval de homens honrados para protegê-lo dos outros estranhos que viriam depois e poderiam vir procurá-lo, e Jefferson deu-lhe isso. Então ele precisou de respeitabilidade, do escudo de uma mulher virtuosa, para tornar sua posição inexpugnável mesmo contra os homens que lhe tinham dado proteção no dia e na hora inevitável em que até mesmo eles haveriam de se levantar contra ele em desprezo e horror e ultraje;

e foi o meu pai e de Ellen quem lhe deu isso. Oh, eu não defendo Ellen: uma tola romântica e cega que tinha apenas a mocidade e a inexperiência para desculpá-la, quando muito; tola romântica e cega, depois tola mulher, mãe e cega quando já não tinha mais nem a juventude nem a inexperiência para desculpá-la, quando estava morrendo naquela casa pela qual trocara orgulho e paz e ninguém mais ali além da filha que já era o mesmo que uma viúva sem jamais ter sido uma noiva e que viria a ser, três anos depois, uma viúva de verdade sem ter sido absolutamente nada, e o filho que tinha repudiado o teto sob o qual nascera e ao qual voltaria apenas uma vez antes de desaparecer para sempre, e como um assassino e quase um fratricida; e ele, demônio salafrário e diabo, lutando na Virgínia onde as chances de a terra ficar livre dele eram melhores do que nunca, mas Ellen e eu sabendo que ele voltaria, que todos os homens de nossos exércitos teriam que tombar antes que bala ou projétil o atingisse; e somente eu, uma criança, uma criança, veja bem, quatro anos mais nova que a própria sobrinha que me pediram que salvasse, para quem Ellen se virou e disse: 'Proteja-a. Proteja Judith pelo menos'. Sim, tola, romântica e cega, que nem mesmo possuía aquelas cem milhas de propriedade que aparentemente impressionaram nosso pai nem aquele casarão e a ideia de escravos para servi-la dia e noite que abrandaram, não direi comoveram, sua tia. Não: apenas o rosto de um homem que de algum jeito conseguia ser arrogante mesmo em cima de um cavalo — um homem que até onde qualquer um (inclusive o pai que lhe daria uma filha em casamento) sabia, ou não tinha nenhum passado, ou não ousava revelá-lo — um homem que chegou à cidade vindo do nada com um cavalo e duas pistolas e uma horda de bestas selvagens que ele tinha caçado sem ajuda porque era mais temível até do que eles, em sabe-se lá que lugar pagão de onde tinha fugido, e aquele arquiteto francês que parecia ter sido caçado e apanhado por sua vez pelos negros — um homem que fugiu para cá e se escondeu, se ocultou por trás da respeitabilidade, por trás daquelas cem milhas de terra que tomou de uma tribo de índios ignorantes, ninguém sabe como, e de uma casa do tamanho de um fórum onde ele viveu por três anos sem uma janela ou porta ou cama e à qual chamava Centena de Sutpen como se tivesse sido uma concessão real em caráter perpétuo a seu bisavô — um lar, uma posição: uma esposa e uma família que, sendo necessários para a ocultação, ele aceitou junto com o resto de respeitabilidade como teria aceitado o necessário desconforto e mesmo a dor das urzes e sarças num matagal se o matagal pudesse lhe dar a proteção que procurava.

"Não: nem mesmo um cavalheiro. Casar-se com Ellen ou casar-se com dez mil Ellens não poderia ter feito dele um cavalheiro. Não que ele quisesse ser um, nem mesmo ser tomado por um. Não. Isso não era necessário, pois tudo de que precisava eram os nomes de Ellen e de nosso pai numa certidão de casamento (ou em qualquer outro atestado de respeitabilidade) que as pessoas poderiam olhar e ler assim como ele teria querido a assinatura de nosso pai (ou de algum outro homem de boa reputação) numa nota promissória porque nosso pai sabia quem era seu pai no Tennessee e quem seu avô tinha sido na Virgínia e nossos vizinhos e as pessoas entre as quais vivíamos sabiam que nós sabíamos e nós sabíamos que elas sabiam que nós sabíamos e nós sabíamos que elas teriam acreditado em nós sobre de quem e de onde ele tinha vindo mesmo se tivéssemos mentido, assim como qualquer um teria olhado para ele uma vez e sabido que estaria mentindo sobre de quem e de onde e por que viera pelo próprio fato de que aparentemente ele tinha se recusado a dizer. E o próprio fato de que ele teve que escolher a respeitabilidade para se esconder atrás dela era prova suficiente (se alguém ainda precisava de alguma prova) de que aquilo do que ele fugira devia ser algum oposto da respeitabilidade, tenebroso demais para ser mencionado. Porque ele era jovem demais. Tinha apenas vinte e cinco anos e um homem de vinte e cinco não passa voluntariamente pelo sofrimento e pela privação de limpar terra virgem e estabelecer uma plantação em terra virgem apenas por dinheiro; não um homem jovem sem nenhum passado que aparentemente lhe interessasse discutir, em 1833 no Mississippi, com um rio cheio de vapores lotados de tolos bêbados cobertos de diamantes e dispostos a jogar fora seu algodão e seus escravos antes de o barco chegar a New Orleans — não com tudo isso a apenas uma noite de cavalgada de distância e tendo como única desvantagem ou obstáculo os outros salafrários ou o risco de ser expulso do barco e deixado num banco de areia e, no caso mais extremo, uma corda de cânhamo. E ele não era nenhum filho caçula enviado de alguma região antiga e tranquila como a Virgínia ou a Carolina com os negros excedentes para se apoderar de terras novas, porque qualquer um que olhasse para aqueles negros dele saberia que eles poderiam ter vindo (e provavelmente vieram) de uma região muito mais antiga do que a Virgínia ou a Carolina, mas que não era uma região tranquila. E qualquer um que visse seu rosto uma vez saberia que ele teria preferido o rio e até mesmo a certeza da corda de cânhamo a fazer o que fez, mesmo se tivesse sabido que encontraria ouro enterrado e esperando por ele bem ali na terra que tinha comprado." Não. Não defendo Ellen mais do que a mim mesma. Defendo-me ainda menos porque tive vinte anos para observá-lo, ao passo que Ellen teve apenas cinco. E nem mesmo aqueles cinco para observá-lo, mas apenas para ouvir pelos outros o que ele estava fazendo, e nem mesmo ouvir mais do que a metade disso, pois aparentemente a metade do que ele realmente fez naqueles cinco anos ninguém jamais ficou sabendo, e metade do resto nenhum homem teria repetido nem para a esposa, quanto mais para uma mocinha.

Ele chegou aqui e montou um espetáculo de variedades que durou cinco anos e Jefferson pagou-lhe pela diversão no mínimo protegendo-o a ponto de não contar a suas mulheres o que ele andava fazendo. Mas eu tive toda a minha vida para observá-lo, pois aparentemente e por razão que os Céus não consideraram apropriado revelar, minha vida estava destinada a terminar numa tarde de abril quarenta e três anos atrás, pois até mesmo alguém que tenha tido tão pouco para chamar de vida como eu tive até aquela ocasião não chamaria de vida o que tive desde então. Vi o que tinha acontecido com Ellen, minha irmã. Eu a vi quase uma reclusa, vendo crescer aquelas duas crianças condenadas que ela era impotente para salvar. Vi o preço que ela pagara por aquela casa e aquele orgulho; vi as promissórias sobre o orgulho e o contentamento, e a paz e tudo em que ela pusera sua assinatura quando tinha entrado na igreja naquela noite, começarem a vencer uma a uma. Vi o casamento de Judith proibido sem pé nem cabeça nem sombra de desculpa; vi Ellen morrer tendo apenas eu, uma criança, a quem se voltar e pedir que protegesse a filha que lhe restava; vi Henry repudiar seu lar e seu direito de primogenitura e depois retornar e praticamente jogar o cadáver ensanguentado do namorado da irmã na barra do seu vestido de noiva; vi aquele homem voltar — a fonte e o mandante do mal que sobreviveu a todas as suas vítimas — que gerou dois filhos não só para se destruírem um ao outro e sua própria linhagem, mas a minha linhagem também, e ainda assim aceitei casar-me com ele.

"Não. Não me defendo. Não alego juventude, pois que criatura no Sul desde 1861, seja homem mulher preto ou mula, teve tempo ou oportunidade não só de ter sido jovem, mas de ter ouvido como era ser jovem dos que tinham sido. Não alego proximidade: o fato de que eu, uma mulher jovem e em idade de casar e numa época em que a maioria dos homens jovens a quem eu teria conhecido em geral estava morta em campos de batalhas perdidos, de que vivi por dois anos sob o mesmo teto que ele. Não alego necessidade material: o fato de que, órfã mulher e pobre, recorri naturalmente, não por proteção, mas por comida mesmo, a meus únicos parentes: a família da minha falecida irmã: mas desafio qualquer um a me acusar, uma órfã de vinte anos, uma jovem mulher sem recursos, que deveria desejar não só justificar a sua situação, mas também defender a honra de uma família cuja boa reputação das mulheres jamais fora posta em questão, aceitando a honrada proposta de casamento do homem de cuja comida ela era obrigada a subsistir. E sobretudo, não alego eu mesma: uma mulher jovem saindo de um holocausto que tinha tirado os pais, a segurança e tudo dela, que tinha visto tudo o que a vida significava para ela cair em ruínas aos pés de umas poucas figuras com as formas de homens mas com os nomes e estaturas de heróis; — uma mulher jovem, insisto, obrigada a ter contato diário e ininterrupto com um desses homens que, a despeito do que ele foi durante uma época e a despeito do que ela pudesse ter acreditado ou mesmo sabido sobre ele, tinham combatido por quatro honrosos anos pelo solo e tradições da terra onde ela nascera (e o homem que fizera isso, por rematado vilão que fosse, teria possuído aos seus olhos, ainda que somente por associação com eles, a estatura e forma de um herói também) e agora ele também saindo do mesmo holocausto em que ela sofrera, sem nada para enfrentar o que o futuro reservara para o Sul além de suas próprias mãos e da espada que ele, ao menos, jamais entregara, e a condecoração por bravura de seu derrotado comandante em chefe. Oh, ele era corajoso. Jamais neguei isso. Mas que nossa causa, até mesmo nossa vida e esperanças futuras e orgulho passado tenham sido atirados na balança com homens como aquele para defendê-los — homens com coragem e força, mas sem piedade ou honra. É de se espantar que o Céu tenha decidido nos deixar perder?"

"Não, senhora", disse Quentin.

"Mas que tenha sido nosso pai, o meu e de Ellen entre todos que ele conhecia, entre todos os que costumavam ir lá e beber e jogar com ele e vê-lo lutar com aqueles negros selvagens, cujas filhas ele poderia até ter ganhado nas cartas. Que tenha sido nosso pai. Como ele pode ter abordado papai, com que pretexto; o que pode ter havido além da cortesia comum de dois homens encontrando-se na rua, entre um homem que veio do nada ou de algum lugar que não ousava mencionar e nosso pai; o que pode ter havido entre um homem como esse e papai — um voluntário da Igreja Metodista, um comerciante que não era rico e que não só não poderia fazer nada neste mundo para aumentar a fortuna ou as perspectivas dele, mas não poderia, por nenhum esforço da imaginação, sequer ter possuído alguma coisa que poderia ter desejado, nem mesmo apanhado na rua —, um homem que não possuía nem terra nem escravos além de dois criados domésticos a quem ele tinha libertado tão logo os obteve, os comprou, que nem bebia nem caçava nem jogava; o que poderia haver entre papai e um homem que, como eu bem sei, não entrou numa igreja de Jefferson mais do que três vezes em sua vida — a vez em que viu Ellen pela primeira vez, a vez em que eles ensaiaram o casamento, a vez em que o realizaram — um homem que qualquer um podia ver que, mesmo que aparentemente não tivesse nenhum agora, estava acostumado a ter dinheiro e pretendia ter de novo e não teria escrúpulos sobre como obtê-lo — esse homem descobrir Ellen dentro de uma igreja. Numa igreja, repare, como se houvesse uma fatalidade e maldição sobre nossa família e o próprio Deus estivesse cuidando que fosse realizada e paga até a última gota e pó. Sim, fatalidade e maldição sobre o Sul e sobre a nossa família como se algum ancestral nosso tivesse sido escolhido para estabelecer sua descendência numa terra propícia à fatalidade e já amaldiçoada por ela, mesmo que não tenha sido a nossa família, os progenitores de nosso pai, que tenham incorrido na maldição muitos anos antes e sido coagidos pelo Céu a se estabelecerem na terra e no tempo já amaldiçoados. De modo que mesmo eu, uma criança ainda nova demais para saber mais do que isso, embora Ellen fosse minha própria irmã e Henry e Judith meus próprios sobrinhos, eu era proibida até mesmo de ir lá exceto quando papai ou minha tia estava comigo e era proibida de brincar com Henry e Judith sempre, exceto na casa (e não porque eu era quatro anos mais nova do que Judith e seis anos mais nova do que Henry: não foi para mim que Ellen se virou antes de morrer e disse 'Proteja-os'?) — mesmo eu costumava me perguntar o que nosso pai ou o pai dele poderia ter feito antes dele se casar com nossa mãe que Ellen e eu teríamos que expiar e uma de nós apenas não seria suficiente; que crime cometido teria deixado nossa família amaldiçoada para sermos instrumentos não só da destruição desse homem, mas também da nossa."

"Sim, senhora", disse Quentin.

"Sim", disse a voz calma e soturna de cima do triângulo imóvel de renda baça; e agora, entre os pensativos e decorosos espectros Quentin pareceu discernir a figura de uma menininha, com a saia engomada com calça por baixo e as tranças sedosas, bem-feitas e decorosas do tempo morto. Ela parecia estar de pé, à espreita, atrás da cerca de ripas regulares de um pequeno pátio ou gramado com o aspecto austero típico da classe média olhando para o incompreensível mundo ogro daquela rua calma de vilarejo com aquele ar de filha que nasceu tarde demais na vida dos pais e fadada a contemplar todo comportamento humano através das complexas e desnecessárias tolices dos adultos — um ar de Cassandra, mal-humorado, profunda e duramente profético de maneira totalmente desproporcional à idade real até mesmo de uma criança que jamais tinha sido jovem. "Porque eu nasci tarde demais. Nasci vinte e dois anos tarde demais — uma criança para quem, pelas conversas entreouvidas de adultos, os rostos de minha irmã e dos filhos de minha irmã vieram a parecer os rostos de um ogro de fábula, entre o jantar e a cama, muito antes de eu ser velha o bastante ou grande o bastante para ter permissão de brincar com eles, mas para quem essa irmã teve que apelar, enfim, quando estava em seu leito de morte, com um dos filhos desaparecido e condenado a ser um assassino e a outra condenada a ser uma viúva antes mesmo de ter sido noiva, e dizer: 'Proteja-a, ao menos. Ao menos salve Judith'. Uma criança, que porém com o instinto concedido às crianças pôde dar aquela resposta que a sabedoria madura de seus mais velhos aparentemente não deu: 'Protegê-la? De quem e do quê? Ele já lhes deu a vida: não precisa lhes fazer mais nenhum mal. É deles mesmos que eles precisam de proteção'."

Devia ser mais tarde do que parecia; devia ser mais tarde, mas o rajado dos talhos amarelos de luz solar palpitando de pó não estavam mais altos na parede impalpável de escuridão que os separava; o sol mal parecia ter se movido. Aquilo (o falar, o narrar) dava a impressão (a ele, a Quentin) de possuir a mesma qualidade de escárnio da lógica e da razão que um sonho tem e que o sonhador sabe que deve ter ocorrido, qualidade natimorta e completa num segundo, porém a própria qualidade da qual ele precisa depender para conduzir o sonhador (verossimilhança) à credulidade — horror ou prazer ou espanto — depende tão completamente de um reconhecimento formal e de uma aceitação de tempo transcorrido e ainda transcorrendo como a música ou uma história impressa. "Sim. Eu nasci tarde demais. Era uma criança que haveria de lembrar aquelas três faces (e a dele, também) como foram vistas pela primeira vez no coche naquela primeira manhã de domingo em que esta cidade finalmente percebeu que ele transformara aquela estrada que ia da Centena de Sutpen até a igreja numa pista de corrida. Eu tinha três anos então e sem dúvida já os tinha visto; devia ter. Mas não me lembro disso. Nem sequer me lembro de ter visto Ellen antes daquele domingo. Era como se a irmã em quem eu jamais pusera os olhos, que antes de eu nascer desaparecera na fortaleza de um ogro ou gênio do mal, estivesse de volta, com uma licença de um dia apenas, ao mundo que tinha deixado, e eu uma criança de três anos, acordada mais cedo para a ocasião, vestida e cacheada como se fosse Natal, ou uma ocasião mais séria que o Natal até, pois afinal esse ogro ou gênio do mal tinha concordado pelo bem da esposa e dos filhos em vir à igreja, para permitir-lhes ao menos se aproximarem dos arredores da salvação, para ao menos dar a Ellen uma chance de lutar com ele pela alma daquelas crianças num campo de batalha onde ela poderia ser apoiada não só pelo Céu mas por sua própria família e por pessoas como ela; sim, até mesmo por um momento submetendo-se à redenção ou, na falta disso, ao menos cavalheiresco por um instante ainda que não regenerado. Isso é o que eu esperava. Isso foi o que eu vi enquanto estava ali parada diante da igreja entre papai e nossa tia e esperava o coche chegar após ter atravessado as doze milhas. E embora eu deva ter visto Ellen e as crianças antes disso, esta é a visão da primeira vez em que os vi que levarei para o túmulo: um vislumbre como que da frente de um tornado, do coche e do rosto branco e comprido de Ellen lá dentro e das duas réplicas em miniatura do rosto dele, uma de cada lado, e no assento da frente o rosto e os dentes do negro selvagem que estava conduzindo, e ele, seu rosto exatamente como o do negro salvo pelos dentes (isso por causa de sua barba, certamente) — tudo num estrondo e numa fúria de cavalos de olhos alucinados e de galope e de poeira.

"Oh, tinha muitos deles para incitá-lo, assistir a ele, fazer daquilo uma corrida; dez horas da manhã de domingo, o coche correndo sobre duas rodas até bem na frente da porta da igreja com aquele negro selvagem em suas roupas de cristão igualzinho a um tigre de circo de guarda-pó e cartola, e Ellen sem uma gota de sangue no rosto, abraçando aquelas duas crianças que não estavam chorando e que não precisavam ser abraçadas, que estavam sentadas uma de cada lado dela, perfeitamente imóveis também, exibindo em seus rostos aquela enormidade infantil que nós não compreendíamos muito bem na época. Oh, sim, tinha muitos para ajudá-lo e incitá-lo; nem mesmo ele poderia realizar uma corrida de cavalo sem outra pessoa com quem competir. Porque não foi nem a opinião pública que o fez parar, nem os homens que poderiam ter esposa e filhos em coches para ser atropelados e atirados em valetas: foi o ministro em pessoa, falando em nome das mulheres de Jefferson e do Condado de Yoknapatawpha. Então ele parou de vir à igreja; passaram a ser apenas Ellen e as crianças no coche nos domingos de manhã, de modo que nós soubemos que pelo menos não haveria mais apostas, pois ninguém poderia dizer se foi uma corrida de verdade ou não, pois agora, com o rosto dele ausente, ficou apenas o rosto absolutamente inescrutável do negro selvagem com os dentes cintilando um pouco, de modo que agora jamais poderíamos saber se foi uma corrida ou um cavalo desembestado e, se houve triunfo, foi no rosto a doze milhas atrás lá na Centena de Sutpen, que nem mesmo precisava ver ou estar presente. Era o negro então, que no ato de ultrapassar outro coche falava com a outra parelha como falava com a sua — alguma coisa sem palavras, sem precisar de palavras provavelmente, naquela língua em que eles dormiam na lama daquele pântano e que trouxeram para cá de sabe-se lá qual pântano sombrio onde ele os encontrara e os trouxera para cá: — o pó, o estrondo, o coche rodopiando até a porta da igreja enquanto mulheres e crianças se espalhavam e gritavam diante dele e homens seguravam as rédeas da outra parelha. E o negro deixava Ellen e as crianças à porta e levava o coche para amarrar nas árvores do bosque fustigando os cavalos por terem desembestado; houve até um tolo que tentou interferir uma vez, ao que o negro se virou para ele com o chicote levantado e os dentes um pouco à mostra e disse: 'O Sinhô diz; eu faz. Ocê fala co' Sinhô'.

"Sim. Deles; deles mesmos. E dessa vez nem foi o ministro. Foi Ellen. Nossa tia e papai estavam conversando e eu entrei e minha tia disse 'Vá lá fora brincar', porém, mesmo que eu não tivesse conseguido ouvir através da porta, poderia ter repetido a conversa para eles: 'Sua filha, sua própria filha', disse minha tia. E papai: 'Sim. Ela é minha filha. Quando ela quiser que eu interfira ela mesma me dirá'. Porque nesse domingo quando Ellen e as crianças chegaram à porta da frente, não era o coche esperando, era o faetonte de Ellen com a velha égua mansa que ela conduzia e o cavalariço que ele tinha comprado em vez do negro selvagem. E Judith olhou uma vez para o faetonte e percebeu o que aquilo significava e começou a gritar, gritando e espernando enquanto eles a traziam de volta para dentro de casa e a colocavam na cama. Não, ele não estava presente. Tampouco eu afirmo que havia um rosto triunfante espreitando por trás da cortina da janela. Ele provavelmente teria ficado tão espantado quanto nós estávamos, pois todos percebíamos agora que estávamos diante de mais do que um acesso de raiva infantil ou mesmo de histeria: que o rosto dele estivera naquele coche o tempo todo; que fora Judith, uma garota de seis anos, que instigara e autorizara aquele negro a fazer a parelha desembestar. Não Henry, repare; não o garoto, o que já teria sido suficientemente escandaloso; mas Judith, a menina. Assim que papai e eu cruzamos aqueles portões naquela tarde e começamos a subir a alameda na direção da casa, pude sentir aquilo. Era como se em algum lugar da calma e da paz daquela tarde de domingo os gritos daquela criança ainda existissem, persistissem, não mais como um som mas como algo para a pele ouvir, para o cabelo na cabeça ouvir. Mas eu não perguntei de imediato. Tinha apenas quatro anos então; continuei sentada na charrete ao lado de papai como continuara entre ele e minha tia diante da igreja naquele primeiro domingo em que fora vestida para ver minha irmã e meu sobrinho e sobrinha pela primeira vez, olhando para a casa (já estivera lá dentro antes, claro, mas mesmo quando a vi pela primeira vez de que me lembro eu parecia já saber que aparência ela teria assim como parecia saber qual a aparência que teriam Ellen e Judith e Henry antes de os ver na vez que eu sempre me lembro como sendo a primeira). Não, não perguntando nem então, mas apenas olhando para a casa enorme e silenciosa, dizendo 'Em que quarto Judith está doente, papai?' com aquela calma aptidão de uma criança para aceitar o inexplicável, embora agora eu saiba que mesmo naquele momento estava tentando imaginar o que Judith vira quando saíra pela porta e encontrara o faetonte em lugar do coche, o cavalariço manso em lugar do homem selvagem; o que ela vira naquele faetonte que parecia tão inocente para o resto de nós — ou pior, do que ela sentira falta quando vira o faetonte e começara a berrar. Sim, uma tarde calma, quente e silenciosa de domingo, uma tarde como esta; eu ainda me lembro do completo silêncio daquela casa quando nós entramos e da qual percebi de imediato que ele estava ausente sem saber que estaria naquele momento no parreiral bebendo com Wash Jones. Apenas soube, assim que papai e eu cruzamos o umbral, que ele não estava lá: como se com alguma convicção quase onisciente (a mesma compreensão instintiva que me permitiu dizer a Ellen que não era dele que Judith precisava ser protegida) eu soubesse que ele não precisava ficar e observar seu triunfo — e que esse, em comparação com o que estava por vir, esse era uma mera trivialidade indigna de ser notada por nós também. Sim, aquele quarto escuro e silencioso com as venezianas fechadas e uma mulher negra sentada ao lado da cama com um abano e o rosto branco de Judith no travesseiro sob um pano embebido em cânfora, adormecida como eu imaginei então: possivelmente era sono, ou precisava ser chamado de sono: e o rosto de Ellen branco e calmo e papai disse 'Vá lá para fora e ache o Henry e peça a ele que brinque com você, Rosa' e assim eu fiquei parada do outro lado daquela porta silenciosa naquele silencioso salão do andar de cima porque estava com medo de me afastar até mesmo dele, porque podia ouvir o silêncio de tarde de domingo daquela casa mais alto que um trovão, mais alto até que um riso triunfante.

"'Pense nas crianças', papai disse.

"'Pensar?', disse Ellen. 'O que eu faço além disso? O que eu faço além de ficar deitada acordada à noite pensando nelas?' Nem papai nem Ellen disseram: Voltar para casa. Não. Isso aconteceu antes de virar moda reparar os próprios erros virando-lhes as costas e fugindo. Eram apenas as duas vozes tranquilas atrás daquela porta lisa que poderiam estar discutindo alguma coisa impressa numa revista; e eu, uma criança de pé colada àquela porta porque tinha medo de estar ali mas ainda mais medo de me afastar, parada imóvel diante daquela porta como se tentando me confundir com a madeira escura e me tornar invisível, como um camaleão, ouvindo o espírito vivo, a presença, daquela casa, já que um pouco da vida e da respiração de Ellen entrara nela assim como as dele, respirando sem cessar num som longo e neutro de vitória e desespero, de triunfo e terror também.

"'Você ama esse...', papai disse.

"'Papai', Ellen disse. Só isso. Mas eu podia ver o rosto dela tão claramente quanto papai, com aquela mesma expressão que assumira no coche naquele primeiro domingo e nos outros. Então um criado veio e disse que nossa charrete estava pronta.

"Sim. Deles mesmos. Não dele, nem de ninguém, assim como ninguém os poderia ter salvado, nem mesmo ele. Porque ele então nos mostrou por que aquele triunfo não era digno de nota. Mostrou a Ellen, quero dizer: não a mim. Eu não estava lá;

haviam se passado seis anos, durante os quais eu raramente o vira. Nossa tia já se fora e eu estava cuidando da casa para papai. Mais ou menos uma vez por ano papai e eu íamos lá e jantávamos, e mais ou menos quatro vezes por ano Ellen e as crianças vinham passar o dia conosco. Ele, não; que eu saiba, ele nunca entrou nesta casa de novo depois que se casou com Ellen. Eu era jovem então; era jovem o suficiente até para acreditar que isso se devia a algum teimoso resquício de consciência, se não de remorso, mesmo nele. Mas agora sei que não. Agora sei que era simplesmente porque desde que papai lhe dera respeitabilidade por meio de uma esposa não tinha mais nada que ele pudesse querer de papai e por isso nem mesmo a simples gratidão, para não falar das aparências, poderia forçá-lo a privar-se de seu próprio prazer a ponto de fazer uma refeição em família com os parentes de sua esposa. Assim, eu os via pouco. Não tinha mais tempo para brincar, mesmo que algum dia houvesse tido inclinação para isso. Jamais aprendera a fazê-lo e não via nenhuma razão para tentar aprender agora mesmo que tivesse tido tempo.

"Haviam se passado seis anos, embora não fosse realmente segredo para Ellen já que aparentemente aquilo vinha acontecendo desde que ele pregara o último prego na casa, sendo que a única diferença entre agora e o tempo em que ele era solteiro era que agora eles amarravam as parelhas e cavalos e mulas de sela no arvoredo atrás do estábulo e por isso chegavam pelo pasto sem ser vistos da casa. Porque havia muitos deles ainda; era como se Deus ou o diabo tivesse tirado vantagem até dos pecados dele para fornecer testemunhas para o cumprimento de nossa maldição não só entre as pessoas de boa origem, nossa própria gente, mas até da escumalha e da ralé que não poderia ter se aproximado da casa em nenhuma outra circunstância, nem mesmo pelos fundos. Sim, Ellen e aquelas duas crianças sozinhas naquela casa a doze milhas da cidade, e lá no estábulo um quadrado oco de rostos sob a luz do lampião, os rostos brancos em três lados, os negros no quarto, e no centro dois dos negros selvagens lutando, nus, lutando não como homens brancos lutam, com regras e armas, mas como negros lutam para ferir uns aos outros, rápido e feio. Ellen sabia disso, ou achava que sabia; não era isso. Isso ela havia aceitado — não se resignado: aceitado — como se houvesse um ponto para respirar no ultraje em que você pode aceitá-lo quase com gratidão já que pode dizer para você mesmo: *Graças a Deus, isso é tudo; pelo menos agora eu sei tudo sobre isso* — pensando nisso, aferrando-se ainda a isso quando ela entrou correndo no estábulo naquela noite enquanto os mesmos homens que tinham se esgueirado para dentro dele pelos fundos abriam caminho para ela com ao menos um mínimo de decência, e Ellen não vendo as duas bestas negras que esperara ver mas em vez disso uma branca e uma negra, ambas nuas da cintura para cima e arrancando os olhos uma da outra como se suas peles não só devessem ter a mesma cor, mas devessem estar cobertas de pelos também. Sim. Parece que em certas ocasiões, talvez no fim da noite, do espetáculo, como um *grand finale* ou, talvez, como questão de pura e implacável premeditação para a retenção da supremacia, da dominação, ele próprio entrava na arena com um dos negros. Sim. Isso foi o que Ellen viu: seu marido e pai de seus filhos ali, nu e ofegante e ensanguentado até a cintura, e o negro que evidentemente tinha acabado de cair, jazendo a seus pés e coberto de sangue também, exceto que no negro o sangue parecia apenas gordura ou suor — Ellen correndo pela encosta da casa abaixo, sem chapéu, a tempo de ouvir o som, os gritos, ouvindo-o enquanto ainda corria na escuridão e antes de os espectadores saberem que ela estava lá, ouvindo-o antes mesmo de ocorrer a um espectador dizer 'É um cavalo' e depois 'É uma mulher' e depois 'Meu Deus, é uma criança' — correndo para dentro, e os espectadores abrindo passagem para ela ver Henry se lançar de entre os negros que o estavam segurando, gritando e vomitando — sem parar, nem mesmo olhando para os rostos que recuavam diante dela enquanto se ajoelhava na imundície do estábulo para levantar Henry e não olhando para Henry tampouco mas para cima, para *ele*, que estava ali com os dentes à mostra por baixo da barba e com outro negro enxugando o sangue do seu corpo com um saco de estopa. 'Peço que nos deixem a sós, cavalheiros', Ellen disse. Mas eles já estavam saindo, pretos e brancos, se esgueirando para fora como tinham se esgueirado para dentro, e Ellen não olhando para eles tampouco mas ajoelhando-se na sujeira enquanto Henry se agarrava a ela, chorando, e ele ainda ali parado enquanto um terceiro preto o cutucava com sua camisa ou seu casaco como se o casaco fosse uma vara, e ele uma serpente enjaulada. 'Onde está Judith, Thomas?', Ellen disse.

"'Judith?', ele disse. Oh, ele não estava mentindo; seu próprio triunfo fora mais rápido; ele tinha se saído melhor no mal do que até ele mesmo esperara. 'Judith? Ela não está na cama?'

"'Não minta para mim, Thomas', disse Ellen. 'Posso entender por que você quis trazer Henry aqui para ver isso, por que quis que Henry visse isso; tentarei entender; sim, farei um esforço para entender. Mas não Judith, Thomas. Não minha menininha, Thomas.'

"'Não espero que você entenda', ele disse. 'Porque você é mulher. Mas eu não trouxe Judith aqui. Eu não a traria aqui. Não espero que acredite nisso. Mas eu juro.'

"'Gostaria de poder acreditar em você', Ellen disse. 'Quero acreditar em você.' Então ela começou a gritar. 'Judith!', ela gritou com a voz calma e doce e cheia de desespero. 'Judith, meu bem! Hora de ir para a cama.'

"Mas eu não estava lá. Não estava lá para ver os dois rostos com os traços de Sutpen — um em Judith e um na menina negra ao seu lado — olhando para baixo pelo alçapão da parte de cima do estábulo."

II

Foi um verão de glicínias. O crepúsculo estava cheio delas e do aroma do charuto de seu pai quando eles, sentados na varanda da frente, aguardavam a hora de Quentin partir, enquanto no gramado alto e áspero embaixo da varanda os vaga-lumes piscavam e deslizavam em mansa desordem — o odor, o perfume, que cinco meses mais tarde a carta do sr. Compson carregaria do Mississippi, passando sobre a neve extensa e dura da Nova Inglaterra até a saleta de estar de Quentin em Harvard. Era um dia de escutar também — a escuta, a audição em 1909 ainda principalmente daquilo que ele já sabia, pois nascera no e ainda respirava o mesmo ar onde os sinos da igreja haviam soado naquela manhã de domingo de 1833 (e, nos domingos, até ouvia um dos três sinos originais no mesmo campanário onde descendentes dos mesmos pombos se pavoneavam e arrulhavam dando pequenos voos que pareciam manchas de tinta fluidas e suaves do suave céu de verão); uma manhã de domingo em junho com os sinos soando pacíficos e peremptórios e um pouco dissonantes — as igrejas em harmonia, porém não afinadas — e as damas e as crianças, e os negros domésticos para carregar para-sóis e abanadores para moscas, e até mesmo alguns homens (as damas se movimentando em saias-balão entre as camisas em miniatura de menininhos e as calças por baixo das saias das menininhas, nas saias da época em que as damas não andavam, flutuavam) quando os outros homens sentados com os pés no parapeito da varanda da Pensão Holston ergueram o rosto, e lá estava o estranho. Ele já cruzara metade da praça quando eles o viram, montado num cavalo ruano grande e indócil, homem e animal parecendo ter surgido do nada e depostos na luz brilhante do sol do domingo de verão no meio de um cansado foxtrote — rosto e cavalo que nenhum deles jamais vira antes, nome que nenhum deles jamais ouvira, e origem e propósito que alguns deles jamais viriam a saber. Assim foi que nas quatro semanas seguintes (Jefferson era um povoado então: a Pensão Holston, o fórum, seis lojas, uma ferraria e estábulo para aluguel de carruagens e cavalos, um bar frequentado por vaqueiros e mascates, três igrejas e, talvez, trinta residências) o nome do estranho circulou de um lado para outro nos locais de negócios e de ócio e entre as residências em contínuas estrofes e antístrofes: *Sutpen. Sutpen. Sutpen. Sutpen.*

Isso foi tudo o que a cidade haveria de saber sobre ele por quase um mês. Ele aparentemente chegara à cidade vindo do sul — um homem com cerca de vinte e cinco anos de idade como a cidade ficou sabendo mais tarde, porque na época sua idade não poderia ter sido adivinhada pois ele parecia um homem que estivera doente. Não um homem que estivera calmamente doente na cama e que se recuperara passando a se mover com uma espécie de espanto tímido e hesitante num mundo do qual acreditara prestes a abrir mão, mas como um homem que passara por alguma experiência solitária de fornalha que fora mais do que uma simples febre, como um explorador, digamos, que não só teve que enfrentar as dificuldades normais da busca que escolhera mas que foi tragado pelo obstáculo adicional e imprevisto da febre também e que a combateu a um enorme custo não tanto físico quanto mental, sozinho e sem ajuda e não pela vontade instintiva e cega de suportar e sobreviver, mas para ganhar e conservar para desfrutar o prêmio material pelo qual aceitara a aposta original. Um homem robusto, mas que estava magro quase a ponto de emaciação, com uma barba curta avermelhada que parecia um disfarce e acima da qual seus olhos claros tinham uma qualidade a um tempo visionária e alerta, implacável e descansada num rosto cuja carne tinha a aparência de cerâmica, de ter sido colorida por aquela febre de forno, fosse de alma ou ambiente, mais escura que a causada apenas pelo sol, abaixo de uma superfície morta e impenetrável como se de argila esmaltada. Isso foi tudo o que eles viram, embora anos tenham se passado até a cidade saber que isso era tudo o que ele possuía na época — o cavalo forte e esgotado e as roupas do corpo e um pequeno alforje que mal era grande o suficiente para conter uma muda de roupa branca e as navalhas, e as duas pistolas das quais a srta. Coldfield falara a Quentin, com o cabo lustroso pelo uso como cabo de picareta e que ele usava com a precisão de agulhas de tricotar; mais tarde o avô de Quentin viu-o cavalgar num meio-galope em torno de uma árvore nova a seis metros de distância e meter duas balas numa carta de baralho pregada nela. Ele tinha um quarto na Pensão Holston mas levava a chave consigo e toda manhã alimentava e selava o cavalo e saía cavalgando antes do dia clarear, para onde a cidade também não conseguiu saber, provavelmente devido ao fato de que ele fez a demonstração com a pistola no terceiro dia depois da sua chegada. Assim, eles tiveram que depender de perguntas para descobrir o que pudessem sobre ele, o que necessariamente acontecia à noite, à mesa na sala de jantar da Pensão Holston ou no salão que ele teria que cruzar para chegar a seu quarto e trancar a porta de novo, o que fazia tão logo terminava de comer. O bar também dava para o salão, e esse seria ou poderia ter sido o lugar para abordá-lo e mesmo perguntar, exceto pelo fato de que ele não frequentava o bar. Ele nunca bebia, foi o que lhes disse. Não disse que costumava beber e tinha parado, nem que jamais havia consumido álcool. Disse apenas que não desejava beber; levou anos até para o avô de Quentin (ele era um jovem, então; anos se passariam até se tornar o general Compson) ficar sabendo que a razão por que Sutpen não bebia era que ele não tinha dinheiro para pagar a sua parte ou retribuir a cortesia; foi o general Compson quem primeiro percebeu que, nessa época, Sutpen carecia não só de dinheiro para gastar com bebida e sociabilidade, mas de tempo e inclinação também: que ele era, nessa época, escravo absoluto de sua impaciência secreta e furiosa, da convicção que tinha adquirido de qualquer que tivesse sido aquela experiência recente — aquela febre mental ou física — de uma necessidade de pressa, de tempo fugindo debaixo de seus pés, que o iria impelir pelos cinco anos seguintes — pelo cômputo do general Compson, até cerca de nove meses antes de seu filho nascer.

Assim eles o pegavam, o encurralavam, no salão entre a mesa de jantar e sua porta trancada para lhe dar a oportunidade de lhes contar quem era e de onde viera e o que queria, e então ele se movia de maneira gradual e firme até suas costas entrarem em contato com alguma coisa — um pilar ou uma parede — e ficava ali parado sem lhes dizer absolutamente nada, tão gracioso e cortês quanto um recepcionista de hotel. Foi o agente índio Chickasaw com quem ou através de quem ele tratou de tudo, por isso só quando ele acordou o oficial de registro do condado naquele sábado à noite com o título, registrado, da terra e as moedas de ouro espanholas que a cidade ficou sabendo que ele agora possuía cem milhas quadradas de uma das melhores terras virgens de aluvião da região, embora até mesmo esse fato tenha ficado conhecido tarde demais porque o próprio Sutpen desaparecera, para onde eles mais uma vez não sabiam. Mas agora ele possuía terra entre eles e alguns começaram a suspeitar o que o general Compson aparentemente sabia: que as moedas espanholas que usara para registrar a escritura eram as últimas de qualquer espécie que possuía. De modo que eles estavam certos então de que ele tinha partido para arranjar mais; muitos até se adiantaram em acreditar (e mesmo em dizer em voz alta, agora que ele não estava presente) naquilo que a futura e ainda não nascida cunhada de Sutpen diria a Quentin quase oitenta anos depois: que ele tinha encontrado alguma maneira única e prática de esconder espólio e que voltara ao esconderijo para reabastecer os bolsos, mesmo que não tivesse realmente cavalgado com as duas pistolas de volta ao rio e aos vapores repletos de jogadores e negociantes de algodão e escravos para reabastecer o esconderijo. Pelo menos alguns deles estavam dizendo isso uns para os outros quando dois meses depois ele voltou, de novo sem aviso e acompanhado dessa vez pelo carroção coberto com um negro conduzindo e, no assento ao lado do negro, um homenzinho com um ar alerta e resignado e um rosto latino, sombrio e atormentado, trajando sobrecasaca e colete florido e um chapéu que não teria causado furor algum num bulevar de Paris, coisas que usaria constantemente pelos dois anos seguintes — tanto o vestuário sobriamente teatral como a expressão de determinação fatalista e atônita —, enquanto seu cliente branco e o bando de trabalhadores negros que ele deveria orientar ainda que não comandar permaneciam inteiramente nus exceto por uma camada de lama ressecada. Esse era o arquiteto francês. Anos mais tarde a cidade descobriu que ele viera da Martinica sem haver recebido nada além da mera promessa de Sutpen e vivera por dois anos de carne de caça assada em fogueira, numa barraca com chão de terra feita com o toldo do carroção, antes de ter visto pagamento de qualquer tipo ou espécie. E até ele passar pela cidade em seu caminho de volta para New Orleans dois anos depois, não veria Jefferson uma vez sequer; ele se recusava a vir, ou Sutpen se recusava a trazê-lo, à cidade mesmo nas poucas ocasiões em que Sutpen era visto por lá, e ele não teve muita chance de observar Jefferson naquele primeiro dia porque o carroção não parou. Aparentemente fora por puro acaso geográfico que Sutpen tinha passado pela cidade, parando apenas o tempo suficiente para que alguém (não o general Compson) olhasse por baixo do toldo do carroção e para dentro de um túnel negro repleto de globos oculares imóveis e com o cheiro de um covil de lobos.

Mas a lenda dos negros selvagens de Sutpen não começaria de imediato, porque o carroção seguiu em frente como se até a madeira e o ferro que o compunham, bem como as mulas que o puxavam, houvessem se impregnado, pela pura associação com ele, daquela qualidade de ímpeto sombrio e incansável, aquela convicção de pressa e tempo fugindo; depois Sutpen contou ao avô de Quentin que naquela tarde em que o carroção passou por Jefferson eles estavam sem comer desde a noite anterior e que ele estava tentando chegar à Centena de Sutpen e à várzea do rio para tentar matar um veado antes de escurecer, para que ele e o arquiteto e os negros não tivessem que ficar outra noite sem comida. Assim, a lenda dos homens selvagens chegou gradualmente até a cidade, trazida pelos homens que iam a cavalo observar o que estava se passando, que começaram a contar como Sutpen se postava ao lado de uma trilha de caça com as pistolas e mandava os negros vasculharem o pântano como uma matilha de cães; foram eles que contaram como durante aquele primeiro verão e outono os negros nem sequer tinham (ou não usavam) cobertas para dormir, antes mesmo de Akers, o caçador de guaxinim, afirmar ter encontrado um deles totalmente enfiado na lama como um jacaré adormecido, e dado um grito bem na hora. Os negros não sabiam falar inglês ainda e decerto havia outros além de Akers que não sabiam que a língua em que eles e Sutpen se comunicavam era uma espécie de francês e não alguma língua obscura e fatal que apenas eles conheciam.

Havia muitos outros além de Akers, embora os outros fossem cidadãos respeitáveis e donos de terras e por isso não precisavam espreitar o acampamento à noite. Na verdade, a srta. Coldfield contou a Quentin que eles formavam grupos para se encontrar na Pensão Holston e sair a cavalo, muitas vezes levando almoço. Sutpen tinha construído um forno de tijolos e montado a serra e a plaina que trouxera no carroção — um cabrestante com um longo balancim feito com um galho de árvore, com a parelha do carroção e os negros em turnos, e ele próprio também quando necessário, quando o ritmo do equipamento abrandava, presos a ele — como se os negros fossem realmente homens selvagens; o general Compson contou a seu filho, o pai de Quentin, que enquanto os negros estavam trabalhando Sutpen nunca erguia a voz para eles, que em vez disso os comandava, os pegava no instante psicológico pelo exemplo, mais por alguma ascendência de paciência que pelo medo bruto. Sem desmontar (em geral Sutpen não os saudava sequer com um aceno de cabeça, aparentando não perceber a presença deles como se fossem sombras vagabundas) eles permaneciam num grupo curioso e calado como se para proteção mútua e ficavam olhando a mansão dele ser erguida, carregada tábua por tábua e tijolo por tijolo do pântano onde a terra e a madeira esperavam — o homem branco barbudo e os vinte negros, todos completamente nus por baixo da lama que cobria tudo. Sendo homens, esses espectadores não perceberam que as roupas que Sutpen vestia quando chegara cavalgando pela primeira vez a Jefferson eram as únicas que eles jamais o haviam visto usando, e poucas mulheres no condado o haviam visto. Se não fosse por isso, alguns deles teriam feito isto também antes da srta. Coldfield: adivinhar que ele estava poupando suas roupas, uma vez que no mínimo o decoro, se não a aparência elegante, seria a única arma (ou melhor, escada) com a qual ele poderia realizar o assalto final àquilo que a srta. Coldfield e, talvez, outros acreditavam ser a respeitabilidade — aquela respeitabilidade que, segundo o general Compson, no fundo secreto da mente de Sutpen, consistia em muito mais do que a mera aquisição de uma castelã para sua casa. Assim ele e os vinte negros trabalharam juntos, lambuzados de lama contra os mosquitos, e, como a srta. Coldfield contou a Quentin, distinguível dos outros somente pela barba e pelos olhos, e apenas o arquiteto parecia uma criatura humana por causa das roupas francesas que ele usava constantemente com uma espécie de fatalidade invencível até o dia seguinte ao que a casa ficou pronta salvo pelos vidros das janelas e pelas ferragens, que eles não podiam fazer à mão, quando o arquiteto partiu — trabalhando no sol e calor do verão e na lama e gelo do inverno, com silenciosa e inabalável fúria.

Custou-lhes dois anos, a ele e ao bando de escravos importados que seus concidadãos adotados ainda viam como sendo bem mais mortais do que qualquer fera que ele pudesse ter trazido e matado naquela região. Trabalhavam do nascer ao cair do sol enquanto grupos de cavaleiros iam até lá e ficavam silenciosamente acomodados em seus cavalos observando, e o arquiteto com o casaco formal e o chapéu de Paris e a expressão de espanto sombrio e amargo espreitava nas proximidades da cena com um ar de alguém entre espectador casual e amargamente desinteressado e fantasma condenado e consciencioso — espanto, dizia o general Compson, não tanto com os outros e com o que eles estavam fazendo, mas mais com ele mesmo e com o inexplicável e incrível fato de sua própria presença. Mas ele era um bom arquiteto; Quentin conheceu a casa, a doze milhas de Jefferson, cercada por pés de cedro e carvalho, setenta e cinco anos depois de ela ter sido terminada. E não apenas um arquiteto, como disse o general Compson, mas um artista, pois somente um artista poderia ter suportado aqueles dois anos para construir uma casa que ele não só esperava como tinha a firme intenção de jamais voltar a ver. Não, disse o general Compson, as provações dos sentidos e o ultraje à sensibilidade da estada de dois anos, mas Sutpen: que apenas um artista poderia ter suportado a rudeza e a pressa de Sutpen e ainda conseguir domar o sonho de magnificência severa e senhorial que obviamente era o alvo de Sutpen, pois o lugar tal como Sutpen o planejara teria sido quase tão grande quanto a própria Jefferson na época; que o pequeno forasteiro sombrio e atormentado tenha sozinho enfrentado e vencido a feroz e presunçosa vaidade de Sutpen, ou seu desejo de magnificência ou de vingança, ou o que quer que fosse (nem o general Compson sabia ainda), e assim criado da própria derrota de Sutpen aquela vitória que, se houvesse vencido, Sutpen não teria conseguido alcançar.

Então a casa foi finalmente terminada, até a última tábua, o último tijolo, a última cavilha de madeira que eles puderam fazer sozinhos. Sem pintura e sem mobiliário, sem uma vidraça, uma maçaneta ou uma dobradiça, a doze milhas da cidade e quase tão longe quanto de qualquer vizinho, ela permaneceu por mais três anos cercada por seus jardins planejados e suas alamedas, seus alojamentos de escravos, seus estábulos e seus defumadouros; perus-selvagens ciscavam num raio de uma milha da casa e cervos apareciam, leves e coloridos como fumaça, e deixavam pegadas delicadas nos canteiros planejados onde ainda não haveria flores por quatro anos. Começou então um período, uma fase, durante a qual a cidade e o condado o observaram com mais perplexidade ainda. Talvez porque o próximo passo rumo àquele fim secreto que o general Compson alegou ter sabido qual era, mas que a cidade e o condado só compreendiam vagamente, ou não compreendiam em absoluto, agora requeria paciência ou tempo passivo em vez daquela fúria impetuosa com a qual ele os acostumara; agora foram as mulheres que primeiro suspeitaram o que ele queria, qual seria o próximo passo. Nenhum dos homens, decerto nenhum dos que o conheciam suficientemente bem para chamá-lo pelo nome, suspeitou que ele quisesse uma esposa. Sem dúvida alguns deles, tanto entre os casados como entre os solteiros, não só teriam se recusado a acalentar a ideia como inclusive teriam afirmado que não era verdade, porque nos três anos seguintes ele levou o que deve ter lhes parecido uma existência perfeita. Ele vivia lá, a oito milhas de qualquer vizinho, em solidão masculina, no que poderia ser considerado meio hectare de quartel de um esplendor senhorial. Vivia na casca espartana da maior construção do condado, incluindo o próprio fórum, cuja soleira nenhuma mulher nem sequer chegara a ver, sem nenhuma suavidade feminina de vidraça ou porta ou colchão; onde não só não havia nenhuma mulher para protestar se ele resolvesse deixar seus cães dormirem na enxerga com ele, mas onde ele nem mesmo precisava de cães para matar os animais que deixavam pegadas ao alcance da vista da porta da cozinha, em vez disso caçando-os com seres humanos que lhe pertenciam de corpo e alma e de quem se acreditava (ou se dizia) que poderiam se esgueirar até um cervo macho deitado e cortar sua garganta antes que ele conseguisse se mover.

    Foi nessa época que ele começou a convidar os grupos de homens que a srta. Coldfield mencionou para Quentin a irem até a Centena de Sutpen para dormir sobre cobertas nos quartos vazios de sua embrionária opulência formal; eles caçavam e à noite jogavam baralho e bebiam, e, em algumas ocasiões, ele certamente colocava um negro para brigar contra outro, e talvez nessa época já participasse ele mesmo, de vez em quando — aquela cena cuja visão, segundo a srta. Coldfield, seu filho fora incapaz de suportar enquanto a filha observava impassível. Sutpen também bebia agora, embora deva ter havido outros além do avô de Quentin que notaram que ele bebia muito raramente, exceto quando ele próprio conseguia fornecer parte da bebida. Seus hóspedes traziam uísque, mas deste ele bebia com uma espécie de cálculo econômico, como que conservando mentalmente, disse o general Compson, uma espécie de equilíbrio de solvência espiritual entre a quantidade de uísque que aceitava e a quantidade de caça que fornecia às espingardas.

Ele viveu assim por três anos. Agora, tinha uma plantação; no espaço de dois anos, extraíra casa e jardins do pântano virgem, e lavrara e semeara sua terra com sementes de algodão que o general Compson lhe tinha emprestado. Então, pareceu desistir. Pareceu simplesmente ter se sentado no meio daquilo que quase tinha terminado, e assim ficou por três anos, durante os quais nem mesmo deu a impressão de pretender ou desejar mais nada. Talvez não deva causar espanto que os homens do condado viessem a acreditar que a vida que ele agora levava fora seu objetivo o tempo todo; foi o general Compson, que parecia conhecê-lo suficientemente bem para ter se oferecido para lhe emprestar sementes de algodão para seu começo, que soube que não era assim, e para quem Sutpen contou um pouco do seu passado. Foi o general Compson que soube primeiro que as moedas espanholas eram as suas últimas, assim como foi Compson (como a cidade ficou sabendo mais tarde) que se ofereceu para emprestar a Sutpen o dinheiro para terminar e mobiliar a casa, o que foi recusado. Por isso sem dúvida foi o general Compson o primeiro homem do condado a dizer para si mesmo que Sutpen não precisava tomar dinheiro emprestado para completar a casa, suprir o que ainda lhe faltava, porque pretendia consegui-lo através de um casamento. Não a primeira pessoa: mas o primeiro homem, pois, de acordo com o que a srta. Coldfield contou a Quentin setenta e cinco anos mais tarde, as mulheres do condado vinham dizendo umas às outras e aos maridos também que Sutpen não pretendia desistir àquela altura, que ele já tivera muito trabalho, já passara por muita privação e dificuldade, para se aquietar e viver exatamente como vivera enquanto a casa estava sendo construída, exceto que agora ele tinha um teto sob o qual dormir em vez de um toldo de carroção sem assoalho. Provavelmente as mulheres já tinham procurado, entre as famílias dos homens que poderiam ser chamados de seus amigos, aquela noiva em potencial cujo dote poderia completar a forma e a substância daquela respeitabilidade que a srta. Coldfield pelo menos acreditava ser o objetivo dele. Assim, quando, no expirar dessa segunda fase, três anos depois que a casa fora terminada e o arquiteto havia partido, e mais uma vez num domingo de manhã e mais uma vez sem aviso, a cidade o viu cruzar a praça, a pé agora, mas com a mesma roupa com que chegara cavalgando cinco anos antes e que ninguém vira desde então (ele ou um dos negros tinha passado o casaco com tijolos quentes, o general Compson disse ao pai de Quentin), e entrar na igreja metodista, somente alguns dos homens se surpreenderam. As mulheres simplesmente disseram que ele tinha esgotado as possibilidades das famílias dos homens com quem caçara e jogara e que agora viera à cidade para escolher uma esposa exatamente como teria ido ao mercado de Memphis para comprar gado ou escravos. Mas quando eles compreenderam por causa de quem ele aparentemente viera à cidade e à igreja para conceder a honra de sua escolha, a certeza das mulheres se tornou igual à surpresa dos homens, e depois ainda mais do que isso: assombro.

    Porque a cidade agora acreditava que o conhecia. Por dois anos ela o observara enquanto com aquela sombria e inabalável fúria ele erguia aquela casca de casa e preparava seus campos, depois por três anos ele permaneceu completamente estático, como se fosse movido a eletricidade e alguém houvesse chegado e removido, desmantelado a fiação ou o dínamo, enquanto as mulheres do condado pouco a pouco convenciam todos de que ele estava apenas esperando para encontrar uma esposa com um dote com o qual pudesse terminá-la. Assim, quando ele entrou na igreja metodista naquela manhã de domingo com seu casaco passado, houve homens e também mulheres que acreditaram que lhes bastaria correr os olhos pela congregação para adivinhar a direção em que seus pés o levariam, até perceberem que ele aparentemente tinha escolhido o pai da srta. Coldfield com a mesma fria e implacável deliberação com que provavelmente escolhera o arquiteto francês. Eles o observaram estupefatos enquanto ele sitiava deliberadamente o único homem da cidade com quem não poderia ter nada em comum, muito menos dinheiro — um homem que obviamente não poderia fazer nada por ele exceto dar-lhe crédito numa pequena loja de esquina ou votar a seu favor se ele algum dia tentasse ser ordenado como ministro metodista —, um voluntário da Igreja Metodista, um comerciante não só de posição e circunstâncias modestas, mas que já tinha esposa e família próprias, para não falar de mãe e irmã dependentes, para sustentar com os proventos de um negócio que trouxera para Jefferson dez anos antes num único carroção — um homem com reputação de absoluta, invariável e até puritana retidão numa região e numa época de oportunismo sem lei, que não bebia, nem jogava, nem mesmo caçava. Em sua surpresa, eles se esqueceram de que o sr. Coldfield tinha uma filha em idade de casar. A filha nem lhes passou pela cabeça. Não pensavam em amor associado a Sutpen. Pensavam em crueldade em vez de justiça e em medo em vez de respeito, mas não em piedade ou amor: além disso, estavam perdidos demais em atônita especulação sobre exatamente como Sutpen pretendia ou poderia dar um jeito de usar o sr. Coldfield para favorecer algum objetivo secreto que ainda tivesse. Eles jamais saberiam: nem a srta. Rosa Coldfield soube. Porque, a partir daquele dia, não houve mais grupos de caçada na Centena de Sutpen e agora, quando eles o viam, era na cidade. Mas não ocioso, vadiando. Os homens que tinham dormido e medido copos com ele embaixo do seu teto (alguns chegaram mesmo a chamá-lo Sutpen sem o formal "senhor") o observavam percorrer a rua diante da Pensão Holston com um simples gesto formal do chapéu e entrar na loja do sr. Coldfield, e isso foi tudo.

"Então um dia ele foi embora de Jefferson pela segunda vez", o sr. Compson disse a Quentin. "A cidade já tinha que ter se acostumado com isso àquela altura. Entretanto, sua posição havia mudado sutilmente, como você verá pela reação da cidade a essa segunda volta. Porque quando ele voltou dessa vez, era, em certo sentido, um inimigo público. Talvez fosse pelo que trouxe consigo dessa vez: o material que trouxe dessa vez, comparado com a simples carroça cheia de negros selvagens que trouxera antes. Mas eu acho que não. Isto é, acho que havia um pouco mais em questão além do mero valor de seus candelabros e mognos e tapetes. Acho que a afronta nasceu da percepção da cidade de que ele estava envolvendo-a com ele; que qualquer que fosse o crime que rendera o mogno e os cristais, ele estava obrigando a cidade a participar daquilo. Antes, até aquele domingo em que ele veio à igreja, se ele tinha enganado ou ofendido alguém, fora apenas o velho Ikkemotubbe, de quem obtivera suas terras — algo que dizia respeito apenas a sua consciência, ao Tio Sam e a Deus. Mas agora sua posição mudara porque quando, cerca de três meses depois que ele sumiu, quatro carroções deixaram Jefferson para ir até o rio encontrá-lo, ficou-se sabendo que fora o sr. Coldfield que os tinha alugado e mandado para lá. Eram carroções grandes, puxados por bois, e quando eles voltaram, a cidade olhou-os e soube que, não importava o que contivessem, o sr. Coldfield, mesmo hipotecando tudo o que possuía, não teria obtido o suficiente para enchê-los; sem dúvida dessa vez houve mais homens até do que mulheres que o imaginaram durante essa ausência com um lenço sobre o rosto e os dois canos de pistola reluzindo embaixo dos candelabros do *saloon* de um barco a vapor, ou coisa pior: ou algo feito no escuro ameaçador de um cais lamacento e com uma faca pelas costas. Eles o viram passar no cavalo ruano ao lado de seus quatro carroções; parece que mesmo os que tinham comido da sua comida e atirado na sua caça e até o chamado de 'Sutpen' sem o 'senhor' não o abordaram então. Apenas esperaram enquanto relatórios e rumores chegavam à cidade sobre como ele e seus negros, agora meio domados, instalaram as janelas e portas e os espetos e panelas na cozinha e os candelabros de cristal nas salas e a mobília e as cortinas e os tapetes; foi aquele mesmo Akers que tropeçara no negro deitado na lama cinco anos antes que veio, de olhos um pouco esbugalhados e consideravelmente boquiaberto, até o bar da Pensão Holston uma noite e disse: 'Rapazes, desta vez ele roubou todo o maldito vapor!'.

"De modo que enfim a virtude cívica entrou em ebulição. Um dia, com o xerife do condado entre eles, um grupo de oito ou dez pegou a estrada para a Centena de Sutpen. Eles não percorreram o caminho todo, porque a cerca de seis milhas da cidade encontraram o próprio Sutpen. Estava montado no cavalo ruano, usando a sobrecasaca e o chapéu de pele de castor que eles conheciam e com as pernas cobertas por uma peça de encerado; trazia uma valise presa à maçaneta da sela e carregava no braço um cestinho trançado. Ele sofreou o ruano (era abril então, e a estrada ainda estava coberta de lama) e ficou ali com seu encerado sujo, correndo os olhos de rosto em rosto; seu avô contou que os olhos dele pareciam os cacos de um prato quebrado e que a barba estava grossa como uma almofaça. Foi assim que ele descreveu: grossa como uma almofaça. 'Bom dia, cavalheiros', ele disse. 'Estavam procurando por mim?'

"Certamente algo além disso ocorreu na época, embora ninguém do comitê de vigilância jamais tenha relatado, que eu saiba. Tudo o que me disseram foi que a cidade, os homens na varanda da Pensão Holston, viram Sutpen e o comitê cavalgando juntos até a praça, Sutpen um pouco à frente e os outros agrupados atrás dele — Sutpen com as pernas e os pés embrulhados cuidadosamente em seu encerado e os ombros retos dentro do casaco de popelina e aquele chapéu velho de pele de castor um pouco para o lado, falando com eles por sobre os ombros e aqueles olhos duros, claros e impiedosos e provavelmente irônicos e talvez desdenhosos mesmo naquela época. Ele parou à porta, o cavalariço negro apareceu e segurou a cabeça do ruano e Sutpen desmontou com sua valise e a cesta e subiu os degraus, e ouvi como ele se virou ali e olhou para eles de novo onde eles estavam agrupados em seus cavalos sem saber exatamente o que fazer. E talvez tenha sido uma boa coisa o fato de ele ter aquela barba e de eles não poderem ver a sua boca. Depois ele virou-se e olhou para os outros homens sentados com os pés no parapeito e observando-o também, homens que costumavam ir a sua casa e dormir no chão e caçar com ele, e ele os saudou com aquele gesto afetado e arrogante com o chapéu (sim, ele era vulgar. Isso se manifestava sempre, seu avô contou, em todos os contatos formais dele com as outras pessoas. Ele era, digamos, como John L. Sullivan, que, após ter aprendido sozinho, num processo penoso e demorado, a dançar o xote, após ter se esforçado sem parar em segredo, passou a acreditar que não precisava mais contar as batidas da música. Talvez ele tenha achado que seu avô ou o juiz Benbow poderiam ter feito a mesma coisa com um pouco menos de esforço do que ele, mas não teria acreditado que alguém poderia ser melhor do que ele na hora de saber quando e como fazê-la. E além disso, estava no seu rosto; era ali que residia seu poder, seu avô disse: no fato de que qualquer um poderia olhar para ele e dizer: *Dada a ocasião e a necessidade, este homem pode e vai fazer qualquer coisa*), entrou na pensão e pediu um quarto.

"Então eles ficaram sentados nos cavalos, esperando por ele. Imagino que soubessem que ele teria que sair em algum momento: imagino que ficaram ali pensando naquelas duas pistolas. Porque ainda não havia um mandado de prisão contra ele, entende: era apenas a opinião pública em estado agudo de indigestão; e então outros homens chegaram a cavalo na praça e se inteiraram da situação, de modo que havia uma turba considerável esperando quando ele apareceu na varanda. Ele usava um chapéu novo agora, e um casaco novo de popelina, e assim eles souberam o que a valise continha. Agora sabiam até o que o cesto continha porque ele também não o trazia mais consigo, embora sem dúvida na ocasião aquilo deva tê-los apenas intrigado mais do que nunca. Porque, entende, eles tinham ficado muito ocupados especulando sobre como exatamente ele estava planejando usar o sr. Coldfield e, desde a volta dele, absolutamente ultrajados demais ao crer que agora viam os resultados disso, embora os meios ainda fossem um enigma, para se lembrarem da srta. Ellen.

"Então sem dúvida ele parou de novo e olhou rosto por rosto de novo, sem dúvida memorizando os rostos novos, sem a menor pressa, ainda com a barba para ocultar o que quer que a sua boca pudesse ter mostrado. Mas parece que não disse nada nessa ocasião. Apenas desceu os degraus e atravessou a praça andando, com o comitê (seu avô disse que eles eram quase cinquenta agora) se movendo também, seguindo-o pela praça. Dizem que ele nem olhou para trás. Apenas seguiu andando, empertigado, com o chapéu novo inclinado e carregando na mão agora aquilo que deve ter lhes parecido ser o espanto e até o insulto gratuito final, com o comitê cavalgando pela rua ao seu lado mas exatamente paralelo a ele, e outros que estavam sem os cavalos no momento unindo-se a eles e seguindo o comitê pela rua, e as senhoras e crianças e escravas mulheres vindo até as portas e janelas das casas à sua passagem para observá-los seguir adiante como um sinistro quadro vivo, e Sutpen, ainda sem olhar para trás sequer uma vez, cruzou o portão do sr. Coldfield e avançou a passos largos ao longo do muro de tijolos e até a porta, carregando sua cornucópia de jornal com flores.

"Mais uma vez, eles o esperaram. A multidão estava aumentando rapidamente agora — outros homens e alguns meninos e até alguns negros das casas adjacentes, se acotovelando atrás dos oito membros originais do comitê, que ficaram vigiando a porta do sr. Coldfield até ele aparecer. Demorou um bom tempo e ele não estava mais com as flores e, quando voltou ao portão, estava noivo. Mas eles não sabiam disso, pois, assim que ele chegou ao portão, o prenderam. Levaram-no de volta para a cidade, com as senhoras e crianças e pretas domésticas observando por trás das cortinas e por trás dos arbustos dos quintais e dos cantos das casas e das cozinhas onde sem dúvida a comida já estava começando a queimar, e assim de volta à praça onde o resto dos homens fisicamente aptos deixou seus escritórios e lojas para ir junto, de modo que, quando chegou ao fórum, Sutpen tinha um séquito maior do que se tivesse sido, de fato, um escravo fugido. Eles o denunciaram a um juiz, mas a essa altura o seu avô e o sr. Coldfield já tinham chegado. Eles assinaram sua fiança e depois, naquela tarde, ele voltou para casa com o sr. Coldfield, percorrendo a pé a mesma rua que percorrera pela manhã, sem dúvida com os mesmos rostos observando-o por trás das cortinas das janelas, para o jantar de noivado sem vinho à mesa e sem uísque antes ou depois. Eu ouvi dizer que em nenhuma de suas três passagens por aquela rua naquele dia sua conduta se alterou — o mesmo caminhar sem pressa ao qual aquela nova sobrecasaca balançava, o mesmo ângulo de inclinação do chapéu novo sobre os olhos e a barba. Seu avô disse que parte da aparência de faiança que a pele de seu rosto tinha quando ele chegara na cidade cinco anos antes agora desaparecera e que seu rosto exibia um bronzeado honesto. E ele tampouco estava mais corpulento; seu avô disse que não era isso: era apenas que a carne sobre os seus ossos tinha ficado mais calma, como que passiva depois de enfrentar o ar como numa corrida, de modo que ele agora realmente enchia suas roupas, com aquela qualidade ainda arrogante, mas sem bravata ou beligerância, embora, segundo seu avô, a qualidade jamais houvesse sido de beligerância, apenas vigilância. E agora aquilo desaparecera, como se depois de três anos ele pudesse confiar apenas nos seus olhos para a vigiar, sem que a carne sobre os seus ossos ficasse de sentinela também. Dois meses depois, ele e a srta. Ellen se casaram.

"Foi em junho de 1838, quase exatamente cinco anos desde aquela manhã de domingo em que ele chegara à cidade cavalgando o cavalo ruano. Ele (o casamento) foi na mesma igreja metodista onde havia visto Ellen pela primeira vez, segundo a srta. Rosa. A tia tinha inclusive forçado ou importunado (não adulado; isso não teria funcionado) o sr. Coldfield até que ele permitisse que Ellen empoasse o rosto para a ocasião. O pó era para esconder as marcas das lágrimas. Mas antes de o casamento terminar o pó estava riscado de novo, endurecido e sulcado. Ellen parece ter entrado na igreja naquela noite saída do choro como se saída da chuva, tendo passado pela cerimônia e depois saído da igreja e ido para o choro de novo, para as lágrimas de novo, as mesmas lágrimas até, a mesma chuva. Ela entrou no coche e partiu em meio a ela (à chuva) rumo à Centena de Sutpen.

"Foi o casamento que causou as lágrimas: não o fato de estar se casando com Sutpen. Quaisquer lágrimas choradas por isso, se lágrimas houve, vieram mais tarde. A princípio não houve intenção de convidar muita gente para o casamento. Isto é, o sr. Coldfield parece não ter tido essa intenção. Dos dois homens (eu não estou falando de Ellen, é claro: aliás, você notará que a maioria dos divórcios ocorre com mulheres que foram casadas por juízes de paz que mascavam tabaco em tribunais do interior ou por clérigos acordados depois da meia-noite, com os suspensórios aparecendo por baixo da aba do fraque e sem colarinho, e com uma esposa ou irmã solteirona de papelotes no cabelo por testemunha. Portanto, seria difícil demais acreditar que essas mulheres cheguem a ansiar pelo divórcio devido a um sentimento não de incompletude mas de real frustração e traição? que a despeito da evidência viva de crianças e tudo o mais, elas ainda tenham em sua mente a imagem de si mesmas andando ao compasso da música e das cabeças virando, com toda a pompa e circunstância da entrega cerimonial daquilo que já não possuem? e por que não, já que para elas a verdadeira e autêntica entrega só pode ser (e tem sido) uma cerimônia como trocar uma cédula de dinheiro para comprar um bilhete para o trem) — dos dois homens, era Sutpen quem tinha o desejo (ou a esperança: concluí isso por causa de algo que seu avô mencionou sem querer um dia e que sem dúvida soube pelo próprio Sutpen da mesma maneira acidental, já que Sutpen nem sequer disse a Ellen que o queria, o que — o fato de que no último minuto ele se recusou a apoiá-la em seu desejo e insistência sobre isso — explica em parte as lágrimas) de uma grande festa de casamento, com a igreja cheia e todo o ritual. O sr. Coldfield aparentemente pretendia apenas empregar, usar, a igreja, desconsiderando-se seu valor espiritual, exatamente como poderia ou teria usado qualquer outro objeto, concreto ou abstrato, ao qual concedera uma certa parte de seu tempo. Ele parece ter tido a intenção de usar a igreja na qual investira uma certa quantidade de sacrifício e indubitável abnegação e certamente trabalho e dinheiro pelo bem do que poderia ser chamado de um equilíbrio de demanda de solvência espiritual, exatamente como teria usado um descaroçador de algodão no qual considerasse ter interesse ou responsabilidade, para o descaroçamento de qualquer algodão que ele ou algum membro de sua família, de sangue ou através de casamento, tivesse plantado — isso e nada mais. Talvez tenha querido isso devido à mesma economia tediosa e infatigável que lhe permitira sustentar mãe e irmã e casar e criar uma família com os proventos daquela loja que dez anos antes coubera num único carroção; ou talvez tenha sido algum sentido inato de delicadeza e conveniência (que sua irmã e sua filha não pareciam possuir, aliás) com respeito ao futuro genro, que, apenas dois meses antes, ele tinha ajudado muito a tirar da cadeia. Mas não foi por alguma falta de coragem com respeito à posição ainda anômala do genro na cidade. Independentemente de como fora seu relacionamento antes daquilo e de como seu relacionamento seria no futuro, se o sr. Coldfield houvesse acreditado que Sutpen era culpado de algum crime na ocasião, não teria levantado um dedo para libertá-lo. Ele poderia não ter feito questão de manter Sutpen na cadeia, mas sem dúvida a melhor fumigação moral que Sutpen poderia ter recebido naquela ocasião aos olhos de seus concidadãos foi o fato de que o sr. Coldfield assinou sua fiança — algo que não teria feito para salvar sua própria reputação, ainda que a prisão tivesse sido o resultado direto do negócio entre ele e Sutpen —, aquele assunto do qual, quando chegou a um ponto em que sua consciência se recusou a sancioná-lo, ele recuara deixando Sutpen ficar com todo o lucro, recusando-se mesmo a permitir que Sutpen o reembolsasse do prejuízo que, ao recuar, ele sofrera, embora tenha, isto sim, permitido a sua filha casar-se com esse homem cujas ações sua consciência não aprovava. Essa foi a segunda vez que ele fez algo assim.

"Quando eles se casaram, havia apenas dez pessoas na igreja, incluindo os noivos e os parentes, das cem que foram convidadas; mas quando saíram da igreja (era noite; Sutpen trouxera meia dúzia de seus negros selvagens para esperar na porta com nós de pinho ardendo) o resto das cem estava lá nas pessoas de meninos e jovens e homens da taverna de vaqueiros no fim da cidade — negociantes de gado e cavalariços e que tais que não tinham sido convidados. Essa foi a outra metade da razão para as lágrimas de Ellen. Foi a tia quem persuadiu ou adulou o sr. Coldfield até que ele concordasse em convidar bastante gente. Sutpen não dissera nada. Mas ele queria. Na verdade, a srta. Rosa tinha mais razão do que imaginava: ele queria não a esposa anônima e os filhos anônimos, mas os dois nomes, a esposa imaculada e o sogro irrepreensível, na licença, no certificado. Sim, certificado, com um selo de ouro e fitas vermelhas também, se isso tivesse sido praticável. Mas não para ele próprio. Ela (a srta. Rosa) teria chamado o selo de ouro e as fitas vermelhas de vaidade. Mas também fora a vaidade que concebera aquela casa e que, num lugar estranho e com nada além de suas mãos, e com a dificuldade a mais da chance e da probabilidade de interferência decorrente da desaprovação de todas as comunidades de homens a qualquer situação que elas não compreendem, a construíra. E orgulho: a srta. Rosa admitira que ele era corajoso; talvez ela lhe concedesse até o orgulho: o mesmo orgulho que desejara tal casa, que não aceitaria nada menos, e que seguira adiante para consegui-la a qualquer custo e então vivera nela, sozinho, numa enxerga sobre o chão por três anos até poder mobiliá-la como ela deveria ser mobiliada — com uma mobília em meio à qual aquela licença de casamento não era a parte menos importante. Ela estava perfeitamente certa. Não era apenas abrigo, apenas esposa e filhos anônimos que ele queria, assim como não queria apenas um casamento. Mas ele nunca disse isso a Ellen ou a nenhuma outra pessoa; na verdade, quando aconteceu a crise feminina, quando Ellen e a tia tentaram alistá-lo no seu lado para persuadir o sr. Coldfield a fazer uma grande festa de casamento, ele se recusou a apoiá-las. Sem dúvida, lembrava-se ainda melhor do que o sr. Coldfield de que dois meses antes estivera na cadeia; que a opinião pública, que em algum momento dos cinco anos precedentes o engolira embora ele nunca houvesse ficado parado em seu estômago, realizara uma das naturais, violentas e inexplicáveis reviravoltas de opinião e o regurgitara. E não o ajudou em nada o fato de que ao menos dois dos cidadãos que deveriam constituir dois dentes da mandíbula ultrajada em vez disso houvessem servido como escoras para manter a mandíbula aberta e impotente enquanto ele saía dela ileso.

"Ellen e a tia lembraram-se disso também. A tia lembrou. Sendo uma mulher, ela sem dúvida havia feito parte daquela liga de mulheres de Jefferson que, no segundo dia depois que a cidade o vira cinco anos antes, concordara em jamais perdoá-lo por não ter um passado, e que permanecera coerente. Como o casamento não era um incidente encerrado, ela provavelmente o encarava como a única chance de atirá-lo de volta na goela da opinião pública que finalmente tentara cuspi-lo, não só para assegurar o futuro da sua sobrinha como sua esposa, mas para justificar a ação do irmão em tirá-lo da cadeia e sua própria posição de ter aparentemente sancionado e permitido o casamento que, aliás, ela não poderia ter impedido — isso, como a srta. Rosa lhe disse, por causa daquela casa grande e da posição e estado que as mulheres perceberam muito antes dos homens que ele não só tinha como objetivo, mas conseguiria atingir. Ou talvez as mulheres sejam ainda menos complexas do que isso e, para elas, qualquer casamento é melhor do que nenhum casamento, e um casamento grande com um vilão, preferível a um pequeno com um santo.

"Assim a tia usou até mesmo as lágrimas de Ellen; e Sutpen, que provavelmente sabia o que iria acontecer, foi se tornando, à medida que se aproximava o momento, mais e mais grave. Não preocupado: vigilante apenas, como deve ter ficado desde o dia em que virou as costas a tudo o que conhecia — os rostos e os costumes — e (tinha apenas catorze anos na época, ele contou a seu avô. Exatamente a mesma idade que Henry tinha naquela noite no estábulo sobre a qual a srta. Rosa lhe falou, à qual Henry não conseguiu fazer frente) saiu para um mundo do qual mesmo em teoria, com a instrução média de um menino normal de catorze anos, não conhecia nada, e com um objetivo fixo na mente que a maioria dos homens só estabelece quando o sangue começa a desacelerar aos trinta anos ou mais, e mesmo então somente porque a imagem representa paz e indolência ou pelo menos um coroamento de vaidade, não a vingança por uma afronta do passado na pessoa de um filho cuja semente ainda não está, e por anos ainda não estaria, plantada. Aquela mesma vigilância que teve que vestir dia e noite, sem mudar ou deixar de lado, como a roupa com a qual tinha que dormir e viver, e isso numa região e em meio a uma gente cuja língua ele nem sequer falava, e onde por causa disso ele cometeria aquele erro que, se houvesse aquiescido, nem teria sido um erro e que, como se recusou a aceitá-lo ou a permitir que o detivesse, se tornou aquilo que o destruiu; aquela cautela insone que deve ter sabido que só podia se permitir um único erro; aquela vigilância para botar na balança evento e possibilidade, circunstância e natureza humana, seu próprio julgamento falível e corpo mortal e forças não só humanas mas naturais, escolhendo e descartando, fazendo acordos com seu sonho e sua ambição como você faria com o cavalo com o qual atravessa o campo e salta troncos, que você só controla com sua habilidade de impedir o animal de perceber que na verdade não pode controlá-lo, que na verdade ele é o mais forte.

"A posição dele é que era curiosa agora. Era ele o solitário. Não Ellen. Ela não só contava com a tia para apoiá-la, como havia o fato de que as mulheres nunca alegam nem afirmam sentir solidão até que circunstâncias impenetráveis e insuperáveis as forçam a desistir de toda esperança de obter a bagatela particular que por acaso desejam no momento. E não o sr. Coldfield. Ele tinha não só a opinião pública mas sua própria desaprovação do casamento grande para apoiá-lo sem incongruência ou paradoxo, assim como Ellen tinha a tia além de seu próprio desejo pelo casamento grande para apoiá-la sem incongruência ou paradoxo. Enquanto Sutpen queria o casamento grande ainda mais do que Ellen, ou por um motivo mais profundo do que ela, mas seu discernimento o fez adivinhar como a cidade encararia aquilo, ainda mais do que o sr. Coldfield adivinhou. Por isso, enquanto Ellen usava suas lágrimas não apenas para coagir o pai como para persuadir Sutpen a colocar seu peso na balança ao lado do dela, ele teve apenas um inimigo — o sr. Coldfield. Mas quando ele recusou o que Ellen pedia, quando se manteve neutro, passou a ter três, contando com a tia. Então (as lágrimas venceram; Ellen e a tia escreveram uma centena de convites — Sutpen trouxe um dos negros selvagens que os entregou de porta em porta em mãos — e chegaram a enviar outra dúzia de convites mais pessoais para o ensaio geral) quando eles chegaram à igreja para o ensaio na noite da véspera do casamento e encontraram a igreja vazia e um punhado de homens dos arredores da cidade (inclusive dois dos velhos Chickasaws de Ikkemotubbe) parados nas sombras do lado de fora, as lágrimas desceram de novo. Ellen enfrentou o ensaio, mas depois a tia a levou para casa num estado de quase histeria, embora no dia seguinte este tivesse voltado a ser apenas uns choros intermitentes e silenciosos. Chegaram a falar em adiar o casamento. Não sei quem foi que disse isso, talvez Sutpen. Mas sei quem vetou. Era como se a tia estivesse agora determinada, não mais a meramente enfiar Sutpen na goela da cidade, mas a enfiar o próprio casamento. Ela passou todo o dia seguinte indo de casa em casa, com a lista de convidados na mão, usando um vestido de ficar em casa e um xale e seguida por uma das negras de Coldfield (as duas eram mulheres), talvez para proteção, talvez apenas sugada como uma folha por aquela sinistra fúria de virago da afronta feminina; sim, ela veio a nossa casa também, embora seu avô jamais houvesse tencionado não ir ao casamento: a tia não deve ter tido dúvida sobre papai, pois papai ajudara a tirar Sutpen da cadeia, mas àquela altura já devia ter-se esgotado toda a sua capacidade de raciocínio. Papai e sua avó eram recém-casados então, e mamãe era uma estranha em Jefferson e não sei o que ela pensou, só sei que se recusava a falar sobre o que aconteceu: sobre a mulher maluca a quem ela nunca tinha visto antes, que entrou intempestivamente na casa não para convidá-la para um casamento, mas para desafiá-la a não ir, e depois saiu a toda. Mamãe nem soube a que casamento ela estava se referindo no começo, e quando papai voltou para casa ele encontrou mamãe histérica também, e mesmo vinte anos depois ela não conseguia contar o que realmente tinha acontecido. Não houve nada de cômico naquilo para ela. Papai costumava caçoar dela por aquilo, mas mesmo vinte anos depois daquele dia, quando ele caçoava dela, eu a via começar a levantar a mão (talvez com o dedal num dedo) como se quisesse se proteger, com o mesmo olhar no rosto que devia estar ali quando a tia de Ellen saiu.

"A tia andou pela cidade toda naquela manhã. Foi algo que não lhe tomou muito tempo e foi feito por completo; ao anoitecer, as circunstâncias da situação tinham se espalhado não só para além da cidade como por baixo dela, penetrando no estábulo de aluguel de carruagens e cavalos e na taverna de cavalariços, lugares que iriam fornecer os convidados que compareceram ao casamento. Ellen, é claro, não estava ciente disso, não mais que a própria tia, e nem teria acreditado no que ia acontecer mesmo que fosse clarividente e pudesse realmente ter visto o ensaio dos acontecimentos antes do tempo os produzir. Não que a tia tivesse se considerado protegida de ser ultrajada dessa maneira; ela simplesmente não poderia ter acreditado que suas intenções e ações do dia poderiam ter algum resultado que não fosse aquele pelo qual ela abrira mão não só de toda a dignidade dos Coldfield como de todo o recato feminino. Sutpen, imagino, poderia ter dito a ela, mas sem dúvida ele sabia que a tia não teria acreditado nele. É provável que nem sequer tenha tentado: fez apenas a única coisa que poderia fazer, que foi mandar buscar na Centena de Sutpen outros seis ou sete de seus negros, homens em quem podia confiar, os únicos homens em quem podia confiar, e armá-los com os nós de pinho acesos que eles estavam segurando diante da porta quando o coche chegou e os noivos e parentes saíram. E foi então que as lágrimas pararam, porque agora, na rua defronte à igreja, havia coches e charretes alinhados, embora somente Sutpen e, possivelmente, o sr. Coldfield tenham notado que, em vez de estarem defronte à porta e vazios, eles estavam do outro lado da rua e ainda ocupados, e que agora a calçada na frente da igreja era uma espécie de arena iluminada pelas tochas fumegantes que os negros seguravam acima da cabeça, cuja luz tremulava e luzia sobre as duas fileiras de rostos por entre as quais o grupo teria que passar para entrar na igreja. Não houve nenhuma vaia ainda, nenhum gracejo; evidentemente nem Ellen nem a tia suspeitaram que alguma coisa estava errada.

"Porque durante um tempo Ellen até saiu do choro, das lágrimas, e entrou na igreja. Ela estava vazia salvo por seu avô e avó e talvez uma meia dúzia de outros que podem ter comparecido por lealdade aos Coldfield, ou talvez para ficar perto e assim não perder nada daquilo que a cidade, representada pelos coches à espera, parecia ter adivinhado, assim como Sutpen. Ela continuou vazia mesmo depois que a cerimônia começou e terminou. Porque Ellen tinha um pouco de orgulho também, ou pelo menos daquela vaidade que às vezes pode tomar o lugar de orgulho e coragem; ademais, nada acontecera ainda. A multidão do lado de fora ainda estava quieta, talvez por respeito à igreja, por aquela aptidão, e avidez, do anglo-saxão para absoluta aceitação mística de paus e pedras imolados. Ela parece ter saído da igreja e entrado naquilo sem perceber nada. Talvez ainda estivesse se movendo sob aquele orgulho que não permitiu que as pessoas dentro da igreja a vissem chorar. Ela simplesmente entrou naquilo, provavelmente correndo para a intimidade do coche, onde poderia chorar; talvez sua primeira suspeita tenha vindo da voz gritando: 'Atenção! Não acertem nela!', e do objeto — sujeira, lixo, o que fosse — passando por ela, ou, talvez, da própria mudança de luz quando ela se virou e viu um dos negros com a tocha levantada e no ato de correr para a multidão, os rostos, quando Sutpen falou com ele naquela língua que mesmo então uma boa parte da região não sabia que era uma língua civilizada. Foi isso que ela viu, o que os outros viram dos coches parados do outro lado da rua — a noiva se encolhendo ao abrigo dos braços dele enquanto ele a puxava para trás de si e ele ali parado, sem se mexer nem mesmo depois que outro objeto (eles não atiraram nada que pudesse realmente ferir: eram apenas torrões de terra e restos de legumes) arrancou o chapéu da cabeça dele, e um terceiro o atingiu direto no peito — ali parado, imóvel, com uma expressão quase sorridente em que seus dentes se mostravam através da barba, contendo seus negros selvagens com aquela única palavra (sem dúvida havia pistolas na multidão; facas, com certeza: o negro não teria sobrevivido dez segundos se tivesse corrido) enquanto ao redor dos noivos o círculo de rostos com a boca aberta e os olhos refletindo as tochas parecia avançar e oscilar e mudar e desaparecer no brilho esfumaçado do pinho ardendo. Ele foi buscar abrigo no coche, protegendo as duas mulheres com seu corpo, ordenando com outra palavra que os negros o seguissem. Mas eles não atiraram mais nada. Aparentemente fora aquela primeira explosão espontânea, embora tivessem vindo armados e preparados com os objetos que atiraram. Na verdade, aquela pareceu ter sido toda a questão que supurara quando o comitê de vigilância o seguira até o portão do sr. Coldfield naquele dia dois meses antes. Porque os homens que tinham formado a multidão, os comerciantes e cavalariços e condutores, voltaram, desapareceram novamente na zona de onde tinham emergido para essa ocasião especial como ratos; espalhados, sumidos pela região — rostos dos quais nem mesmo Ellen se recordaria, vistos de noite ou numa refeição ou apenas numa bebida em outras tavernas a vinte ou cinquenta ou cem milhas de distância por estradas sem nome e depois sumidos dali também; e os que tinham vindo nos coches e charretes para ver um espetáculo romano, indo até a Centena de Sutpen para visitar e (os homens) para caçar sua caça e comer sua comida de novo e de vez em quando reunindo-se à noite em seu estábulo enquanto ele jogava um contra outros dois de seus negros selvagens como homens atiçam galos de briga ou talvez entrasse na arena ele mesmo. O acontecido deixou de ser mencionado, mas não de ser lembrado. Ele não se esqueceu daquela noite, embora Ellen, eu acho, tenha esquecido, pois ela a lavou de sua lembrança com lágrimas. Sim, ela estava chorando de novo agora; choveu, de fato, naquele casamento."

III

Se ele dispensou a srta. Rosa, não creio que ela gostaria de contar a ninguém sobre isso *disse Quentin*.

Ah *disse o sr. Compson de novo* Depois que o sr. Coldfield morreu, em 64, a srta. Rosa mudou-se para a Centena de Sutpen para morar com Judith. Tinha vinte anos então, quatro anos menos que a sobrinha a quem, em obediência ao último pedido da irmã agonizante, resolvera salvar da destruição de família, que Sutpen parecia determinado a causar, aparentemente através do processo de se casar com ele. Ela (a srta. Rosa) nasceu em 1845, quando a irmã já era casada havia sete anos e mãe de dois filhos, e a srta. Rosa nasceu na meia-idade de seus pais (sua mãe devia ter pelo menos quarenta anos e morreu daquele parto, e a srta. Rosa jamais perdoou seu pai por isso) e numa época em que — supondo-se que a srta. Rosa simplesmente imitaria a atitude de seus pais com o genro — a família só queria paz e tranquilidade e provavelmente não esperava e talvez nem mesmo quisesse outra filha. Mas ela nasceu, ao preço da vida da mãe e para jamais lhe permitirem esquecê-lo, e foi criada pela mesma tia solteirona que tentara enfiar não só o noivo da irmã mais velha como também o casamento pela goela de uma cidade que não o queria, crescendo naquela maçonaria fechada de mulheres para ver em sua própria existência não só a única justificação para o sacrifício da vida da mãe, não só uma censura ambulante do pai, mas uma acusação viva, ubíqua, e mesmo transferível, a todo princípio masculino (aquele princípio que fizera com que a tia ainda fosse uma virgem aos trinta e cinco anos) sobre a terra. Assim, nos primeiros dezesseis anos de sua vida ela viveu naquela casinha sombria e apertada com o pai a quem odiava sem saber — aquele homem estranho e silencioso cuja única amiga e companheira parece ter sido a sua consciência e a única coisa com a qual se importava, sua reputação de probidade entre seus semelhantes — aquele homem que mais tarde preferiria trancar-se no sótão e definhar até morrer a ver sua terra natal convulsionada pelo processo de repelir um exército invasor — e a tia, que mesmo dez anos depois ainda estava se vingando do fiasco do casamento de Ellen investindo contra a cidade, a raça humana, através de qualquer uma e de todas as suas criaturas — irmão sobrinhas marido da sobrinha ela própria e todos — com a fúria cega e irracional de uma cobra na muda; que ensinara a srta. Rosa a ver sua irmã como uma mulher que havia desaparecido não só da família e da casa, mas da vida também, dentro de uma construção como a do Barba Azul, e lá se metamorfoseado numa máscara que olhava para trás com passiva e impotente tristeza diante do mundo irrevogável, mantida lá, não prisioneira, mas numa espécie de zombeteira suspensão por um homem (o rosto dele o mesmo que o sr. Coldfield via agora, e que vira desde aquele dia quando, com o futuro genro ostensivamente de consorte mas na verdade de mandante, a consciência do sr. Coldfield despertara e, com ele abrindo mão até de sua parte no carregamento, ele e o genro se separaram) que entrara na sua vida e na de sua família antes de ela nascer com a brusquidão de um tornado, causado danos irremediáveis e incalculáveis, e seguido em frente — num ambiente soturno de mausoléu de retidão puritana e de desejo de vingança de mulher ultrajada a infância da srta. Rosa (aquela velha e antiga e intemporal ausência de juventude que consistiu em escutar como uma Cassandra atrás de portas fechadas, em vagar por corredores escuros repleta daquele eflúvio presbiteriano de lúgubre e vingativa antecipação enquanto esperava que a infância e a meninice com que a natureza a enganara e atraiçoara se apoderassem da desaprovação a respeito de cada uma e de todas as coisas que pudessem penetrar as paredes daquela casa pela agência de qualquer homem, particularmente de seu pai, com a qual, junto com os cueiros, a tia pareceu tê-la vestido quando ela nasceu) foi passada.

Talvez ela tenha visto na morte do pai, na necessidade decorrente de, como órfã e miserável, ter de recorrer à parente mais próxima para obter comida e abrigo e proteção — e essa parente era a sobrinha a quem lhe pediram que salvasse; talvez nisso ela tenha visto o próprio destino conferindo-lhe a oportunidade de cumprir o último pedido da irmã. Talvez ela até tenha se visto como um instrumento de desforra: se não ela própria um instrumento ativo suficientemente forte para lidar com ele, ao menos uma espécie de símbolo passivo de inescapável recordação para se erguer, sem violência ou dimensão, da pedra sacrifical do leito nupcial. Porque até ele voltar da Virgínia em 66 e encontrá-la vivendo lá com Judith e Clytie — (Sim, Clytie era filha dele também: Clytemnestra. Foi ele mesmo que deu o nome. Foi ele que deu o nome de todos: toda a sua prole e toda a prole de seus pretos selvagens depois que a região começou a assimilá-los. A srta. Rosa não lhe contou que dois dos pretos no carroção naquele dia eram mulheres?

Não, senhor *disse Quentin*.

Pois é. Duas delas. E trazidas para cá não por acaso nem por descuido. Ele cuidou disso, ele que sem dúvida vira ainda mais longe que os dois anos que precisou para construir a casa e mostrar suas boas intenções aos vizinhos até eles lhe permitirem misturar seus negros selvagens com os domesticados, pois a diferença de língua entre eles só seria uma barreira por algumas semanas ou mesmo dias. Ele trouxe as duas mulheres de propósito; provavelmente as escolheu com o mesmo cuidado e perspicácia com que escolheu os outros animais — os cavalos e mulas e o gado — que comprou mais tarde. E ele viveu ali durante quase cinco anos sem ter intimidade sequer para cumprimentar qualquer mulher branca do condado, assim como não tinha nenhum móvel em sua casa e pela mesma razão: na época, não possuía nada que pudesse dar em troca daquelas ou destes últimos. Sim. Ele batizou Clytie como batizou todos eles, inclusive aquele antes de Clytie e Henry e Judith, com a mesma temeridade robusta e sardônica, nomeando com a própria boca a própria fecundidade irônica de dentes de dragão que, tirando as duas exceções, foram todas meninas. Eu é que sempre gostei de acreditar que ele pretendia chamar Clytie de Cassandra, movido por uma espécie de economia pura e dramática a não só gerar, mas também designar o áugure que presidiria seu desastre, e que simplesmente errou de nome, um engano natural num homem que deve ter aprendido a ler sozinho) — Quando ele voltou para casa em 66, a srta. Rosa não havia chegado a vê-lo uma centena de vezes em toda a sua vida. E o que viu então foi apenas aquele rosto ogro de sua infância, visto uma vez e depois repetido a intervalos e em ocasiões que ela não saberia nem contar nem recordar, como a máscara na tragédia grega, intercambiável não só de cena para cena, mas de ator para ator e por trás da qual os acontecimentos e ocasiões ocorriam sem cronologia ou sequência, deixando-a realmente incapaz de dizer quantas vezes o vira porque, estivesse desperta ou dormindo, a tia lhe ensinara a não ver mais nada. Naquelas ocasiões circunspectas e lúgubres e até mesmo formais em que ela e a tia iam à Centena de Sutpen passar o dia e a tia a mandava sair para brincar com o sobrinho e a sobrinha exatamente como poderia tê-la mandado tocar uma peça no piano para convidados, ela não o via sequer à mesa de jantar, porque a tia dava um jeito de a visita coincidir com a ausência dele; e provavelmente a srta. Rosa teria tentado evitar encontrá-lo mesmo que ele estivesse lá. E nas quatro ou cinco ocasiões ao longo do ano em que Ellen trouxe as crianças para passarem o dia na casa de seu pai, a tia (aquela mulher forte vingativa e coerente que parece ter sido duas vezes o homem que o sr. Coldfield era e que para falar a pura verdade era não só a mãe da srta. Rosa como seu pai também) lançava sobre essas visitas também a mesma atmosfera de sombria e belicosa conspiração e aliança contra os dois adversários, um dos quais — o sr. Coldfield —, quer pudesse ou não defender seu terreno, havia muito recolhera seus piquetes e desmantelara sua artilharia e se retirara para a cidadela inexpugnável de sua passiva retidão: e o outro — Sutpen — que provavelmente a poderia ter enfrentado e inclusive afugentado, mas que nem sequer sabia que era um inimigo em pé de guerra. Porque ele nem sequer vinha em casa para a refeição do meio-dia. Sua razão pode ter sido uma certa delicadeza em relação ao sogro, cuja verdadeira razão e começo do relacionamento com ele nem tia, nem Ellen, nem a srta. Rosa jamais souberam, e Sutpen a divulgaria apenas para um homem — e isso sob jura de segredo enquanto o sr. Coldfield vivesse — em consideração pelo nome cuidadosamente preservado de imaculada moral do sr. Coldfield — e que, seu avô contou, o próprio sr. Coldfield jamais divulgou pela mesma razão. Ou talvez a razão fosse aquela que a srta. Rosa lhe disse e que a tia dera a ela: que agora que Sutpen tirara do sogro tudo o que ele possuía que lhe era de alguma serventia, ele (Sutpen) não teve nem a coragem de encará-lo nem a graça e a decência de completar o grupo cerimonial familiar ao menos quatro vezes por ano. Ou talvez tenha sido pela razão que Sutpen deu a si mesmo e na qual a tia se recusou a acreditar devido a esse mesmo fato: que ele não vinha à cidade todo dia e, quando vinha, preferia passar esse dia (ele frequentava o bar agora) com os homens que se reuniam todas as tardes na Pensão Holston.

Esse era o rosto que, nas poucas ocasiões em que a srta. Rosa o via, estava do outro lado da mesa de jantar dele — o rosto de um inimigo que nem mesmo sabia que estava em guerra. Ela estava com dez anos então e, depois da deserção da tia (a srta. Rosa agora cuidava da casa de seu pai como a tia fizera até a noite em que pulara a janela e desaparecera), não só não havia ninguém para obrigá-la a tentar brincar com o sobrinho e a sobrinha naqueles dias formais e funéreos, como ela nem sequer precisava ir lá e respirar o mesmo ar que ele respirava e onde, apesar de ausente, ele ainda permanecia, espreitava, no que ela chamava de um sardônico e vigilante triunfo. Ela ia à Centena de Sutpen apenas uma vez por ano agora, quando, em suas roupas de domingo, ela e o pai percorriam as doze milhas numa charrete sólida e maltratada levada por uma parelha sólida e envelhecida, para passar o dia. Era agora o sr. Coldfield quem insistia nas visitas, ele que jamais fora com elas enquanto a tia estava lá, talvez por um senso de dever, que era a razão que ele dava e na qual, nesse caso, até a tia teria acreditado, talvez por não ser a verdadeira, pois certamente nem mesmo a srta. Rosa teria acreditado na verdadeira: que o sr. Coldfield queria ver os netos, a respeito dos quais vivia numa inquietação que crescia em ritmo constante, pensando naquele dia em que o pai falaria, ao menos ao filho, daquele velho negócio entre pai e avô sobre o qual o sr. Coldfield ainda não estava certo de que o genro não tinha contado. Embora a tia tivesse partido, ela ainda conseguia transmitir e evocar sobre cada uma dessas expedições um pouco do velho aroma de ataque sombrio, mais do que nunca agora contra um inimigo que não sabia que estava em guerra. Porque agora que a tia se fora, Ellen tinha renegado aquele triunvirato que a srta. Rosa tentara, sem sucesso, transformar em dupla. Agora ela estava completamente só, enfrentando do outro lado da mesa de jantar, sem apoio nem mesmo de Ellen (por essa época Ellen passou por uma metamorfose completa, despontando em sua lustração seguinte com o caráter definitivo de um renascimento); enfrentando do outro lado da mesa o inimigo que nem mesmo tinha consciência de que estava ali sentado não como um anfitrião e cunhado, mas como a outra parte de um armistício. Ele provavelmente nem olhava duas vezes para ela em comparação com sua própria família e filhos — a criancinha franzina cujos pés, mesmo depois de crescida, jamais alcançariam inteiramente o chão de suas próprias cadeiras, nem aquelas que ela herdaria nem aquelas — aqueles objetos — que acumularia como um complemento e uma expressão de sua personalidade individual, como as pessoas fazem, comparada com Ellen, que, embora também fosse de ossatura pequena, era o que se conhece como encorpada (e que teria sido, se sua vida não tivesse se esvaído numa época em que até os homens encontravam pouca coisa para comer e o fim de seus dias tivesse transcorrido sem problemas, realmente encorpada. Não gorda: apenas roliça e cheia, o cabelo branco, os olhos ainda joviais até, até com um tênue rubor ainda no que teriam sido papadas e não mais bochechas, as mãos pequenas rechonchudas aneladas não escarificadas cruzadas em tranquila expectativa da comida, sobre o damasco defronte às louças Haviland embaixo do candelabro que ele trouxera para a cidade anos e anos antes em carroções, para a fúria atônita e afrontada dos concidadãos), ou com Judith, já mais alta do que

Ellen, e Henry, embora não tão alto para seus dezesseis anos quanto Judith para os seus catorze, mas prometendo algum dia ficar da mesma estatura que o pai; essa criatura, esse rosto que raramente falava durante as refeições, com olhos parecendo (como você disse) pedaços de carvão enfiados em massa de farinha mole e cabelos bem presos daquela cor de pelo de rato peculiar aos cabelos sobre os quais o sol não brilha com frequência, comparado com os rostos queimados de sol de Judith e Henry: Judith com os cabelos da mãe e os olhos do pai e Henry com o cabelo a meio caminho entre o vermelho do pai e o preto da mãe, e olhos de um mel escuro e brilhante; aquele corpinho com seu ar de constrangimento curioso e paradoxal como se fosse uma fantasia que ela pedira emprestada no último momento e por necessidade para ir a um baile ao qual não queria comparecer: aquela aura de uma criatura enclausurada agora por escolha deliberada e ainda em meio à agonia do aprendizado forçado do, em vez da voluntária ou mesmo aquiescente participação, ato de respirar — essa criada que servia a quem era sangue do seu sangue, esperando, mesmo agora, dele escapar escrevendo uma poesia de aluna do primário sobre os também-mortos — o rosto, o menor rosto do grupo, fitando-o do outro lado da mesa com calma e curiosa e profunda intensidade, como se ela realmente tivesse algum indício obtido daquele elo com o berço fluido dos acontecimentos (o tempo) que adquirira ou cultivara escutando atrás de portas fechadas não o que ouvia ali, mas tornando-se passiva e receptiva, incapaz de discernimento ou opinião ou incredulidade, em relação à temperatura pré-febril do desastre que faz adivinhadores e, às vezes, os faz certeiros, à futura catástrofe em que o rosto ogro de sua infância aparentemente desapareceria de maneira tão completa que ela aceitaria casar-se com o seu extinto dono.

Essa talvez tenha sido a última vez em que ela o viu. Porque eles pararam de ir lá. O sr. Coldfield parou. Nunca houvera um dia certo para a visita. Alguma manhã, ele simplesmente aparecia para tomar café da manhã usando o casaco pesado preto e decente com o qual se casara e que havia usado cinquenta e duas vezes por ano desde que Ellen se casara, e depois cinquenta e três vezes por ano desde que a tia os desertara, até que o vestiu para sempre no dia em que subiu ao sótão e pregou a porta por dentro e atirou o martelo pela janela e assim morreu com ele. Então a srta. Rosa se retirava e reaparecia com o impressionante vestido de seda preta ou marrom que a tia escolhera para ela anos antes e que ela continuava a usar nos domingos e nas ocasiões especiais mesmo depois de gasto, até o dia em que o pai decidiu que a tia não retornaria e permitiu que a filha usasse as roupas que a tia deixara na casa na noite de sua fuga. Então eles subiam na charrete e partiam, com o sr. Coldfield antes descontando dos dois negros a refeição do meio-dia que eles não teriam que preparar e (assim acreditava a cidade) cobrando pela refeição improvisada à base de sobras que teriam de comer. Então, certo ano eles não foram. Sem dúvida o sr. Coldfield deixou de aparecer para o café da manhã com o casaco preto, e mais dias se passaram e ele ainda assim não o fez, e isso foi tudo. Talvez sentisse, agora que os netos estavam crescidos, que a dívida com sua consciência fora quitada, já que Henry estava longe, na Universidade Estadual, em Oxford, e Judith ainda mais distante — naquela fase de transição entre a criança e a mulher quando estava ainda mais inacessível ao avô, a quem vira pouco ao longo da vida e com quem provavelmente não se importava muito, de qualquer modo — aquela fase em que, embora ainda visíveis, as mocinhas parecem vistas através de um vidro e nem mesmo a voz consegue alcançá-las; em que elas existem (isso a menina moleca que podia — e de fato o fazia — correr mais e subir mais, e montar e brigar tanto contra como do lado do irmão) numa luminosidade perolada sem sombras e na qual elas próprias tomam parte; mantidas em nebulosa suspensão, estranhas e imprevisíveis, com até mesmo suas silhuetas fluidas e delicadas e sem substância; não exatamente flutuando e buscando, mas apenas esperando, parasitárias e potentes e serenas, atraindo para si sem esforço o pós-genitivo sobre o qual e em torno do qual moldar, fluir em costas, peito; busto, flanco, coxa.

Começou então o período que terminou na catástrofe que causou uma reversão tão completa na srta. Rosa a ponto de lhe permitir aceitar casar-se com o homem que fora ensinada a ver como um ogro. Não foi uma reviravolta de personalidade: esta não mudou. Mesmo seu comportamento não mudou em nada. Mesmo que Charles Bon não tivesse morrido, é muito provável que ela tivesse ido viver, mais cedo ou mais tarde, na Centena de Sutpen depois da morte do seu pai, e, uma vez feito isso, provavelmente teria passado o resto de sua vida ali, como sem dúvida esperava fazer quando foi. Mas se Bon tivesse vivido e ele e Judith tivessem se casado e Henry tivesse permanecido no mundo conhecido, ela teria se mudado (se é que o faria) de lá apenas quando estivesse pronta para isso, e teria vivido (se é que teria) com a família da sua irmã morta somente como a tia que efetivamente era. Não foi sua personalidade: apesar dos seis anos que provavelmente haviam se passado desde a última vez em que ela o vira e dos quatro que certamente ela levara alimentando o pai secretamente à noite enquanto ele se escondia dos agentes da polícia confederada no sótão e enquanto ao mesmo tempo ela escrevia poesia heroica sobre os mesmos homens de quem seu pai se escondia e que o teriam baleado ou enforcado sem julgamento se o encontrassem — e homens dos quais, aliás, o ogro de sua infância era um e (ele trouxe para casa consigo uma condecoração por bravura do próprio punho de Lee) um dos bons —, o rosto que a srta. Rosa levou para lá para viver o resto da vida era o mesmo rosto que o observara do outro lado da mesa de jantar e que ele também não saberia dizer quantas vezes tinha visto, nem quando nem onde, não por ser incapaz de esquecê-lo, mas porque provavelmente não teria se lembrado dele o suficiente para descrevê-lo dez minutos depois de desviar o olhar, e com o qual a mesma mulher que fora aquela criança agora o observava com aquela mesma gélida e sombria intensidade.

    Embora ela fosse passar anos sem ver Sutpen de novo, agora via a irmã e a sobrinha com mais frequência do que nunca. Ellen estava no auge do que a tia teria chamado de sua renegação. Ela parecia não só aquiescer, estar reconciliada com sua vida e seu casamento, como estar orgulhosa dele. Ela vicejara, como se o Destino estivesse comprimindo os últimos dias quentes de outono que deveriam ter vicejado aos poucos e fanado graciosamente em seis ou oito anos, em três ou quatro, fosse por compensação pelo que haveria de vir, fosse para liquidar as contas, pagar o cheque no qual sua esposa, a Natureza, firmara seu nome. Ellen estava com trinta e muitos anos, roliça, o rosto ainda sem nódoas. Era como se qualquer marca que viver no mundo deixara nele até o momento em que a tia desapareceu tivesse sido removida, ou pelo menos erradicada, de entre o esqueleto e a pele, entre a soma de experiência e o invólucro em que ela reside, pelos anos intervenientes de carne temperada e imperturbada. Seus modos, sua aparência, agora eram um pouco aristocráticos — ela e Judith faziam visitas frequentes à cidade agora, visitando as mesmas senhoras, algumas das quais já eram avós, a quem a tia tentara obrigar a comparecer ao casamento vinte anos antes, e, na medida das magras possibilidades que a cidade oferecia, fazendo compras — como se ela tivesse conseguido enfim evacuar não só a herança puritana mas a própria realidade; tinha imolado marido ignóbil e filhos incompreensíveis, transformando-os em sombras; escapado enfim para um mundo de pura ilusão onde, a salvo de qualquer dano, se movia, vivia, de atitude a atitude contra seu pano de fundo de castelã do maior, esposa do mais rico, mãe dos mais afortunados. Quando fazia compras (havia vinte lojas em Jefferson agora), ela espairecia sem nem mesmo descer do coche, graciosa e segura de si e dizendo os mais completos absurdos, loquaz, com as frases alegres, sempre iguais e sem sentido do papel que escrevera para si mesma, da duquesa itinerante com sopas e remédios particulares em meio a camponeses sem-terra e independentes — uma mulher que, se tivesse tido a força para suportar tristeza e dificuldades, poderia ter ascendido ao verdadeiro estrelato no papel da matriarca, arbitrando diante da lareira de uma velha o orgulho e destino de sua família, em vez de se voltar afinal para o membro mais jovem dela e pedir-lhe que protegesse os outros.

Frequentemente duas e, às vezes, três vezes por semana, as duas vinham à cidade e à casa — a mulher tola, irreal, loquaz e preservada já havia seis anos ausente do mundo — a mulher que largara lar e família numa torrente de lágrimas e numa região escura e miasmática um tanto como as cáusticas cercanias do Estige produzira dois filhos e depois surgira como a borboleta gerada no pântano, livre de peso de estômago e de todos os órgãos pesados de sofrimento e experiência, entrando num vácuo perene brilhante de sol aprisionado — e a mocinha sonhando, não vivendo, em seu absoluto alheamento e indiferença à realidade, quase uma surdez física. Para elas, a srta. Rosa não devia significar absolutamente nada então: não a criança que fora objeto e vítima dos incansáveis e vingativos cuidados e atenção da tia desaparecida, e nem mesmo a mulher que seu ofício de dona de casa indicaria, e certamente não a própria tia factual. E seria difícil dizer qual das duas, irmã ou sobrinha, era, por sua vez, a mais irreal para a srta. Rosa — a adulta que fugira da realidade para uma região insossa povoada por bonecas, ou a mocinha que dormia acordada em alguma suspensão tão completamente física a ponto de parecer a fase antes do nascimento, e tão afastada do outro extremo da realidade quanto Ellen estava do seu, conduzindo o coche até a casa duas e três vezes por semana, e uma vez, no verão quando Judith tinha dezessete anos, parando na sua ida por terra a Memphis para comprar roupas para Judith; sim: um enxoval. Aquele foi o verão seguinte ao primeiro ano de Henry na universidade, depois que ele trouxe Charles Bon para passar o Natal com ele em casa e de novo para passar uma semana mais ou menos das férias de verão antes de Bon ir a cavalo até o rio para pegar o vapor para voltar para New Orleans; o verão em que o próprio Sutpen partiu, a negócios, Ellen disse, certamente sem se dar conta, tal era sua existência então, de que não sabia para onde o marido havia ido e nem mesmo consciente de que não tinha curiosidade a respeito, sem que ninguém além do seu avô, e, talvez, Clytie, viesse a saber que Sutpen fora para New Orleans também. Elas entravam naquela casinha apertada e sombria onde mesmo então, quatro anos depois, a tia ainda parecia estar atrás de cada porta com a mão já na maçaneta, e que Ellen enchia com dez ou quinze minutos de gritaria estridente e depois partia, levando consigo a filha sonhadora e sem volição que não dissera uma palavra; e a srta. Rosa, que na verdade era tia da garota e que pela idade real devia ter sido sua irmã e que em experiência e esperança e oportunidade reais devia ter sido a sobrinha, ignorando a mãe para seguir com os olhos a filha inacessível que partia com míope e indistinto anseio e sem um pingo de ciúme, projetando em Judith todos os sonhos e ilusões abortados de sua própria juventude malfadada e frustrada, oferecendo a Judith o único presente (por necessidade oferecido ao enxoval da noiva e não a ela própria; foi Ellen quem contou isso, dando guinchos de riso, mais de uma vez) que podia dar: ela se ofereceu para ensinar a Judith como cuidar da casa e planejar refeições e contar a roupa para lavar, recebendo pela oferta o olhar vazio insondável, o "O quê? O que você disse?" de quem não ouvira, enquanto mesmo então Ellen já guinchava de espanto e divertimento. Então elas partiram — carruagem, embrulhos, a diversão pavoneada de Ellen, o devaneio impenetrável da sobrinha. Quando vieram à cidade na vez seguinte e o coche parou diante da casa do sr. Coldfield, uma das negras saiu e disse que a srta. Rosa não estava em casa.

Naquele verão, ela tornou a ver Henry também. Não o via desde o verão anterior, embora ele tivesse vindo para casa no Natal com seu amigo da universidade, e ficara sabendo dos bailes e festas dados na Centena de Sutpen durante o fim de ano, mas ela e o pai não tinham ido. E quando Henry parou com Bon no caminho de volta para a universidade no primeiro dia do ano novo para falar com a tia, ela realmente não estava em casa. Assim, ela não o viu até o verão seguinte, um ano inteiro depois. Ela estava na cidade, fazendo compras; estava parada na rua conversando com a avó quando ele passou a cavalo. Ele não a viu; passava numa égua nova que o pai lhe dera, usando casaco e chapéu de homem agora; sua avó disse que ele já era tão alto quanto o pai e que montava a égua com a mesma arrogância, embora tivesse ossos mais leves que os de Sutpen, como se seus ossos fossem capazes de suportar a arrogância, mas ainda fossem leves e ágeis demais para suportar a pompa. Porque Sutpen estava representando seu papel também. Ele tinha corrompido Ellen em mais de uma maneira. Era o maior proprietário rural individual e fazendeiro de algodão do condado agora, feito alcançado através da mesma tática que usara para construir sua casa — o mesmo esforço incansável e obstinado, e total desconsideração por como suas ações que a cidade podia ver seriam encaradas e como as ações insinuadas, que a cidade não podia ver, deviam parecer para ela. Alguns de seus concidadãos ainda acreditavam que naquele mato havia coelho, indo dos que acreditavam que a plantação era apenas um disfarce para sua verdadeira ocupação escusa, passando por outros que acreditavam que ele tinha encontrado alguma maneira de manipular o mercado de algodão e assim receber mais por fardo do que homens honestos teriam conseguido, até os que aparentemente acreditavam que os pretos selvagens que ele trouxera para cá tinham o poder de arrancar mais algodão por hectare do solo do que qualquer preto domesticado jamais arrancara. Ele não tinha a afeição dos outros (o que evidentemente não queria, de toda maneira), mas era temido, o que parecia diverti-lo, embora não chegasse a lhe agradar. Mas era aceito; obviamente possuía dinheiro demais agora para ser rejeitado ou mesmo seriamente incomodado. Ele realizou isto — fez sua plantação funcionar sem problemas (ele agora tinha um capataz; era o filho daquele mesmo xerife que o prendera no portão da futura esposa no dia em que ficaram noivos) em dez anos desde o casamento, e agora representava o seu papel também — um papel de ócio e lazer arrogante que, à medida que o lazer e o ócio aumentavam suas carnes, se tornava um tanto pomposo. Sim, ele tinha corrompido Ellen para mais do que renegação, embora, como ela, não tivesse consciência de que seu viço era forçado também e que, enquanto estava fazendo sua encenação para o público, por trás dele a Sorte, o destino, o castigo, a ironia — o diretor de cena, chame-o como quiser — já estavam desmontando o cenário e arrastando as sombras e formas sintéticas e espúrias do cenário seguinte. — "Lá vai —" disse sua avó. Mas a srta. Rosa já o tinha visto, parada ao lado da sua avó, com a cabeça mal alcançando o ombro da sua avó, magra, num dos vestidos que a tia deixara na casa e que a srta. Rosa encurtara para servir nela, alguém que jamais havia aprendido a costurar, tal como tinha assumido os serviços domésticos e se oferecido para ensinar Judith a fazer o mesmo sem jamais ter aprendido a cozinhar nem ter sido ensinada a fazer qualquer coisa exceto ouvir atrás de portas fechadas, ali parada com um xale na cabeça como se tivesse cinquenta anos e não quinze, olhando para o sobrinho e dizendo: "Puxa... ele tirou a barba".

Então ela parou até de ver Ellen. Quer dizer, Ellen também parou de vir até a casa, quebrando o ritual semanal do coche de ir de loja em loja quando, sem sair de lá de dentro, Ellen pedia a comerciantes e balconistas que buscassem para ela as roupas e parcos arrebiques e bugigangas que vendiam e que sabiam melhor até do que ela que ela não compraria, mas apenas apalparia e manusearia e desarrumaria e depois rejeitaria, tudo naquele arroubo de loquacidade alegre e petulante. Não desdenhosa, nem mesmo exatamente condescendente, mas se impondo de forma tranquila e mesmo pueril sobre a paciência e as boas maneiras ou a simples impotência dos homens, dos comerciantes e vendedores; então ir até a casa e enchê-la também daquele alvoroço inútil de vaidade, de recomendações impossíveis e sem fundamento sobre a srta. Rosa e seu pai e a casa, sobre as roupas da srta. Rosa e o arranjo dos móveis e sobre como a comida devia ser preparada e mesmo as horas em que devia ser servida. Porque se aproximava agora a época (era 1860, até o sr. Coldfield provavelmente admitia que a guerra era inevitável) em que o destino da família Sutpen, que por vinte anos fora como um lago sendo enchido por regatos calmos num vale calmo e se espalhando quase imperceptivelmente e no qual seus quatro membros flutuavam em ensolarada suspensão, sentiu o primeiro movimento subterrâneo na direção da saída, da fenda que seria a catástrofe daquela terra também, e os quatro pacíficos nadadores se viraram para olhar uns para os outros, ainda sem alarme ou desconfiança mas apenas alertas, sentindo a escuridão se assentar, nenhum deles ainda naquele ponto em que um homem olha para seus companheiros de desgraça e pensa *Quando deixarei de tentar salvá-los e salvar apenas a mim mesmo?* e nem mesmo consciente de que esse ponto estava se aproximando. Assim a srta. Rosa não via nenhum deles; ela que nunca vira (e jamais veria em vida) Charles Bon; Charles Bon de New Orleans, o amigo de Henry que era não apenas alguns anos mais velho do que Henry, mas na verdade um pouco velho demais para ainda estar na universidade e, certamente, um pouco deslocado naquela onde estava — uma pequena faculdade nova numa região do interior do Mississippi que chegava a ser deserta, a trezentas milhas daquela cidade mundana e até estrangeira que era seu lar — um jovem de uma elegância e autoconfiança mundanas próprias de alguém com mais idade, bonito, aparentemente rico e tendo como antecedentes a figura obscura de um tutor legal em vez de pais — um personagem que no remoto Mississippi daquela época deve ter parecido quase uma fênix, algo que surgira pronto de nenhuma infância, nascido de nenhuma mulher e impermeável ao tempo e que, ao desaparecer, não deixaria ossos nem pó em parte alguma — um homem com um desembaraço e uma arrogância galante comparada aos quais a pretensão pomposa de Sutpen era um blefe desajeitado e Henry um rapazola desajeitado. A srta. Rosa nunca o viu; isso foi um quadro, uma imagem. Não foi o que Ellen lhe contou: Ellen na absoluta paz de seu verão de borboleta e agora com o encanto adicional de benevolente e graciosa rendição voluntária de uma jovem à sucessora de seu sangue e sexo, aquela atitude e comportamento harmonioso com o período de noivado em que mães que o queiram podem quase se fazer as vezes de noivas no casamento de suas filhas. Ao ouvir Ellen falar nisso, um estranho teria quase acreditado que o casamento, que os acontecimentos subsequentes indicariam não ter sido sequer mencionado entre os jovens e os pais, já tinha de fato sido realizado. Ellen em momento nenhum mencionou amor entre Judith e Bon. Ela não sugeriu nada a esse respeito. Amor, no que diz respeito a eles, era apenas um assunto acabado e perfeitamente morto como a questão da virgindade seria depois do nascimento do primeiro neto. Ela falava de Bon como se ele fosse três objetos inanimados em um, ou talvez um objeto inanimado para o qual ela e a família encontrariam três usos harmoniosos: uma roupa que Judith poderia usar como faria com um traje de montaria ou um vestido de baile, um móvel que complementaria e completaria a decoração de sua casa e de sua posição, e um mentor e exemplo para corrigir os modos e a fala e os trajes provincianos de Henry. Ela parecia ter abarcado o tempo. Postulava os anos transcorridos nos quais não ocorreram nenhuma lua de mel nem mudança alguma, de dentro dos quais os (agora) cinco rostos observavam tudo com uma espécie de viço sem vida e perene, como retratos pintados pendurados num vácuo, cada um deles feito em seu antecipado apogeu e despojado de todo pensamento e experiência, cujos originais tinham vivido e morrido havia tanto tempo que suas alegrias e tristezas deviam agora estar esquecidas até mesmo pelas próprias tábuas sobre as quais tinham caminhado e posado e rido e chorado. Isso, enquanto a srta. Rosa, sem ouvir, que visualizara o quadro a partir da primeira palavra, talvez do nome, Charles Bon; a solteirona condenada para toda a vida aos dezesseis anos, sentada sob o brilho forte da desilusão como se este fosse um daqueles feixes de luz elétrica e colorida que há nos cabarés, e ela ali pela primeira vez na vida e o feixe cheio daquele brilho irreal de ouropel dardejando de repente sobre ela, parando por um momento e depois seguindo em frente. Ela não tinha ciúme de Judith. Não era autopiedade tampouco, nela sentada ali num daqueles vestidos caseiros remendados (as roupas às vezes rejeitadas, mas geralmente novas, que Ellen lhe dava de vez em quando eram sempre de seda, é claro) que a tia abandonara ao fugir com o negociante de cavalos e mulas, talvez na esperança ou mesmo na firme intenção de jamais vestir alguma coisa igual de novo, piscando os olhos sem se perturbar enquanto Ellen falava. Provavelmente era apenas um desespero e um alívio tranquilos com a renúncia final e completa, agora que Judith estava prestes a imolar a recompensa vicária da frustração no conto de fadas vivo. Parecia um conto de fadas quando Ellen o contou, mais tarde, a sua avó, só que era um conto de fadas escrito e encenado por um clube de senhoras elegantes. Mas para a srta. Rosa ele deve ter sido autêntico, não só plausível como justificado: daí a observação que compeliu Ellen mais uma vez (ela contou isso também, pela brincadeira pueril que era) a dar guinchos de divertido e agitado espanto. "Nós o merecemos", disse a srta. Rosa. "Merecemos? Ele?", disse Ellen, e provavelmente gritou também. "Claro que o merecemos — se deseja colocar assim. Certamente espero que você sinta que os Coldfield estão qualificados a corresponder a qualquer marcada honraria que o casamento com qualquer um possa lhes conceder."

Naturalmente, ninguém sabe se houve alguma réplica. Ao menos, até onde Ellen jamais relatou, a srta. Rosa não tentou responder. Ela apenas viu Ellen partir e depois começou a fazer para Judith o único outro presente que podia lhe dar. Ela podia dar apenas dois, sendo que o segundo também fora legado a ela pela tia que lhe ensinara tanto a cuidar da casa como a consertar roupas quando pulou de uma janela certa noite, embora esse segundo dom tenha se desenvolvido (ou repercutido, pode-se dizer) mais tarde pelo fato de que, quando a tia partiu, a srta. Rosa ainda não era grande o bastante para usar as roupas rejeitadas nem mesmo encurtando-as. Ela secretamente começou a fazer roupas para o enxoval de Judith. Pegou o tecido do armazém do pai. Não poderia tê-lo conseguido em nenhuma outra parte. Sua avó me contou que, naquela época, a srta. Rosa não sabia contar dinheiro, troco, que ela conhecia a progressão das moedas em teoria, mas que aparentemente nunca tivera o dinheiro de verdade para ver, tocar, experimentar e provar; que em certos dias da semana ela ia à cidade com uma cesta e comprava em certas lojas que o sr. Coldfield já tinha designado, sem nenhuma moeda nem quantia de dinheiro sendo prometida ou dada, e que mais tarde o sr. Coldfield refazia o seu percurso pelos débitos rabiscados em papel ou em paredes e balcões, e os pagava. Assim, ela teria que pegar o tecido dele. E, como o sr. Coldfield trouxera todo o estoque do armazém até Jefferson em apenas um carroção, e isso numa época em que tinha mãe, irmã, esposa e filhas para sustentar com o armazém, comparando com agora, quando tinha apenas uma filha para sustentar com ele, e levando em consideração também aquele profundo desinteresse pelo acúmulo de bens materiais que permitira que a consciência o fizesse se afastar daquele velho negócio no qual seu genro o envolvera não apenas ao custo dos lucros que lhe eram de direito, mas perante o sacrifício de seu investimento original, seu estoque, que tinha começado com uma coleção dos artigos mais básicos e que aparentemente não seria o suficiente para alimentar nem sequer a ele e a filha, não aumentara e muito menos se diversificara. Contudo, foi a isso que ela precisou recorrer para arranjar o material para fazer aquelas roupas íntimas de mocinha que eram para ser para seu próprio noivado vicário — e você também pode imaginar qual seria a noção que a srta. Rosa tinha de tais roupas, para não falar de como elas ficariam depois que ela as terminasse sem nenhuma ajuda. Ninguém sabe como ela conseguiu pegar o tecido da loja do pai. Ele não o deu a ela. O sr. Coldfield teria sentido que era sua obrigação suprir a neta de roupas se ela estivesse indecentemente vestida ou se estivesse esfarrapada ou com frio, mas não para compor seu enxoval. Por isso, acredito que ela o roubou. Deve ter roubado. Deve tê-lo pegado quase de debaixo do nariz do pai (era uma loja pequena, e ele era o único vendedor, e de qualquer ponto podia ver qualquer outro ponto) com aquela ousadia amoral, aquela afinidade das mulheres pelo banditismo, mas, mais provavelmente, ou assim eu gostaria de acreditar, por algum subterfúgio de tão manifesta e desesperada transparência tramado pela inocência que sua própria simplicidade o enganou.

De forma que nem sequer Ellen ela via mais. Aparentemente, Ellen agora tinha realizado seu propósito, completado o meio-dia e a tarde luminosos e sem sentido do verão da borboleta e desaparecido, talvez não de Jefferson, mas da vida da irmã ao menos, para ser vista somente uma vez mais agonizante na cama num quarto escuro da casa em que o fatídico infortúnio já pusera sua mão a ponto de espalhar a fundação negra sobre a qual ela havia sido erguida e remover seus dois esteios masculinos, marido e filho — um para o risco e o perigo da batalha, o outro, aparentemente, para o esquecimento. Henry simplesmente desaparecera. Ela ficou sabendo disso também enquanto passava seus dias (e noites; deve ter tido que esperar até o pai estar dormindo) costurando tediosamente e sem habilidade as roupas que estava fazendo para o enxoval da sobrinha e que tinha que manter escondidas não só do pai mas das duas negras, que poderiam contar ao sr. Coldfield — fazendo rendas com linhas emaranhadas que havia guardado e pregando-as em roupas enquanto chegavam notícias da eleição de Lincoln e da conquista do Forte Sumpter, e ela mal escutando, ouvindo e perdendo o dobre dos sinos que anunciavam a condenação de sua terra natal entre dois pontos tediosos e canhestros numa roupa que ela jamais vestiria e jamais tiraria para um homem que nem mesmo veria vivo. Henry simplesmente desaparecera: ela ouviu dizer apenas o que a cidade ouviu dizer — que no Natal seguinte Henry e Bon vieram de novo à cidade para passar o fim de ano, o belo e rico rapaz de New Orleans de cujo noivado com a filha a mãe vinha enchendo os ouvidos da cidade havia já seis meses. Eles vieram de novo e agora a cidade ficou esperando pelo anúncio do dia do casamento. E então, alguma coisa aconteceu. Ninguém soube o quê: se alguma coisa entre Henry e Bon de um lado e Judith do outro, ou entre os três jovens de um lado e os pais do outro. Mas, de qualquer modo, quando chegou o Natal, Henry e Bon tinham partido. E Ellen não foi vista (parecia ter se retirado para o quarto escuro do qual não sairia até morrer, dois anos mais tarde) e ninguém conseguia saber de nada pelo rosto ou ações ou comportamentos de Sutpen ou de Judith, e assim a história chegou pelos negros: de como na véspera do Natal houve uma briga entre, não Bon e Henry ou Bon e Sutpen, mas entre o filho e o pai, e que Henry tinha abjurado formalmente seu pai e renunciado a seu direito de primogenitura e ao teto sob o qual havia nascido, e que ele e Bon tinham partido a cavalo durante a noite e que a mãe estava prostrada — embora, a cidade acreditava, não pela frustração do casamento mas pelo choque da realidade entrando em sua vida: este foi o golpe misericordioso do machado antes da garganta do animal ser cortada. Embora Ellen, é claro, também não soubesse disso.

Isso foi o que a srta. Rosa ouviu dizer. Ninguém sabe o que ela pensou. A cidade achou que a atitude de Henry fora apenas a consequência da natureza impetuosa de um jovem, quanto mais um Sutpen, e que o tempo a remediaria. Sem dúvida o comportamento de Sutpen e de Judith um com o outro e com a cidade teve algo a ver com isso. Eles eram vistos juntos no coche passando pela cidade de vez em quando como se nada tivesse acontecido entre eles ao menos, o que certamente não teria sido o caso se a briga tivesse sido entre Bon e o pai, e provavelmente não se o problema tivesse sido entre Henry e o pai, porque a cidade sabia que entre Henry e Judith havia uma relação mais íntima até do que a lealdade tradicional de irmão e irmã; uma relação curiosa: parecida com a feroz rivalidade impessoal de dois cadetes de um regimento de elite, que comem do mesmo prato e dormem sob o mesmo cobertor e se arriscam à mesma destruição, e que arriscariam a vida um pelo outro, não pelo bem um do outro, mas pelo bem da integridade do regimento. Isso era tudo o que a srta. Rosa sabia. Ela não poderia ter sabido mais sobre o caso do que a cidade sabia, porque aqueles que sabiam (Sutpen ou Judith: não Ellen, a quem nada teria sido contado para começo de conversa e que teria esquecido, deixado de assimilar, se algo lhe fosse contado — Ellen, a borboleta, debaixo de quem, sem aviso, o próprio ar suspenso de sol fora retirado, deixando-a agora com as mãos roliças cruzadas sobre a colcha no quarto escuro e os olhos acima delas, provavelmente, nem mesmo sofrendo mas apenas repletos de perplexa incompreensão) não teriam contado a ela da mesma maneira como não teriam contado a ninguém em Jefferson ou qualquer outro lugar. A srta. Rosa provavelmente foi até lá, provavelmente uma vez e depois não mais, e sem dúvida não deve ter perguntado nada, nem mesmo a Judith, talvez sabendo que nada lhe seria dito ou talvez porque estava esperando. E deve ter contado ao sr. Coldfield que não havia nada de errado e, evidentemente, ela mesma acreditava nisso, pois continuou costurando as roupas para o casamento de Judith. Ainda estava fazendo isso quando o Mississippi saiu da União e quando os primeiros uniformes confederados começaram a surgir em Jefferson, onde o coronel Sartoris e Sutpen estavam recrutando o regimento que partiu em 61, com Sutpen, segundo no comando, cavalgando à esquerda do coronel Sartoris, no garanhão preto chamado Scott, sob os estandartes regimentais que ele e Sartoris tinham desenhado e que as mulheres da família Sartoris haviam costurado usando vestidos de seda. Seu físico tinha encorpado em relação ao que era não só quando ele entrara cavalgando pela primeira vez em Jefferson, em 33, mas em relação ao que fora quando ele e Ellen se casaram. Ainda não era gordo, embora estivesse chegando aos cinquenta e cinco. A gordura, a barriga, vieram depois. Surgiram subitamente nele, de uma vez só, no ano seguinte ao que quer que tenha acontecido com seu noivado com a srta. Rosa, quando ela abandonou sua casa e retornou à cidade para viver sozinha na casa do pai e nem mesmo falou com ele de novo exceto quando se dirigiu a ele naquela única vez quando lhe contaram que ele estava morto. As carnes lhe chegaram subitamente, como se aquilo que os negros e Wash Jones também chamavam de homem de fina estampa tivesse atingido e permanecido em seu apogeu depois que os alicerces cederam e alguma coisa entre a forma que as pessoas conheciam e o esqueleto inflexível do que realmente era tivesse se tornado fluida e, lançando-se rumo à terra, houvesse sido sugada para cima e contida, como um balão, instável e sem vida, pelo invólucro que traíra.

Ela não viu o regimento partir porque seu pai a proibiu de sair de casa até que ele se fosse, recusando-se a permitir que ela tomasse parte ou estivesse presente com as outras mulheres e moças na cerimônia da partida, mas não porque seu genro estivesse nela. Ele jamais fora um homem irascível e, antes de a guerra ser declarada e de o Mississippi sair da União, seus atos e discursos de protesto tinham sido não só calmos como lógicos e muito sensatos. Mas depois que a sorte estava lançada ele pareceu mudar da noite para o dia, assim como a filha Ellen mudara sua natureza alguns anos antes. Tão logo as tropas começaram a aparecer em Jefferson ele fechou sua loja e a manteve fechada durante todo o período em que soldados estavam sendo mobilizados e treinados, não só nessa ocasião como mais tarde, depois que o regimento partiu, sempre que tropas eventuais acampavam durante a noite quando estavam de passagem, se recusou a vender qualquer artigo a qualquer preço não apenas aos militares como dizem, às famílias não só de soldados, mas de homens e mulheres que tinham apoiado a secessão e a guerra só de boca, por opinião. Ele não apenas não permitiu que a irmã voltasse para casa para viver lá enquanto o marido, o negociante de cavalos, estava no Exército, como nem mesmo permitia que a srta. Rosa olhasse pela janela os soldados passando. Tinha fechado a loja permanentemente e ficava em casa o dia todo agora. Ele e a srta. Rosa moravam nos fundos da casa, com a porta da frente trancada e as venezianas da frente fechadas e com trinco, e lá, diziam os vizinhos, ele passava o dia atrás de uma veneziana entreaberta como um soldado a postos num piquete, armado não com um mosquete, mas com a grande Bíblia da família, na qual o nascimento dele e da irmã e seu casamento e o nascimento e casamento de Ellen e o nascimento de seus dois netos e da srta. Rosa, e a morte de sua esposa (mas não o casamento da tia; foi a srta. Rosa que anotou isso, junto com a morte de Ellen, no dia em que anotou a do próprio sr. Coldfield, e a de Charles Bon e mesmo a de Sutpen) haviam sido devidamente anotados com sua letra boa de dono de armazém, até que um destacamento de soldados passasse: quando então ele abria a Bíblia e a lia numa voz alta e raivosa, encobrindo até o ruído dos passos, as passagens do velho, violento e vingativo misticismo que já tinha assinalado, da maneira como o soldado no piquete teria organizado sua fileira de cartuchos no peitoril da janela. Então, certa manhã, ele ficou sabendo que sua loja tinha sido arrombada e saqueada, sem dúvida por uma companhia de soldados de fora que havia acampado na periferia da cidade e que sem dúvida tinha sido instigada, ao menos verbalmente, por seus próprios concidadãos. Naquela noite, ele subiu para o sótão com um martelo e um punhado de pregos e pregou a porta atrás de si, jogando o martelo pela janela. Ele não era um covarde. Era um homem de inflexível força moral que tinha chegado a uma nova região com um pequeno estoque de bens e sustentado cinco pessoas com ele em conforto e segurança, pelo menos. Fez isso vendendo com lucro, de fato: não o poderia ter feito senão vendendo com lucro ou sendo desonesto; e como seu avô dizia, um homem que, num lugar como o Mississippi era então, restringisse sua desonestidade à venda de chapéus de palha e tirantes de rédeas e carne salgada já teria sido trancafiado pela própria família como um cleptomaníaco. Mas ele não era um covarde, embora sua consciência talvez tenha se oposto, como seu avô dizia, não tanto à ideia de desperdiçar sangue e vidas humanas, mas à ideia de desperdício: de usar e comer e atirar fora um material por qualquer causa que fosse.

Agora, a vida da srta. Rosa consistia em conservar sua vida e a do pai. Até a noite em que a loja foi saqueada, eles viveram dela. Ela ia à loja depois de escurecer com um cesto e trazia comida suficiente para um dia ou dois. Assim o estoque, não renovado já havia algum tempo, estava consideravelmente reduzido antes mesmo do saque; e logo ela, a quem jamais fora ensinada alguma coisa prática porque a tia a educara para acreditar que era não apenas delicada como até mesmo preciosa, estava cozinhando a comida que, à medida que o tempo passava, se tornava cada vez mais difícil de arranjar e de qualidade cada vez mais pobre, e içando-a até seu pai de noite por meio de uma polia de poço e uma corda presa à janela do sótão. Ela fez isso por três anos, alimentando em segredo e à noite e com comida que, em quantidade, mal chegaria para uma pessoa, o homem a quem odiava. E ela podia não saber que o odiava naquela época e pode até não saber disso agora, mas a primeira das odes aos soldados sulinos naquela pasta que, quando seu avô a viu em 1885, continha mil delas ou mais datava do primeiro ano do encarceramento voluntário de seu pai e datava das duas da madrugada.

Então ele morreu. Certa manhã, a mão não apareceu para

puxar o cesto. Os velhos pregos ainda estavam na porta, e vizinhos a ajudaram a arrombá-la com machados e o encontraram, ele que vira seus únicos meios de sustento saqueados pelos defensores de sua causa, ainda que tivesse repudiado a ela e a eles, com três dias de comida intocada ao lado de sua enxerga, como se tivesse passado os três dias num balanço mental de suas contas terrestres, chegado ao resultado e tirado a prova e depois voltado contra sua cena contemporânea de loucura e ultraje e injustiça a morta e consistente impassibilidade de uma fria e inflexível desaprovação. Agora a srta. Rosa não estava apenas órfã, mas pobre também. A loja era somente uma casca, um lugar deserto abandonado até pelos ratos e não contendo nada, nem mesmo um valor de ponto, pois ele se afastara irrevogavelmente de seus vizinhos, da cidade e da terra conflagrada, todos os três devido a seu comportamento. Já tinham partido até as duas negras — que ele havia libertado assim que as obteve (em pagamento a uma dívida, aliás, não através de uma compra), escrevendo seus papéis de alforria, que elas não saberiam ler, e colocando-as num regime de salário semanal cujo valor integral retinha para quitar aquela soma pela qual as havia recebido — e, em troca disso, elas foram alguns dos primeiros negros de Jefferson que desertaram e seguiram as tropas ianques. De modo que, quando morreu, ele não possuía nada, não só poupado como conservado. Sem dúvida o único prazer que ele jamais tivera não estava na mísera reserva espartana que tinha acumulado antes de seu caminho se cruzar com o do futuro genro — não no dinheiro, mas no fato de que este representava um equilíbrio em algum escritório de contabilidade espiritual que algum dia lhe pagaria por sua abnegação e coragem. E, sem dúvida, o que mais o feriu no negócio todo com Sutpen não foi a perda do dinheiro, mas o fato de que ele tivera que sacrificar a reserva, o símbolo da firmeza e da abnegação, para manter intata a solvência espiritual que acreditava já ter estabelecido e garantido. Foi como se tivesse tido que pagar a mesma promissória duas vezes por causa de alguma omissão insignificante de data ou assinatura.

Assim a srta. Rosa ficou tanto pobre como órfã, sem nenhum outro parente sobre a terra além de Judith e da tia de quem se ouvira falar pela última vez dois anos antes, quando tentava cruzar as linhas ianques para chegar a Illinois e assim ficar perto da prisão de Rock Island onde seu marido, que oferecera seus dons para a obtenção de mulas e cavalos ao corpo de remonta da cavalaria confederada e fora pego fazendo isso, estava agora. Ellen morrera havia dois anos, então — a borboleta, a mariposa colhida por uma ventania e soprada contra uma parede e ali se agarrando, adejando fracamente, não com algum especial apego à vida, não com especial dor, pois era leve demais para ter se chocado com força, mas apenas em atônita e perplexa estupefação — a casca brilhante e trivial nem mesmo muito mudada apesar do ano de má alimentação, já que todos os negros de Sutpen também haviam desertado para seguir as tropas ianques; o sangue selvagem que ele trouxera para a região e tentara misturar, mesclar, com o sangue domesticado que já existia ali, com o mesmo cuidado e finalidade com que misturava o de um garanhão ou o seu próprio. E com o mesmo êxito: como se apenas sua presença compelisse aquela casa a aceitar e reter a vida humana; como se as casas realmente possuíssem uma sensibilidade, uma personalidade e caráter adquiridos, não tanto das pessoas que respiram ou respiraram dentro delas, mas inerente à madeira e ao tijolo ou geradas na madeira e no tijolo pelo homem ou homens que as conceberam e construíram — e nessa casa houvesse uma incontroversa vocação para o vazio, para a deserção: uma resistência intransponível à ocupação exceto quando sancionada e protegida pelos implacáveis e pelos fortes. Ellen perdera um pouco de viço, é claro, mas era como a própria borboleta entra em dissolução, de fato se dissolvendo: a área de asa e corpo diminuindo um pouco, o padrão das manchas se aproximando um pouco mais, mas sem nenhuma ruga à vista — a mesma face lisa, quase juvenil, sobre o travesseiro (embora a srta. Rosa descobrisse então que Ellen vinha tingindo o cabelo havia anos), as mesmas mãos macias (embora agora sem anéis) quase rechonchudas sobre a colcha, e apenas a confusão nos olhos escuros e perplexos para indicar algo de vida presente pelo qual postular a aproximação da morte quando pediu à irmã de dezessete anos (Henry àquela altura tinha simplesmente desaparecido, seu direito de primogenitura voluntariamente repudiado; ele ainda não havia voltado para desempenhar sua parte final no destino da família — e isso, seu avô disse, poupou Ellen também, não porque teria sido um golpe arrasador e definitivo, mas porque não teria sido notado por ela, pois a mariposa pendurada, embora viva, seria incapaz, mesmo então, de sentir vento ou violência) que protegesse a filha que lhe restava. Assim a coisa mais natural para ela teria sido ir viver com Judith, a coisa natural para ela ou qualquer mulher sulista, de boa família. Ela não precisaria ter sido convidada; ninguém esperaria que esperasse até sê-lo. Porque é isso uma dama do Sul. Não o fato de que, sem um centavo e sem nenhuma perspectiva das coisas serem diferentes e sabendo que todos que a conhecem sabem disso, contudo mudando-se com uma sombrinha e um urinol privado e três baús para sua casa e para o quarto onde a sua esposa usa as roupas de linho bordadas à mão, ela não só toma o comando de todos os criados que sabem igualmente que ela nunca lhes dará uma gorjeta, porque sabem tão bem quanto os brancos que jamais terá meios para fazê-lo, mas vai à cozinha e desaloja a cozinheira e tempera os próprios alimentos que você vai comer para o agrado do próprio paladar — não é isso, não é disso que ela depende para não desencarnar: é como se estivesse vivendo do sangue em si, como um vampiro, não insaciável, certamente não voraz, mas com aquele sereno e vão esplendor das flores que arroga para si, porque isso preenche suas veias também, é alimento do velho sangue que cruzou mares e continentes desconhecidos e enfrentou lugares selvagens, provações e circunstâncias e fatalidades traiçoeiras com tranquila indiferença a quaisquer fardos onerosos ao ócio e até à paz a que incorre a preservação do que poderia ser considerado o manancial contemporâneo e transmutável que consegue manter saudáveis e em número suficiente no fluxo os corpúsculos vulgares que carregam os nutrientes.

Isso é o que teria sido esperado dela. Mas ela não fez. Embora Judith também fosse órfã, ela ainda possuía aqueles hectares abandonados para explorar, para não falar de Clytie para ajudá-la, fazer-lhe companhia, e Wash Jones para alimentá-la da mesma maneira como alimentara Ellen antes de ela morrer. Mas a srta. Rosa não foi para lá de imediato. Talvez nunca tivesse ido. Apesar de Ellen ter lhe pedido que protegesse Judith, é possível que ela tenha sentido que Judith não precisava de proteção ainda, pois se mesmo o amor protelado havia lhe proporcionado a vontade de se manter viva, de suportar por tanto tempo, então esse mesmo amor, apesar de protelado, devia preservar e preservaria Bon até a loucura dos homens paralisar de pura exaustão e ele voltar de onde estivesse, trazendo Henry consigo — Henry, vítima também da mesma loucura e infortúnio. Ela devia ver Judith de vez em quando e Judith provavelmente insistia para que fosse morar na Centena de Sutpen, mas acho que esta é a razão por que ela não foi, apesar de não saber onde Bon e Henry estavam e de Judith aparentemente nunca ter pensado em lhe dizer. Porque Judith sabia. Acho que já sabia havia algum tempo; até Ellen deve ter sabido, só que para Ellen naquela época a ausência provavelmente não era um estado qualitativo, com a ausência da ignomínia e a do desaparecimento sendo idênticas, e por isso talvez não tenha ocorrido a Ellen contar à irmã, ou lhe ocorrido que para outra pessoa a incerteza da batalha e a certeza do desaparecimento talvez fossem duas coisas diferentes. Ou talvez Judith jamais tenha contado nem à mãe. Talvez Ellen não tenha ficado sabendo antes de morrer que Henry e Bon eram agora recrutas na companhia que seus colegas da universidade tinham organizado. A srta. Rosa não sabia de nada. Em quatro anos, a única indicação de que o sobrinho ainda estava vivo ocorrera na tarde em que Wash Jones, montado na mula remanescente de Sutpen, parou diante da casa e começou a gritar o nome dela. Ela já o tinha visto antes, mas não o reconheceu — um homem desconjuntado, magro, marcado pela malária, de olhos pálidos e um rosto que poderia ter qualquer idade entre vinte e cinco e sessenta anos, montado em pelo na mula diante do portão, gritando "Alô, Alô", de tempos em tempos até ela chegar à porta; com o que então ele abaixou a voz um pouco, mas não muito. "A sióra é Rosie Coldfield?", ele disse.

IV

Ainda não estava escuro o suficiente para Quentin partir, escuro o bastante para satisfazer a srta. Coldfield ao menos, mesmo descontando as doze milhas até lá e as doze milhas de volta. Quentin sabia disso. Ele quase podia vê-la, esperando numa das salas escuras e abafadas na solidão inexpugnável da casinha soturna. Ela não estaria com nenhuma luz acesa porque logo sairia de casa, e provavelmente algum descendente mental ou parente dele ou dela que algum dia lhe dissera que luz e ar corrente traziam calor também disse que o custo da eletricidade não vinha do tempo real em que a luz ficava acesa, mas da superação retroativa da inércia primitiva quando o interruptor era acionado: que era isso que aparecia no medidor. Ela já estaria usando o toucado escuro com lantejoulas cor de azeviche; ele sabia disso: e um xale, ali sentada no lusco-fusco crescente e funéreo; ela teria mesmo agora na mão ou no colo a bolsinha trançada com todas as chaves, do armário da entrada e do guarda-louça, daquela casa que estava prestes a deixar por seis horas, talvez; e uma sombrinha, um guarda-chuva também, ele achava, pensando em como ela devia ser impermeável a qualquer tempo e estação, pois, embora ele não tivesse trocado uma centena de palavras com ela em toda a sua vida antes dessa tarde, sabia que nunca antes dessa noite ela deixara aquela casa depois de anoitecer exceto aos domingos e quartas-feiras para rezar com outras senhoras, provavelmente em todos os seus quarenta e três anos. Sim, ela teria o guarda-chuva. Surgiria com ele quando ele a chamasse e o carregaria indômita, no suspiro exausto de um anoitecer sem nem mesmo orvalho, em que mesmo agora a única alteração rumo à escuridão era no acaso suave e mais denso com que esvoaçavam os vaga-lumes — um acaso mais denso e profundo naquele crepúsculo após sessenta dias sem chuva e quarenta e dois sem sequer orvalho — sob a varanda, local onde ele se levantou de sua cadeira enquanto o sr. Compson, trazendo a carta, saía da casa, acendendo a luz ao passar.

"Você provavelmente terá que entrar para lê-la", disse o sr. Compson.

"Talvez consiga ler aqui mesmo", disse Quentin.

"Talvez você tenha razão", disse o sr. Compson. "Talvez até a luz do dia, talvez até mesmo isto", ele apontou o globo solitário manchado e emporcalhado por insetos do longo verão e que mesmo limpo produzia pouca luz, "que o homem teve que inventar para suas necessidades desde então, estando liberto do ônus de ter que ganhar a vida com o suor do rosto, e aparentemente revertendo (ou evoluindo) para o estado de animal noturno, fosse demais para esta carta, para eles. Sim, para eles: daquela época e tempo, de um tempo morto; pessoas como nós e vítimas como nós, mas vítimas de uma circunstância diferente, mais simples e, portanto, átomo por átomo, maior, mais heroica e com figuras, portanto, mais heroicas também, não apequenadas e intrincadas, mas distintas, descomplicadas, que tinham o dom de amar uma vez e morrer uma vez e não serem criaturas difusas e esparsas tiradas cegamente membro a membro de um saco de surpresas e montadas, autor e vítima também de mil homicídios e mil cópulas e divórcios. Talvez você tenha razão. Talvez qualquer luz a mais do que isto fosse demais para esta carta." Mas ele não entregou a carta a Quentin de imediato. Sentou-se de novo, Quentin sentado de novo também, e apanhou o charuto no parapeito da varanda, o carvão brilhando mais uma vez, a fumaça cor de glicínia subindo de novo desenovelada pelo rosto de Quentin enquanto o sr. Compson levantava os pés mais uma vez para o parapeito, a carta na mão e a mão parecendo quase tão escura quanto a de um negro contra sua perna vestida de linho. "Porque Henry amava Bon. Ele repudiou sangue, direito de primogenitura e segurança material por ele, pelo bem desse homem que era no mínimo um bígamo em intenção ainda que não fosse um rematado salafrário, e em cujo corpo morto quatro anos depois Judith encontraria a fotografia da outra mulher com a criança. Tanto que ele (Henry) acusou o pai de mentir sobre uma declaração que deve ter percebido que o pai não poderia e não iria fazer sem fundamento nem prova. Mas ele acusou-o, o próprio Henry dando o golpe, embora devesse saber que o que o pai lhe disse sobre a mulher e a criança era verdade. Ele deve ter dito para si mesmo, deve ter dito quando fechou a porta da biblioteca pela última vez atrás de si naquela véspera de Natal e deve ter repetido enquanto ele e Bon cavalgavam lado a lado pela escuridão gélida daquela manhã de Natal, para longe da casa onde ele nascera e que só tornaria a ver mais uma vez e com o sangue fresco do homem que agora cavalgava ao seu lado nas mãos: *Eu vou acreditar; vou. Vou. Mesmo que assim seja, mesmo que o que meu pai me contou seja verdade, aquilo que, por mais que eu queira, não possa deixar de saber que é verdade, ainda assim vou acreditar.* Porque o que mais ele esperava encontrar em New Orleans, se não a verdade, se não o que o pai lhe dissera, aquilo que ele negara e se recusara a aceitar embora, por mais que quisesse, não pudesse deixar de acreditar? Mas quem sabe por que um homem, mesmo sofrendo, se aferra, mais que a todos os outros membros bons, ao braço ou perna que sabe que terá de ser amputado? Porque ele amava Bon. Posso imaginá-lo e a Sutpen na biblioteca naquela véspera de Natal, o pai e o irmão, percussão e repercussão, como um trovão e seu eco, e igualmente parecidos; a declaração e a mentira, a decisão instantânea e irrevogável entre pai e amigo, entre (assim Henry deve ter acreditado) a honra e o amor e o sangue e o lucro, embora no instante de acusar a mentira ele tenha sabido que era verdade. Essa foi a razão para os quatro anos, o teste. Ele deve ter sabido que seria em vão, mesmo naquele instante, naquela véspera de Natal, não falar do que ficara sabendo, do que vira com os próprios olhos em New Orleans. Pode até ser que conhecia Bon muito bem àquela altura, ele que não mudara até então e provavelmente não mudaria depois; e ele (Henry) que não poderia dizer ao amigo: *fiz isso por amor a você; faça isso por amor a mim*. Ele não poderia dizer isso, entende — aquele homem, aquele jovem mal chegado aos vinte, que virara as costas para tudo o que conhecia para tentar a sorte com o único amigo a quem, mesmo enquanto eles partiam a cavalo naquela noite, ele devia saber, como já sabia que o que seu pai lhe dissera era verdade, que estava condenado e destinado a matar. Deve ter sabido disso assim como sabia que sua esperança era vã, qual esperança e para quê, ele não saberia dizer; qual esperança e sonho de mudança em Bon e na situação, qual sonho do qual ele poderia algum dia acordar e descobrir que tinha sido um sonho, como no delírio do homem ferido o braço ou perna queridos está firme e são e somente os membros bons estão doentes.

"Foi a prova de Henry; Henry mantendo os três naquela prisão com a qual até Judith aquiesceu até certo ponto. Ela não sabia o que tinha acontecido na biblioteca naquela noite. Não acho que jamais tenha suspeitado até aquela tarde quatro anos depois quando os viu de novo, quando trouxeram o corpo de Bon para dentro de casa e ela encontrou no seu casaco a fotografia que não era o rosto dela, nem o filho dela; ela simplesmente acordou na manhã seguinte e eles tinham partido e somente a carta, o bilhete, ficado, o bilhete escrito por Henry, pois sem dúvida ele se recusou a permitir que Bon o escrevesse — aquele anúncio do armistício, da prova, e Judith aquiescendo até esse ponto, ela que teria se recusado tão depressa a obedecer a qualquer imposição de seu pai quanto Henry fora a desafiá-lo, e que, contudo, obedeceu a Henry nessa questão — não por ser um parente homem, um irmão, mas por aquela relação que havia entre eles — aquela personalidade única com dois corpos, sendo que ambos seduzidos quase simultaneamente por um homem que, à época, Judith nem sequer tinha visto — ela e Henry sabendo que ela aguardaria o fim da prova, daria a ele (Henry) o benefício daquele intervalo, somente até aquele ponto mutuamente reconhecido embora jamais declarado e indefinido, e ambos sem dúvida cientes de que quando aquele ponto fosse atingido ela iria, com a mesma calma, a mesma recusa em aceitar ou ceder por causa de qualquer fraqueza tradicional de seu sexo, revogar o armistício e encará-lo como um inimigo, não exigindo, nem mesmo desejando que Bon estivesse presente para apoiá-la, sem dúvida recusando-se até a permitir-lhe intervir se ele estivesse, disputando a questão com Henry como um homem primeiro antes de consentir em reverter para a mulher, a amada, a noiva. E Bon: Henry jamais contaria a Bon o que seu pai lhe dissera, assim como jamais voltaria ao pai e lhe diria que Bon tinha negado tudo, pois, para fazer um, teria que fazer o outro, e ele sabia que a negação de Bon seria uma mentira e, embora ele próprio pudesse ter suportado essa mentira, não poderia ter suportado que Judith ou o pai a ouvissem. Ademais, Henry não teria precisado contar a Bon o que acontecera. Bon deve ter sabido da visita de Sutpen a New Orleans assim que ele (Bon) chegou em casa naquele primeiro verão. Deve ter sabido que Sutpen agora conhecia o seu segredo — se é que Bon, até ter visto a reação de Sutpen ao fato, algum dia chegou a considerar que nisso havia motivo para segredo, e muito menos uma objeção válida ao casamento com uma mulher branca — uma situação em que provavelmente todos os seus contemporâneos que podiam dar-se a esse luxo estavam envolvidos também e que não lhe teria ocorrido mencionar a sua noiva ou esposa ou à família dela assim como não lhe teria ocorrido contar os segredos de uma irmandade da qual participara antes de se casar. Na verdade, a maneira como a família de sua pretensa noiva reagiu à descoberta daquilo foi sem dúvida a primeira e a última vez em que a família Sutpen jamais o surpreendeu. Ele é o mais curioso para mim. Entrou naquela família rural, puritana e isolada quase como o próprio Sutpen tinha entrado em Jefferson: aparentemente completo, sem antecedentes nem passado nem infância — um homem que parecia um pouco mais velho do que era e envolto e rodeado por uma espécie de esplendor cita, que parece ter seduzido o irmão e a irmã rústicos sem o menor esforço ou especial desejo de fazê-lo, que causou toda a agitação e o burburinho, mas que, a partir do momento em que percebeu que Sutpen ia impedir o casamento se pudesse, pareceu recuar e se tornar um mero espectador, passivo, um pouco sardônico, e absolutamente enigmático. Ele parece pairar, fantasmagórico, quase etéreo, um pouco atrás e acima de todos os ultimatos e afirmações e desafios e repúdios que foram diretos e lógicos, ainda que (para ele) incompreensíveis, com um ar de sardônico e indolente distanciamento como o de um jovem cônsul romano fazendo a Grand Tour de seu tempo entre as hordas bárbaras que seu avô tinha conquistado, obrigado a passar a noite no castelo de terra de uma família briguenta, pueril e perigosa numa floresta miasmática e repleta de espíritos. Era como se ele achasse toda aquela história não inexplicável, é claro, mas apenas desnecessária; como se houvesse entendido de imediato que Sutpen descobrira tudo sobre a amante e a criança e agora achasse a ação de Sutpen e a reação de Henry um equívoco moral movido pelo fetiche que não merecia ser chamado de raciocínio, algo que observava com a atenção imparcial de um cientista observando os músculos de uma rã anestesiada — observando, contemplando-os de trás daquela barreira de sofisticação, comparada à qual Henry e Sutpen eram trogloditas. Não apenas o exterior, a maneira como ele andava e falava e vestia suas roupas e levava Ellen para a sala de jantar ou para o coche e (talvez, provavelmente) beijava a mão dela, e que Ellen invejava por Henry, mas o homem em si — aquela fatalista e impenetrável imperturbabilidade com que ele os observava enquanto esperava que fizessem o que quer que fossem fazer, como se tivesse sabido durante todo o tempo que chegaria o momento em que teria de esperar e que tudo o que precisaria fazer era esperar; que tinha seduzido Henry e Judith de maneira completa demais para temer não poder se casar com Judith quando quisesse. Não aquela astúcia parte instinto e parte crença na sorte, e parte hábito muscular dos sentidos e nervos de um jogador esperando para tirar o que puder do que vê, mas um certo pessimismo discreto e inflexível despojado muitas gerações antes de todas as bobagens e tagarelices de pessoas (sim, incluindo Sutpen e Henry e os Coldfield) que ainda não tinham saído totalmente da barbárie, que dois mil anos depois ainda estarão se desfazendo, triunfantes, do jugo de cultura e inteligência latinas da qual nunca sofreram nenhum grande risco permanente.

"Porque ele amava Judith. Ele sem dúvida teria acrescentado 'ao seu modo', pois, como seu futuro sogro logo descobriu, essa não era a primeira vez que desempenhava esse papel, prometia o que prometera a Judith, para não falar que não era a primeira vez que participaria de uma cerimônia para comemorar tal ato, fosse qual fosse a distinção (ele era católico, de certa maneira) que ele fizesse entre a cerimônia com uma mulher branca e aquela outra. Porque você verá a carta, não a primeira que ele escreveu a ela mas, ao menos, a primeira, a única que ela jamais mostrou, como sua avó soube então: e, nós acreditamos, agora que ela está morta, a única que conservou, ao menos, é claro, que a srta. Rosa e Clytie tenham destruído as outras depois que ela morreu: e esta está aqui preservada não porque Judith a separou para guardar, mas porque a trouxe consigo e a entregou a sua avó depois da morte de Bon, possivelmente no mesmo dia em que destruiu as outras que ele lhe escrevera (desde que, é claro, tenha sido ela mesma que as destruiu), o que teria sido quando ela encontrou no casaco de Bon a foto da amante oitavona com o menininho. Porque ele foi seu primeiro e último namorado. Na verdade ela deve tê-lo visto exatamente com os mesmos olhos com que Henry o via. E seria difícil dizer para qual deles ele parecia mais esplêndido — para aquela que tinha a esperança, embora inconsciente, de tornar sua a imagem através da posse; ou para aquele que sabia, ainda que no subconsciente, da barreira intransponível que a similaridade de gênero inapelavelmente impunha — esse homem, a quem Henry vira pela primeira vez cavalgando pelo bosque da universidade em um dos dois cavalos que ele mantinha lá ou, talvez, cruzando o campus a pé com o casaco e chapéu levemente afrancesados que usava, ou, talvez (gosto de pensar assim), ao ser apresentado formalmente ao homem quando este estava reclinado com um roupão florido, quase feminino, sobre uma janela ensolarada em seu quarto — esse homem bonito, elegante e até felino e velho demais para estar onde estava, velho demais não em anos mas em experiência, com algum eflúvio tangível de conhecimento, de excessos: de ações praticadas e saciedades plenas e prazeres esgotados e até esquecidos. De modo que ele deve ter parecido, não apenas a Henry como a todos os alunos daquela faculdade provinciana nova e pequena uma fonte não de inveja, porque só invejamos quem acreditamos não ser de forma alguma superior a nós, exceto por acidente: e aquilo que acreditamos que, com um pouco mais de sorte do que tivemos até então, algum dia possuiremos; não de inveja, mas de desespero: aquele desespero agudo, chocante, terrível e impotente dos jovens que às vezes toma a forma de insulto, e mesmo ataque físico, a quem o causou ou, em casos extremos como o de Henry, insulto e ataque a qualquer detrator dele, como atesta o violento repúdio de Henry a seu pai e seu direito de primogenitura quando Sutpen proibiu o casamento. Sim, ele amava Bon, que o seduzira de forma tão absoluta quanto seduzira Judith — o rapaz nascido e criado no interior que, assim como os cinco ou seis outros do pequeno grupo de alunos formado pelos filhos de outros fazendeiros que Bon permitira se tornarem íntimos dele, que imitavam suas roupas e modos e (até onde eram capazes) sua própria maneira de viver, olhava para Bon como se fosse um herói de um Mil e Uma Noites adolescente que tropeçara em (ou melhor, fora forçado a pegar) um talismã ou pedra preciosa que lhe daria não sabedoria ou poder ou riqueza, mas a habilidade e a oportunidade de passar de um prazer quase inimaginável ao seguinte sem intervalo nem pausa nem saciedade; e o próprio fato de que, deitado diante deles nas roupas excêntricas e quase femininas de sua privacidade sibarítica, sua professa saciedade só aumentava a admiração e o amargo e desesperado ultraje; Henry, o provinciano, a quase cópia, mais dado à ação instintiva e violenta do que ao pensamento, ao raciocínio, que deve ter estado consciente de que seu feroz orgulho provinciano da virgindade da irmã era um valor falso que devia incorporar em si uma incapacidade de durar para ser precioso, para existir, e por isso precisava depender de sua perda, sua ausência, para ter existido um dia. Na verdade, talvez isso seja o mais puro e perfeito incesto: o irmão, percebendo que a virgindade da irmã precisa ser destruída para ter existido um dia, tirando essa virgindade na pessoa do cunhado, o homem que ele seria se pudesse se tornar, se metamorfosear, o amante, o marido; por quem ele seria espoliado, a quem escolheria como espoliador, se pudesse se tornar, se metamorfosear, na irmã, na amante, na noiva. Talvez tenha sido isso que se passou, não na mente de Henry, mas em sua alma. Porque ele nunca pensava. Sentia, e agia imediatamente. Conhecia a lealdade e a praticava, conhecia o orgulho e o ciúme; ele amou, sofreu e matou, ainda sofrendo, e, acredito, ainda amando Bon, o homem a quem dera quatro anos de prova, quatro anos para renunciar ao outro casamento e desfazê-lo, sabendo que os quatro anos de esperança e espera seriam em vão.

"Sim, foi Henry: não Bon, como atesta todo o curso curiosamente plácido da corte de Bon e de Judith — um noivado, se noivado era, com duração de um ano inteiro, mas composto de duas visitas nas férias como hóspede de seu irmão, períodos que Bon parece ter passado seja cavalgando e caçando com Henry, seja agindo como uma flor de estufa esotérica, elegante e indolente, possuindo apenas o nome de uma cidade por origem, história e passado, ao redor do qual Ellen se envaidecia e voejava em seu inconsciente fim de outono de borboleta; ele, o homem, foi usurpado, percebe? Não houve tempo, intervalo, nicho nos dias tão cheios em que ele teria podido cortejar Judith. Nem é possível imaginar Judith e ele juntos. Tente fazê-lo e o mais perto que chegará é a uma projeção deles, enquanto as duas pessoas reais sem dúvida estavam separadas e em outro lugar — duas sombras passeando, serenas e imperturbadas pela carne, num jardim de verão — os mesmos dois fantasmas serenos que parecem observar, pairar, imparciais, atentos e quietos, acima e por trás da inexplicável nuvem tempestuosa de interdições e desconfianças e repúdios em que o empedernido Sutpen e o volátil e violento Henry relampejavam e brilhavam e cessavam — Henry, que até aquele momento nunca tinha estado sequer em Memphis, que nunca se afastara de casa antes daquele setembro em que foi para a universidade com suas roupas rústicas, seu cavalo de sela e o cavalariço negro; os seis ou sete deles, da mesma idade e antecedentes, diferindo dos escravos negros que os mantinham apenas na questão superficial de alimentação e vestuário e ocupação diária — o mesmo suor, a única diferença sendo que em uns ia para a labuta nos campos e em outros como o preço dos prazeres parcos e espartanos que lhes eram disponíveis porque não precisavam suar nos campos: as cavalgadas e caçadas violentas; os mesmos prazeres: um, jogando por canivetes gastos e joias de latão e fumo de rolo e botões e roupas, por estes serem mais fáceis e estarem mais à mão; outro, pelo dinheiro e cavalos, revólveres e relógios, e pela mesma razão; as mesmas festas: a música idêntica de instrumentos idênticos, rabecas e violões, ora na casa-grande com velas e vestidos de seda e champanhe, ora nas cabanas com chão de terra com nós de pinho fumegando e chita e água adoçada com melaço; foi Henry, porque nessa época Bon ainda não tinha visto Judith. Ele provavelmente não havia prestado atenção suficiente no relato desarticulado de Henry sobre seus antecedentes e sua história breve e convencional para se lembrar de que Henry tinha uma irmã — esse homem indolente, velho demais até para encontrar companheiros entre os jovens, as crianças, com quem agora vivia; esse homem mal escalado para aquele tempo e sabendo disso, aceitando-o por uma razão decerto boa o bastante para fazê-lo suportá-lo e, aparentemente, séria demais, ou, ao menos, privada demais para ser divulgada para os conhecidos que agora possuía: — esse homem que mais tarde mostrou a mesma indolência, quase desinteresse, o mesmo alheamento quando o burburinho sobre aquele noivado que, até onde Jefferson soube, jamais existiu formalmente, que o próprio Bon nunca afirmou nem negou, surgiu, e ele distante, imparcial e passivo, como se não fosse ele o envolvido ou como se estivesse agindo em nome de algum amigo ausente, mas como se a pessoa envolvida e interdita fosse alguém de quem nunca tinha ouvido falar e com quem não se importava. Nem mesmo parece ter havido alguma corte. Aparentemente, ele fez a Judith o duvidoso elogio de nem mesmo tentar arruiná-la, e muito menos de insistir no casamento nem antes nem depois que Sutpen o proibiu — isso, repare, num homem que já tinha adquirido fama por proezas com mulheres na universidade, muito antes de Sutpen descobrir a prova real. Nada de noivado, nem mesmo de corte: ele e Judith viram-se três vezes em dois anos, por um período total de doze dias, contando o tempo que Ellen tomou; eles se separaram sem sequer se despedir. Contudo, quatro anos depois, Henry teve que matar Bon para impedi-los de se casarem. Portanto, deve ter sido Henry quem seduziu Judith, não Bon: seduziu-a junto consigo mesmo daquela distância entre Oxford e a Centena de Sutpen, entre ela e o homem a quem ela nem sequer tinha visto, como que por meio daquela telepatia com a qual, quando eram crianças, pareciam às vezes antecipar as ações um do outro como dois pássaros que deixam um galho no mesmo instante; aquela harmonia diferente da ilusão convencional daquela que existe entre gêmeos, mas antes como a que poderia existir entre duas pessoas que, independentemente de sexo ou idade ou tradição de raça ou língua, foram abandonadas ao nascer numa ilha deserta: a ilha, aqui, a Centena de Sutpen; a solidão, a sombra daquele pai com quem não só a cidade, mas a família da mãe também apenas fingira um armistício em vez de aceitá-lo e assimilá-lo.

"Percebe? Aí estão eles: essa menina, essa jovem do interior, que vê um homem à média de uma hora por dia durante doze dias em toda a vida dele, e isso ao longo de um período de um ano e meio, e que, no entanto, está determinada a se casar com ele a ponto de obrigar seu irmão ao último recurso do homicídio, ainda que não assassinato, para impedi-lo, e isso depois de um período de quatro anos durante os quais ela não deve ter tido sempre a certeza de que ele ainda estava vivo; seu pai, que tinha visto aquele homem uma vez, mas teve motivos para fazer uma viagem de seiscentas milhas para investigá-lo e, ou descobrir o que ele já, aparentemente por clarividência, suspeitava, ou pelo menos algo que lhe serviria do mesmo modo como motivo para proibir o casamento; esse irmão a cujos olhos a honra e felicidade daquela irmã e filha, dada aquela curiosa e incomum relação que existia entre eles, deveriam ter sido mais preciosas e guardadas com ciúme até do que para o pai, mas que fez questão de defender o casamento a ponto de repudiar pai e sangue e lar para se tornar um seguidor e depender do pretendente rejeitado por quatro anos antes de matá-lo aparentemente pela razão idêntica à que o tinha levado a deixar o lar para defendê-lo quatro anos antes; e esse namorado que, aparentemente sem vontade ou desejo, ficou envolvido num noivado que ele não parece nem ter procurado nem evitado, cuja dispensa aceitou com o mesmo espírito sardônico e passivo, e que, contudo, quatro anos depois estava aparentemente tão determinado a levar a cabo aquele casamento em relação ao qual até aquele momento estivera completamente indiferente que chegou a ponto de forçar o irmão que o tinha defendido a matá-lo para impedi-lo. Sim, mesmo levando-se em consideração que até para o inexperiente Henry, para não falar do mais viajado pai, a existência da amante negra oitavona e do filho, um dezesseis avos negro, e até da cerimônia morganática — uma situação tão comum ao aparato social e aos costumes de um jovem rico de New Orleans quanto seus sapatos de dança — seria razão suficiente, o que é esticar a honra um pouco demais mesmo para os distantes modelos que são nossos ancestrais do Sul que chegaram à maturidade por volta de 1860 ou 1861. É simplesmente incrível. Simplesmente não se explica. Ou talvez seja isso mesmo: eles não explicam e nós não devemos saber. Temos algumas velhas histórias passadas de boca em boca; exumamos de velhas malas e caixas e gavetas cartas sem saudação inicial nem assinatura, nas quais homens e mulheres que um dia viveram agora são meras iniciais ou apelidos nascidos de uma afeição já incompreensível que para nós soa como sânscrito ou chocktaw; vemos vagamente as pessoas, as pessoas em cujo sangue vivo e em cuja semente nós mesmos jazemos dormentes, esperando, adquirindo agora proporções heroicas nessa atenuação do passar do tempo, realizando seus atos de simples paixão e simples violência, indiferentes ao tempo e inexplicáveis — sim, Judith, Bon, Henry, Sutpen: todos eles. Eles estão lá, mas algo está faltando; são como uma fórmula química exumada junto com as cartas daquele baú esquecido, com cuidado, o papel velho e desbotado e caindo em pedaços, a escrita apagada, quase indecifrável, porém significativa, familiar em forma e sentido, o nome e a presença de forças voláteis e conscientes; você os junta nas proporções recomendadas, mas nada acontece; você relê, entediado e atento, cismando, se assegurando de que não esqueceu nada, não fez nenhum cálculo errado; você os junta de novo e de novo nada acontece: apenas as palavras, os símbolos, as formas mesmas, distantes, inescrutáveis e serenas, contra aquele túrgido fundo de um sangrento e horrível revés humano.

"Bon e Henry vieram da universidade para passar aquele primeiro Natal. Judith e Ellen e Sutpen o viram pela primeira vez — Judith, ao homem a quem veria por um período de doze dias, mas de quem se lembraria de tal forma que, quatro anos depois (ele nunca lhe escreveu durante esse tempo. Henry não permitiu; era a prova, percebe), quando recebeu uma carta dele dizendo *Esperamos tempo suficiente*, ela e Clytie começaram de imediato a fazer um vestido e um véu de noiva com trapos e retalhos; Ellen, ao esotérico, ao quase barroco, ao quase epiceno *objet d'art* que, com voracidade infantil, ela tentou incluir no mobiliário e na decoração de sua casa; Sutpen, ao homem a quem, depois de ver uma vez e antes de qualquer noivado existir em algum lugar que não a mente de sua esposa, ele viu como uma ameaça potencial à (agora e por fim) triunfante coroação de suas velhas provações e de sua ambição, ameaça esta da qual estava aparentemente seguro o bastante para justificar uma viagem de seiscentas milhas para prová-la — isso vindo de um homem que poderia ter desafiado e matado alguém de quem não gostasse ou a quem temesse, mas que não teria feito nem sequer uma viagem de dez milhas para investigá-lo. Percebe? Quase dá para acreditar que a viagem de Sutpen para New Orleans foi puro acaso, apenas um pouco mais das maquinações ilógicas de uma fatalidade que escolhera aquela família entre todas as outras da região ou desta terra, exatamente como um menininho escolhe um formigueiro para despejar água fervendo e não algum outro, sem saber por quê. Bon e Henry ficaram duas semanas e voltaram a cavalo para a escola, parando para ver a srta. Rosa, que não estava em casa; passaram o longo semestre antes das férias de verão conversando, cavalgando e estudando juntos (Bon estava estudando Direito. Estava, quase teria que estar, pois só isso poderia ter tornado sua permanência ali tolerável, independentemente da razão que pudesse ter trazido para ficar — ali, no cenário perfeito para sua indolência dilatória: esse cavoucar em mofados tomos de Blackstone e Coke em que, num corpo de alunos que ainda não passava dos dois algarismos, a Faculdade de Direito provavelmente consistia de outros seis além dele próprio e de Henry — sim, ele corrompeu Henry para o Direito também; Henry mudou no meio do período letivo) enquanto Henry imitava suas roupas e seu discurso, caricaturava, melhor dizendo, talvez, e Bon, embora já tivesse visto Judith, devia continuar o mesmo homem indolente e felino a quem Henry impingiu agora o papel de pretendente da irmã, assim como no outro semestre Henry e seus companheiros tinham lhe impingido o papel de Lotário; e Ellen e Judith agora faziam compras duas ou três vezes por semana na cidade, e pararam uma vez para ver a srta. Rosa quando foram de coche até Memphis, com uma carroça na frente para trazer o butim e um preto extra na boleia junto com o cocheiro para parar de tempos em tempos e acender um fogo e reaquecer os tijolos sobre os quais descansavam os pés de Ellen e de Judith, faziam compras, compravam o enxoval para aquele casamento cujo noivado formal não existira em lugar algum salvo na cabeça de Ellen; e Sutpen, que vira Bon uma vez e estava em New Orleans o investigando quando Bon entrou na casa na vez seguinte: quem sabe o que ele estava pensando, o que estava esperando, que momento, que dia, para ir a New Orleans e descobrir o que parecia sempre ter sabido que encontraria? Não havia ninguém a quem ele poderia contar, conversar sobre seu temor e suspeita. Não confiava em nenhum homem ou mulher, ele que não tinha o amor de nenhum homem ou mulher, pois Ellen era incapaz de amar e Judith era parecida demais com ele, e ele deve ter visto de imediato que Bon, ainda que a filha pudesse ser salva dele, já corrompera o filho. Ele tinha sido bem-sucedido demais, percebe; a sua era aquela solidão do desprezo e da aversão que o sucesso traz para aquele que o alcançou ter sido forte, e não meramente sortudo.

"Então vieram junho e o fim do ano escolar e Henry e Bon voltaram à Centena de Sutpen, Bon para passar um dia ou dois antes de cavalgar até o rio e pegar o vapor para casa, para New Orleans, para onde Sutpen já tinha ido embora ninguém soubesse, e Ellen fosse a última a desconfiar. Permaneceu apenas dois dias e, se alguma vez teve a chance de firmar um compromisso com Judith, talvez mesmo de se apaixonar por ela, foi essa. Foi sua única chance, sua derradeira chance, embora, é claro, nem ele nem Judith pudessem ter sabido disso, pois Sutpen, embora só houvesse passado duas semanas fora de casa, sem dúvida já tinha descoberto a amante oitavona e a criança. Assim se poderia dizer que, pela primeira e última vez, Bon e Judith tiveram o caminho livre — se poderia dizer, pois na verdade foi Ellen quem teve o caminho livre. Posso imaginá-la urdindo aquela corte, proporcionando a Judith e Bon oportunidades para encontros secretos e promessas com uma meticulosa e incansável ubiquidade da qual eles devem ter tentado, em vão, se evadir e escapar, Judith irritada, mas ainda serena, Bon com aquela sardônica e espantada aversão que parece ter sido a manifestação ordinária do caráter impenetrável e obscuro. Sim, obscuro: um mito, um fantasma: algo que eles próprios tinham arquitetado e criado; algum eflúvio do sangue e caráter de Sutpen, como se, como homem, ele absolutamente não existisse. Contudo, houve o corpo que a srta. Rosa viu, que Judith enterrou no jazigo da família ao lado de sua mãe. E isto: o fato de que mesmo um noivado indefinido e jamais mencionado sobreviveu, depondo a favor do postulado de que eles se amavam de verdade, pois durante aqueles dois dias um mero romance teria perecido, morrido de pura pieguice e oportunidade. Então Bon partiu a cavalo para o rio e tomou o vapor. E mais isto: talvez, se Henry tivesse ido com ele naquele verão em vez de esperar pelo seguinte, Bon não teria precisado morrer como morreu; se Henry tivesse ido a New Orleans naquela ocasião e descoberto então a amante e a criança; Henry, que, antes que fosse tarde demais, poderia ter reagido à descoberta exatamente como Sutpen, como seria esperado que reagisse um irmão ciumento, pois quem sabe não foi o fato da amante e da criança, da possível bigamia, que o fez se ressentir, mas o fato de que foi seu pai quem lhe contou, seu pai quem lhe antecipou, o pai que é o inimigo natural de qualquer filho e genro de quem a mãe é aliada, assim como depois do casamento o pai será o aliado do genro que tem como inimigo mortal a mãe de sua esposa. Mas Henry não foi dessa vez. Ele cavalgou até o rio com Bon e depois voltou; depois de algum tempo, Sutpen voltou para casa também, vindo de onde e com que propósito ninguém saberia até o Natal seguinte, e aquele verão passou, o último verão, o último verão de paz e contentamento, com Henry, decerto sem intenção deliberada, advogando a causa de Bon muito melhor do que Bon, do que aquele fatalista indolente jamais se dera ao trabalho de ele próprio advogar, e Judith escutando com aquela serenidade, aquela impenetrável tranquilidade que um ou mais anos antes fora a vaga, despropositada e sonhadora ausência de volição da mocinha, mas que agora era o sossego de uma mulher madura — uma mulher madura apaixonada. Foi então que as cartas vieram, e Henry lendo-as todas, sem ciúme, com aquela abnegada transferência, metamorfose, no corpo que iria se tornar o amante de sua irmã. E Sutpen sem dizer nada ainda sobre o que descobrira em New Orleans, mas apenas aguardando, sem que nem mesmo Henry e Judith suspeitassem, aguardando pelo que ninguém sabe, talvez na esperança de que quando Bon soubesse, pois não teria como não saber, que Sutpen descobrira seu segredo ele (Bon) perceberia que o jogo tinha acabado e nem mesmo voltaria à universidade no ano seguinte. Mas Bon voltou. Ele e Henry encontraram-se de novo na universidade; as cartas — de ambos, Henry e Bon, agora — fazendo viagens semanais pela mão do cavalariço de Henry; e Sutpen ainda aguardando, certamente ninguém saberia dizer pelo que agora, incrível que ele tenha decidido esperar pelo Natal, para a crise chegar até ele — esse homem de quem se dizia que não só ia ao encontro de seus problemas, como às vezes os criava. Mas dessa vez ele esperou e o problema veio até ele: chegou o Natal, e Henry e Bon cavalgaram de novo até a Centena de Sutpen, e então até mesmo a cidade fora convencida, por Ellen, de que o noivado existia; aquele 24 de dezembro de 1860, e os pretinhos, usando ramos de visco e azevinho como desculpa, já espreitando nos fundos da casa-grande para gritar 'presente de Natal' para os brancos, o homem rico da cidade vindo para cortejar Judith, e Sutpen sem dizer nada ainda, sem que ninguém ainda suspeitasse, com exceção talvez de Henry, que foi quem provocou a crise naquela mesma noite, e Ellen na crista absoluta de sua vida irreal e etérea que, na aurora seguinte, iria se quebrar debaixo de seus pés e varrê-la, exausta e atônita, para o quarto com venezianas fechadas onde ela morreu dois anos depois; a véspera de Natal, a explosão, e ninguém para saber exatamente por que ou o que aconteceu entre Henry e seu pai, e somente os murmúrios dos negros de cabana em cabana para espalhar as novas de que Henry e Bon tinham partido de novo a cavalo, no escuro, e que Henry havia renunciado formalmente a seu lar e ao seu direito de primogenitura.

"Eles foram para New Orleans. Cavalgaram no clarão frio daquele Natal para o rio e pegaram o vapor, Henry ainda tomando a dianteira, conduzindo, como sempre fez até o último instante, quando pela primeira vez em toda a sua relação Bon tomou a dianteira e Henry o seguiu. Henry não precisava ter ido. Ele ficara pobre por vontade própria, mas poderia ter ido procurar o avô, já que, embora tivesse melhor montaria do que qualquer outro na universidade, incluindo o próprio Bon, é provável que estivesse com muito pouco dinheiro além do que conseguiu com a venda apressada de seu cavalo e de quaisquer objetos de valor que por acaso tivesse consigo quando ele e Bon partiram. Não, ele não precisava ter ido, ele tomando a dianteira nessa ocasião também, e Bon cavalgando ao seu lado, tentando descobrir o que tinha acontecido. Bon sabia, é claro, o que Sutpen tinha descoberto em New Orleans, mas precisaria saber com precisão o quê, quanto Sutpen contara a Henry, e Henry não lhe contando, sem dúvida montado na égua nova à qual provavelmente sabia que teria que renunciar, sacrificar também, junto com todo o resto de sua vida, de sua herança, cavalgando depressa agora, com as costas eretas e irrevogavelmente viradas para a casa, para seu lugar de nascimento e todo o cenário familiar de sua infância e mocidade que tinha repudiado pelo bem daquele amigo com quem, apesar do sacrifício que acabara de fazer por amor e lealdade, ainda não poderia ser absolutamente franco. Porque sabia que o que Sutpen tinha lhe contado era verdade. Deve ter sabido isso no instante mesmo em que acusou o pai de mentir. Por isso, não ousou pedir a Bon que o negasse; não ousou, percebe. Podia enfrentar a pobreza, o deserdamento, mas não poderia suportar aquela mentira de Bon. No entanto, ele foi para New Orleans. Foi diretamente para lá, para o único lugar onde não poderia deixar de comprovar de maneira conclusiva a afirmação que, ao ouvir do pai, chamara de mentira. Foi para lá com esse objetivo; foi lá para comprová-lo. E Bon cavalgando ao seu lado, tentando descobrir o que Sutpen tinha lhe contado — Bon, que, por um ano e meio, estivera observando Henry imitar suas roupas e sua fala, que por um ano e meio se vira objeto daquela completa e abnegada devoção que somente um rapaz, nunca uma mulher, dedica a outro rapaz ou homem; que havia exatamente um ano vira a irmã sucumbir àquele mesmo encanto a que o irmão já sucumbira, e isso sem nenhuma vontade da parte do sedutor, sem que ele levantasse um dedo, como se fosse realmente o irmão que tivesse posto o feitiço na irmã, a tivesse seduzido para sua própria imagem vicária que andava e respirava com o corpo de Bon. No entanto eis esta carta, enviada quatro anos depois, escrita numa folha de papel salva de uma casa destruída na Carolina com graxa para fogão encontrada em algumas lojas ianques capturadas; quatro anos nos quais ela não recebeu nenhuma notícia dele exceto as mensagens de Henry dizendo que ele (Bon) continuava vivo. Assim, quer Henry soubesse ou não da outra mulher, ele agora teria que saber. Bon entendeu isso. Posso imaginá-los cavalgando, Henry ainda afogueado pela colérica repercussão da lealdade defendida, e Bon, o mais sábio, o mais astuto ainda que somente por uma experiência maior e alguns anos a mais de idade, sabendo de Henry, sem Henry perceber, o que Sutpen tinha lhe dito. Porque Henry decerto sabia agora. E eu não acredito que tenha sido só para preservar Henry como um aliado, para a crise de alguma necessidade futura. Foi porque Bon não só amava Judith à sua maneira, mas amava Henry também, e acredito que num sentido mais profundo do que meramente à sua maneira. Talvez, em seu fatalismo, ele amasse mais Henry, vendo talvez na irmã apenas a sombra, o vaso feminino para consumar o amor cujo verdadeiro objeto era o rapaz: — esse dom-juan cerebral que, invertendo a ordem, aprendera a amar o que tinha ofendido; talvez fosse mais até do que Judith ou Henry: talvez fosse a vida, a existência, que eles representavam. Porque quem sabe o quadro de paz que ele pode ter visto naquele monótono remanso provinciano; que alívio e libertação para um viajante escolado que tinha percorrido um caminho longo demais ainda jovem demais, nesta fonte rural, singela e emoldurada em granito.

"E posso imaginar como Bon contou a Henry, revelou tudo a ele. Posso imaginar Henry em New Orleans, ele que nem sequer estivera em Memphis, cuja experiência do mundo consistia apenas na estada em outras casas, fazendas, tão parecidas com a sua que quase se poderia intercambiá-las, onde ele seguia a mesma rotina que seguia em casa — as mesmas caçadas e brigas de galo, as mesmas corridas de cavalo amadoras em toscas pistas caseiras, cavalos de sangue e linhagem sãos, mas que não haviam sido criados para correr e, talvez, nem mesmo a trinta minutos de distância dos vincos criados na terra por um coche ou mesmo uma carruagem; a mesma dança de quadrilha com idênticas e também intercambiáveis virgens provincianas, com música exatamente igual à de casa, o mesmo champanhe, do melhor, sem dúvida, mas servido de forma grosseira, com a elegância burlesca de pantomima de mordomos negros que (assim como os bebedores, que o engoliam como se fosse uísque puro entre brindes floreados e pouco sutis) teriam tratado limonada da mesma maneira. Posso imaginá-lo, com sua tradição puritana — aquela tradição peculiarmente anglo-saxônica — de misticismo feroz e orgulhoso e daquela habilidade de se envergonhar da ignorância e da inexperiência, naquela cidade estranha e paradoxal, com sua atmosfera a um tempo fatal e lânguida, a um tempo feminina e dura como o aço — esse caipira grave e sem humor, vindo de uma tradição granítica em que até as casas, para não falar das roupas e da conduta, são construídas à imagem de um Jeová sádico e ditatorial, subitamente pousando num lugar cujos habitantes criaram seu Todo-Poderoso com Seu coro-hierarquia de apoio de belos santos e lindos anjos à imagem de suas casas, ornamentos pessoais e vidas voluptuosas. Sim, posso imaginar como Bon o preparou para aquilo, para o choque: a habilidade, o cálculo, preparando a mente puritana de Henry como teria preparado um campo difícil e pedregoso e o teria semeado e cultivado com aquilo que desejasse. Seria à cerimônia, fosse de que tipo fosse, que Henry se oporia: Bon sabia disso. Não se oporia à amante ou mesmo à criança, nem mesmo à amante negra e muito menos à criança resultante desse fato, pois Henry e Judith tinham crescido com uma meia-irmã negra; não seria a amante para Henry, certamente não a amante preta para um jovem com os antecedentes de Henry, um rapaz criado num meio onde o outro sexo é separado em três divisões nítidas, separadas (duas delas) por um abismo que poderia ser cruzado apenas uma vez e numa direção apenas — damas, mulheres, fêmeas — as virgens com quem os cavalheiros em algum dia se casariam, as cortesãs que eles frequentavam em suas visitas dominicais às cidades, e as meninas e mulheres escravas sobre as quais aquela primeira casta repousava e a quem, em certos casos, sem dúvida devia o próprio fato de sua virgindade; não seria isso para Henry, jovem, impetuoso, vítima do duro celibato da montaria e da caça, que esquentava e fazia ferver o sangue de um jovem, que fazia com que ele e outros de sua estirpe fossem obrigados a passar o tempo, como as moças de sua própria classe eram interditas e inacessíveis, e as mulheres da segunda classe igualmente inacessíveis por causa do dinheiro e da distância, somente com as moças escravas, as criadas domésticas asseadas e limpas por patroas brancas ou, talvez, as moças com corpo suado saídas dos próprios campos, e o jovem cavalga e faz um gesto para o capataz de vigia e diz *Mande-me a Juno* ou a Missylena ou a Chlory e então cavalga para as árvores, desmonta e espera. Não: seria a cerimônia, uma cerimônia celebrada, era verdade, com uma negra, mas ainda uma cerimônia; foi isso que Bon sem dúvida pensou. Então posso imaginá-lo, a maneira como ele o fez: a maneira como pegou o negativo da alma e do intelecto provincianos de Henry e o expôs em lentas etapas a esse meio esotérico, construindo gradualmente a imagem que desejava que fosse retida, aceita. Posso vê-lo corrompendo Henry aos poucos, fazendo-o passar a frequentar a elegância, sem nenhum aviso prévio, nenhuma advertência, a postulação a vir depois do fato, expondo Henry lentamente ao aspecto superficial — a arquitetura um pouco curiosa, um pouco feminina e exuberante e, portanto, para Henry, opulenta, sensual, proibida; a inferência de riqueza grande e confortável medida por cargas de barco a vapor e não por um tedioso avanço milimétrico de figuras humanas suarentas por campos de algodão; as luzes e o esplendor de uma miríade de rodas de carruagens, nas quais mulheres, entronizadas e imóveis e cruzando rapidamente o campo de visão, pareciam retratos pintados ao lado de homens usando um linho um pouco mais fino, diamantes um pouco mais brilhantes, casacos um pouco mais bem cortados e chapéus um pouco mais tombados sobre rostos um pouco mais morenos e arrogantes do que quaisquer outros que Henry jamais vira: e o mentor, o homem por quem ele repudiara não só seu próprio sangue como também seu sustento, seu teto e suas roupas, cujo vestuário, modo de andar e modo de falar ele tentara imitar, juntamente com seu trato com mulheres e suas ideias sobre honra e orgulho também, observando-o com aquele cálculo felino e inescrutável, observando a fotografia se revelar e se fixar e depois dizendo a Henry: 'Mas não é isso. Isso é apenas a base, os pilares. Pode pertencer a qualquer um'; e Henry: 'Quer dizer, não é isso? É acima disso, mais alto do que isso, mais seleto do que isso?'; e Bon: 'Sim. Isso são apenas os pilares. Isso pertence a qualquer um': um diálogo sem palavras, sem fala, que fixaria e depois removeria, sem obliterar uma linha, a foto, esse fundo, deixando o fundo, o negativo, preparado e inocente de novo: o negativo dócil, com aquela humildade do puritano com tudo o que é uma questão mais de sentido que de lógica, de fato, com o homem, o coração que se digladiava e sufocava por trás disso dizendo *Eu vou acreditar! Eu vou! Eu vou! Seja verdade ou não, eu vou acreditar!* esperando pela próxima foto que o mentor, o corruptor, tinha intenção de fixar nele: aquela próxima foto depois de cuja fixação e aceitação o mentor diria novamente, talvez com palavras agora, ainda observando o rosto grave e pensativo mas ainda seguro de seu conhecimento e confiança naquela tradição puritana que precisa mostrar desaprovação em vez de surpresa ou mesmo desespero, e que prefere mostrar absolutamente nada a ter a desaprovação interpretada como surpresa ou desespero: 'Mas ainda não é isso'; e Henry: 'Você quer dizer que é ainda mais alto do que isso, ainda acima disso?'. Porque ele (Bon) estaria falando agora, de forma preguiçosa, quase enigmática, agora pincelando ele próprio no negativo a imagem que desejava ali; posso imaginar como o fez — o cálculo, o frio alheamento de um cirurgião, as exposições breves, tão breves a ponto de ser enigmáticas, quase num staccato, o negativo inconsciente de como seria a imagem completa, entrevista, contudo inextirpável: — uma armadilha, um cavalo parado diante de uma porta fechada e curiosamente monástica num bairro um pouco decadente, talvez um pouco sinistro, e Bon mencionando casualmente o nome da dona — uma corrupção que com sutileza opera de novo inculcando na mente de Henry a noção de um homem experiente falando com outro, com Henry sabendo que Bon acreditava que Henry saberia mesmo com meia palavra do que Bon estava falando, e Henry, o puritano, que não devia demonstrar nada além de surpresa ou incompreensão; uma fachada com venezianas fechadas, vazia, dormitando à luz nebulosa da manhã, ganhando através da voz branda e enigmática uma sugestão de prazeres secretos, curiosos e inimagináveis. Sem que ele percebesse o que via, foi como se para Henry aquela barreira, vazia e descascada, ao se dissolver, produzisse e revelasse não compreensão para a mente, o intelecto que pondera e descarta, mas antes atingisse, direta e precisa, algum fundamento primário, cego e inconsciente do sonho e da esperança de todos os jovens — uma fileira de rostos que era como um mercado de flores, a suprema apoteose de servidão, de carne humana gerada pelas duas raças para aquele comércio — um corredor de rostos de flores trágicos e condenados, emparedados entre a fileira soturna de velhas acompanhantes e as formas elegantes de jovens asseados, predatórios e (no momento) lembrando bodes: isso visto por Henry rapidamente, exposto rapidamente e depois removido, a voz do mentor ainda mansa, agradável, enigmática, postulando ainda o fato de um homem experiente falando com outro sobre algo que ambos compreendem, ainda dependendo, ainda contando com o horror provinciano do puritano a revelar surpresa ou ignorância, ele que conhecia Henry muito melhor do que Henry o conhecia, e Henry não mostrando nenhuma das duas, suprimindo ainda aquele primeiro grito de terror e pesar, *Eu vou acreditar! Eu vou! Eu vou!* Sim, rápido assim, antes de Henry ter tido tempo de saber o que vira, mas agora arrefecendo: agora chegaria o instante para o qual Bon o vinha preparando — um muro intransponível, um portão fortemente trancado, o grave e pensativo jovem do interior apenas esperando, olhando, ainda não perguntando por quê? ou o quê? o portão de barras sólidas no lugar da grade de ferro trabalhado que parecia renda, e eles passando por ele, Bon batendo numa portinha adjacente da qual um homem moreno parecendo uma criatura saída de uma velha xilogravura da Revolução Francesa surge, preocupado, um pouco escandalizado até, olhando primeiro para a luz do dia e depois para Henry e falando com Bon em francês, que Henry não compreende, e os dentes de Bon reluzindo por um instante antes de ele responder em francês: 'Com ele? Um americano? Ele é um convidado; eu teria que deixá-lo escolher armas, e me recuso a lutar com machados. Não, não. Isso não. Só a chave'. Só a chave; e agora, os portões sólidos fechados atrás deles e não à sua frente, nenhuma vista ou evidência da cidade baixa por sobre as maciças muralhas altas e quase nenhum som vindo de lá, a massa labiríntica de oleandros e jasmins, lantanas e mimosas murando de novo a faixa de terra nua rastelada e esfregada com conchas trituradas, limpa e imaculada, e somente a mais recente das manchas marrons à mostra agora, e a voz — o mentor, o guia parado de lado agora para observar o grave rosto provinciano — contando uma história de forma casual e agradável: 'A maneira habitual é ficar um de costas para o outro, com a pistola na mão direita e a ponta da capa do outro na esquerda. Aí, ao sinal, você começa a andar e, quando sente a capa esticar, se vira e atira. Embora ainda existam alguns, quando o sangue está especialmente fervendo ou quando ainda é sangue camponês, que preferem facas e apenas uma capa. Eles ficam virados um para o outro dentro da mesma capa, percebe, cada um segurando o pulso do outro com a mão esquerda. Mas esse nunca foi o meu jeito' — casual, conversador, percebe, esperando pela pergunta lenta do homem do interior, que agora já sabia a resposta antes de perguntar: 'E pelo que vocês' — eles — 'estariam duelando?'.

"Sim, Henry agora sabia, ou acreditava que sabia; qualquer outra coisa a mais ele decerto consideraria um anticlímax, embora não fosse, fosse qualquer coisa menos isso, o golpe, a pincelada, o toque final, a incisão fina de cirurgião que os nervos agora anestesiados do paciente nem mesmo sentiriam, sem saber que os primeiros golpes duros na verdade eram os aleatórios e mais rudes. Porque havia aquela cerimônia. Bon sabia que seria a isso que Henry resistiria, isso que acharia difícil de engolir e reter. Como ele era astuto, esse homem que nas últimas semanas Henry vinha percebendo cada vez mais conhecer tão pouco, esse estranho imerso e absorto agora em preparativos formais, quase rituais, para a visita, quase tão meticuloso quanto uma mulher em relação ao caimento de um casaco novo que ele tinha encomendado para Henry, obrigado Henry a aceitar para essa ocasião, na qual a impressão toda que Henry devia receber da visita seria estabelecida antes mesmo de eles terem deixado a casa, antes de Henry sequer ter visto a mulher: e Henry, o rústico, o desorientado, com a maré sutil já subindo em torno dele, até o ponto em que ele ou teria que trair a si mesmo e a toda a sua formação e maneira de pensar, ou rejeitar o amigo por quem já repudiara lar e família e tudo; o desorientado, o (por enquanto) desamparado, que queria acreditar mas não via como, sendo conduzido pelo amigo, pelo mentor, por uma daquelas portas inescrutáveis e curiosamente sem vida como aquela diante da qual ele tinha visto o cavalo ou a carruagem, porta que dava num lugar onde, para sua mente provinciana e puritana, toda moral estava de pernas para o ar e toda honra perecera — um lugar criado para e pela volúpia, para os sentidos desavergonhados e descarados, e o menino do interior com seu código simples e até agora imperturbado segundo o qual as mulheres eram damas ou putas ou escravas, olhava para a apoteose de duas raças condenadas presidida por sua própria vítima — uma mulher com um rosto como o de uma magnólia trágica, a eterna fêmea, a eterna Sofredora; a criança, o menino, dormindo entre sedas e rendas, com certeza, mas absoluto escravo dele que, tendo-o gerado, possuía seu corpo e alma para vender (se quisesse) como um bezerro, cão ou ovelha; e o mentor o observando de novo, talvez até o jogador agora pensando *Ganhei ou perdi?* quando eles saíram e retornaram para os aposentos de Bon, naquele intervalo impotente até para usar da fala, da astúcia, não contando mais com aquele caráter puritano que não deve mostrar nem surpresa nem desespero, tendo que contar agora (se é que podia contar com algo) com a própria corrupção, o amor; não podia nem sequer dizer: 'E então? O que você me diz disso?'. Só podia esperar, e pelas ações absolutamente imprevisíveis de um homem que vivia por instinto e não pela razão, até que Henry dissesse: 'Mas é uma mulher comprada. Uma puta'; e Bon, até suave agora: 'Puta, não. Não diga isso. Na verdade, nunca se refira a uma delas por esse nome em New Orleans: senão, será obrigado a comprar esse privilégio com um pouco do seu sangue, de provavelmente mil homens', e talvez ainda suave, talvez agora até com um pouco de piedade: aquela piedade cerebral, sardônica e pessimista do inteligente com qualquer injustiça, loucura ou sofrimento humano: 'Não são putas. E não são putas por causa de nós, os mil. Nós — os mil, os homens brancos — as fizemos, as criamos e produzimos; até fizemos as leis que declaram que um oitavo de um tipo específico de sangue vale mais que sete oitavos de outro. Admito isso. Mas essa mesma raça branca as teria feito escravas também, trabalhadoras, cozinheiras, talvez até as colocasse na lavoura, não fosse por esses mil, esses poucos homens como eu sem princípios nem honra, você dirá talvez. Não podemos, talvez nem mesmo queiramos, salvar todas elas; talvez as mil que salvamos não sejam uma em mil. Mas salvamos essa. Deus pode ver cada pardal, mas nós não fingimos ser Deus. Talvez nem mesmo queiramos ser Deus, pois nenhum homem desejaria mais que um desses pardais. E talvez, quando Deus olha o interior de um desses estabelecimentos como o que você viu esta noite, Ele tampouco escolheria um de nós para ser Deus, agora que ficou velho. Embora Ele deva ter sido jovem um dia, certamente Ele foi jovem um dia, e certamente para alguém que existiu por tanto tempo quanto Ele, que viu tanto pecado bruto e promíscuo sem clemência, controle ou decoro como Ele teve que ver, contemplar por fim, ainda que as instâncias não sejam uma em mil milhares, os princípios da honra, do decoro e da gentileza aplicados ao instinto humano perfeitamente normal que vocês anglo-saxões insistem em chamar de luxúria, e a serviço do qual retornam às cavernas primordiais aos domingos, a queda do que chamam graça nublada e enevoada por palavras de extenuação e explicação que afrontam o Céu, o retorno à graça alardeado por clamores de degradação e flagelação saciadas que apaziguam o Céu, em nenhum dos quais — a afronta ou o apaziguamento — pode o Céu encontrar interesse ou mesmo, depois das primeiras duas ou três vezes, diversão. Então talvez, agora que Deus é um velho, Ele também não esteja interessado na maneira como nós satisfazemos o que você chama de luxúria. Talvez nem mesmo exija de nós que salvemos um pardal, assim como nós não salvamos o pardal para receber um elogio Dele. Mas o salvamos, a esse pardal que, se não fosse por nós, seria vendido a qualquer bruto que pagasse o preço, não vendido a ele por uma noite como uma prostituta branca, mas de corpo e alma para alguém que a poderia usar com impunidade maior do que ousaria usar um animal, novilha ou égua, e que depois poderia descartá-la ou vendê-la ou mesmo assassiná-la quando estivesse gasta ou quando sua manutenção fosse mais cara que o seu valor. Sim: um pardal que até mesmo Deus esqueceu de ver. Porque, embora os homens, os homens brancos, a tenham criado, Deus não os impediu. Ele plantou a semente que a fez florescer — o sangue branco para dar a forma e o pigmento daquilo que os brancos chamam beleza feminina, a um princípio feminino que já existia, majestoso e completo, no púbis quente equatorial do mundo muito antes que aquele nosso antepassado descesse das árvores, perdesse seus pelos e branqueasse — um princípio apto dócil e instintivo com ancestrais estranhos, e curiosos prazeres da carne (que é tudo: não há nada mais) da qual suas irmãs brancas que se multiplicavam junto com eles ontem hoje fogem em horror escandalizado — um princípio que, enquanto sua irmã branca precisa tentar transformá-lo numa questão econômica, como alguém que insiste em instalar um balcão, uma balança ou um cofre numa loja ou venda por uma certa porcentagem dos lucros, reina, sábio, supino e todo-poderoso, do leito escuro e sedoso que é o trono dela. Não: não são putas. Nem mesmo cortesãs: — criaturas pegas na infância, selecionadas e criadas com mais cuidado do que qualquer moça branca, qualquer freira, até mesmo do que qualquer égua de raça, por uma pessoa que lhes dá o cuidado e a atenção infatigáveis que nenhuma mãe dá. Por um preço, é claro, mas um preço oferecido e aceito ou recusado através de um sistema mais formal do que qualquer um pelo qual as moças brancas são vendidas, pois elas são mais valiosas como mercadorias do que moças brancas, criadas e treinadas para realizar o exclusivo fim e propósito de uma mulher: amar, ser bela, divertir; quase jamais ver o rosto de um homem até ser levada ao baile e ser oferecida a e escolhida por algum homem que, em troca, não poderá, mas *deverá* supri-la com o ambiente apropriado para amar e ser bela e divertir, e que em geral terá de arriscar sua vida ou ao menos seu sangue por esse privilégio. Não, não são putas. Às vezes acredito que são as únicas mulheres verdadeiramente castas, para não dizer virgens, na América, e continuam sinceras e fiéis àquele homem não só até que ele morra ou as liberte, mas até que elas morram. E onde você encontrará uma puta ou uma dama com quem possa contar para fazer isso?', e Henry: 'Mas você se casou com ela. Casou com ela'; e Bon — seria um pouco mais rápido agora, mais incisivo agora, embora ainda suave, ainda paciente, embora ainda o ferro, o aço — o jogador ainda não reduzido a seu trunfo final: 'Ah. A cerimônia. Percebo. É isso, então. Uma fórmula, um xibolete tão sem sentido quanto uma brincadeira de criança, interpretada por alguém criado pela própria situação cuja necessidade atendeu: uma velha murmurando numa masmorra iluminada por um punhado de cabelos em chamas, alguma coisa numa língua que nem mesmo as próprias moças entendem mais, talvez nem mesmo a velha, sem nenhuma base econômica para ela ou para alguma possível prole, já que o fato mesmo de eu ter aquiescido, me submetido à farsa, era sua prova e garantia daquilo que a própria cerimônia não poderia jamais garantir; não investindo ninguém de nenhum direito novo, não negando a ninguém o direito antigo — um ritual tão sem sentido quanto o de rapazes universitários em salas secretas à noite, inclusive com os mesmos símbolos arcaicos e esquecidos? — você chama isso de casamento, quando a noite de uma lua de mel e o negócio casual com uma prostituta contratada consistem na mesma suserania sobre um quarto (temporariamente) privado, a mesma ordem de remover as mesmas roupas, a mesma união numa mesma cama? Por que não chamar isso de casamento também?', e Henry: 'Ah, entendi. Entendi. Você me entrega dois e dois e me diz que isso dá cinco, e dá mesmo cinco. Mas ainda tem o casamento. E se eu assumisse um compromisso com um homem que não sabe falar a minha língua, o compromisso declarado a ele na sua própria, e eu concordando com isso: será que estaria menos comprometido porque não conhecia a língua em que ele me aceitou de boa-fé? Não: mais, estaria mais'. e Bon — o trunfo agora, a voz suave agora: 'Você se esqueceu de que essa mulher, essa criança são pretas? Você, Henry Sutpen da Centena de Sutpen em Mississippi? Você, falando de casamento, um casamento, aqui?', e Henry — o desespero agora, o último grito amargo da irrevogável negação da derrota: 'Sim. Eu sei. Eu sei disso. Mas ele ainda existe. Não é certo. Nem mesmo sendo você faz com que seja certo. Nem mesmo você'.

"E isso foi tudo. Devia ter sido tudo; aquela tarde quatro anos depois deveria ter acontecido no dia seguinte, e os quatro anos, o intervalo, foram um mero anticlímax: uma atenuação e prolongamento de um desfecho já pronto para acontecer, causados pela Guerra, por uma estúpida e sangrenta aberração produzida no altíssimo (e impossível) destino dos Estados Unidos, talvez instigada por aquela fatalidade familiar que possuía, junto com todas as circunstâncias, aquela curiosa falta de relação entre causa e efeito que é sempre uma característica do destino quando reduzido a usar seres humanos como ferramentas, matéria-prima. Seja como for, Henry esperou quatro anos, mantendo os três naquela suspensão, naquela prisão, esperando, ansiando que Bon renunciasse à mulher e dissolvesse o casamento que ele (Henry) admitia não ser um casamento, e ao qual deve ter sabido tão logo viu a mulher e a criança que Bon não renunciaria. Na verdade, à medida que o tempo passava e Henry ia se acostumando com a ideia daquela cerimônia que ainda não era um casamento, isso pode ter sido o que incomodava Henry — não as duas cerimônias, mas as duas mulheres; não o fato de que a intenção de Bon fosse cometer bigamia, mas que aparentemente fosse fazer da irmã dele (de Henry) uma espécie de sócia mais nova num harém. Seja lá como for, ele esperou, ansiou, por quatro anos. Naquela primavera eles voltaram para o norte, para o Mississippi. A batalha de Bull Run já tinha sido travada e havia uma companhia se organizando na universidade, entre os alunos. Henry e Bon se engajaram. Henry deve ter escrito a Judith contando onde eles estavam e o que pretendiam fazer. Eles se alistaram juntos, percebe, Henry vigiando Bon e Bon permitindo-se ser vigiado, a prova, a prisão: o primeiro não ousava perder o segundo de vista, não por medo de que Bon se casasse com Judith sem Henry por perto para impedir, mas de que Bon se casasse com Judith e ele (Henry) tivesse que viver pelo resto da vida sabendo estar feliz por ter sido traído, com a alegria do covarde de se render sem ter sido vencido; o outro, por essa mesma razão também, ele que decerto não queria Judith sem Henry, pois jamais deve ter duvidado de que poderia se casar com Judith quando quisesse, apesar do irmão e do pai, mas como eu já disse, não era Judith o objeto do amor de Bon ou da solicitude de Henry. Ela era apenas a forma oca, o recipiente vazio em que cada um deles batalhava para preservar não a ilusão de si nem sua ilusão do outro, mas aquilo que cada um deles concebia que o outro acreditava que ele fosse — o homem e o rapaz, sedutor e seduzido, que tinham se conhecido, seduzido e sido seduzidos, vitimados um pelo outro, conquistador vencido por sua própria força, vencido conquistando por sua própria fraqueza, antes de Judith entrar em sua vida conjunta ainda como um mero nome de moça. E, quem sabe? havia a Guerra; quem sabe o que a fatalidade e as vítimas da fatalidade não pensavam, ansiavam, que a Guerra resolveria a questão, deixaria livre um dos dois irreconciliáveis, pois não seria a primeira vez que jovens consideram a catástrofe um ato da divina Providência para o exclusivo propósito de resolver um problema pessoal que o próprio jovem não poderia resolver.

"E Judith: de que outra maneira explicá-la senão esta? Com certeza Bon não poderia tê-la corrompido no fatalismo em doze dias, ele que não só não tentou corrompê-la a perder a castidade, mas nem mesmo a desafiar o pai. Não: qualquer coisa menos uma fatalista, aquela que dos dois filhos era a Sutpen com o implacável código dos Sutpen de tomar o que queria desde que tivesse força suficiente, já que Henry era o Coldfield, com o amontoado de moral e regras dos Coldfield sobre o que é certo e errado; ela que, enquanto Henry gritava e vomitava, olhava para baixo da parte alta do celeiro naquela noite, para o espetáculo de Sutpen lutando seminu com um de seus pretos seminus com o mesmo frio e atento interesse com que Sutpen teria observado Henry lutar com um menino negro de sua idade e peso. Porque ela não pode ter sabido o motivo da objeção do pai ao casamento. Henry não lhe teria dito, e ela não teria perguntado ao pai. Porque, mesmo se tivesse sabido, não faria nenhuma diferença. Ela teria agido como Sutpen teria agido com qualquer um que tentasse contrariá-lo: teria ficado com Bon de qualquer forma. Posso imaginá-la, se necessário, até mesmo assassinando a outra mulher. Mas ela seguramente não teria investigado nada e depois feito um debate moral entre aquilo que desejava e o que considerava certo. Contudo, ela esperou. Esperou quatro anos sem receber uma palavra dele, exceto por intermédio de Henry dizendo que ele (Bon) continuava vivo, pois Henry não deixou que Bon escrevesse para ela. Jamais teria deixado. Era a prova, a prisão; todos os três a aceitaram; não creio que jamais tenha havido alguma promessa exigida ou oferecida entre Henry e Bon. Mas Judith, que não poderia ter sabido o que acontecera nem por quê. — Já notou que, muitas vezes quando tentamos reconstruir as causas que levam às ações de homens e mulheres, nos vemos, com uma espécie de espanto, reduzidos à crença, à única crença possível, de que elas resultaram de algumas das velhas virtudes? o ladrão que rouba não por cobiça, mas por amor, o assassino que mata não por luxúria, mas por compaixão? Judith, dando confiança implícita onde dera amor, dando amor implícito onde obtivera vida e orgulho: orgulho verdadeiro, não daquele tipo falso que transforma aquilo que não compreende no mesmo instante em desprezo e ultraje, e por isso se desafoga em ressentimento e lacerações, mas o orgulho verdadeiro que pode dizer para si mesmo sem aviltamento *Eu amo, não aceitarei nenhum substituto; alguma coisa aconteceu entre ele e meu pai; se meu pai estava certo, jamais o verei de novo, se errado, ele virá ou mandará me buscar; se feliz puder ficar, ficarei, se precisar sofrer, sofrerei.* Porque ela esperou; não fez esforço nenhum para fazer alguma outra coisa; suas relações com o pai não tinham mudado um til; quem os visse juntos pensaria que Bon jamais havia existido — os mesmos dois rostos calmos e impenetráveis vistos juntos dentro do coche na cidade nos meses depois que Ellen se refugiou na cama, entre aquele Natal e o dia em que Sutpen partiu com o regimento dele e de Sartoris. Eles não conversaram, não contaram nada um ao outro, entende — Sutpen, o que descobrira sobre Bon; Judith, que sabia onde Bon e Henry estavam agora. Não precisavam falar. Eram parecidos demais. Eram como se tornam de vez em quando duas pessoas que parecem se conhecer tão bem, ou são tão parecidas, que o poder, a necessidade, de se comunicar pela fala se atrofia com o desuso e, compreendendo-se sem necessidade do meio da audição ou do intelecto, elas não entendem mais as palavras reais uma da outra. Assim, ela não lhe contou onde Henry e Bon estavam e ele só descobriu depois que a companhia da universidade tinha partido, porque Henry e Bon se alistaram e depois se esconderam em algum lugar. Devem ter feito isso; devem ter ficado em Oxford apenas tempo suficiente para se alistar antes de seguir em frente, porque nenhum de seus conhecidos em Oxford ou em Jefferson sabia que eles eram integrantes da companhia na ocasião, o que teria sido quase impossível de esconder de outra maneira. Porque agora as pessoas — pais e mães e irmãs e parentes e namoradas desses jovens — vinham para Oxford de lugares mais distantes do que Jefferson — famílias com alimentos e roupas de cama e criados, para acampar entre as famílias, as casas, da própria Oxford, e observar as garbosas imitações de marchas e contramarchas feitas pelos filhos e irmãos, todos eles, ricos e pobres, aristocratas e caipiras, atraídos pelo que é a mais tocante visão de massa de todas as experiências de massa humanas, bem mais do que o espetáculo de virgens sendo levadas para serem sacrificadas a algum Princípio pagão, algum Príapo — a visão de homens jovens, o corpo leve e ágil, o sangue e carne gloriosos, bravos e iludidos vestidos num esplendor marcial de latão e plumas, marchando para a batalha. E haveria música à noite — rabeca e triângulo entre velas ardendo, o esvoaçar de cortinas em janelas altas na escuridão de abril, o vaivém da crinolina tanto entre os uniformes cinza de punhos lisos dos soldados como entre os listrados de ouro dos oficiais, de um exército, ainda que não uma guerra, de cavalheiros, em que soldado raso e coronel se tratavam pelo primeiro nome, não como um fazendeiro chama outro por sobre um arado imóvel num campo ou por cima de um balcão numa loja abarrotado de tecidos e queijo e óleo para correia, mas como um homem chama outro por sobre os ombros macios e empoados das mulheres, as duas taças erguidas de clarete de muscadínea ou champanhe comprado; música, a repetitiva última valsa de todas as noites enquanto os dias passavam e a companhia esperava para se deslocar, o bravo esplendor trivial contra uma noite escura não catastrófica, mas mero pano de fundo, a perene última primavera perfumada da juventude; e Judith não estava lá, e Henry o romântico não estava lá, e Bon o fatalista, ambos escondidos em algum lugar, o vigia e os vigiados: e as recorrentes auroras carregadas de flores daquele abril e maio e junho, cheias de toques de clarins penetrando por uma centena de janelas onde uma centena de viúvas ainda não casadas sonhavam, virgens irrefletidas, sobre os cachos de cabelo preto ou castanho ou louro, e Judith não era uma delas: e cinco homens da companhia, montados, levando cavalariços e criados pessoais num carroção de suprimentos, com seus novos e imaculados uniformes cinza, correram por todo o estado com a bandeira, as cores da companhia, os retalhos de seda cortados e encaixados mas não costurados, indo de casa em casa até que cada namorada de cada homem da companhia desse alguns pontos no tecido, e Henry e Bon tampouco estavam entre eles, pois só se juntaram à companhia depois de ela partir, eles que devem ter aparecido do lugar qualquer onde estavam à espreita, surgindo como que sorrateiramente do matagal ou bosque de beira de estrada, para entrar em forma quando a companhia passou em marcha; os dois — o rapaz e o homem, o rapaz duplamente privado agora de seu direito de primogenitura, ele que deveria estar entre as velas e as rabecas, os beijos e as lágrimas desesperadas, que deveria estar na guarda das cores que percorreu o estado com a bandeira a ser costurada; e o homem que nem deveria estar lá, que era velho demais para estar lá, tanto em anos como em experiência: aquele órfão espiritual e mental cujo destino aparentemente era existir num limbo a meio caminho entre onde sua corporalidade estava e sua mentalidade e equipamento moral desejavam estar — um aluno da universidade, mas que, pelo acúmulo de anos atribulados demais às suas costas, foi obrigado a participar do extra-acadêmico de uma turma de direito com seis membros; na Guerra, por essa mesma força relegado ao isolamento de um oficial comissionado. Ele recebeu um posto de tenente antes mesmo da companhia travar sua primeira batalha. Não acredito que o quisesse; posso até imaginá-lo tentando evitar, recusar. Mas o fato ali estava, e ele ali estava, feito órfão uma vez mais pela mesma situação à qual e pela qual estava condenado — os dois, oficial e soldado agora, mas ainda vigia e vigiado, esperando por algo, mas sem saber o quê, que sorte, destino, que irrevogável sentença de qual juiz ou árbitro entre eles, pois nada menos serviria, nada que ficasse a meio caminho ou fosse reversível bastaria — o oficial, o tenente que possuía a mínima e autorizada vantagem de poder dizer *Você* vai lá, de pelo menos às vezes ficar atrás do pelotão que comandava; o soldado raso que carregou esse oficial, com um tiro no ombro, nas costas enquanto o regimento recuava sob os canhões ianques na estação de Pittsburgh, carregou-o até um lugar seguro aparentemente pelo exclusivo propósito de vigiá-lo por mais dois anos, escrevendo a Judith nesse ínterim e contando que os dois estavam vivos, e nada mais.

"E Judith. Ela vivia sozinha agora. Talvez estivesse vivendo sozinha desde aquele Natal do último ano, ou do penúltimo ano, ou havia três anos, ou quatro anos, já que, embora Sutpen houvesse partido com o regimento dele e de Sartoris e os negros — a raça selvagem com a qual ele criara a Centena de Sutpen — houvessem seguido as primeiras tropas ianques que passaram por Jefferson, ela estava longe de viver na solidão, com Ellen na cama no quarto de venezianas fechadas, requerendo a atenção incessante de uma criança enquanto, com aquela passiva e atônita incompreensão, esperava morrer; e ela (Judith) e Clytie plantando e cuidando de uma horta precária no quintal para mantê-las vivas; e Wash Jones, vivendo na cabana de pesca abandonada e apodrecida na baixada do rio que Sutpen tinha construído depois que a primeira mulher — Ellen — entrou na sua casa e o último dos caçadores de veado e urso saiu dela, onde agora permitia que

Wash vivesse com sua filha e sua neta bebê, fazendo o trabalho pesado da horta e abastecendo primeiro Ellen e Judith, e depois apenas Judith, de peixe e caça de vez em quando, e até entrando na casa agora, sendo que antes de Sutpen partir o mais perto que tinha chegado era ao parreiral de muscadínea atrás da cozinha onde, nas tardes de domingo, ele e Sutpen bebiam do garrafão empalhado e do balde de água da nascente que Wash ia buscar a quase uma milha de distância, Sutpen falando na rede de madeira e Wash casquinando e gargalhando de cócoras contra um pilar; Judith estava longe de viver na solidão e, certamente, longe de viver na ociosidade: o mesmo rosto sereno e impenetrável, apenas um pouco mais velho, um pouco mais magro, que tinha aparecido na cidade, no coche ao lado do pai, uma semana depois de todos ficarem sabendo que seu noivo e seu irmão tinham deixado a casa durante a noite e desaparecido, ninguém sabia por que nem para onde e ninguém perguntava, assim como não perguntavam nada quando ela vinha à cidade com o vestido velho reformado em casa que toda mulher sulina agora usava, no coche ainda, mas com ele agora puxado por uma mula, uma mula de arado, que logo seria a única que restava, e nenhum cocheiro para guiá-la tampouco, para colocar a mula no arreio e levá-la, vindo se juntar às outras mulheres — havia feridos em Jefferson nessa época — no hospital improvisado onde (as virgens mimadas, que tradicionalmente eram mantidas na mais suprema ociosidade) elas limpavam e vestiam os corpos sujos de fezes de homens estranhos que estavam feridos e mortos, e faziam curativos das cortinas, lençóis e toalhas de mesa das casas onde tinham nascido; ninguém lhe perguntava sobre o irmão e o namorado, enquanto conversavam sobre seus filhos, irmãos e maridos, talvez com lágrimas e tristeza, mas ao menos com certeza, conhecimento; e Judith esperando também, assim como Henry e Bon, sem saber pelo quê, mas, diferentemente de Henry e Bon, nem mesmo sabendo por quê. Então Ellen morreu, a borboleta de um verão esquecido defunta havia dois anos agora — a casca sem substância, a sombra impermeável a qualquer alteração ou dissolução justamente por ser etérea: nenhum corpo para ser enterrado: apenas a sombra, a recordação, trasladada em alguma tarde pacata sem sino nem catafalco para aquele bosque de cedro, para jazer num paradoxo leve como o pó embaixo de quinhentos quilos do monumento de mármore que Sutpen (coronel Sutpen desde que Sartoris fora deposto na eleição anual de oficiais do regimento no ano anterior) trouxera de Charleston, na Carolina do Sul, na carroça de suprimentos do regimento, e instalara sobre a leve depressão coberta de relva que Judith lhe disse ser o túmulo de Ellen. E então o avô dela morreu, morto de fome encerrado no próprio sótão, e Judith certamente convidando a srta. Rosa para ir viver na Centena de Sutpen e a srta. Rosa recusando, aparentemente esperando também por essa carta, essa primeira comunicação direta de Bon em quatro anos e que, uma semana depois de o enterrar também, ao lado do túmulo da mãe, ela própria trouxe para a cidade, no coche puxado pela mula que tanto ela como Clytie tinham aprendido a pegar e atrelar, e deu a sua avó, trazendo a carta voluntariamente para a sua avó, ela (Judith) que não visitava mais ninguém, não tinha mais amigos, decerto tão incapaz de explicar por que escolhera a sua avó para dar a carta quanto sua avó; não magra agora, mas emaciada, o crânio dos Sutpen bem visível por debaixo da pele macilenta dos Coldfield, o rosto que havia muito esquecera como ser jovem e, contudo, absolutamente impenetrável, absolutamente sereno: nenhuma lamentação, nem mesmo tristeza, e a sua avó dizendo: 'Eu? Você quer que eu a guarde?'.

"'Sim', disse Judith. 'Ou a destrua. Como quiser. Leia se quiser ou não leia se não quiser. Porque a gente deixa uma impressão tão pequena, entende? A gente nasce e experimenta algo e não sabe por quê, mas continua experimentando, e a gente nasce ao mesmo tempo que uma porção de outras pessoas, tudo misturado com elas, como que tentando, precisando, mexer os braços e as pernas presos a cordões, só que os mesmos cordões estão amarrados a todos os outros braços e pernas, e os outros todos estão tentando e não sabem por que também, só que os cordões estão todos se embaralhando uns com os outros, como se cinco ou seis pessoas estivessem tentando fazer um tapete num mesmo tear, só que cada uma quer tecer seu próprio padrão no tapete; e é impossível que tenha importância, e você sabe disso, ou Aqueles que montaram o tear teriam organizado melhor as coisas, no entanto deve ter importância, porque você continua tentando, ou tendo que tentar, e então, de repente, acaba, e tudo o que lhe resta é um bloco de pedra com alguns rabiscos, contanto que haja alguém para se lembrar de mandar rabiscar e erguer o mármore, alguém que tenha tempo para fazer isso, e chove sobre o mármore, e o sol bate nele, e, depois de algum tempo, eles nem sequer lembram o nome e o que os rabiscos estavam tentando dizer, e isso não tem importância. E, por isso, se você talvez puder abordar alguém, quanto mais estranho melhor, e dar-lhe alguma coisa — um pedaço de papel — alguma coisa, qualquer coisa, ela nem mesmo precisa significar algo por si só, e eles nem mesmo precisam lê-la ou guardá-la, nem mesmo se dar ao trabalho de jogá-la fora ou destruí-la, pelo menos seria alguma coisa só por ter acontecido, por ser lembrado, mesmo que apenas por ter passado de uma mão para outra, uma mente para outra, e seria ao menos um rabisco, algo, algo que poderia deixar uma marca em algo que um dia *foi* pela razão de que pode morrer algum dia, enquanto o bloco de pedra não pode ser um *é* porque ele nunca se tornará um *foi*, pois não pode jamais morrer ou perecer...', e a sua avó observando-a, observando o rosto impenetrável, calmo, absolutamente sereno, e exclamando:

"'Não! Não! Isso não! Pense em seu —' e o rosto observando-a, compreendendo, ainda sereno, nem mesmo amargo:
"'Oh. Eu? Não, isso não. Porque alguém terá que cuidar de Clytie, e do pai, também, em breve, que vai querer alguma coisa para comer quando voltar para casa, pois não vai demorar muito mais, já que eles começaram a atirar uns nos outros agora. Não, isso não. Mulheres não fazem isso por amor. Acho que nem os homens fazem. Não agora, pelo menos. Porque agora não haveria mais espaço para eles irem, seja qual for o lugar, se é que existe. Já estaria cheio. Abarrotado. Como um teatro, uma casa de ópera, se o que a gente espera encontrar é esquecimento, diversão, entretenimento; como uma cama já cheia demais se o que a gente quer encontrar é uma chance de ficar imóvel e dormir e dormir' — " O sr. Compson se mexeu. Soerguendo-se, Quentin pegou a carta das mãos dele e, embaixo do globo pálido e emporcalhado pelos insetos, abriu-a cuidadosamente, como se a folha, o quadrado ressecado, não fosse o papel, mas a cinza intacta de sua antiga forma e substância: e, nesse meio-tempo, a voz do sr. Compson continuou falando enquanto Quentin a escutava sem prestar atenção: "Agora você pode ver por que eu disse que ele a amava. Porque houve outras cartas, muitas delas, galantes, floreadas, indolentes, frequentes e insinceras, entregues em mãos após atravessar aquelas quarenta milhas entre Oxford e Jefferson depois daquele primeiro Natal — o gesto descuidado e delicadamente lisonjeiro do galante metropolitano à donzela bucólica (que, sem dúvida, para ele, não tinha significado algum) — e essa donzela bucólica com aquela clarividência tranquila, paciente e absolutamente inexplicável das mulheres comparada à qual aquela postura afetada do galante metropolitano era apenas a palhaçada de um garotinho, recebendo as cartas sem as compreender, nem mesmo as guardar, a despeito de seus elegantes e galantes torneios de forma e metáfora longamente

burilados, até que a carta seguinte chegasse. Mas conservando essa, que deve ter aparecido como que do nada depois de um intervalo de quatro anos, considerando essa digna de ser entregue a uma estranha para guardar ou não guardar, ou mesmo para ler ou não ler, como a estranha achasse melhor, para fazer aquele rabisco, aquela marca imortal na face impassível do esquecimento à qual estamos todos condenados, de que ela falou — "; Quentin escutando sem ter que ouvir enquanto lia as letras desbotadas e cheias de arabescos não como se fossem algo gravado em papel por mão que pertencera a uma pessoa real, mas como uma sombra projetada que surgira no papel no instante em que ele o olhou e que poderia apagar-se, desaparecer, a qualquer momento diante de seus olhos: a língua morta falando depois dos quatro anos e, agora, depois de quase outros cinquenta, gentil, sardônica, excêntrica e irremediavelmente pessimista, sem data nem saudação nem assinatura:

Você notará como não insulto nenhum de nós dois ao afirmar que esta é uma voz que vem dos derrotados, talvez até dos mortos. Aliás, se eu fosse um filósofo, deduziria e derivaria um comentário curioso e hábil sobre os tempos e um vaticínio do futuro desta carta que você agora segura nas mãos — uma folha de papel de carta com, como pode ver, a melhor das marcas-d'água francesas de setenta anos atrás, salva (roubada, se preferir) da mansão devastada de um aristocrata arruinado; e escrita com a melhor das graxas de fogão fabricada menos de doze meses atrás numa fábrica da Nova Inglaterra. Sim. Graxa de fogão. Nós a obtivemos de uma maneira que daria uma boa história. Imagine a nós, um grupo de espantalhos homogêneos, não direi famintos porque para uma mulher, seja dama ou fêmea, que se encontre abaixo da Linha Mason-Dixon neste ano da graça de 1865, essa palavra seria pura redundância, como dizer que estávamos respirando. E não direi esfarrapados ou mesmo descalços, pois estamos assim há tempo suficiente para nos termos acostumado com isso, ainda que, graças a Deus (e isso restaura minha fé não na natureza humana, talvez, mas pelo menos no homem), o homem não fica realmente habituado à miséria e à privação: é apenas a mente, a alma bruta, onívora e pesada de podridão que se torna habituada; o corpo em si, graças a Deus, nunca se resigna à falta da velha sensação macia de sabão e roupa limpa e alguma coisa entre a sola do pé e a terra para distingui-lo da pata de um animal. Então digamos que apenas necessitávamos de munição. E imagine a nós, os espantalhos, com um daqueles planos urdidos pelo desespero dos espantalhos que não só precisam dar certo, mas de fato dão, pela razão de que não há absolutamente nenhum espaço para uma alternativa na Terra ou no céu, nenhum nicho no solo ou abaixo dele para o fracasso encontrar espaço seja para parar ou respirar ou ser morto e sepultado; e nós (os espantalhos) realizando o plano com uma grande dose de entusiasmo, para não dizer barulho; imagine, eu digo, a presa e o prêmio, as dez carroças indefesas abarrotadas de víveres, e os espantalhos derrubando caixa após linda caixa após linda caixa, cada uma estampada com aquele U. e aquele S. que por quatro anos têm sido para nós o símbolo dos despojos que pertencem ao vencido, dos pães e dos peixes como foi um dia a Fronte incandescente, a aura radiante da Coroa de Espinhos; e os espantalhos atacando as caixas com pedras e baionetas e até com as mãos nuas e abrindo-as enfim e descobrindo — O quê? Graxa de fogão. Galões e galões da melhor graxa de fogão, nenhuma caixa com mais de um ano de idade, e sem dúvida ainda tentando alcançar o general Sherman com alguma ordem atrasada exigindo que ele lustre o fogão antes de incendiar a casa. Como nós rimos. Sim, rimos, porque eu aprendi ao menos isto nesses quatro anos: que realmente é preciso um estômago vazio para se rir, que só quando se está faminto ou apavorado você extrai alguma essência suprema do riso, assim como o estômago vazio extrai a essência suprema

do álcool. Mas pelo menos temos graxa de fogão. Temos bastante. Temos demais, porque não é preciso muito para dizer o que tenho a dizer, como você pode ver. E assim a conclusão e vaticínio que extraio, apesar de não ser nenhum filósofo, é a seguinte.
 Esperamos tempo suficiente. Você notará como eu também não a insulto dizendo que esperei tempo demais. E, portanto, como não a insulto dizendo que somente eu esperei, não acrescento que me espere. Porque não posso dizer quando você deve me esperar. Porque o que ERA *é uma coisa, e agora não é porque está morto, morreu em 1861, e, portanto o que É* — (*Pronto. Eles começaram a disparar de novo. Isso* — *mencionar isso* — *é redundância também, como dizer que estamos respirando ou falar da necessidade de munição. Porque às vezes acho que os tiros nunca chegaram a parar. Não pararam, é claro; não é isso que quero dizer. O que quero dizer é que nunca houve mais tiros, que houve aquela fuzilaria quatro anos atrás que soou uma vez e depois foi suspensa, paralisada, cano erguido por cano erguido, na atitude congelada de seu próprio espanto apavorado e nunca repetido, e agora apenas o eco alto e apavorado do barulho do mosquete largado por uma sentinela exausta ou pela queda do próprio corpo exausto, do ar que jaz sobre a terra onde aquela fuzilaria soou pela primeira vez e onde deve permanecer porque nenhum outro espaço sob o céu o receberá. Então isso significa que amanheceu de novo e preciso parar. Parar o quê? você dirá. Ora, de pensar, recordar* — *repare que eu não disse: esperar; tornar-me mais uma vez, durante algum tempo, um ser sem fronteiras nem momento específico, um companheiro e prisioneiro estúpido e irracional de um grupo que, mesmo depois de quatro anos, com uma espécie de triste e incorruptível fidelidade que é incrivelmente admirável para mim, ainda está imerso e cego em seu encanto por lembranças de uma velha paz e um velho contentamento de cujos cheiros e sons eu creio não lembrar sequer o nome, que ignora até mesmo a presença e a ameaça*

de uma perna ou braço quebrado como se por alguma promessa
e convicção secretamente assumidas e infalíveis de imortalidade.
— Mas vou concluir.) Não posso dizer até quando você deve me
esperar. Porque o que É é algo diferente, pois nem mesmo estava
vivo antes. E como nesta folha de papel você agora segura o melhor
do velho Sul, que está morto, e as palavras que lê foram escritas
nele com o melhor (cada caixa dizia, o melhor) do novo Norte que
o conquistou e ao qual, portanto, quer goste ou não, ele terá que
sobreviver, agora acredito que você e eu estamos, estranhamente,
incluídos entre aqueles que estão condenados a viver.

"E isso é tudo", disse o sr. Compson. "Ela recebeu a carta e ela e Clytie fizeram o vestido de noiva e o véu usando retalhos — talvez retalhos que deveriam ter servido de curativos e não foram usados para isso. Ela não sabia quando ele viria, porque ele próprio não sabia: e talvez ele tenha contado a Henry, mostrado a carta a Henry antes de enviá-la, mas talvez não; talvez ainda houvesse apenas o vigilante e o expectante, o primeiro dizendo a Henry *Esperei tempo suficiente* e Henry dizendo a ele *Você renuncia então? Renuncia?* e o primeiro dizendo *Não renuncio. Por quatro anos eu dei chance para a oportunidade renunciar por mim, mas parece que estou fadado a viver, que ela e eu estamos ambos fadados a viver* — o desafio e o ultimato proferidos ao lado da fogueira do acampamento, o ultimato dado diante do portão até onde os dois devem ter cavalgado quase lado a lado: o primeiro calmo e constante, talvez sem nem resistir, o fatalista até o fim; o segundo sem piedade, com implacável e invariável tristeza e desespero —" (Quentin teve a impressão de poder vê-los, um diante do outro no portão. Além do portão o que já fora um jardim agora se estendia maltratado, em desgrenhada desolação, com um ar sonolento, distante e apavorado como o rosto barbado de um homem que acaba de acordar do estupor do éter, até uma casa enorme onde uma jovem esperava num vestido de noiva feito com retalhos roubados, com a casa compartilhando também daquele ar de desolação, com a pintura descascada, não tendo sofrido uma invasão, mas tendo se tornado uma concha abandonada e esquecida num local ermo de catástrofe — um esqueleto se despojando num lento gotejar de mobiliário e tapete, toalhas de mesa e lençóis, para ajudar homens dilacerados e aflitos a morrerem, homens que sabiam, mesmo enquanto morriam, que havia meses já o sacrifício e a angústia eram em vão. Eles se encararam de cima dos dois cavalos esquálidos, dois homens, jovens, ainda inexperientes, ainda não vividos o suficiente para ser velhos, mas com olhos velhos, com cabelos desgrenhados e faces encovadas e curtidas como se talhadas por alguma mão espartana ou até mesmo avara em bronze, nos uniformes cinza puídos e remendados, agora tão desbotados que tinham a cor de folhas mortas, um deles com a faixa manchada de um oficial, o outro com o punho liso, a pistola ainda descansando sobre o arção da sela sem apontar, os dois rostos calmos, as vozes ainda nem mesmo elevadas: *Não cruze a sombra desse mourão, desse galho, Charles*; e *Eu vou cruzar, Henry*) " — e então Wash Jones montado em pelo naquela mula diante do portão da srta. Rosa, gritando seu nome no silêncio ensolarado e calmo da rua, dizendo: 'A sióra é Rosie Coldfield? Então é meió vim até lá. O Henry deu um tiro naquele mardito cara francês. Matô ele como fosse um boi'."

V

Então eles sem dúvida já devem ter lhe contado como eu disse para aquele Jones levar aquela mula que não era dele para o celeiro lá atrás e atrelá-la à nossa charrete enquanto eu colocava o chapéu e o xale e trancava a casa. Isso era tudo o que eu precisava fazer, pois eles sem dúvida devem ter lhe contado que não tive necessidade nem de baú nem de mala, pois as roupas que possuía, agora que aquelas que tivera a sorte de herdar por bondade ou pressa ou descuido de minha tia havia muito estavam gastas, consistiam naquelas que Ellen se lembrava de vez em quando de me dar, e agora Ellen já estava morta havia dois anos; que só precisei trancar a casa e tomar meu lugar na charrete e atravessar aquelas doze milhas, algo que não fazia desde a morte de Ellen, ao lado daquele bruto que, até Ellen morrer, não tinha permissão nem de se aproximar da casa pela frente — aquele bruto progenitor de brutos cuja neta iria me suplantar, se não na casa de minha irmã ao menos no leito de minha irmã ao qual (é o que eles vão lhe dizer) eu aspirava — aquele bruto que (instrumento bruto daquela justiça que preside acontecimentos humanos e que, absorvida pelo indivíduo, *age suave, menos garra que veludo: mas que, desprezada por homem ou mulher, se lança como aço incandescente e esmaga tanto o justo fraco como o injusto forte, vencedor e inocente vitimados, implacável na busca do certo e do verdadeiro indicado), aquele bruto que iria não só presidir as várias formas e avatares do destino de demônio de Thomas Sutpen como prover enfim a carne fêmea em que seu nome e linhagem seriam sepultados — aquele bruto que pareceu acreditar que tinha servido e realizado seu propósito berrando sobre sangue e pistolas na rua diante da minha casa, que pareceu acreditar que qualquer outra informação que pudesse ter me dado era escassa demais ou branda e banal demais para justificar que se desfizesse do seu fumo de mascar, porque durante todas as doze milhas subsequentes não conseguiu sequer me contar o que tinha acontecido.*

E como atravessei aquelas mesmas doze milhas mais uma vez dois anos após a morte de Ellen (ou teriam sido quatro anos após o desaparecimento de Henry ou dezenove anos desde que eu tinha visto a luz e respirado?) sem saber nada, sem conseguir extrair nada dele exceto isto: um tiro ouvido, fraco e distante, e mesmo com direção e origem indeterminadas, por duas mulheres, duas jovens sozinhas numa casa apodrecida onde nenhum passo de homem tinha ressoado em dois anos — um tiro, depois um intervalo de atônita especulação sobre o tecido e as agulhas que as ocupavam, depois passos, no vestíbulo e então na escada, correndo, apressados, os passos de um homem: e Judith tendo tempo apenas para agarrar o vestido inacabado e segurá-lo diante de seu corpo antes de a porta abrir com estrondo e mostrar seu irmão, o assassino selvagem a quem fazia quatro anos que ela não via e que acreditava estar (se é que estava, que ainda vivia e respirava) a mil milhas de distância: e então eles dois, os dois filhos amaldiçoados sobre os quais o primeiro golpe da herança diabólica acabara de se abater naquele momento, olhando um para o outro por sobre o vestido de noiva erguido e inacabado. Atravessei doze milhas na direção disso ao lado de um animal que foi capaz de plantar-se na rua diante da minha casa e berrar calmamente para a populosa e atenta solidão que meu sobrinho tinha acabado de assassinar o noivo de sua irmã, mas que não aceitava forçar o passo da mula que nos puxava porque "ela num é nem minha nem deli e tumém num teve um tico decente de comida desde o mio de fevereiro"; que, quando afinal chegou ao portão, fez questão de parar a mula e, apontando com o chicote e cuspindo primeiro, disse: "Ele tarra bem ali". "O que estava ali, estúpido?", eu gritei, e ele disse: "Ele tarra", até que eu arranquei o chicote de sua mão e chicoteei a mula.

Mas eles não podem lhe contar como eu subi pela alameda, passando pelos canteiros de flores arruinados e sufocados por ervas daninhas de Ellen, e cheguei à casa, à casca, ao (assim eu pensei) leito nupcial que era o casulo e o caixão da juventude e da tristeza, e descobri que chegara não tarde demais como tinha pensado, mas cedo demais. Ali estava ela, com sua varanda apodrecendo e paredes descascando, não devastada, não invadida, não marcada por nenhuma bala nem tacão de ferro de soldado, mas como que reservada para algo mais: alguma desolação mais profunda que a ruína, como se tivesse permanecido numa justaposição de ferro contra uma chama de ferro, um holocausto que se descobriu menos feroz e menos implacável, não alvejado, mas antes caído para trás diante do impenetrável e indomável esqueleto que as chamas não ousam, na crise final do instante, atacar; houve até um degrau, uma tábua solta de podre e vergando sob o pé (ou que teria vergado se eu não a houvesse tocado leve e ligeira) quando subi correndo e entrei no vestíbulo cujo tapete havia muito já fora usado, junto com as roupas de cama e mesa, para fazer curativos, e vi as feições dos Sutpen, e mesmo enquanto eu gritava "Henry! Henry! O que você fez? O que aquele imbecil estava tentando me dizer?" percebi que tinha chegado não tarde demais como havia pensado, mas *cedo demais. Porque não era o rosto de Henry. Eram as feições dos Sutpen de fato, mas não o rosto dele; de fato as feições dos Sutpen cor de café ali na luz fraca, barrando a escada: e eu saindo a toda daquela tarde luminosa e entrando no silêncio estrondoso daquela casa soturna, onde a princípio não pude ver nada: então gradualmente vi o rosto, as feições dos Sutpen, não se aproximando, não surgindo da obscuridade, mas já ali, pétreas e firmes e antecedendo tempo e casa e sina e tudo, esperando ali (oh, sim, ele escolheu bem; ele se superou escolhendo, ele que criou a sua própria imagem o frio Cérbero de seu inferno particular) — o rosto sem sexo ou idade porque jamais possuíra nenhum dos dois: o mesmo rosto de esfinge com o qual ela nascera, que olhara para baixo da parte alta do celeiro naquela noite ao lado do rosto de Judith e que ela ainda exibe agora aos setenta e quatro anos, olhando para mim sem mudança, sem absolutamente nenhuma alteração, como se tivesse sabido o segundo em que eu iria entrar, tivesse esperado ali durante todas aquelas doze milhas percorridas atrás daquela mula andando a passo e observado eu me aproximar mais e mais e entrar pela porta enfim, como se tivesse sabido (sim, e talvez decretado, pois existe aquela justiça com um paladar-pança como a de Moloch, que não faz distinção entre osso cheio de cartilagens e carne tenra) que eu iria — o rosto fazendo-me parar (não parando meu corpo: ele ainda avançava, corria: mas eu, eu mesma, aquela existência profunda que vivemos, para a qual o movimento dos membros não passa de um acompanhamento canhestro e tardio como tantos instrumentos desnecessários tocados de maneira rude e amadora fora do compasso da própria melodia) naquele vestíbulo miserável com sua escada nua (o tapete também já se fora) subindo até o escuro corredor do andar de cima onde falou um eco que não era meu, mas do que podia ter sido e está perdido e irrevogável que assombra todas as casas, todas as paredes internas erguidas por mãos humanas, não para fazer um abrigo, não para se aquecer, mas para esconder do olhar e do escrutínio curioso do mundo os caminhos sombrios que as ilusões jovens e antiquíssimas do orgulho, da esperança e da ambição (sim, e do amor também) tomam. "Judith!", eu disse. "Judith!"*

Não houve resposta. Eu não havia esperado nenhuma; é possível que mesmo naquele instante não esperasse que Judith respondesse, da mesma forma que uma criança, antes do instante exato da compreensão do terror, chama o pai ou a mãe que na verdade sabe (isso antes do terror destruir todo o raciocínio) nem mesmo estarem lá para ouvi-la. Eu estava gritando não por alguém, por algo, mas (tentando gritar) através de algo, daquela força, aquele antagonismo furioso e no entanto absolutamente granítico que me barrara — aquela presença, aquele rosto cor de café familiar, aquele corpo (os pés cor de café descalços e imóveis sobre o chão sem tapete, a curva da escada ascendendo logo atrás dela) não maior do que o meu e que, sem se mover, sem nenhuma alteração de deslocamento visual (ela nem mesmo afastou seu olhar de mim pela razão de que não estava olhando para mim, mas através de mim, aparentemente ainda cismando sobre o sereno retângulo da porta aberta que eu tinha rompido), parecia se alongar e projetar algo para cima — não a alma, não o espírito, mas algo semelhante a uma audição profundamente atenta e angustiada, que escuta, ou busca escutar, algo que eu mesma não podia ouvir e não deveria ouvir — uma consciência e aceitação filosóficas do invisível e do inexplicável herdadas de uma raça mais antiga e mais pura que a minha, que tinha criado, postulado e moldado no ar vazio entre nós aquilo que eu acreditava ter vindo encontrar (não, que eu precisava encontrar, ou, mesmo parada respirando ali, teria negado que um dia nascera): — aquele quarto havia muito fechado e bolorento, aquela cama sem lençol (aquele leito nupcial de amor e tristeza) com o cadáver ensanguentado e lívido em seu uniforme cinza remendado e puído tingindo de carmim o colchão nu, a viúva que jamais fora esposa debruçada de joelhos ao seu lado — e eu (meu corpo) ainda não parando (sim, ele precisava da mão, do toque, para isso) — eu, tola auto-hipnotizada que ainda acreditava que o que devia ser seria, não poderia deixar de ser, senão eu teria que negar a sanidade assim como a vida, correndo, me atirando sobre aquele inescrutável rosto cor de café, aquela fria, implacável e estúpida (não, não estúpida: qualquer coisa menos estúpida: a vontade clarividente dele fora temperada e transformada no implacável absoluto da maldade amoral pelo sangue negro e aquiescente com o qual ele a cruzara) réplica sua que ele tinha criado e decretado que governasse em sua ausência, como você observando um pássaro noturno selvagem voar enlouquecido para a lâmpada metálica e fatal. "Espere", ela disse. "Não vá lá para cima." Mesmo assim, eu não parei, seria preciso a mão; e eu ainda correndo, percorrendo aqueles poucos últimos pés através dos quais parecíamos olhar uma para a outra não como dois rostos, mas como as duas contradições abstratas que realmente éramos, nem a minha voz, nem a dela levantada, como se falássemos uma com a outra sem as limitações e as restrições da fala e da audição. "O quê?", eu disse.

"Não vá lá para cima, Rosa." Foi assim que ela falou: com essa calma, com essa tranquilidade, e de novo foi como se não tivesse sido ela quem tinha falado, mas como se a própria casa tivesse dito as palavras — a casa que ele havia construído, que alguma supuração dele próprio havia criado em torno dele como o suor de seu corpo poderia ter produzido uma (ainda que invisível) casca que era como um casulo complementar onde Ellen tivera que viver e morrer como uma estranha, onde Henry e Judith teriam de ser vítimas e prisioneiros, ou morrer. Porque não foi o nome, a palavra, o fato de ela ter me chamado de Rosa. Quando éramos crianças ela me chamava assim, e a eles de Henry e Judith; eu sabia que mesmo agora ela ainda chamava Judith (e Henry também, quando falava

dele) pelo primeiro nome. E ela podia muito naturalmente ter me chamado de Rosa ainda, pois para todos que me conheciam, eu ainda era uma criança. Mas não foi isso. Não foi essa a intenção dela, de jeito nenhum; na verdade, durante aquele instante em que ficamos face a face (aquele instante antes do momento em que meu corpo ainda avançando deveria roçar no dela e chegar à escada) ela me concedeu mais favor e respeito do que qualquer outro que eu conhecia; eu sabia que, desde o instante em que tinha entrado por aquela porta, para ela, de todos que me conheciam, eu não era mais uma criança. "Rosa?", eu gritei. "Você diz isso para mim? Na minha cara?" Então ela me tocou, e eu estaquei. É possível que nem assim meu corpo tenha parado, pois eu parecia estar consciente dele ainda, atirando-se cegamente contra aquele peso sólido mas imponderável (ela não era a dona: era o instrumento; eu ainda digo isso) daquela vontade de me impedir de subir a escada; é possível que o som da outra voz, a única palavra falada do patamar da escada acima de nós, já houvesse irrompido e nos separado antes dele (meu corpo) ter parado. Não sei. Sei apenas que todo o meu ser pareceu se chocar com um ímpeto cego contra algo monstruoso e imóvel, com um impacto chocante que veio cedo demais e rápido demais para ser um mero espanto e ultraje diante daquela mão negra bloqueadora e descarada sobre a minha pele de mulher branca. Porque existe algo no toque de pele com pele que anula, corta fundo e direto os canais intrincados e tortuosos da ordenação decorosa, que tanto inimigos como amantes conhecem, porque ele os faz a ambos: — toque e toque daquilo que é a cidadela do próprio particular do Eu-Sou central: não espírito, alma; a mente fluida e liberta pode ser tomada por qualquer um em qualquer corredor escuro desta morada terrena. Mas deixe que pele toque pele, e observe a queda de toda a casca frágil do xibolete de casta e de cor também. Sim, eu estaquei — não era a mão da mulher, a mão de negra, mas o freio brusco para conter e guiar a vontade furiosa e indomável — eu gritando não com ela, mas com aquilo; falando com aquilo através da negra, da mulher, somente por causa do choque que não era ainda ultraje porque seria terror em breve, não esperando nem recebendo nenhuma resposta porque nós duas sabíamos que não era com ela que eu falava: "Tire a mão de cima de mim, crioula!".

Não obtive nenhuma. Simplesmente ficamos ali — eu imóvel na atitude e ação de correr, ela rígida naquela imobilidade furiosa, nós duas unidas por aquela mão e aquele braço que nos seguravam como um cordão umbilical feroz e rígido, gêmeas irmanadas à escuridão pervertida que a gerara. Quando criança, eu mais de uma vez a observara com Judith e mesmo Henry engalfinhados nos jogos rudes que eles (possivelmente todas as crianças; eu não sei) brincavam, e (assim ouvi dizer) ela e Judith inclusive dormiam juntas, no mesmo quarto, mas com Judith na cama e ela ostensivamente num estrado no chão. Mas também ouvi dizer que em mais de uma ocasião Ellen encontrou as duas no estrado, e uma vez na cama, juntas. Mas não eu. Mesmo quando criança, eu nem sequer brincava com os mesmos objetos com que ela e Judith brincavam, como se aquela solidão deturpada e espartana que eu chamava de minha infância, que tinha me ensinado (e pouco mais me ensinou) a escutar antes de eu conseguir compreender e a entender antes mesmo de ter ouvido, tinha me ensinado também não só a instintivamente ter medo dela e do que ela era, mas evitar até os objetos que tocara. E assim ficamos ali, paradas. E então, de repente, não era por ultraje que eu esperava, não foi por isso que instintivamente gritei; não foi por terror: foi por algum transbordamento cumulativo do próprio desespero. Lembro-me de como enquanto estávamos ali paradas, unidas por aquela mão involuntária (sim: ela também uma vítima consciente, assim como Clytie e eu), gritei — talvez não alto, não com palavras (e não para Judith, veja bem: talvez eu já soubesse, desde o instante em que tinha entrado na casa e visto aquele rosto que era ao mesmo tempo mais e menos do que Sutpen, talvez soubesse mesmo então aquilo em que não poderia, não iria, não devia acreditar) — gritei "E você também? E você também, irmã, irmã?" O que eu esperava? Eu, estúpida auto-hipnotizada, percorri doze milhas esperando — o quê? Henry talvez, surgindo de alguma porta que conhecia o seu toque, sua mão na maçaneta, o peso de seu pé num peitoril que conhecia aquele peso: e encontrando parada no vestíbulo uma pequena criatura amedrontada para quem nenhum homem ou mulher jamais havia olhado duas vezes, a quem fazia quatro anos que ele próprio não via e que raramente vira antes desse período, mas a quem reconheceria no mínimo pelo vestido puído de seda marrom que antes tinha sido de sua mãe e porque a criatura estava ali parada chamando-o por seu primeiro nome? Henry surgindo e dizendo "Ora, é a Rosa, a Tia Rosa. Acorde, Tia Rosa; acorde"? — eu, a sonhadora, me aferrando ainda ao sonho como o paciente se aferra ao último mísero, insuportável e extasiante instante de agonia para aguçar o sabor da cessação da dor, despertando para a realidade, a mais que realidade, não para aquela época antiga e inalterada, mas para uma época alterada para se adequar ao sonho que, junto ao sonhador, se torna imolado e apoteótico: "Mamãe e Judith estão no quarto das crianças, e Papai e Charles estão caminhando no jardim. Acorde, Tia Rosa; acorde"? Ou não esperava talvez, nem ansiava; e nem sonhava, pois os sonhos não vêm aos pares, e não tinha eu percorrido doze milhas, puxada não por uma mula mortal, mas por uma cria de quimera feita da matéria mesma do pesadelo? (Sim, acorde, Rosa; acorde — não do que era, do que costumava ser, mas do que não foi, não poderia jamais ter sido; acorde, Rosa — não para o que deveria, o que poderia ter sido, mas para o que não pode, não deve ser; acorde, Rosa, da esperança, que acreditava haver um decoro no luto apesar da ausência de sofrimento; acreditava que haveria necessidade de você salvar, não amor talvez, não felicidade ou paz, mas o que tinha sido deixado para trás pela viuvez — e descobriu que não tinha nada lá para salvar; que esperava salvá-la como você havia prometido a Ellen (não salvar Charles Bon, nem Henry: salvar nenhum dos dois dele ou mesmo um do outro) e que agora chegava tarde demais, você que teria chegado tarde demais mesmo se tivesse vindo até ali direto do ventre, ou se já estivesse ali no apogeu pleno, forte e capaz da vida quando ela nasceu; você que percorrera doze milhas e dezenove anos para salvar o que não precisava de salvação, e em vez disso perdeu a si mesma). Eu não sei, exceto que não encontrei. Encontrei apenas aquele estado onírico em que você corre sem se mover de um terror no qual não pode acreditar, para uma segurança em que não tem fé, segura assim não pela areia movediça cambiante e sem alicerces do pesadelo, mas por um rosto que era o inquisidor de sua própria alma, uma mão que era o agente de sua própria crucificação, até que a voz nos separou, quebrou o feitiço. Ela disse uma palavra: "Clytie", desse jeito, com essa frieza, essa calma: não era Judith, mas a própria casa falando de novo, embora fosse a voz de Judith. Oh, eu a conhecia bem, eu que tinha acreditado no decoro do sofrimento; eu a conhecia tão bem quanto ela — Clytie — conhecia. Ela não se mexeu; foi somente a mão, a mão não mais em mim antes de eu perceber que ela havia sido retirada. Não sei se ela a retirou ou se eu me esgueirei para longe do seu toque. Mas ela não estava mais lá; e isso eles também não podem lhe contar: Como eu corri, voei, escada acima e não encontrei nenhuma noiva enviuvada pranteando, mas Judith parada diante da porta fechada daquele quarto, no vestido de algodão que usou toda vez que eu a vira desde a morte de Ellen, segurando algo na mão que pendia; e se teve pranto ou angústia ela se livrou deles também, estando eles completos ou incompletos, ao mesmo tempo que se livrou daquele vestido nupcial inacabado. "Sim, Rosa?", ela disse, desse modo de novo, e eu parei no meio da corrida de novo, embora meu corpo, cego e insensível túmulo de *argila iludida e respiração, ainda avançasse: E como eu vi que o que ela segurava naquela mão frouxa e negligente era a fotografia, a imagem dela mesma em sua moldura de metal que dera a ele, segurando-a de forma casual e distraída contra seu flanco como um livro de passatempo interrompido.*

Foi isso o que eu encontrei. Talvez fosse o que esperava, sabia (sabia mesmo aos dezenove anos, eu diria, se não fosse pelos meus dezenove anos, meu tipo particular de dezenove anos) que ia encontrar. Talvez não pudesse ter desejado mais do que isso, não pudesse ter aceitado menos, eu que mesmo aos dezenove já devia saber que viver é um constante e perpétuo instante em que o véu de arrás que há antes do-que-é-para-ser pende dócil e até contente de receber o mais leve e franco empurrão se tivéssemos ousado, houvéssemos sido corajosos o bastante (não sábios o bastante: não é preciso nenhuma sabedoria aqui) para fazer o talho lacerante. Ou talvez tampouco seja falta de coragem: não é covardia o que se recusa a enfrentar aquela doença em algum lugar da base principal desse esquema factual a partir do qual a alma prisioneira, destilando miasmas, se enrodilha sempre para cima na direção do sol, arrastando suas artérias e veias tênues e prisioneiras, e aprisionando por sua vez aquela centelha, aquele sonho que, à medida que o instante globular e completo de sua liberdade espelha e repete (repete? cria, reduz a uma esfera frágil, evanescente e iridescente) todo o espaço e tempo e massa terrestre, ressurge na efervescente e anônima massa miasmática que em todos os anos do tempo não ensinou a si mesma nenhuma bênção de morte, mas somente como recriar, renovar; e morre, foi-se, desapareceu: nada — mas a verdadeira sabedoria, aquela que compreende que existe um poderia-ter-sido que é mais verdadeiro que a verdade, do qual o sonhador, despertando, não diz "Estava eu apenas sonhando?" mas antes inculpa o próprio paraíso com a pergunta: "Por que eu despertei, se despertando jamais dormirei de novo?".

Houve uma vez — Já reparou como a glicínia, recebendo o pleno impacto do sol nesta parede aqui, destila e penetra nesta sala como que (desimpedida pela luz) por um progresso secreto e cheio de atrito feito de partícula em partícula de pó da miríade de componentes da escuridão? Esta é a substância da lembrança — tato, visão, olfato: os músculos com os quais vemos e ouvimos e sentimos —, não a mente, não o pensamento: não existe a memória: o cérebro recorda exatamente o que os músculos buscam: nada mais, nada menos: e a soma resultante é geralmente incorreta e falsa, merecendo apenas ser chamada de sonho. — Veja como a mão esticada de quem dorme, tocando a vela ao lado da cama, lembra a dor e se recolhe, livre, enquanto a mente e o cérebro continuam dormindo e só consideram esse calor adjacente um mito sem valor de fuga da realidade: ou como essa mesma mão de quem dorme, num casamento sensual com alguma superfície suave, é transformada por esse mesmo cérebro e mente adormecidos naquela mesma matéria de ficção deturpada de toda experiência. Sim, a tristeza se vai, desaparece; nós sabemos — mas pergunte aos canais lacrimais se eles esqueceram como chorar. — Houve uma vez (eles tampouco poderiam ter lhe contado isso) um verão de glicínia. Era um impregnar de glicínia por toda parte (eu tinha catorze anos então) como se todas as primaveras ainda por capitular tivessem se condensado numa primavera, num verão: a primavera e o verão que são de toda mulher que já respirou sobre o pó da terra, que devem sua existência a todas as primaveras traídas, adiadas de todo tempo irrevogável, e que assim se repercutem e florescem novamente. Foi uma safra especial de glicínia: uma safra especial sendo aquela doce conjunção de vicejar de raiz, ímpeto, hora e clima; e eu (eu tinha catorze anos) — não insisti em florescer, eu, para quem nenhum homem jamais olhara — nem olharia — duas vezes, não como fazem com uma criança, mas com menos até do que uma criança; não como fazem quando se é mais criança do que mulher, mas como com alguém que é menos do que qualquer carne de mulher. Tampouco direi que verdejei — um filhote retorcido, amargo, pálido e raquítico, amedrontado de qualquer direito ao verde que pudesse ter atraído para si os ternos namoros infantis das efeméridas ou chamado a atenção das vespas e zangões predadores da lascívia que surge depois. Mas raiz e ímpeto eu insisto e reclamo, pois não tinha eu herdado também de todas as Evas desirmanadas desde a Serpente? Sim, ímpeto eu reclamo: crisálida retorcida de alguma semente perfeita e cega: pois quem poderá dizer qual raiz retorcida e esquecida não poderia brotar ainda com um concentrado esférico mais concentrado, mais esférico e mais pronto a se lançar justamente porque a raiz negligenciada foi plantada retorcida, e jazia não morta, mas apenas dormindo esquecida?

Esse foi o verão com a protagonista errada de minha juventude árida, que (por aquele curto período de tempo, aquela curta primavera sem volta do coração feminino) vivi não como uma mulher, uma moça, mas como o homem que talvez devesse ter sido. Eu tinha catorze anos então, catorze contados em anos, se é que poderiam ser chamados de anos o que foi vivido naquele corredor não percorrido que chamei de infância, que não era viver, mas antes alguma projeção do próprio ventre escuro; eu gestada e completa, e não envelhecida, apenas atrasada por causa de alguma falta de cesariana, de algum fórceps frio do tempo selvagem que deveria ter me roçado a cabeça e me arrancado, e esperei não por luz, mas por aquela sina a que chamamos de vitória feminina e que é: suportar e suportar, sem explicação, nem esperança de recompensa — e então suportar mais; gosto daquele peixe subterrâneo cego, daquela centelha insulada de cuja origem o peixe já não se lembra, que pulsa e vibra em sua morada crepuscular e letárgica com a velha e insone ânsia que não tem outras palavras com que se expressar *além de "isto se chamava luz", aquilo "cheiro", aquilo "toque", aquela outra coisa que não deixou nem mesmo um nome para som de abelha ou ave, ou aroma de flor, ou luz, ou sol, ou amor; — sim, nem mesmo crescendo e se desenvolvendo, amada pela luz e a amando, mas equipada apenas com aquele tumor pervertido e traiçoeiro de solidão que substitui o onívoro e irracional sentido da audição por todos os outros: de modo que, em vez de atingir os marcos progressivos da infância normal, permaneci à espreita, despercebida como se, calçada com o silêncio úmido e aveludado mesmo do útero, não deslocasse nenhum ar, não deixasse escapar nenhum som revelador, de uma porta fechada e proibida à seguinte, e assim adquiri tudo o que sabia daquela luz e daquele espaço em que as pessoas se moviam e respiravam, da mesma maneira como eu (aquela mesma criança) poderia ter adquirido uma concepção do sol vendo-o através de um pedaço de vidro esfumado; — catorze anos, quatro a menos que Judith, quatro anos depois do momento de Judith que só as virgens conhecem: quando toda a delicada disposição do espírito é uma noite de núpcias sem clímax, assexuada e intocada — não aquela violação enviuvada e noturna feita pela inelutável e desdenhosa morte que é o alimento dos vinte, dos trinta e dos quarenta anos, mas um mundo tão pleno de um casamento vivo quanto é da luz e do ar que ela respira. Mas não era um verão de inquietações ansiosas de virgem; não era a falta de cesariana de um verão que deveria ter me arrancado, carne morta ou mesmo embrião, dos vivos: ou então, pela violação da fricção da carne virilmente sulcada, também armada como um homem em vez de uma mulher vazia.*

Era o verão depois daquele primeiro Natal em que Henry o trouxe para casa, o verão seguinte aos dois dias daquelas férias de junho que ele passou na Centena de Sutpen antes de cavalgar até o rio e pegar o vapor para casa, aquele verão depois que minha tia partiu e papai precisou viajar a negócio, e me mandou ficar com

Ellen (é possível que ele tenha escolhido Ellen como um refúgio para mim porque naquela ocasião Thomas Sutpen também estava ausente) para que ela pudesse cuidar de mim, eu que nascera tarde demais, em alguma curiosa desarticulação da vida de meu pai, e que fora deixada em suas mãos (agora duas vezes) viúvas, e que era competente o bastante para alcançar a prateleira da cozinha, contar colheres e fazer a bainha de um lençol e medir leite numa batedeira, mas não servindo para mais nada, todavia ainda assim preciosa demais para ser deixada sozinha. Nunca o tinha visto (nunca cheguei a vê-lo. Nem quando estava morto. Ouvi um nome, vi uma fotografia, ajudei a cavar um túmulo: isso foi tudo) embora ele tivesse estado em minha casa uma vez, naquele primeiro dia do ano novo quando Henry o trouxe, cumprindo seu dever de sobrinho, para me falar da volta deles à faculdade e eu não estava em casa. Até então nem sequer ouvira seu nome, nem sabia que ele existia. Contudo, no dia em que fui até lá passar o verão, foi como se aquela parada casual em minha porta tivesse deixado alguma semente, alguma virulência mínima nesta minha terra de porão, pronta talvez não para o amor (eu não o amava; como poderia? Nunca nem ouvira sua voz, tinha apenas a palavra de Ellen de que existia tal pessoa) e pronta não para espionar, como você sem dúvida chamará o que eu fazia, aquilo que durante os seis meses passados entre o Ano-Novo e aquele mês de junho deu substância àquela sombra com um nome emergindo da tolice vaidosa e tagarela de Ellen, aquela forma que nem sequer tinha um rosto ainda, porque eu nem mesmo vira a fotografia então, refletida no olhar secreto e estupefato de uma jovenzinha: porque eu que não aprendera nada do amor, nem mesmo do amor paterno — aquela violação afetuosa e constante de privacidade, aquela neutralização do eu incorrigível que desabrocha que é a recompensa e o direito de toda carne mamífera, tornei-me não amante, não amada, mas mais ainda do que o amor; tornei-me a toda polímata defensora andrógina do amor.

Ele deve ter deixado alguma semente, para fazer o vago conto de fadas de uma criança ganhar vida naquele jardim. Porque eu não estava espionando quando a seguia. Não estava espionando, embora você dirá que estava. E mesmo que estivesse espionando, não era por ciúme, porque eu não o amava. (Como poderia, se jamais o tinha visto?) E mesmo que o amasse, não era como as mulheres amam, como Judith o amava, ou nós achávamos que amava. Se era amor (e eu ainda digo: Como poderia ser?) era da maneira que as mães amam quando, ao punir o filho, batem não nele, mas, através dele, no menino do vizinho a quem ele acabou de surrar ou por quem foi surrado; afagam não o filho que recebeu a recompensa, mas o homem ou mulher sem nome que deu a moedinha molhada com o suor da palma da mão. Mas não como as mulheres amam. Porque eu não pedia nada dele, entende? E mais do que isso: não lhe dava nada, o que é a síntese do amar. Ora, eu nem sequer sentia a falta dele. Mesmo agora não sei se tinha consciência de que não vira nada de seu rosto além daquela fotografia, aquela sombra, aquela imagem no quarto de uma mocinha: uma imagem casual e emoldurada sobre um toucador abarrotado, mas abrigada e ornamentada (ou assim eu pensei) com todas as rosas alvas, imaculadas e invisíveis, porque mesmo antes de ver a fotografia eu poderia ter reconhecido, não, descrito, aquele rosto. Mas eu nunca o vi. Nem mesmo tenho o conhecimento pessoal de que Ellen algum dia o viu, que Judith o amou, que Henry o matou: então quem vai me contestar quando digo: Por que eu não o inventei, o criei? — E sei o seguinte: se eu fosse Deus, inventaria a partir deste turbilhão efervescente a que chamamos progresso algo (uma máquina, talvez) que adornaria os espelhos-altares estéreis de cada moça feia que existe com algo assim — algo tão pequeno, pois queremos tão pouco —, esse rosto num retrato. Ele nem precisaria ter um crânio por trás; quase anônimo, só precisaria de uma vaga inferência de carne e sangue ambulantes desejados por alguém, ainda que em algum reino incorpóreo de faz de conta. — Um retrato visto de forma dissimulada, furtiva (minha infância me ensinou isso em vez do amor, o que me foi vantajoso; na verdade, se ela tivesse me ensinado o amor, este decerto não teria me servido tão bem) quando eu entrava no quarto deserto ao meio-dia para olhá-lo. Não para sonhar, pois eu vivia no sonho, mas para renovar, ensaiar, o papel, como o amador imperfeito, mas zeloso, que se esgueira na direção das coxias em algum intervalo da cena visível para ouvir a voz momentânea do ponto. E se era ciúme, não o ciúme do homem, do amante; nem mesmo o eu do amante que espiona por amor, para observar, provar, tocar aquele devaneio virginal de solidão que é o primeiro adelgaçar daquele véu que chamamos virgindade; não para saltar, dobrar aquela vergonha que é parte tão grande da declaração de amor, mas para exultar sobre o rico instantâneo seio já rosado pelo sono corado, embora a própria vergonha ainda não precise despertar. Não, não era isso; eu não estava espionando, eu que percorria aquelas aleias de areia rasteladas do jardim pensando: "Essa pegada era dele salvo por este rastelo destruidor, essa que apesar do rastelo ainda está lá, e a dela ao lado, naquele andar lento e mútuo em que o coração, a mente, não precisa olhar os dóceis (sim, e ansiosos) pés"; pensando: "Que suspiros das almas gêmeas a miríade de ouvidos murmurantes dessa hera ou desse arbusto ermo ouviu? Que votos, que promessas, que ardor arrebatado e paciente a chuva lilás dessa glicínia, essa densa dissolução de rosa, coroou?". Mas o melhor de tudo, muito melhor do que isso, era a vida real e a própria carne sonhadora. Oh, não, eu não estava espionando enquanto sonhava no refúgio furtivo de meu próprio arbusto ou hera, como acreditava que ela sonhava no banco secreto que conservava a marca invisível das coxas ausentes dele, assim como a areia destruidora, os milhões de dedos-nervos de fronde e folha, o próprio sol e as constelações lunares que tinham olhado para ele, o ar circundante, que con-

servavam ainda em algum lugar sua pegada, sua forma, seu rosto, o som de sua voz, seu nome: Charles Bon, Charles Bom, Charles Que-logo-seria-marido. Não, não estava espionando, nem mesmo me escondendo, eu que era criança o bastante para não precisar me esconder, cuja presença não teria sido nenhuma violação mesmo que ele se sentasse com ela, e que, contudo, era mulher o bastante para ter ido a ela com o direito de ser recebida (talvez com prazer, gratidão) naquela confidência virginal e sem vergonha com que as mocinhas falam de amor — Sim, criança o bastante para ir até ela e dizer: "Deixe-me dormir com você"; mulher o bastante para dizer "Vamos nos deitar juntas na cama enquanto você me conta o que é amor" mas que não o fez, porque eu teria que ter dito "Não me fale de amor, mas deixe que eu fale, eu que já sei mais sobre o amor do que você jamais vai saber ou precisar". Então meu pai voltou e veio me buscar e me levou para casa, e eu me tornei de novo aquela indefinível mais do que criança, mas menos do que mulher, nas roupas mal-ajambradas que minha tia havia deixado para trás, cuidando de uma casa mal-ajambrada, eu que não estava espionando, me escondendo, mas esperando, observando, por nenhuma recompensa, nenhuma gratidão, eu que não o amava no sentido que damos a essa palavra, porque não existe amor desse tipo sem esperança; que (se fosse amor) amava com aquele tipo além do alcance dos livros baratos: aquele amor que dá o que nunca teve — aquela quantia mínima que é tudo o que o doador tem, mas cujo peso infinitesimal não acrescenta nada à substância do amado — e contudo eu a dei. E não a ele, a ela; era como se houvesse dito a ela: "Tome, leve isto também. Você não pode amá--lo como ele deve ser amado, e embora ele jamais vá sentir o peso desta doação, assim como jamais sentiria sua falta, talvez chegue um momento em sua vida de casado em que ele descobrirá essa partícula de um átomo como alguém que encontra um pequeno broto pálido e oculto num canteiro de flores familiar e para e diz:

'De onde saiu isso?'; e você só precisará responder: 'Não sei'". Então eu voltei para casa e lá fiquei por cinco anos, ouvi o eco de um tiro, subi correndo um lance de escada de pesadelo e descobri —

 Ora, uma mulher de vestido de algodão, parada calmamente diante de uma porta fechada pela qual ela se recusava a me deixar entrar — uma mulher mais estranha a mim do que a qualquer dor, por ser tão pouco chegada à dor — uma mulher dizendo "Sim, Rosa?" calmamente em meio à minha corrida que (agora eu sei) havia começado cinco anos antes, quando ele tinha estado na minha casa também, e sem deixar mais vestígio lá do que deixara na de Ellen, onde fora apenas um vulto, uma sombra: não de um homem, de um ser, mas de alguma peça esotérica de mobiliário — um vaso, ou cadeira, ou escrivaninha — que Ellen desejava, como se a própria impressão dele (ou a falta dela) nas paredes dos Coldfield ou dos Sutpen retivesse uma profecia do que aconteceria; sim, eu estava correndo desde aquele primeiro ano (aquele ano antes da Guerra) durante o qual Ellen tinha me falado de um enxoval (e ele era o meu enxoval), de toda a panóplia sonhadora da entrega que era a minha entrega, eu que tinha tão pouco a entregar que o que tinha era tudo o que possuía, pois existe aquele deveria-ter-sido que é a única rocha a que nos agarramos acima do sorvedouro da realidade insuportável; os quatro anos em que acreditei que ela esperava como eu esperava, enquanto o mundo estável que tínhamos sido ensinadas a conhecer se dissolvia em fogo e fumaça até que a paz e a segurança desapareceram, e o orgulho e a esperança também, e só o que restou foram veteranos com a honra mutilada e amor. Sim, deve haver, é preciso que haja amor e fé: os deixados conosco por pais, maridos, namorados, irmãos, que carregaram o orgulho e a esperança de paz na vanguarda de honra como fizeram com as bandeiras; é preciso que haja isso, ou por que outra coisa os homens lutariam? por que mais valeria a pena morrer? Sim, morrendo não pela honra vazia, nem pelo orgulho ou mesmo pela *paz, mas por aquele amor e fé que deixaram para trás. Porque ele iria morrer; isso eu sei, eu sabia, assim como o orgulho e a paz iriam morrer: senão, como provar a imortalidade do amor? Mas não o próprio amor e a própria fé. O amor sem esperança talvez, a fé com pouco de que se orgulhar: mas o amor e a fé ao menos se mantiveram acima da matança e da loucura, para que fosse salvo do humilde e acusado pó ao menos parte do velho encantamento perdido do coração. — Sim, encontrei-a parada diante da porta fechada pela qual eu não podia entrar (e pela qual ela mesma não entrou de novo, que eu saiba, até Jones e o outro homem subirem com o caixão pela escada) com a fotografia na mão que pendia e o rosto absolutamente calmo, olhando para mim por um momento, e alteando a voz apenas o suficiente para ser ouvida no vestíbulo abaixo: "Clytie. A srta. Rosa ficará para o almoço; era bom você arranjar um pouco mais de comida": e então dizendo "Vamos descer? Preciso falar com o sr. Jones sobre umas tábuas e pregos".*

Isso foi tudo. Ou melhor, não tudo, pois não há nenhum tudo, nenhum término; aquilo não foi o golpe que sofremos, mas o tedioso e repercussivo anticlímax dele; as consequências refugadas para serem varridas do limiar mesmo do desespero. Entenda, eu nunca o vi. Nem mesmo morto. Ouvi um eco, mas não o tiro; vi uma porta fechada, mas não entrei por ela: lembro-me de como, naquela tarde quando carregamos o caixão para fora da casa (Jones e outro branco que ele arranjou, exumou, de algum lugar, o construíram com tábuas arrancadas da garagem; lembro-me de como, quando estávamos comendo a comida que Judith — sim, Judith: o mesmo rosto calmo, frio e tranquilo acima do fogão — tinha cozinhado, comendo na mesma sala onde ele jazia podíamos ouvi-los martelando e serrando no quintal, e de como eu vi Judith, com um toucado de algodão desbotado combinando com o vestido, dando-lhes instruções sobre como fazê-lo; lembro-me de como durante toda aquela tarde lenta e ensolarada eles martelaram e serraram bem embaixo da janela da sala dos fundos — o lento e enlouquecedor reque, reque, reque da serra, os baques surdos e deliberados do martelo que pareciam cada um ser o último, mas não eram, repetidos e recomeçados bem quando os nervos exaustos, retesados além de toda resistência, relaxavam com o silêncio e depois tinham que gritar de novo: até que, por fim, eu saí (e vi Judith no celeiro em meio a uma nuvem de galinhas, com o avental envolvendo os ovos recolhidos) e perguntei a eles por quê? por que ali? por que tinha de ser justamente ali? e os dois pararam o tempo e mais do que o tempo suficiente para Jones se virar e cuspir novamente e dizer: "Porque eli num taria tão longi pra carregá a caixa": e como, antes mesmo de eu terminar de virar as costas ele — um deles — acrescentou, por algum atônito e desastrado raciocínio da inércia, como: "Seria mais simpres trazê ele pra baixo e pregá as tábua em vorta dele, só que tarveiz a siá Judy não ia querê".) — Lembro-me de como, quando o estávamos carregando escada abaixo até a carroça que esperava, eu tentei sustentar todo o peso do caixão para provar para mim mesma que ele estava realmente lá dentro. E não tive certeza. Eu era um dos carregadores do caixão, mas não podia acreditar, me recusava a acreditar, em algo que sabia não poder ser senão isso mesmo. Porque nunca o vi. Entende? Certas coisas que acontecem com a gente a inteligência e os sentidos rechaçam, assim como o estômago às vezes rechaça o que o paladar aceitou, mas que a digestão não consegue tolerar — ocorrências que nos paralisam como que por uma intervenção impalpável, como uma folha de vidro através da qual observamos todos os acontecimentos subsequentes ocorrerem como se num vácuo sem som, e que então se apagam, desaparecem; esvaem-se, deixando-nos imóveis, impotentes, indefesos; estáticos, até podermos morrer. Isso aconteceu comigo. Eu estive lá; parte de mim caminhou na mesma cadência com que avançavam Jones, seu companheiro, Theophilus McCaslin, que de alguma forma ouvira a notícia lá na cidade, e Clytie en-

quanto levávamos a caixa malfeita e difícil de segurar pela curva fechada da escada, e Judith, vindo em seguida, a firmava por trás, e assim descemos a escada e fomos até a carroça; parte de mim ajudou a levantar aquilo que eu não poderia ter levantado sozinha, mas em que ainda assim não conseguia acreditar, para dentro da carroça que esperava; parte de mim ficou ao lado da terra ferida à sombra lúgubre dos cedros e ouviu o som rude da terra caindo sobre a madeira e respondeu Não quando Judith, na extremidade da sepultura, disse: "Ele era católico. Algum de vocês sabe como os católicos —" e Theophilus McCaslin disse: "Que católico, nem meio católico; ele era um soldado. E eu sei rezar para qualquer soldado confederado" e gritou com sua voz esganiçada, áspera, forte e cacofônica de velho: "Vivaaa Forrest! Vivaaa John Sartoris! Vivaaaa!". E parte de mim voltou andando com Judith e Clytie por aquele campo ao entardecer e respondeu em alguma suspensão curiosa e serena à voz serena e calma que falava em semear o milho e cortar lenha para o inverno, e na cozinha iluminada pelo lampião ajudou a cozinhar a refeição desta vez e a comê-la também dentro da sala acima de cujo teto ele já não jazia, e foi para a cama (sim, pegou uma vela daquela mão firme e sem tremor e pensou "Ela nem mesmo chorou" e depois num espelho viu meu próprio rosto e pensou "E você também não") dentro daquela casa onde ele tinha permanecido por outro breve (e desta vez final) período e sem deixar vestígio algum, nem mesmo lágrimas. Sim. Um dia ele não estava ali. Então, estava. Depois, deixou de estar de novo. Foi curto demais, depressa demais, rápido demais; seis horas de uma tarde de verão viram aquilo tudo acontecer — um espaço curto demais até para deixar a marca de um corpo sobre um colchão, e sangue pode surgir de qualquer parte — se é que houve sangue, pois eu nunca o vi. Até onde me permitiram saber, não havia um cadáver; nem mesmo um assassino (nós nem sequer falamos de Henry naquele dia, nenhuma de nós; eu — a tia, a soltei-

rona — não disse "Ele parecia bem ou doente?" não disse nem uma das mil coisas triviais com que o indomável sangue de mulher ignora o mundo dos homens no qual seu parente de sangue mostra a coragem ou a covardia, a loucura ou a luxúria ou o medo, pelo qual seus companheiros o louvam ou crucificam) que veio, bateu a porta, bradou seu crime e desapareceu, e que, pelo fato de ainda estar vivo, era ainda mais fantasmagórico que a abstração que tínhamos fechado a pregos dentro de uma caixa — um tiro ouvido apenas por seu eco, um estranho e esquálido cavalo quase selvagem, arreado e com a sela vazia, os alforjes contendo uma pistola, uma camisa puída limpa, um pedaço de pão duro como ferro, capturado por um homem dois dias depois a quatro milhas de distância, quando o animal tentava forçar a porta gradeada do seu estábulo. Sim, mais do que isso: ele estava ausente, e então se fez presente; ele voltou, e deixou de ser; três mulheres puseram alguma coisa na terra e a cobriram, e foi como se nunca houvesse existido.

Agora você me perguntará por que fiquei lá. Eu poderia dizer que não sei, poderia dar dez mil razões esfarrapadas, todas mentirosas, e ser acreditada: — que fiquei por comida, eu que poderia ter procurado nas beiras dos rios e nos canteiros de ervas daninhas, que poderia ter feito uma horta e cuidado dela tão bem em minha própria casa na cidade quanto lá, para não falar de vizinhos, amigos, cujas esmolas poderia ter aceitado, já que a necessidade tem uma maneira de eliminar de nossa conduta vários escrúpulos delicados de honra e orgulho; poderia dizer que fiquei por abrigo, eu que tinha um teto meu, herdado e em domínio pleno; ou que fiquei por companhia, eu que em casa poderia ter tido a companhia de vizinhos que pelo menos eram iguais a mim, que me conheciam desde que nasci e por mais tempo ainda, já que pensavam não só como eu pensava, mas como meus antepassados pensavam, enquanto aqui eu tinha por companhia uma mulher a quem, apesar de nosso parentesco, não compreendia e que, se o que minha observação me autorizava a acreditar era verdade, não queria compreender, e outra que era tão estranha para mim e para tudo o que eu era que poderíamos ter sido não só de raças diferentes (o que éramos), não só de sexos diferentes (o que não éramos), mas de espécies diferentes, sem falar sequer uma língua que a outra entendesse, com as palavras muito simples com que éramos obrigadas a ajustar nossos dias uma à outra sendo ainda menos conducentes à inferência de pensamento ou intenção do que os sons que um animal ou um pássaro fazem um para o outro. Mas não darei nenhuma dessas razões. Fiquei lá e esperei Thomas Sutpen voltar para casa. Sim. Você dirá (ou acreditará) que mesmo então eu já o esperava para ficar noiva dele; se eu disser que não, você acreditará que estou mentindo. Mas de fato digo que não. Esperei por ele exatamente como Judith e Clytie esperaram por ele: porque agora ele era tudo o que tínhamos, tudo o que nos dava alguma razão para continuar existindo, comer comida e dormir e acordar e levantar de novo: saber que ele precisaria de nós, saber, como sabíamos (nós que o conhecíamos) que ele começaria imediatamente a salvar o que tinha sobrado da Centena de Sutpen e a recuperá-la. Não que precisaríamos ou precisássemos dele. (Eu nem por um instante havia pensado em casamento, nem por um instante imaginara que ele olharia para mim, me veria, pois nunca o fizera. Pode acreditar em mim, porque não hesitarei em revelá-lo quando chegar o momento de lhe contar quando foi que pensei nisso.) Não. Não foi necessário nem mesmo o primeiro dia da vida que iríamos levar juntas para nos mostrar que não precisávamos dele, não tínhamos necessidade de nenhum homem enquanto Wash Jones vivesse ou ficasse por ali — eu que tinha cuidado da casa de meu pai e o mantive vivo durante quase quatro anos, Judith que tinha feito o mesmo aqui, e Clytie, que podia cortar uma braçada de lenha ou arar a terra melhor (ou ao menos mais depressa) do que o próprio Jones. — E este é o fato triste, um dos mais tristes: aquele tédio cansativo que o coração e o espírito sentem quando já não precisam daquilo para cuja necessi-

dade eles (o espírito e o coração) são necessários. Não. Não precisávamos dele, nem mesmo vicariamente, nós que nem poderíamos nos unir a ele em seu furioso (aquela intenção quase insana que ele trouxe para casa consigo parecia projetar, irradiar à frente dele antes mesmo de ter desmontado do cavalo) desejo de restaurar o lugar e fazê-lo voltar a ser o que fora, aquilo pelo qual ele tinha sacrificado compaixão e gentileza e amor e todas as virtudes mansas — se é que ele algum dia as tivera para sacrificar, sentira sua falta, as desejara de outros. Nem mesmo isso. Nem Judith nem eu queríamos isso. Talvez fosse porque não acreditávamos que aquilo poderia ser feito, mas penso que foi mais do que isso: que havíamos passado a existir numa apatia que era quase paz, como a da própria terra cega e insensível que não sonha com caule ou botão de flor algum, não inveja a solidão etérea e musical das folhas nascentes que nutre.

Assim, esperamos por ele. Levávamos a vida laboriosa e sem incidentes de três freiras num convento estéril e empobrecido: as paredes que tínhamos eram seguras, suficientemente fortes, mesmo que não importasse às paredes se comíamos ou não. E vivíamos amistosamente, não como duas mulheres brancas e uma negra, nem como três negras ou três brancas, nem mesmo como três mulheres, mas apenas como três criaturas que ainda tinham necessidade de comer, mas não extraíam nenhum prazer disso, a necessidade de dormir, mas não vinda de alguma alegria de cansaço ou regeneração, e nas quais o sexo era alguma atrofia esquecida como as guelras rudimentares a que chamamos de amídalas ou os polegares ainda opostos para a velha escalação. Mantínhamos a casa, a parte dela onde vivíamos, em uso; mantínhamos o quarto para o qual Thomas Sutpen retornaria — não aquele que ele deixara como marido, mas aquele para o qual voltaria um viúvo sem filho, destituído daquela posteridade que seguramente devia ter desejado, ele que se dera ao trabalho e à despesa de criar filhos e abrigá-

-los entre móveis importados sob candelabros de cristal — assim como mantínhamos o quarto de Henry, como Judith e Clytie o mantinham, quero dizer, como se ele não tivesse subido correndo a escada naquela tarde de verão e depois a tivesse descido correndo de novo; plantávamos e cuidávamos e colhíamos com as próprias mãos a comida que comíamos, e preparamos e cuidamos daquela horta assim como cozinhávamos e comíamos a comida que saía dela: sem nenhuma distinção entre nós três de idade ou cor, mas só quanto a quem poderia acender este fogo ou mexer esta panela ou arrancar as ervas daninhas deste canteiro ou carregar o avental cheio de milho para fazer a farinha no moinho com o mínimo custo para o bem geral em termos de tempo ou negligência de outros deveres. Era como se fôssemos um ser, intercambiável e indiscriminado, que mantinha aquela horta crescendo, fiava e tecia a roupa que usava, procurava e encontrava e administrava as parcas ervas de beira da acéquia para proteger e garantir qualquer acordo espartano que ousasse ou tivesse tempo de fazer com a doença, apressava e instigava aquele Jones a cultivar o milho e cortar a lenha que seriam nosso calor e nosso alimento no inverno — nós três, três mulheres: eu convocada pelas circunstâncias numa idade muito nova a ser uma dona de casa avarenta, eu que poderia ter vivido perfeitamente num farol sobre uma rocha, que não tinha aprendido a cultivar nem um canteiro de flores, para não falar de uma horta, que havia aprendido a ver combustível e comida como coisas que surgiam por conta própria numa caixa de madeira ou numa prateleira de despensa; Judith obrigada pelas circunstâncias (circunstâncias? uma centena de anos de cuidadosa criação, talvez não herdadas no sangue, nem mesmo no sangue dos Coldfield, mas certamente pela tradição em que a vontade implacável de Thomas Sutpen tinha escavado um nicho) a atravessar as tenras, isoladas e incólumes fases de casulo: botão, rainha prolífica e bem servida, depois matriarca poderosa e branda no contentamento severo e *bem vivido da velhice* — Judith, *prejudicada pelo que em mim era a ignorância de alguns anos, mas que nela eram dez gerações de proibição férrea, ela que não aprendera aquele primeiro princípio da penúria, que é economizar e poupar apenas por economizar e poupar, ela que (encorajada por Clytie) cozinhava duas vezes a quantidade que conseguiríamos comer e três vezes o que não nos faria falta e dava-o a qualquer um, qualquer estranho numa terra que já começava a se encher de soldados desgarrados que paravam e pediam comida; e enfim (mas não por último) Clytie. Clytie, não inepta, qualquer coisa menos inepta: perversa e inescrutável e paradoxal: livre, mas incapaz de liberdade, ela, que nunca chamara a si mesma de escrava, não tendo fidelidade a ninguém como o lobo ou o urso indolente e solitário (sim, era selvagem: metade sangue negro indomado, metade Sutpen: e se "indomado" for sinônimo de "selvagem", então "Sutpen" é a silenciosa e insone perversidade do chicote do domador) cuja falsa aparência o mantém dócil à mão do medo, mas que não é, que se isso é fidelidade, é fidelidade apenas ao princípio fixo e primordial de sua própria selvageria; Clytie, que na pigmentação mesma de sua carne representava aquela debacle que levara Judith e a mim ao que nós éramos e que fizera dela (Clytie) aquilo que ela se recusava a ser, assim como tinha se recusado a ser aquilo do que o propósito da debacle fora emancipá-la, como se, presidindo-se indiferente sobre o novo, ela deliberadamente permanecesse para representar para nós o fantasma ameaçador do velho.*

Éramos três estranhas. Não sei o que Clytie pensava, que vida ela levava, vida nutrida e abrigada pela comida que cultivávamos e cozinhávamos em harmonia e pelo tecido que fiávamos e tecíamos juntas. Mas isso eu esperava, porque ela e eu éramos inimigas francas, sim, inimigas que se respeitavam. Mas eu não sabia nem o que Judith pensava e sentia. Dormíamos no mesmo quarto, as três (por outros motivos além de preservar a lenha que nós mesmas tí-

nhamos que carregar para dentro. Fazíamos isso por segurança. Logo seria inverno e já havia soldados voltando — os desgarrados, nem todos vagabundos, rufiões, mas homens que tinham arriscado e perdido tudo, sofrido além do suportável, e que agora estavam retornando para uma terra arruinada, não como os mesmos homens que tinham partido, mas transformados — e isto era o pior, a degradação extrema que a guerra causa ao espírito, à alma —, transfigurados na imagem daquele homem que maltrata por puro desespero e piedade a esposa ou amante querida que, em sua ausência, foi estuprada. Tínhamos medo. Nós os alimentávamos; dávamos a eles todo o pouco que tínhamos e teríamos assumido para nós seus ferimentos e os teríamos deixado inteiros de novo se pudéssemos. Mas tínhamos medo deles), acordávamos e cumpríamos os intermináveis e tediosos deveres que a mera manutenção da vida e da respiração acarretava; nos sentávamos diante do fogo depois do jantar, as três naquele estado em que os próprios ossos e músculos estão cansados demais para repousar, quando o espírito debilitado e invencível transforma e molda até mesmo a desesperança no esquecimento confortável de uma roupa gasta, e falávamos, falávamos de uma centena de coisas — das enfadonhas trivialidades recorrentes de nosso dia a dia, de um milhar de coisas, mas de nenhuma. Falávamos dele, Thomas Sutpen, do fim da Guerra (todas podíamos vê-lo agora) e de quando ele voltaria, do que iria fazer: como iniciaria a tarefa hercúlea que sabíamos que se imporia, na qual (oh, sim, sabíamos disto também) seguramente nos levaria de roldão com a velha implacabilidade, quer quiséssemos ou não; falávamos de Henry, baixinho — naquela normal, inútil e impotente inquietação feminina sobre o varão ausente —, sobre como ele estava, se sentia frio ou fome ou não, da mesma forma como falávamos de seu pai, como se eles dois e nós três ainda vivêssemos naquele tempo ao qual aquele tiro e aqueles passos enlouquecidos haviam posto um ponto-final e apagado, como se aquela tarde nunca tivesse existido. Mas nunca, em nenhuma ocasião, mencionamos Charles Bon. Houve duas tardes no final do outono em que Judith se ausentou, retornando na hora do jantar, serena e calma. Não lhe perguntei e não a segui, mas sabia, e sabia que Clytie sabia, que ela fora tirar daquele túmulo as folhas mortas e os resíduos marrons ressequidos dos cedros — aquele montículo voltava lentamente a desaparecer na terra, embaixo da qual tínhamos enterrado nada. Não, não houvera nenhum tiro. Aquele som foi meramente a batida brusca e final de uma porta se fechando entre nós e tudo o que havia, tudo o que poderia ter havido — um rompimento retroativo do fluxo de eventos: um instante para sempre cristalizado no tempo imponderável realizado por três mulheres fracas, mas indômitas, que, precedendo o fato consumado que nós rejeitamos, recusamos, roubaram o irmão da presa, privaram o assassino de uma vítima para sua bala. Foi assim que vivemos por sete meses. E então, certa tarde de janeiro, Thomas Sutpen voltou para casa; alguém levantou os olhos de onde estávamos preparando a horta para a comida de mais um ano e o viu cavalgando pelo caminho de entrada. E então, certa tarde, fiquei noiva dele.

    Levei apenas três meses. (Se importa que eu não diga ele, mas eu?) Sim, eu, apenas três meses, eu que por vinte anos tinha olhado para ele (quando olhava — quando era obrigada a olhar) como quem via um ogro, alguma fera saída de um conto para assustar crianças; eu que vira os filhos que ele fecundara no corpo de minha falecida irmã já começarem a destruir um ao outro, mas que tive de ir para perto dele como um cão chamado por um assobio naquela primeira oportunidade, aquele meio-dia em que ele, que me via fazia vinte anos, ergueu a cabeça pela primeira vez e me observou. Oh, não tenho nenhuma justificativa para o que fiz, eu que poderia (e o faria; sim, sem dúvida já o fiz) dar a você mil razões plausíveis e boas o suficiente para as mulheres, desde a inconsistência natural do meu sexo até o desejo (ou mesmo a esperança) de uma possível riqueza, uma posição social, ou mesmo o medo de morrer sem homem que (eles sem dúvida lhe dirão) as velhas solteironas sempre têm, ou por vingança. Não. Não tenho nenhuma justificativa para o que fiz. Eu poderia ter ido para casa e não fui. Talvez devesse ter ido para casa. Mas não fui. Assim como fizeram Judith e Clytie, fiquei lá diante do portão podre e o observei se aproximar naquele cavalo esquálido e exausto sobre o qual não parecia estar sentado, mas sim se projetar para a frente como uma miragem, numa espécie de rigidez feroz e dinâmica de impaciência para a qual o cavalo esquálido, a sela, as botas, o casaco cor de folha e puído com seus galões manchados e pendurados que continham a concha consciente, mas insensível, eram lentos demais, e que parecia precedê-lo quando ele desmontou, e de dentro da qual ele disse "Então, filha" e se inclinou e encostou sua barba na testa de Judith, que não tinha se mexido, que permaneceu rígida e parada e impassível, e dentro da qual eles falaram quatro frases, quatro frases de palavras simples e diretas atrás, embaixo, acima das quais senti aquele mesmo laço de sangue comum que senti no dia em que Clytie me impediu de subir a escada: "Henry não...?". "Não. Ele não está aqui." "Ah. E...?" "Sim. Henry o matou." E desatou a chorar. Sim, desatou, ela que ainda não tinha chorado, que o tinha descido pela escada naquela tarde e sempre exibido desde então aquela face fria, calma, que me havia feito parar no meio da corrida diante daquela porta fechada; sim, desatou, como se toda aquela acumulação de sete meses estivesse irrompendo espontaneamente de cada poro numa incrível evacuação (e ela não se movendo, não mexendo um músculo) e depois sumindo, desaparecendo tão instantaneamente como se a mesma aura feroz e árida em que ele a encerrara estivesse secando as lágrimas mais depressa do que elas surgiam: e ele, ainda parado com suas mãos nos ombros dela, olhou para Clytie e disse: "Ah, Clytie", e então para mim — o mesmo rosto que eu tinha visto da última vez, somente um pouco mais magro, os mesmos olhos implacáveis, o cabelo um pouco grisalho agora, e absolutamente nenhum sinal de reconhecimento no rosto até que Judith disse: "É a Rosa. Tia Rosa. Ela mora aqui agora".

    Isso foi tudo. Ele veio cavalgando pela alameda e para dentro de nossa vida novamente, sem causar nenhuma perturbação a não ser aquelas lágrimas repentinas e incríveis. Porque ele próprio não estava ali, na casa onde passávamos nossos dias, não tinha apeado ali. A concha dele estava ali, usando o quarto que tínhamos conservado para ele e comendo a comida que produzíamos e preparávamos como se não pudesse sentir a maciez da cama nem fazer distinção entre os alimentos, fosse de qualidade ou sabor. Sim. Ele não estava ali. Alguma coisa comia conosco; nós falávamos e ele respondia perguntas; sentava-se conosco diante do fogo à noite e, despertando sem nenhum aviso de alguma profunda e atônita inércia, falava, não para nós, os seis ouvidos, as três mentes capazes de ouvir, mas para o ar, a presença expectante, sombria e arruinada, o espírito, da própria casa, falando aquilo que soava como a linguagem bombástica de um louco que cria dentro das paredes de seu próprio caixão seus fabulosos e insondáveis Camelot e Carcassonne. Ele não estava ausente do lugar, o quadrado arbitrário de terra que batizara de Centena de Sutpen: não era isso, absolutamente. Estava ausente apenas da sala, e isso porque tinha que estar em outro lugar, uma parte dele cingindo cada campo arruinado e cerca caída e parede ruindo de cabana ou depósito de algodão ou estábulo; ele próprio difuso e dissolvido por aquela urgência elétrica, furiosa e imóvel e pela consciência da escassez de tempo e da necessidade de pressa, como se tivesse acabado de respirar pela primeira vez, olhado em volta e percebido que estava velho (ele tinha cinquenta e nove anos) e estivesse preocupado (não com medo: preocupado) não com o fato de que aquela velhice pudesse deixá-lo *impotente para fazer o que pretendia fazer, mas com a possibilidade de não ter tempo de fazê-lo antes de ter de morrer. Estávamos certas sobre o que ele pretendia fazer: nem mesmo pararia para respirar antes de começar a restaurar sua casa e sua plantação até deixá-las, na medida do possível, como haviam sido. Não sabíamos como faria isso, e acredito que ele tampouco. Não tinha como saber, ele que viera para casa sem nada, para nada, para quatro anos menos do que nada. Mas isso não o impediu, não o intimidou. Ele tinha aquela fúria alerta e fria do jogador que sabe que pode perder de qualquer maneira, mas que, se permitir que sua vontade feroz e constante se afrouxe por um segundo, certamente perderá: e que impede o suspense de se cristalizar por completo através da manipulação pura e feroz das cartas ou dos dados até que os canais e glândulas da sorte comecem a fluir de novo. Ele não fez uma pausa, não tirou um ou dois dias para deixar os ossos e a carne de cinquenta e nove anos se recuperarem — aqueles um ou dois dias em que poderia ter falado, não sobre nós e o que estivéramos fazendo, mas sobre ele mesmo, sobre os últimos quatro anos (pelo pouco que nos contou, poderia não ter existido nenhuma guerra, ou existido num outro planeta, sem oferecer nenhum risco para ele, sem que sua carne e seu sangue sofressem com ela) — aquele período natural durante o qual a derrota amarga, mas sem mutilação, poderia ter se gastado, restando algo como paz, como calma, no intenso e incrédulo recontar (que permite ao homem suportar a vida) daquele equilíbrio tênue entre vitória e desastre que torna insuportável aquela derrota que, voltando-se contra ele, contudo recusou-se a matá-lo, ele que, ainda vivo, não pode suportar viver com ela.*

  Nós mal o víamos. Ele ficava fora desde o nascer do dia até o pôr do sol, ele, Jones e um ou dois outros homens que tinha arranjado em alguma parte e que pagava com alguma coisa, talvez a mesma moeda com que pagara àquele arquiteto estrangeiro — bajulação, promessa, ameaça e, por último, violência. Foi naquele inverno que começamos a aprender que havia aproveitadores que vinham do Norte para tirar vantagem de nós e foi também quando as pessoas — as mulheres — passaram a trancar portas e janelas à noite e começaram a se assustar mutuamente com histórias de revoltas de negros, e quando a terra arruinada, havia quatro anos abandonada e sem cultivo, permaneceu ainda mais ociosa, enquanto homens com pistolas nos bolsos se encontravam diariamente em locais secretos nas cidades. Ele não foi um desses; lembro-me de que certa noite uma delegação apareceu, atravessou a cavalo a lama do começo de março e colocou-o contra a parede, com eles ou contra eles, amigo ou inimigo: e ele se recusou, negou-se, ofereceu-lhes (sem nenhuma mudança no rosto magro e implacável ou na firmeza de voz) resistência se era resistência que eles queriam, dizendo-lhes que se cada homem no Sul fizesse como ele estava fazendo, cuidasse da recuperação da própria terra, a terra geral, o Sul, se salvaria; e feito isso os fez sair da sala e da casa e ficou parado na porta segurando o lampião acima da cabeça enquanto o porta-voz deles dava seu ultimato: "Acho que você quer guerra, Sutpen", e ele respondeu: "Estou acostumado com ela". Oh, sim, eu o observei, observei sua fúria solitária de velho lutando agora não com a terra teimosa, mas que lentamente ficou dócil, como tinha feito antes, mas contra o peso considerável dos novos tempos em si, como se estivesse tentando represar um rio com as próprias mãos e uma telha: e isso pela mesma ilusão espúria de recompensa que o tinha decepcionado (decepcionado? traído: e que dessa vez o destruiria) uma vez: eu mesma vejo a analogia agora: a aceleração do curso circular e fatal de seu orgulho implacável, sua avidez pela magnificência vã, embora não visse então. E como poderia? Vinte anos completos, é bem verdade, mas ainda uma criança, ainda vivendo naquele corredor que era como um útero aonde o mundo chegava não como um eco vivo, mas como uma sombra morta e incompreensível, onde com o espanto calmo e sereno de uma crian-

ça eu observava as extravagâncias ilusórias de homens e mulheres — meu pai, minha irmã, Thomas Sutpen, Judith, Henry, Charles Bon — chamadas honra, princípio, casamento, amor, luto, morte; a criança que, observando-o, não era uma criança, mas parte daquele triunvirato mulher-mãe que nós três, Judith, Clytie e eu, formávamos, que alimentava e vestia e aquecia a concha estática e, assim, dava vazão e escopo à ilusão vã e feroz e assim dizia: "Afinal minha vida vale alguma coisa, ainda que ela apenas proteja e guarde a fúria absurda de uma criança insana". E então, certa tarde (eu estava na horta com uma enxada, no lugar onde o caminho do estábulo dava) eu levantei os olhos e o vi olhando para mim. Ele tinha me visto durante vinte anos, mas agora estava olhando para mim; ficou ali, no meio da tarde, parado no caminho, olhando para mim. Foi isto: o fato de ter sido no meio da tarde, quando ele não deveria estar nem perto da casa, mas a milhas de distância, invisível em algum lugar das cem milhas quadradas que eles não tinham se dado ao trabalho de começar a tomar dele ainda, talvez nem mesmo neste ou naquele ponto, mas difuso (não atenuado até se tornar fluido, mas aumentado, ampliado, circundante como num instante prolongado e ininterrupto de tremendo esforço, abarcando e mantendo intactas aquelas cem milhas quadradas enquanto encarava, da iminência do desastre, invencível e destemido, o que devia saber que seria a derrota final), mas em vez disso ficou ali parado no caminho, olhando para mim com algo de estranho e curioso no rosto como se o celeiro, o caminho, um segundo antes de ele me ver, houvesse sido um pântano do qual tinha saído sem ter sido prevenido de que estava prestes a entrar na luz, e então ele seguiu em frente — o rosto, o mesmo rosto: não era amor; não digo isso, e tampouco era bondade ou piedade: apenas uma súbita explosão de luz, iluminação, ele a quem fora dito que seu filho tinha cometido assassinato e desaparecido e que disse "Ah. — Olá, Clytie". Ele seguiu para a casa. Mas não era amor:

não afirmo isso; não me justifico; não tenho uma desculpa. Poderia ter dito que ele tinha precisado de mim, me usado; por que me rebelaria agora, que ele me usaria mais? mas não disse; poderia dizer desta vez que não sei, e estaria dizendo a verdade. Porque não sei. Ele se fora. Eu nem sequer soube disso, pois existe um metabolismo do espírito assim como das entranhas, em que os acúmulos armazenados por um longo tempo queimam, geram, criam e rompem alguma virgindade da carne voraz; sim, num átimo... sim, perdi todos os padrões irrompendo do não posso, não irei, nunca irei, na obliteração feroz de um instante incandescente. Este foi o meu instante, eu que poderia ter fugido e não fugi, que descobri que ele tinha se afastado e não me lembrei quando o havia feito, que descobri meu canteiro de quiabo pronto sem me lembrar de o ter terminado, que me sentei à mesa de jantar naquela noite com a familiar concha sonolenta e onírica com a qual tínhamos nos acostumado (ele não olhou para mim de novo durante a refeição; eu poderia ter dito então: Para qual jato de esgoto de sonho iludido a carne incorrigível nos atraiçoa: mas não disse) e então ficamos sentadas diante do fogo no quarto de Judith como sempre fazíamos até que ele chegou na porta e olhou para nós e disse: "Judith, você e Clytie...", e parou, ainda entrando, e então disse: "Não, deixe pra lá. Rosa não se importará se vocês duas ouvirem também, já que estamos com pouco tempo e ocupados com o que temos", e veio e parou e pôs a mão sobre a minha cabeça e (não sei para o que ele olhava enquanto falava, salvo que pelo som de sua voz não era para nós, nem para alguma coisa naquele quarto) disse: "Você deve achar que não fui um marido muito bom para a sua irmã Ellen. Provavelmente pensa assim. Mas mesmo que não desconte o fato de que estou mais velho agora, acredito que posso prometer que pelo menos não farei pior com você".

Essa foi a minha corte. Aquela rápida troca de olhares numa horta, aquela mão sobre minha cabeça no quarto da filha dele;

um ucasse, um decreto, uma jactância serena e floreada como uma sentença (sim, e pronunciada com a mesma atitude), algo não para ser falado e ouvido, mas para ser lido, entalhado na pedra delicada que suporta uma efígie esquecida e sem nome. Não justifico isso. Não dou razões nem peço piedade, eu que não respondi "Aceito" não porque não me foi perguntado, pois não houve nenhum espaço, nenhum nicho, nenhum intervalo para resposta. Porque poderia ter respondido. Poderia ter forçado aquele nicho eu própria se tivesse desejado — não um nicho preparado para acomodar um suave "Sim", mas algum cego e desesperado corte frenético de arma feminina cuja ferida aberta teria gritado "Não! Não!" e "Socorro!" e "Me salvem!". Não, sem razões, sem piedade, eu que nem sequer me mexi, que fiquei sob a mão dura e indiferente daquele ogro da minha infância e o ouvi falar com Judith agora, ouvi os passos de Judith, vi a mão de Judith, não Judith — aquela palma na qual li, como numa crônica impressa, a orfandade, a privação, o luto de amor; os quatro anos duros e estéreis de se acabar no tear, de machado e enxada e todas as outras ferramentas designadas para uso dos homens: e sobre ela o anel que ele tinha dado a Ellen na igreja quase trinta anos antes. Sim, analogia e paradoxo e loucura também. Fiquei ali sentada e senti, não vi, ele deslizar o anel pelo meu dedo agora que era a minha vez (ele também estava sentado agora, na cadeira que dizíamos ser de Clytie, enquanto ela estava de pé, logo depois da claridade da lareira, ao lado da chaminé) e escutei a voz dele da mesma maneira como Ellen deve ter escutado em seu próprio abril do espírito trinta anos antes: ele falando não sobre mim, ou em amor ou casamento, nem mesmo sobre ele, e falando não para algum mortal são que o estivesse escutando e nem devido a alguma sanidade, mas com as próprias forças negras do destino que ele tinha evocado e desafiado, impelido por aquele sonho arrogante e selvagem em que havia uma Centena de Sutpen intacta, que não tinha *mais existência real agora (e jamais teria novamente) do que tivera quando Ellen o ouvira pela primeira vez, como se na devolução daquele anel para um dedo vivo ele tivesse feito todo o tempo voltar vinte anos e o tivesse parado, congelado. Sim. Fiquei ali sentada e ouvi sua voz e disse para mim mesma: "Ora, ele está louco. Ele vai decretar que o casamento será esta noite e realizar sua própria cerimônia, com ele fazendo as vezes de noivo e pastor; vai dar sua própria bênção selvagem a ela com a mesma vela que está segurando e que ia levar para o quarto de dormir: e eu estou louca também, porque vou aquiescer, sucumbir; vou ajudá-lo e mergulhar até o fundo". Não, não dou razões, não peço piedade. Se fui salva naquela noite (e fui salva; o meu haveria de ser um sacrifício mais frio, posterior, quando nós — eu — estaríamos livres de todas as desculpas da carne surpreendida, importuna e traiçoeira) não foi por minha culpa, por nenhum ato meu, mas antes porque, depois que repôs o anel, ele parou de olhar para mim exceto como tinha olhado durante os vinte anos anteriores àquela tarde, como se tivesse chegado por um momento a algum intervalo de sanidade como os que os loucos têm, assim como os sãos têm intervalos de loucura para mantê-los conscientes de sua sanidade. Foi mais do que isso até. Por três meses ele tinha me visto diariamente, embora não houvesse olhado para mim, pois eu era apenas uma daquele triunvirato que recebia sua rude gratidão silenciosa de homem pelo alívio espartano que proporcionávamos, talvez não para o seu conforto, mas ao menos para o sonho louco no qual vivia. Mas, pelos três meses seguintes, ele nem sequer me viu. Talvez o motivo fosse o mais óbvio: estava ocupado demais; e, após ter conseguido ficar noivo de mim (se considerarmos que era isso que queria), não precisava mais me ver. Com certeza, não via: não havia sequer uma data marcada para o casamento. Era quase como se aquela tarde não existisse, jamais tivesse existido. Era como se eu nem estivesse naquela casa. Pior: eu poderia ter ido embora, voltado para minha casa, e ele não teria dado pela minha falta. Eu era (fosse o que fosse que ele queria de mim — não o meu ser, a minha presença: apenas minha existência, o que quer que Rosa Coldfield ou qualquer jovem mulher que não fosse sua parente de sangue representasse em sabe-se lá o que ele quisesse — porque este mérito eu lhe darei: ele jamais tinha pensado no que me pediu que fizesse até o momento em que pediu, porque sei que não teria esperado dois meses ou mesmo dois dias para pedi-lo) — minha presença era para ele apenas como a ausência de pântano negro, plantas emaranhadas e répteis para um homem que tinha chafurdado num charco sem nada para guiá-lo ou conduzi-lo — nenhuma esperança, nenhuma luz: apenas alguma incorrigível invencibilidade — e enfim encontrado, sem aviso, o chão sólido e seco, o sol e o ar — se é que poderia haver algo como o sol para ele, algo ou alguém que competisse com a luz branca e ofuscante da sua loucura. Sim, louco, mas não tão louco. Porque há um aspecto prático na depravação: o ladrão, o mentiroso, até o assassino, têm regras mais rápidas do que a virtude jamais possuiu; por que não a loucura também? Se fosse mesmo louco, era apenas seu sonho irresistível que era insano, e não seus métodos: não foi nenhum louco que através de barganhas e engambelações fez homens como Jones trabalharem duro; não foi nenhum louco que ficou afastado dos lençóis e capuzes e galopes noturnos com que homens que um dia haviam sido seus conhecidos, ainda que não seus amigos, aliviaram a supuração cancerosa da derrota; não foi o plano ou tática de nenhum louco que o fez obter, ao preço mais baixo possível, a única mulher disponível para desposá-lo, e pelo único recurso que poderia ter ganhado sua causa; não louco, não: pois decerto há algo na loucura, até mesmo na loucura demoníaca, da qual Satã foge, horrorizado com seu próprio trabalho, e para o qual Deus olha com compaixão — alguma centelha, alguma migalha para mitigar e redimir aquela carne articulada, aquela fala, visão, audição, paladar e ser a que chamamos ser humano*. Mas não importa. Eu lhe direi o que ele fez e deixarei que você julgue. (Ou tentarei dizer, porque há certas coisas para as quais três palavras são demais, e três mil palavras o mesmo tanto de menos, e essa é uma delas. É algo que pode ser contado; eu poderia pegar o mesmo número de frases, repetir as palavras nuas, cruas, descaradas e ultrajantes tais como ele as disse, e transmitir a você apenas aquela mesma incredulidade consternada e ultrajada que senti ao compreender o que ele pretendia; ou pegar três mil frases e deixar a você apenas aquele Por quê? Por quê? e Por quê? que perguntei e ouvi durante quase cinquenta anos.) Mas deixarei que você julgue e me diga se eu não estava certa.

Entenda, eu era aquele sol, ou pensava que era, eu que acreditava que havia aquela centelha, aquela migalha divina na loucura, embora a própria loucura não conheça palavra que signifique terror ou piedade. Existiu um ogro de minha infância que, antes do meu nascimento, tinha arrastado minha única irmã para o seu soturno reino de ogro e gerado duas crianças meio fantasmas com quem eu não era encorajada a, e não desejava, me associar, como se a minha solidão de filha temporã me tivesse ensinado um pressentimento daquele entrelaçamento funesto, me prevenido daquele clímax confuso e fatal antes de eu saber o que era assassinato — e eu perdoei; existiu um vulto que saiu cavalgando sob uma bandeira e (demônio ou não) sofreu corajosamente — e fiz mais do que apenas perdoar: eu o matei, porque o corpo, o sangue, a memória em que aquele ogro tinha habitado retornaram cinco anos mais tarde e estenderam sua mão e disseram "Venha" como você diria a um cão, e eu vim. Sim, o corpo, o rosto, com o nome e a memória certos, até mesmo com a lembrança correta do que e de quem (exceto eu: e isso não era mais uma prova?) tinha deixado para trás e para o qual havia retornado: mas não o ogro; vilão com toda a certeza, mas um vilão mortal e falível que causava mais compaixão *do que medo: mas não um ogro; louco com certeza, mas eu disse para mim mesma: Por que a loucura não pode ser sua própria vítima também? ou Por que talvez possa nem ser loucura, mas solitário desespero em conflito titânico com o solitário, predestinado, indômito e férreo espírito: mas não ogro, porque este estava em algum lugar morto, desaparecido, consumido pelas chamas e pelo fedor de enxofre, talvez entre os picos escarpados e desertos de solitária lembrança — ou esquecimento — de minha infância; eu era aquele sol, eu que acreditava que ele (depois daquela noite no quarto de Judith) não ficara indiferente a mim, mas apenas inconsciente e receptivo como o peregrino liberto do pântano sentindo terra e saboreando sol e luz de novo, e sem saber que eles estavam ali, mas sentindo apenas a falta de escuridão e charco — eu que acreditava que existia aquela magia no sangue de quem não é parente a que chamamos pelo pálido nome de amor, que poderia, talvez, ser para ele um sol (embora eu fosse a mais jovem, a mais fraca) onde Judith e Clytie não teriam sombra; sim, eu era a mais nova ali, contudo era poderosamente sem idade medida ou mensurável, pois só eu, dentre elas, poderia dizer: "Ó velho louco e furioso, não tenho nenhuma substância que se encaixe no seu sonho, mas posso dar amplo espaço e escopo para o seu delírio". E então, certa tarde — oh, houve um destino nisso: tarde e tarde e tarde: percebe? a morte da esperança e do amor, a morte do orgulho e do princípio, e depois a morte de tudo, salvo a velha incredulidade consternada e ultrajada que durou quarenta e três anos — ele voltou para a casa e me chamou, gritando do alpendre dos fundos até eu sair; oh, eu lhe disse, ele não tinha pensado naquilo até esse momento, esse momento prolongado que conteve a distância entre a casa e seja lá onde quer que ele estava quando pensou naquilo: e isso também coincidiu: foi no mesmo dia em que ele afinal soube em definitivo exatamente quanto de suas cem milhas quadradas seria capaz de salvar e manter e chamar de seu no dia em que teria de morrer,* quando soube que, não importava o que lhe acontecesse agora, ele pelo menos conservaria a casca da Centena de Sutpen ainda que agora seria melhor chamá-la de Uma de Sutpen — chamou, gritou por mim até eu sair. Ele nem havia perdido o tempo de amarrar o cavalo; estava com as rédeas sobre o braço (e sem mão sobre a minha cabeça agora) e falou as palavras ultrajantes e cruas exatamente como se estivesse confabulando com Jones ou algum outro homem sobre uma cadela, uma vaca ou uma égua.

Eles devem ter lhe contado como eu voltei para casa. Oh, sim, eu sei. "Rosie Coldfield perdeu, chorou; teve um homem, mas não o agarrou" — Oh, sim, eu sei (e gentis também; eles foram gentis): Rosa Coldfield, aquela mulher raquítica, amarga, órfã e caipira chamada Rosa Coldfield, que enfim havia ficado noiva, estava sã e salva, e bem longe da cidade, do condado; eles devem ter lhe contado: Como eu fui para lá para viver pelo resto de minha vida, vendo no assassinato cometido por meu sobrinho um ato de Deus que me permitiu fingir que atendia ao pedido de minha irmã moribunda, para que salvasse pelo menos um dos dois filhos que ela condenara ao concebê-los, mas que na verdade fui para lá para estar na casa quando retornasse aquele que, sendo um demônio, seria portanto invulnerável a bala ou obus e, portanto, retornaria; eu esperando por ele porque era jovem ainda (eu que não tinha sepultado esperanças ao som de clarins soados sob uma bandeira) e pronta para casar nessa época e lugar onde a maioria dos homens jovens estava morta e todos os vivos estavam velhos ou já casados ou exaustos, exaustos demais para o amor; ele era minha melhor, minha única chance de fazer isso: um ambiente em que na melhor das hipóteses e mesmo sem guerra minhas chances seriam bastante escassas, pois eu era não só uma dama sulista, mas uma daquelas muito modestas cujos antecedentes e circunstâncias precisam ser sua própria ratificação, pois tivesse eu sido a filha de um rico fazendeiro poderia ter me casado com quase qualquer um, mas sendo a filha de um mero dono de mercearia não poderia dar-me ao luxo de aceitar flores de quase ninguém e por isso estaria condenada a me casar por fim com algum funcionário de meu pai — Sim, eles devem ter lhe contado: eu que era jovem e tinha sepultado esperanças somente durante aquela noite que durou quatro anos, quando, por trás das persianas fechadas e ao lado de uma vela que jamais se apagava embalsamei a Guerra e sua herança de sofrimento e injustiça e pesar nos versos das páginas de um velho livro de contabilidade, embalsamando e absorvendo do ar respirável o eflúvio venenoso e secreto de desejar e odiar e matar — eles devem ter lhe contado: a filha de um covarde que teve que pedir a ajuda de um demônio, um vilão: e, portanto, ela estivera certa em odiar o pai, pois se ele não houvesse morrido naquele sótão ela não teria precisado ir para lá para encontrar comida e proteção e abrigo, e se não tivesse precisado depender da comida e da roupa dele (ainda que ajudasse a cultivá-la e tecê-la) para mantê-la viva e aquecida, até que a simples justiça exigisse que retribuísse de qualquer maneira exigida por ele contanto que não ofendesse sua honra, ela não teria ficado noiva dele e, se não tivesse ficado noiva dele, não teria que se deitar à noite se perguntando Por que e Por que e Por que como tem feito há quarenta e três anos: como se ela houvesse estado instintivamente certa quando criança em odiar seu pai, e assim esses quarenta e três anos de ultraje impotente e insuportável seriam a vingança de alguma natureza estéril, sofisticada e irônica dela por ter odiado aquele que lhe deu a vida. — Sim, Rosa Coldfield enfim noiva, ela que, não fosse o fato de sua irmã lhe ter legado ao menos algum abrigo e alguns parentes, poderia ter se tornado um fardo para a cidade: e agora Rosie Coldfield perdeu, chorou; teve um homem, mas não o agarrou; Rosa Coldfield, que estava certa, só que estar certa não basta para as mulheres, que preferem estar erradas a apenas querer que o homem que estava errado o admitisse. E é isto que ela não pode perdoar: não o insulto, nem mesmo por tê-la rejei-

tado: mas por estar morto. Oh, sim, eu sei, eu sei: Como dois meses depois eles ficaram sabendo que ela tinha pegado seus pertences (ou seja, colocara de novo o xale e o chapéu) e voltado para a cidade para viver sozinha na casa onde seus pais tinham morrido e onde Judith viria visitá-la de vez em quando e lhe traria um pouco da comida que eles tivessem lá na Centena de Sutpen e que somente a necessidade extrema, o desejo bruto, inexplicável e obstinado da carne de viver a levaria (a srta. Coldfield) a aceitar. E era extrema de fato: porque agora a cidade — os fazendeiros que passavam, os negros que iam trabalhar nas cozinhas dos brancos — a via, antes do nascer do sol, colhendo verduras ao longo das cercas das hortas, puxando-as por entre as cercas, pois não tinha uma horta própria, nenhuma semente para plantar uma, nem ferramentas para trabalhar nela, ainda que houvesse sabido com perfeição como fazê-lo, ela que tivera apenas o ano de estreante em horticultura e seguramente não teria trabalhado numa horta nem se soubesse, ela que não havia se rendido; esticando a mão através da cerca da horta e colhendo hortaliças, ela a quem eles de bom grado teriam deixado entrar na horta e pegá-las, e inclusive teriam eles mesmos feito a colheita e enviado a ela, pois havia outras pessoas além do juiz Benbow que deixavam cestos de provisões na sua varanda da frente durante a noite, mas ela não permitia, ela que nem mesmo usava um pedaço de pau para passar pela cerca e puxar as hortaliças para onde poderia agarrá-las, fazendo com que o alcance de seu braço fosse o limite do banditismo que jamais ultrapassou, e não era para evitar ser vista roubando que saía antes de a cidade estar desperta, porque se tivesse tido um preto ela o teria enviado em plena luz do dia para pilhar, onde, ela não se importaria, exatamente como os heróis de cavalaria sobre quem havia escrito versos teriam enviado seus homens. — Sim, Rosie Coldfield perdeu, chorou; teve um namorado, mas não o agarrou; (oh, sim, eles lhe contarão) arrumou um namorado e foi insultada, alguma coisa ouvida e não perdoada, não tanto por ter sido dita, mas por ter sido pensada sobre ela, de modo que, quando ela o ouviu, percebeu de estalo que aquilo devia estar na mente dele havia um dia, uma semana, um mês até, talvez, ele olhando para ela diariamente com aquilo na mente e ela nem sequer sabendo. Mas eu o perdoei. Eles lhe dirão que não, mas perdoei. Por que não deveria? Não tinha nada que perdoar; não o perdi, porque jamais o possuí: um certo pedaço de lama podre entrou na minha vida, me disse algo que eu jamais tinha ouvido e jamais ouvirei de novo, e então foi embora; isso foi tudo. Eu jamais o possuí; certamente não naquele sentido imundo que você ia querer dizer se usasse essa palavra, e que talvez pense (mas está errado) que é o que quero dizer. Aquilo não teve importância. Não foi sequer o ponto principal do insulto. O que quero dizer é que ele não foi possuído por ninguém ou nada neste mundo, nunca tinha sido, jamais seria, nem mesmo por Ellen, nem mesmo pela neta de Jones. Porque ele não era articulado neste mundo. Era uma sombra viva. Era como a imagem de um morcego cegado pela luz de seu próprio tormento, projetada pelo feroz e demoníaco lampião vindo de baixo da crosta terrestre e que, por isso, era ao contrário, invertida; da escuridão abismal e caótica para a escuridão eterna e abismal, completando sua elipse descendente (notou a gradação?), agarrando-se, tentando se agarrar com mãos vãs e imateriais ao que ele achava que o seguraria, o salvaria, o prenderia — Ellen (percebe?), eu e por último aquela filha órfã da única filha de Wash Jones que, me disseram certa vez, morreu num bordel de Memphis — até que veio a ruptura (ainda que não o descanso e a paz) enfim no golpe da foice enferrujada. Eu fiquei sabendo, fui informada disso também, embora não por Jones dessa vez, mas por alguém suficientemente gentil para voltar-se para mim e me contar que ele estava morto. "Morto?", exclamei. "Morto? Você? Está mentindo; você não está morto; o céu não poderia, e o inferno não ousaria, recebê-lo!" Mas Quentin não estava escutando, porque havia outra coisa que também não podia aceitar — aquela porta, os pés correndo pela escada, além dela quase uma continuação do tiro ouvido ao longe, as duas mulheres, a preta e a jovem branca em roupas íntimas (feitas de sacos de farinha quando havia farinha, de cortinas de janela quando deixara de haver) parando, olhando para a porta, a massa amarelada e macia de cetim e renda velha e emaranhada estendida com cuidado sobre a cama e depois sendo rapidamente erguida pela jovem branca e segurada diante de seu corpo quando a porta se abriu com estrondo e viu-se o irmão ali parado, sem chapéu, com o cabelo revolto aparado com a baioneta, o rosto magro e cansado com a barba por fazer, o uniforme cinza remendado e puído, a pistola ainda pendendo contra seu flanco: os dois, irmão e irmã, curiosamente parecidos, como se a diferença de sexo tivesse apenas aguçado o sangue comum até uma terrível, quase insuportável, semelhança, falando um com o outro em frases curtas, breves e em staccato que eram como tapas, como se estivessem frente a frente se esbofeteando alternadamente, sem que nenhum dos dois tentasse se proteger dos golpes.

Agora você não vai poder se casar com ele.
Por que não vou poder me casar com ele?
Porque ele está morto.
Morto?
Sim. Eu o matei.

Ele (Quentin) não poderia deixar isso passar. Ele nem mesmo a estava ouvindo; disse. "Senhora? Como? O que foi que a senhora disse?"

"Tem alguma coisa naquela casa."

"Naquela casa? É a Clytie. Ela não..."

"Não. Alguma coisa vivendo nela. Escondida nela. Está lá faz quatro anos, vivendo escondida naquela casa."

VI

Havia neve na manga do sobretudo de Shreve e sua mão sem luva, loura e quadrada estava esfolada e vermelha de frio, se esvaecendo. E, na mesa diante de Quentin, sobre o livro didático aberto embaixo da lâmpada, estava o envelope branco e oblongo, o familiar rabisco mecânico dizendo *Jefferson 10 de jan. de 1910, Mississippi,* e então, na carta aberta, a frase *Meu querido filho* na caligrafia fina e inclinada do pai saída diretamente daquele verão poeirento e ocioso em que ele se preparara para Harvard para que a carta do pai pudesse estar sobre uma estranha mesa iluminada por uma lâmpada em Cambridge; e o crepúsculo daquele verão ocioso — a glicínia, o aroma de charuto, os vaga-lumes — atenuado desde o Mississippi até este quarto estranho que dava para esta estranha neve cruel da Nova Inglaterra:

Meu querido filho,
A srta. Rosa Coldfield foi enterrada ontem. Ela permaneceu em coma por quase duas semanas e morreu há dois dias sem recuperar a consciência e sem dor, dizem eles, seja o que for que queiram dizer

com isso, pois sempre me pareceu que a única morte sem dor deve ser aquela que tira a capacidade de compreensão através de uma violenta surpresa e por trás, por assim dizer, pois, se a morte é algo além de um breve e peculiar estado de ânimo para quem fica de luto, também deve ser um breve e igualmente peculiar estado de ânimo para o sujeito que morre, e se algo pode ser mais doloroso a qualquer compreensão superior à de uma criança ou um idiota do que um lento e gradual confronto com aquilo que, durante um longo período de espanto e pavor, ele foi ensinado a encarar como um fim irrevogável e insondável, eu não sei o que seria. E se pode haver acesso ao conforto ou cessação da dor na escapada final de um teimoso e espantado ultraje que durante um período de quarenta e três anos fora a companhia, o pão, o fogo, e tudo o mais, isso eu também não sei —

— a carta trazendo consigo aquela mesma tarde de setembro (e ele logo precisando, sendo requisitado a dizer: "Não, nem tia, prima ou tio Rosa. Srta. Rosa. Srta. Rosa Coldfield, uma velha que morreu jovem, de ultraje, num verão de 1866", e então Shreve: "Quer dizer que ela não tinha nenhum parentesco com você, nenhum parentesco, que havia realmente um Bayard ou uma Guinevere sulista que não era parente seu? então para que ela morreu?", e essa não foi a primeira vez de Shreve, a primeira vez de ninguém em Cambridge desde setembro: *Fale do Sul. Como é lá. O que eles fazem por lá. Por que vivem lá. Por que estão vivos*) — aquela mesma tarde de setembro em que o sr. Compson enfim parara de falar e ele (Quentin) enfim se afastara da fala do pai porque já era hora de partir, não porque já ouvira tudo, pois não estivera prestando atenção, já que havia alguma coisa que ainda era incapaz de aceitar: aquela porta, aquele rosto emaciado, trágico, dramático auto-hipnotizado e jovem, como o de um ator trágico numa peça de faculdade, um Hamlet acadêmico desperto de um transe da queda do pano e cambaleando pelo palco empoeirado que o resto do elenco havia deixado no dia da formatura, a irmã o encarando enquanto segurava o vestido de noiva que não chegaria a usar, nem mesmo a terminar, os dois se açoitando com doze ou catorze palavras, sendo que a maioria delas foram as mesmas palavras repetidas duas ou três vezes, de forma que, se você parar para pensar, verá que foram oito ou dez. E ela (a srta. Coldfield) estava usando o xale, como ele soubera que faria, e o gorro (que já fora preto, mas agora desbotara para aquele verde-metálico fosco de plumas velhas de pavão) e a bolsinha de cordão quase tão grande quanto uma mala de viagem contendo todas as chaves que a casa possuía: guarda-louça, armário e porta, e algumas delas nem mesmo viravam nas fechaduras que, trancadas, poderiam ser abertas por qualquer criança com um grampo ou um pouco de goma de mascar, algumas delas nem sequer encaixavam mais nas fechaduras para as quais tinham sido feitas, como pessoas há muito casadas que não têm mais nada em comum, para fazer ou sobre o que falar, exceto o mesmo peso geral de ar para deslocar e respirar e terra geral indiferente e paciente para suportar o seu peso; aquela noite, as doze milhas percorridas atrás da égua gorda na poeira sem lua de setembro, com as árvores ao longo da estrada não se erguendo como árvores deveriam fazer, mas acocoradas como enormes aves, suas folhas eriçadas e muito espaçadas como as penas de aves arquejantes, pesadas de sessenta dias de pó, o mato da beira da estrada coberto pela poeira vulcanizada pelo calor e que, visto através da nuvem de pó em que o cavalo e a charrete se moviam, parecia massas que se esticavam para o alto, delicadas, rígidas e imóveis, num perpendicular absoluto em alguma água antiga, parada, vulcânica, refinada até o primeiro princípio desoxigenado de líquido, com a nuvem de poeira em que a charrete se movia não sendo soprada para longe porque não fora levantada por nenhum vento e não era sustentada por nenhum ar, mas fora evocada, materializada ao redor deles, instantânea e eterna, com cada centímetro cúbico de pó tendo seu centímetro cúbico de cavalo e charrete, peripatéticos sob a vastidão rasgada pelos galhos do céu plano, negro e feroz e profundamente estrelado e a nuvem de pó avançando, envolvendo-os não com uma ameaça exatamente, mas talvez com uma advertência, uma advertência mansa, quase amistosa, como quem diz: *Venham, se quiserem. Mas eu chego lá primeiro; acumulando à sua frente eu chegarei primeiro, me levantando, inclinando-me levemente para cima sob cascos e rodas para que vocês não encontrem nenhum destino, mas apenas irrompam mansamente num platô e num panorama de noite inofensiva e inescrutável, e vocês não poderão fazer nada exceto retornar, e por isso eu os aconselho a não ir, a dar meia-volta agora e deixar o que é, ser*; ele (Quentin) concordando com isso, sentado na charrete ao lado da implacável velha diminuta como uma boneca que segurava com força seu guarda-chuva de algodão, sentindo o cheiro da carne de velha destilada pelo calor, da cânfora destilada pelo calor nas antigas dobras do xale, sentindo-se exatamente como uma lâmpada elétrica no sangue e na pele, já que a charrete não agitava ar suficiente para resfriá-lo com o movimento, não criava suficiente movimento dentro dele para fazer sua pele suar, pensando *Meu Deus, não, que nós não encontremos o homem ou a coisa, não tentemos encontrar o homem ou a coisa, nos arrisquemos a perturbar o homem ou a coisa*: (então Shreve disse de novo: "Espere, Espere. Quer dizer que essa velhota, essa tia Rosa...".

"Srta. Rosa", disse Quentin.

"Está bem está bem... que essa velha, essa tia Rosa..."

"Srta. Rosa, já lhe disse."

"Tudo bem tudo bem tudo bem — que essa velha... essa tia R... Tudo bem tudo bem tudo bem tudo bem... que não havia estado lá, não havia posto os pés na casa por quarenta e três anos, mesmo assim não só disse que havia alguém escondido lá mas encontrou alguém que acreditasse nela, que percorresse aquelas doze milhas numa charrete à meia-noite para ver se estava certa ou não?"

"Sim", disse Quentin.

"Que essa velha que cresceu numa casa que parecia um mausoléu superpovoado, sem nenhum passatempo além de odiar o pai e a tia e o marido da irmã em paz e conforto, esperando pelo dia em que eles provariam não só para si mesmos, mas para todos os demais, que ela estava certa: então certa noite a tia escorregou pelo cano de escoamento e fugiu com um vendedor de cavalos, e isso provou que estava certa em relação à tia, de modo que esse problema foi resolvido: aí seu pai trancou-se no sótão para evitar ser recrutado pelo Exército rebelde e morreu de fome, de modo que esse problema foi resolvido, exceto pela inevitável possibilidade de que, quando chegou o momento de admitir para si mesmo que ela estava certa, ele pode não ter sido capaz de falar ou não ter tido ninguém a quem contar: de modo que ela estava certa sobre o pai também, já que, se ele não tivesse deixado o general Lee e Jeff Davis furiosos, não teria tido que se trancar e morrer e, se não tivesse morrido, não a teria deixado órfã e pobre e naquelas circunstâncias, suscetível a uma situação em que poderia receber essa afronta mortal: e estava certa sobre o cunhado, porque se ele não tivesse sido um demônio, seus filhos não teriam precisado de proteção contra ele, e ela não teria tido que ir lá e ser traída pela velha carne e encontrar, em vez de um Agamêmnon viúvo para sua Cassandra, um velho Píramo reumático para sua ansiosa, porém inexperiente, Tisbe, que se aproximaria dela nessa inesperada e múltipla influência demoníaca de abril e sugeriria que procriassem como teste e amostragem e, se fosse um menino, se casariam; não teria sido arrastada de volta para a cidade pela explosão inicial daquele horror e ultraje para comer rancor e amargura roubados através de cercas de ripas ao amanhecer: de modo que isso não ficou resolvido por completo para sempre, porque ela nem poderia contá-lo pelo fato de sua sucessora ser quem foi, não porque ele encontrou uma sucessora apenas virando a cabeça para o outro lado, e sem perder um dia sequer, mas por sua sucessora ser quem foi, pois assim seria concebível que tivesse suportado uma situação em que poderia ou deveria ter que declinar qualquer posição para a qual sua sucessora teria sido julgada digna, mesmo que por um demônio, de ocupar; isso não ficou resolvido, pois, quando chegou o momento de ele admitir que estivera errado, ela teve com ele o mesmo problema que tivera com o pai, ele estava morto também, pois ela sem dúvida já antevia a foice, ainda que apenas porque seria o ultraje e a afronta finais, como o martelo e os pregos no caso do pai — aquela foice, louros simbólicos de um triunfo de César — aquela foice enferrujada emprestada pelo próprio demônio a Jones mais de dois anos antes para cortar ervas daninhas da porta da choupana e assim abrir caminho para o coito — aquela lâmina enferrujada afestoada com o laço de fita espalhafatoso ou a continha de vidro barata dados a cada dia para que aquela (como foi que a velha disse? não chamou só de vagabunda, não foi?) passeasse — aquela foice por cuja forma simbólica ele, mesmo depois de morto, mesmo quando a própria terra rejeitou suportar por mais tempo o seu peso, zombava dela?"

"Sim", disse Quentin.

"Que esse Fausto, esse demônio, esse Belzebu fugiu para esconder-se de um olhar furioso, momentâneo e faiscante do rosto ultrajado de seu Credor, exasperado a ponto de não poder mais suportar, escondendo-se, ocultando-se às pressas na respeitabilidade como um chacal num monte de pedras, ou foi isso que ela pensou no começo, até perceber que ele não estava se escondendo, não queria se esconder, estava meramente se ocupando de um furor final de perversidade e maldade antes de o Credor alcançá-lo na vez seguinte, e agora de uma vez por todas; esse Fausto que apareceu de repente num domingo com duas pistolas e vinte demônios subsidiários e surrupiou cem milhas de terra de um pobre índio ignorante e construiu ali a maior casa que já se viu e partiu com seis carroças e voltou com as tapeçarias de cristal e as cadeiras de louça Wedgwood para mobiliá-la, e ninguém sabia se ele tinha roubado outro vapor ou apenas desenterrado um pouco mais do velho espólio, que possuía cauda e chifre escondidos sob um traje humano e um chapéu de castor e que escolheu (comprou, barganhou-a com o sogro, não foi?) uma esposa depois de três anos inspecionando, pesando e comparando, não de uma das casas ducais do local, mas do baronato inferior cujo principado tinha decaído tanto que não haveria nenhum risco de sua mulher ter como dote sonhos de grandeza antes de ele estar preparado para eles, mas não tão decaído que ela não soubesse como impedir ambos de se perderem entre as novas facas e garfos e colheres que ele comprara — uma esposa que não só consolidaria o esconderijo, mas que poderia, iria e realmente acabou por gerar para ele dois filhos para guardar e proteger, tanto através deles mesmos como de sua prole, os ossos quebradiços e a carne cansada de um velho do dia em que o Credor o perseguiria pela última vez e ele não poderia escapar: e então é claro que a filha se apaixonou, e o filho era o agente para a provisão daquela muralha viva entre ele (o demônio) e a mão de meirinho do Credor até o filho se casar e assim ser um seguro duplo ou múltiplo — e então o demônio precisou virar-se para o lado contrário e expulsar não só o noivo da casa e não só o filho da casa, mas de tal forma corromper, seduzir e hipnotizar o filho que ele (o filho) iria exercer a função da mão armada do pai ultrajado quando apareceu a ameaça de fornicação: para que o demônio voltasse da guerra cinco anos depois e encontrasse encerrada e completa a situação que ele vinha construindo: filho fugido para sempre, agora com uma corda no pescoço, filha condenada à condição de solteirona — e então quase antes de seu pé sair do estribo ele (o demônio) decidiu ficar noivo mais uma vez para substituir aquela prole cujas esperanças ele próprio destruíra?"

"Sim", disse Quentin.

"Voltou para casa e encontrou suas chances de descendentes extintas porque seus filhos tinham cuidado disso, e sua plantação arruinada, os campos alqueivados exceto por uma estreita faixa de ervas daninhas, e taxas e impostos e multas semeados por delegados e outros tipos dos Estados Unidos, e todos os seus pretos sumidos porque os ianques tinham cuidado disso, e seria de imaginar que ele teria ficado satisfeito: mas antes de seu pé sair do estribo ele não só começou a fazer a plantação voltar a ser como era, talvez esperando enganar o Credor por ilusão e ofuscamento escondendo-se atrás da ilusão de que o tempo não tinha passado e ocorrido o fato de que ele agora tinha quase sessenta anos até que pudesse conseguir uma nova fornada de filhos para ser sua muralha, mas escolheu para esse fim a última mulher na terra a quem poderia esperar convencer, essa tia R. — tudo bem tudo bem tudo bem — que o odiava, que sempre o odiara, contudo escolhendo a ela com uma espécie de bravata ultrajante, como se uma espécie de convicção desesperada de sua qualidade de irresistível ou invulnerável fosse parte do preço que recebera pelo que quer que tenha vendido ao Credor, pois segundo a velha ele nunca tivera uma alma; pediu-a em casamento e foi aceito — até que, três meses depois, sem nenhuma data marcada para o casamento e sem que o assunto tivesse sido mencionado uma vez desde então, e no exato dia em que ele soube definitivamente que seria capaz de conservar pelo menos parte de sua terra e quanto seria, ele a abordou e sugeriu que eles cruzassem como um par de cachorros, inventando com diabólica astúcia aquilo que maridos e noivos vêm tentando inventar há dez milhões de anos: algo que, sem ofendê-la ou dar-lhe bases para ação civil ou tribal não só atiraria a pequena mulher sonhadora para longe do pombal, como a deixaria irrevogavelmente esposada (e ele, esposo ou noivo, já seguramente corneado antes de ela conseguir sequer respirar) pela carcaça abstrata do ultraje e da vingança; ele o disse e estava livre agora, para sempre agora, de ameaça ou intromissão de qualquer um, pois tinha eliminado enfim o último membro da família da falecida esposa, livre agora: o filho fugido para o Texas ou a Califórnia ou talvez até a América do Sul, a filha condenada à condição de solteirona para viver até que ele morresse, pois depois disso não importaria, naquela casa que apodrecia, cuidando dele e o alimentando, criando galinhas e mascateando os ovos para comprar as roupas que ela e Clytie não conseguiam fazer: de maneira que ele nem mesmo precisava ser um demônio agora, mas apenas um velho louco e impotente que percebera enfim que seu sonho de restaurar a Centena de Sutpen era não só vão, mas que aquilo que sobrara dela jamais sustentaria a ele e a sua família, e que portanto foi ter sua lojinha de encruzilhada com um estoque de relhas de arado e coleiras de arreio e morim e querosene e contas e fitas baratas para uma clientela de pretos libertos e (como é mesmo? a expressão? de brancos que são o quê? — Isso, a ralé) com Jones de balconista e quem sabe quais ilusões de ganhar dinheiro com a loja para reconstruir a plantação; ele, que tinha escapado duas vezes agora, entrado naquilo e sido libertado pelo Credor, que fizera seus filhos se destruírem mutuamente antes de ele ter descendência, e decidiu que talvez estivesse errado em ser livre e assim entrou naquilo de novo e depois decidiu que estava errado em ser não-livre e assim saiu de novo daquilo — e então fez a volta completa e comprou sua entrada de volta naquilo com contas e morim e balas meladas tirados de sua própria vitrine e prateleiras?"

"Sim", disse Quentin. *Ele fala como o pai*, pensou, olhando (com o rosto calmo, repousado, curiosamente quase taciturno) por um momento Shreve se inclinar para a frente, para a luz, seu torso nu rosa-reluzente e liso como pele de bebê, querubínico, quase sem pelos, as luas gêmeas dos óculos brilhando no rosto rosado de lua cheia, e ele (Quentin) sentindo o cheiro de charuto e glicínia, vendo os vaga-lumes esvoaçando e piscando na penumbra de setembro. *Exatamente como o pai se o pai tivesse sabido tanto sobre isso na noite antes de eu ir até lá como sabia no dia seguinte, quando voltei* pensando *Velho louco e impotente que percebeu enfim que devia haver algum limite até para a capacidade de um demônio de fazer mal, que deve ter visto a sua situação como a da garota de circo, do pônei, que percebe que a principal melodia ao ritmo da qual dança não vem de corneta e rabeca e tambor, mas de relógio e calendário, deve ter-se visto como o velho canhão gasto que percebe que pode dar somente mais um tiro e desabar no chão por efeito de sua própria detonação e recuo furiosos, que olhou ao redor e viu a cena que ainda estava dentro de seu campo de visão e seu alcance e viu o filho sumido, desaparecido, algo mais insuperável para ele do que se o filho estivesse morto, pois agora (se o filho ainda vivia) seu nome seria diferente e quem haveria para chamá-lo por ele seriam estranhos, e qualquer afloramento de dragão criado pelo sangue dos Sutpen que o filho pudesse semear no corpo de uma estranha qualquer continuaria, portanto, a tradição, realizaria o mal e o dano hereditários, com outro nome e entre pessoas que jamais teriam ouvido o nome certo; a filha condenada à condição de solteirona, ela que escolhera essa condição antes mesmo de haver alguém chamado Charles Bon, já que a tia que viera socorrê-la em seu luto e sofrimento não encontrara nenhum dos dois, mas sim aquele rosto calmo absolutamente impenetrável entre um vestido costurado em casa e uma touca de sol, rosto visto diante de uma porta fechada e de novo em meio a um torvelinho de galinhas enquanto Jones fabricava o caixão, e que ela manteve durante o ano seguinte em que a tia morou lá e as três mulheres teceram as próprias roupas e cultivaram a própria comida e cortaram a lenha com que a cozinhavam (descontando a ajuda que receberam de Jones, que vivia com a neta na cabana de pesca abandonada com o telhado quase caindo e a varanda apodrecendo e encostada a ela a foice enferrujada que Sutpen lhe emprestaria, o faria tomar emprestada para cortar as ervas daninhas da porta — e que por fim o forçaria a usar, mas não para cortar ervas daninhas, ao menos não ervas daninhas vegetais — ficaria encostada por dois anos) e que ainda manteve depois que a indignação da tia a levou de novo para a cidade para viver de hortaliças roubadas e de cestas anônimas deixadas nos degraus da frente à noite, e as três, as duas irmãs, negra e branca, e a tia a doze milhas de distância vigiando de seu lugar enquanto as duas irmãs vigiavam do delas o velho demônio, o Fausto antiquíssimo, varicoso e desesperado, içando sua última vela agora com a mão do Credor já sobre o seu ombro, tocando sua lojinha rural agora para poder obter seu pão e sua carne, barganhando tediosamente por míseros níqueis com brancos e negros rapaces e empobrecidos, ele que em certa época poderia ter galopado dez milhas em qualquer direção sem cruzar a própria fronteira, tirando de seu magro estoque os laços de fita e contas baratas e a bala mofada de cor viva com que até mesmo um velho pode seduzir uma menina roceira de quinze anos, para arruinar a neta de seu sócio, esse Jones — esse branco desengonçado e maleitoso a quem dera permissão, catorze anos antes, para se instalar na cabana de pesca abandonada com a neta de um ano —, Jones, sócio, carregador e balconista que, por ordem do demônio, retirava com as próprias mãos (e talvez entregava também) as balas, contas e fitas da vitrine, e media o próprio pano com o qual Judith (que não ficara de luto e não lamentara) ajudou a neta a fazer um vestido para desfilar diante dos desocupados, dos olhares de soslaio e das línguas, até que seu ventre volumoso a ensinou a sentir embaraço — ou talvez medo; Jones, que antes de 61 não tinha nem mesmo permissão de se aproximar da frente da casa e que nos quatro anos seguintes só chegou até a porta da cozinha, e isso somente quando trazia a caça, o peixe e os legumes com os quais a esposa do futuro sedutor e a filha (e Clytie também, a única que restara dos criados dos negros, aquela que o proibiria de cruzar a porta da cozinha com o que trouxera) dependiam para manter a vida, mas que agora entrava na própria casa nas (muito frequentes agora) tardes em que o demônio subitamente amaldiçoava a loja sem clientes, trancava a porta e ia até os fundos da casa onde, no mesmo tom com que costumava se dirigir a seu ordenança ou mesmo a seus criados domésticos quando os tinha (e com que sem dúvida mandava Jones pegar na vitrine as fitas e contas e balas), ordenava que Jones fosse buscar o garrafão, e os dois (e Jones inclusive sentado agora, como nos velhos tempos, as velhas tardes ociosas de domingo, de monótona paz, que eles passavam embaixo da parreira de muscadínea no quintal, o demônio deitado na rede enquanto Jones se acocorava encostado ao pilar, levantando-se de tempos em tempos para servir o demônio do garrafão empalhado e do balde de água fresca que ele buscara na fonte a mais de uma milha de distância e então se acocorando de novo, gargalhando e cacarejando e dizendo "Boa, sinhô Toum" cada vez que o demônio parava de falar) — os dois bebendo alternadamente do garrafão e o demônio não deitado agora, nem mesmo sentado, mas procurando depois do terceiro ou segundo gole aquele estado invicto, impotente e furioso de velho em que se ergueria, bamboleando e tropeçando e berrando por seu cavalo e por pistolas para cavalgar sozinho até Washington e matar Lincoln (mais ou menos um ano tarde demais para isso) e Sherman, gritando: "Matem! Matem os dois como os cães que são!", e Jones dizendo: "Boa, Coroné; boa esta", e segurando-o quando caía e ordenando à primeira carroça que passasse que o levasse até sua casa, e subia com ele os degraus da frente e passava pela porta formal sem pintura que ficava sob a bandeira importada vidro por vidro da Europa, que Judith segurava aberta para ele entrar sem nenhuma mudança, nenhuma alteração no rosto calmo e congelado que exibia havia quatro anos já, e galgava a escada e ia até o quarto de dormir e o colocava na cama como se fosse um bebê, e depois se deitava ele próprio no chão ao lado da cama, embora não para dormir, porque antes de amanhecer o homem na cama se remexeria e grunhiria e Jones diria: "Tô aqui, Coroné. Tá tudo bem. Eles ainda num mataro nóis, mataro?" — esse Jones que, depois que o demônio foi embora com o regimento quando a neta tinha apenas oito anos, diria às pessoas que ele "tarra cuidando do lugá e dos preto do Major" antes mesmo de elas terem tempo de lhe perguntar por que não estava com as tropas, e que talvez com o tempo tenha passado a acreditar na própria mentira, ele que estava entre os primeiros a saudar o demônio quando ele voltou, a encontrá-lo no portão e dizer: "Bem, Coroné, eles mataro nóis mas ainda num pegaro nóis, pegaro?", ele que inclusive trabalhou, labutou, suou sob as ordens do demônio naquele primeiro período em que este acreditou que poderia, apenas com sua indomável força de vontade, fazer a Centena de Sutpen voltar a ser aquilo de que ele se lembrava e que tinha perdido, labutou sem nenhuma esperança de pagamento ou recompensa, ele que deve ter visto muito antes do demônio ver (ou admitir) que a tarefa era inútil — Jones, o cego que aparentemente ainda via naquele destroço furioso e lúbrico o belo homem de outrora que um dia galopara no puro-sangue negro por aquele domínio cujas duas fronteiras o olho não conseguia ver ao mesmo tempo de nenhum ponto.*

"Sim", Quentin disse.

Então chegou aquela manhã de domingo e o demônio se levantou e saiu antes de amanhecer, com Judith pensando que sabia por quê, já que o garanhão preto com o qual ele tinha cavalgado para a Virgínia e que trouxera de volta tivera um filho de sua mulher Penélope, só que não era aquele potro que o demônio tinha levantado cedo para ver, e passou quase uma semana antes de eles pegarem, encontrarem, a negra velha, a parteira que estava acocorada ao lado do catre acolchoado naquela madrugada enquanto Jones ficava sentado na varanda onde a foice enferrujada permanecera encostada durante dois anos, de maneira que ela poderia contar como ouviu o cavalo e que depois o demônio entrou e parou diante do catre com o chicote de montar na mão e olhou para a mãe e a criança e disse: "Bem, Milly, pena que você não é uma égua como a Penélope. Se fosse, eu podia lhe dar uma baia decente no estábulo", e se virou e saiu, e a negra velha acocorada ali ouviu os dois, ouviu as vozes, ele e Jones: "Afaste-se. Não toque em mim, Wash". — "Vou te ensiná uma coisa, Coroné", e ela ouviu o chicote também, mas não a foice, nenhum assobio, nenhum golpe, nada, porque aquilo que meramente consume uma punição sempre evoca um grito, mas o que evoca o último silêncio ocorre em silêncio. E naquela noite eles finalmente o encontraram e o levaram para casa numa carroça e o carregaram, inerte e ensanguentado e com os dentes ainda à mostra na barba partida (que apenas começara a ficar grisalha, embora o cabelo estivesse quase branco agora) à luz dos lampiões e das tochas de pinho, subindo os degraus onde a filha impassível e sem lágrimas segurava a porta aberta para ele também, ele que gostava de cavalgar rápido para a igreja e que foi rápido para lá dessa vez, mas que no fim das contas não chegou a alcançar a igreja, pois a filha (uma mulher de trinta agora e parecendo mais velha, não como os fracos envelhecem, ou encerrados numa inchação estática de carne já sem vida ou através de uma série de fases de colapso gradual cujas partículas aderem não a uma estrutura férrea e ainda impenetrável, mas umas às outras, como se em uma vida comunal, indiferente e inconsciente delas próprias, como uma colônia de vermes, mas como o próprio demô-

nio envelhecera: com uma espécie de condensação, uma emergência angustiada da ossificação primária e indomável que a cor e textura suaves, a leve aura elétrica da juventude, apenas suavizaram temporariamente, mas nunca ocultaram — a solteirona em roupas disformes feitas em casa, com mãos que poderiam tanto transferir ovos como segurar um arado reto para formar um sulco) decidiu que ele devia ser levado para aquela mesma igreja metodista na cidade onde tinha se casado com a mãe dela antes de voltar ao túmulo no bosque de cedros, e tomou emprestadas duas mulas novas meio selvagens para puxar a carroça: assim ele foi rápido para a igreja até o ponto em que chegou, em seu caixão feito em casa, com o uniforme militar, o sabre e as luvas bordadas, até que as mulas novas dispararam e tombaram a carroça e o derrubaram, sabre, plumas e tudo, numa valeta da qual a filha o retirou, levando-o de volta ao bosque de cedros e lendo os ritos ela mesma. E sem lágrimas, sem luto desta vez também, fosse ou não fosse porque não tinha tempo para lamentar, pois tocava a loja ela mesma agora até encontrar um comprador, não a mantendo aberta, mas carregando as chaves no bolso do avental, sendo chamada da cozinha ou da horta ou mesmo do campo, pois ela e Clytie agora aravam tudo o que havia para ser arado, agora que Jones também se fora, seguira o demônio doze horas depois naquele mesmo domingo (e talvez tenha ido para o mesmo lugar; talvez Eles até tenham uma videira de muscadínea para eles por lá, e nenhuma compulsão agora por pão ou ambição ou fornicação ou vingança, e talvez nem mesmo precisem beber, só que devem sentir falta disso de vez em quando sem saber do que é que sentem falta, mas não com frequência; serenos, alegres, intocados por tempo ou mudança de clima, só que de vez em quando sentem um vento, uma sombra, e o demônio para de falar e Jones para de gargalhar e eles olham um para o outro, tateando, graves, intensos, e o demônio diz: "O que foi, Wash? Alguma coisa aconteceu. O que foi?", e Jones olha para o demônio, tateando também, sóbrio também, dizendo: "Não sei, Coroné. U quê?", com um vigiando o outro. Então a sombra esmorece, o vento morre até que por fim Jones diz, sereno, nem mesmo triunfante: "Eles vencero nóis mas ainda num mataro nóis, mataro?") — chamada por mulheres e crianças com baldes e cestas, ao que ela ou Clytie iria até a loja, a abriria, atenderia o freguês, trancaria a loja e voltaria: até que ela vendeu a loja por fim e gastou o dinheiro numa lápide. ("Como foi?", perguntou Shreve. "Você me contou; como foi? você e seu pai atirando em codornizes, o dia cinza depois de ter chovido a noite toda e a valeta que os cavalos não podiam cruzar, e então você e seu pai desmontaram e entregaram as rédeas para — como era o nome dele: do preto na mula? Luster — para Luster, para que ele as fizesse contornar a valeta" e ele e seu pai cruzaram justo quando a chuva recomeçava cinza, sólida e lenta, sem fazer nenhum som, Quentin ainda sem saber exatamente onde eles estavam porque estivera cavalgando com a cabeça abaixada por causa da garoa, até que olhou para a ladeira diante deles onde o juncal baixo, amarelo e úmido se desfazia para o alto na chuva como ouro derretendo e viu o bosque, o grupo de cedros na crista da colina se dissolvendo na chuva como se as árvores tivessem sido desenhadas com tinta num mata-borrão úmido — os cedros além dos quais, além dos campos arruinados, além dos quais estariam o bosque de carvalhos e a enorme casa cinza, deserta e apodrecida a meia milha de distância. O sr. Compson tinha parado para olhar para trás para Luster sobre a mula, com o saco de estopa que estivera usando como sela agora enrolado em torno da cabeça, os joelhos recolhidos embaixo dele, conduzindo os cavalos valeta abaixo para encontrar um lugar para cruzar. "Melhor sair da chuva", disse o sr. Compson. "Ele não vai chegar a uma distância de cem jardas desses cedros de qualquer modo."

Eles subiram a encosta. Não podiam ver os dois cães, somente o sulco constante no juncal onde, invisíveis, os cães cortavam a encosta até que um deles esticou a cabeça para cima para olhar para trás. O sr. Compson fez um gesto com a mão na direção das árvores, ele e Quentin indo atrás. Estava escuro entre os cedros, com a luz mais escura do que cinza até, a chuva silenciosa, os glóbulos tênues e perolados materializando-se nos canos das espingardas e nas cinco lápides como gotas de derretimentos não totalmente solidificados de velas frias sobre o mármore: as duas lajes planas, pesadas, tumulares, as outras três lápides um pouco tortas, com aqui e ali uma letra entalhada ou mesmo uma palavra inteira momentaneamente legível na luz fraca que as gotas de chuva traziam partícula por partícula para as trevas e emitiam; então os dois cães chegaram, flutuaram ali para dentro como fumaça, seu pelo grudado pela umidade, e se enrodilharam numa bola indistinguível e aparentemente inextricável para se aquecerem. Ambas as lajes planas tinham rachado ao meio sob o próprio peso (e desaparecendo buraco adentro no ponto onde a cumeeira de tijolos de uma das criptas caíra havia o caminho um pouco liso de uma trilha calcada por algum animal pequeno — um gambá provavelmente —, por gerações de algum animal pequeno, pois era impossível que houvesse algo para comer no túmulo havia muito tempo) embora a inscrição estivesse bastante legível: *Ellen Coldfield Sutpen. Nascida em 9 de outubro de 1817. Falecida em 23 de janeiro de 1863* e a outra: *Thomas Sutpen, Coronel, 23º de Infantaria do Mississippi, Estados Confederados da América. Falecido em 12 de agosto de 1869*: essa última data acrescentada posteriormente, de maneira tosca, com um cinzel, no túmulo daquele que nem mesmo morto informava onde e quando havia nascido. Quentin olhou as pedras em silêncio, pensando *Não amada esposa de. Não. Apenas Ellen Coldfield Sutpen.* "Eu não imaginaria que eles tinham dinheiro para comprar mármore em 1869", disse ele.

"Ele mesmo o comprou", disse o sr. Compson. "Comprou as duas lápides enquanto o regimento estava na Virgínia, depois que Judith mandou avisar que a mãe estava morta. Encomendou-as da Itália, as melhores, as mais finas que havia — a da esposa completa e a sua com a data em branco: e isso enquanto estava no serviço ativo de um exército que tinha não só a mais alta taxa de mortalidade de todos que já existiram, mas que também tinha o costume de eleger um novo conjunto de oficiais regimentais a cada ano (e por cujo sistema ele estava no momento autorizado a se intitular coronel, porque no último verão fora eleito e o coronel Sartoris destituído) de modo que, tanto quanto ele sabia, antes de sua encomenda poder ser usada ou mesmo recebida ele poderia já estar embaixo do chão e com o túmulo assinalado (se é que estaria assinalado) apenas por um mosquete quebrado fincado na terra, ou poderia ter se tornado somente um segundo-tenente ou mesmo um soldado raso — desde que, é claro, seus homens tivessem tido a coragem de rebaixá-lo —, contudo, ele não só encomendou as lápides e conseguiu pagar por elas como, o que é ainda mais estranho, conseguiu que passassem por uma costa tão completamente cercada que aqueles que furavam o bloqueio recusavam qualquer carga que não fosse munição —" Pareceu a Quentin poder realmente vê-las: as tropas andrajosas e famintas sem sapatos, os rostos esquálidos e enegrecidos pela pólvora olhando por sobre ombros esfarrapados, os olhos furiosos em que ardia um indomável desespero de invicto vigiando aquele escuro oceano interdito através do qual um soturno e solitário navio de luzes apagadas singrava com, em seu porão, um precioso espaço para carga onde cabiam quatro mil e quinhentos quilos contendo não balas, nem mesmo algo de comer, mas aquelas muito bombásticas e inertes pedras entalhadas que ao longo do ano seguinte iriam fazer parte do regimento, segui-lo até a Pensilvânia e estar presentes em Gettysburg, arrastando-se atrás do regimento numa carroça conduzida pelo criado pessoal do demônio por pântanos e planícies e desfiladeiros, e o regimento não podendo se mover mais depressa do que a carroça, com homens esquálidos e esfomeados e cavalos esquálidos e exaustos enterrados até os joelhos em lama gelada ou neve, suando e maldizendo-as através dos lamaçais e brejos como a uma peça de artilharia, chamando as duas lápides de "Coronel" e "sra. Coronel"; passando depois pelo desfiladeiro de Cumberland e descendo as montanhas do Tennessee, viajando à noite para se esquivar das patrulhas ianques, e chegando ao Mississippi no final do outono de 64, onde esperava a filha cujo casamento ele interditara e que ficaria viúva no verão seguinte, embora aparentemente sem tristeza, onde sua esposa estava morta e seu filho autoexcomungado e banido, e ele colocou uma das lápides sobre o túmulo de sua esposa e a outra de pé no corredor da casa, onde a srta. Coldfield possivelmente (talvez seguramente) passou a olhar para ela todos os dias como se fosse o retrato dele, possivelmente (talvez seguramente aqui também) lendo nas entrelinhas da inscrição mais esperança de donzela e expectativa de virgem do que jamais contou a Quentin, pois nunca mencionou a lápide para ele, e (o demônio) bebeu o café de milho torrado e comeu o bolo de milho que Judith e Clytie prepararam para ele e beijou Judith na testa e disse: "Bem, Clytie", e voltou para a guerra, tudo em vinte e quatro horas; ele podia vê-lo; era como se houvesse presenciado tudo. Então pensou *Não. Se houvesse presenciado tudo, não poderia vê-lo com essa clareza.*

"Mas isso não explica as outras três", ele disse. "Elas devem ter custado alguma coisa também."

"Quem teria pagado por elas?", perguntou o sr. Compson. Quentin podia senti-lo olhando para ele. "Pense." Quentin olhou para as três lápides idênticas com suas inscrições idênticas e apagadas, um pouco inclinadas na macia decomposição argilosa de agulhas de cedro acumuladas, estas também decifráveis quando olhadas de perto, a primeira: *Charles Bon. Nascido em New Or-*

leans, Louisiana. *Morto na Centena de Sutpen, Mississippi, 3 de maio de 1865. Idade: 33 anos e 5 meses.* Ele podia sentir seu pai o observando.

"Ela pagou", disse ele. "Com o dinheiro que conseguiu quando vendeu a loja."

"Sim", disse o sr. Compson. Quentin teve que se abaixar e espanar algumas agulhas de cedro para ler a seguinte. Quando o fez, um dos cachorros se levantou e aproximou-se, enfiando a cabeça para ver para o que ele estava olhando como um ser humano faria, como se pela associação com seres humanos tivesse adquirido a qualidade da curiosidade, que é um atributo apenas dos homens e dos macacos.

"Fora daqui", disse Quentin, empurrando o cachorro para trás com uma das mãos enquanto com a outra removia as agulhas de cedro, alisando e tornando legível a inscrição apagada, as palavras gravadas: *Charles Etienne Saint-Valery Bon. 1859-1884* sentindo seu pai olhando para ele, notando antes de se levantar que a terceira lápide exibia a mesma data, 1884. "Não poderia ter sido a loja dessa vez", disse. "Porque ela vendeu a loja em 70, e ademais 1884 é a mesma data que está na dela", pensando como com certeza teria sido terrível para ela se tivesse querido colocar *Amado Esposo de* na primeira.

"Ah", disse o sr. Compson. "Essa foi aquela da qual seu avô se encarregou. Judith veio à cidade um dia e trouxe-lhe o dinheiro, uma parte dele, onde ela o arranjou ele nunca soube, a menos que fosse o que tinha lhe sobrado da venda da loja que ele tinha vendido em nome dela; trouxe o dinheiro com a inscrição (menos a data da morte, é claro) toda escrita como você a vê, durante aquelas três semanas em que Clytie estava em New Orleans procurando o menino para trazê-lo, mas seu avô, é claro, não sabia disso, com o dinheiro e a inscrição sendo não para ela, mas para ele."

"Ah", disse Quentin.

"Sim. Elas vivem vidas lindas — as mulheres. Vidas não só divorciadas, mas irrevogavelmente excomungadas de toda realidade. É por isso que, embora suas mortes, seus momentos de dissolução, não tenham nenhuma importância para elas, já que têm uma coragem e uma força diante da dor e da aniquilação que faria o mais espartano dos homens parecer um menino chorão, para elas seus funerais e túmulos, as insignificantes afirmações de espúria imortalidade colocadas sobre seu descanso, têm uma importância incalculável. Você já teve uma tia (não se lembra dela, porque eu mesmo nunca a vi, só ouvi a história) que ia ter de enfrentar uma operação séria à qual tinha certeza de que não sobreviveria, numa época em que seu parente feminino mais próximo era uma mulher com a qual ela tivera durante anos uma daquelas implacáveis e inexplicáveis (para a mentalidade masculina) inimizades amistosas que ocorrem entre mulheres do mesmo sangue, e cuja única preocupação em relação a partir deste mundo era se desfazer de um certo vestido marrom que lhe pertencia e do qual ela sabia que a parente sabia que ela jamais havia gostado, e que precisava ser queimado, não dado, mas queimado no quintal embaixo da janela onde, sendo levada até a janela (e sofrendo uma dor excruciante), ela poderia vê-lo queimar com os próprios olhos, porque estava convencida de que depois de morrer a parente, a pessoa que logicamente se encarregaria disso, a enterraria nele."

"E ela morreu?", perguntou Quentin.

"Não. Assim que o vestido foi consumido pelo fogo, ela começou a melhorar. Suportou a operação, recuperou-se e sobreviveu à parente por muitos anos. Então, certa tarde, morreu pacificamente de nenhuma doença em particular e foi enterrada com seu vestido de noiva."

"Ah", disse Quentin.

"Sim. Mas teve uma tarde no verão de 70 em que um desses túmulos (havia apenas três aqui, então) foi realmente lavado por lágrimas. Seu avô assistiu; foi no ano em que Judith vendeu a loja e seu avô cuidou disso para ela, e ele tinha ido vê-la para discutir o assunto e testemunhou: o interlúdio, a pompa, o drama e o esplendor do cerimonial da viuvez. Ele não soube na época como acontecera da oitavona vir parar aqui, como Judith poderia ter sabido da existência dela para lhe escrever contando onde Bon tinha morrido. Mas lá estava ela, com o menino de onze anos que mais parecia ter oito. Deve ter parecido uma cena de jardim do poeta irlandês Wilde: o fim de tarde, os cedros sombrios com o sol se pondo atrás deles, mesmo a luz batendo de forma perfeita e os túmulos, as três peças de mármore (seu avô tinha adiantado a Judith o dinheiro para comprar a terceira por conta da venda da loja) parecendo ter sido limpas, polidas e arrumadas por maquinistas de teatro que depois do crepúsculo voltariam e as retirariam e carregariam, ocas, frágeis e sem peso, de volta ao depósito até que fossem necessárias de novo; a pompa, a cena, o ato, entrando no palco — a mulher de rosto de magnólia um pouco mais roliça agora, uma mulher criada da escuridão, pela escuridão e para a escuridão a quem o artista Beardsley poderia ter trajado com um vestido macio e esvoaçante feito não para indicar luto ou viuvez, mas para vestir algum interlúdio de entorpecida e fatal insaciabilidade, de apaixonada e inexorável fome da carne, caminhando embaixo de um guarda-sol e seguida por uma negra gigantesca e lustrosa que carregava uma almofada de seda e levava pela mão um menininho a quem Beardsley poderia não só ter trajado como desenhado — uma criança magra e delicada com um rosto liso e assexuado de marfim, que, enquanto sua mãe entregava o guarda-sol para a negra e pegava a almofada e se ajoelhava ao lado do túmulo e arrepanhava as saias e chorava, em nenhum momento largou o avental da negra, mas ficou piscando os olhos em silêncio, ele que, tendo nascido e vivido toda a sua vida numa espécie de prisão de seda iluminada por eternas velas sombreadas, respirando junto com o ar o lácteo e absolutamente físico bruxuleio que os dias e as horas de sua mãe emanavam, vira muito pouco da luz solar antes, para não falar de ar livre, árvores, gramado e terra; e, por último, a outra mulher, Judith (*que, por não estar de luto, não precisava prantear* pensou Quentin, pensando *Sim, eu tive de ouvir por muito tempo*), que ficou parada entre os cedros, com o vestido de morim e a touca de sol combinando, ambos desbotados e informes — o rosto calmo, as mãos que podiam arar ou cortar lenha e cozinhar ou tecer cruzadas diante do corpo, e ela parada na atitude de uma indiferente guia de museu, esperando, provavelmente nem mesmo olhando. Então a negra veio e entregou à oitavona um frasco de cristal para cheirar e ajudou-a a se levantar e pegou a almofada de seda e deu à oitavona o guarda-sol e eles voltaram para a casa, o menininho ainda segurando o avental da negra, a negra escorando a mulher com um braço e Judith seguindo com aquele rosto que era como uma máscara ou como mármore, de volta à casa, passando pela varanda alta de pintura descascando e indo para dentro da casa onde Clytie estava cozinhando os ovos e o pão de milho dos quais ela e Judith viviam.

"Ela ficou uma semana. Passou o resto daquela semana no único quarto da casa cuja cama ainda tinha lençóis de linho, passou-a na cama, em chambres de rendas e seda e cetim dominados pelo malva e pelo violeta do luto — aquele quarto abafado e trancado, de venezianas fechadas e impregnado pelo odor pesado e desfalecente de sua carne, seus dias, suas horas, suas roupas, de água-de-colônia do pano sobre suas têmporas, do frasco de cristal que a negra alternava com o leque, sempre sentada ao lado da cama, a não ser quando ia à porta para receber as bandejas que Clytie carregava escada acima — Clytie, que carregava e apanhava as bandejas porque Judith mandava, que deve ter percebido, quer Judith tenha ou não lhe contado, que era a outra negra que servia, mas que servia a negra, assim como deixava a cozinha de tempos em tempos e vasculhava os cômodos do primeiro andar até encontrar aquele menininho estranho e solitário sentado em silêncio numa cadeira reta e dura na sombria biblioteca ou sala de estar, com seus quatro nomes, sua parcela de um dezesseis avos de sangue negro e sua esotérica e luxuosa roupa de Fauntleroy, que olhava com um terror fatalista aquela mulher soturna cor de café que andava de pés descalços até a porta e olhava para ele, que lhe dava não bolinhos finos, mas um grosseiro pão de milho untado com um grosseiro melaço (isso sub-repticiamente, não porque a mãe ou a aia não fossem gostar, mas porque a casa não tinha comida suficiente para se comer entre as refeições), dava, empurrava para ele com contida selvageria, e que o encontrou certa tarde brincando com um menino negro do seu tamanho na estrada fora dos portões e enxotou a criança negra para longe com uma violência calma e mortal e o mandou, o outro, voltar para casa numa voz da qual a ausência mesma de vituperação ou da raiva fazia parecer ainda mais mortal e fria.

"Sim, Clytie, que permaneceu impassível ao lado da carroça naquele último dia, acompanhando o segundo cerimonial até o túmulo com a almofada de seda e o guarda-sol e o frasco de cheiro, quando mãe e filho e aia partiram para New Orleans. E seu avô nunca soube se foi Clytie quem vigiou, manteve contato de alguma maneira, esperou o dia, o momento, chegar, a hora em que o menininho se tornaria órfão, e com isso foi ela mesma buscá-lo; ou se foi Judith que esperou e vigiou e mandou Clytie buscá-lo naquele inverno, aquele dezembro de 1871; — Clytie, que jamais se afastara da Centena de Sutpen para ir a um lugar mais longe do que Jefferson em toda a sua vida, mas que fez aquela viagem sozinha para New Orleans e retornou com a criança, o menino que agora tinha doze anos e parecia ter dez, numa das roupas de Fauntleroy já pequena para ele, mas também com um suéter novo grande demais que Clytie lhe comprara (e o fez usar, fosse contra o frio ou não seu avô tampouco poderia dizer) por cima, e com tudo o mais que possuía amarrado num grande lenço — essa criança que não sabia falar inglês assim como não sabia falar francês a mulher que o tinha encontrado, caçado, numa cidade francesa, e trazido, essa criança com um rosto não velho mas sem idade, como se não tivesse tido infância, não no sentido que a srta. Rosa Coldfield diz que não teve infância, mas como se não fosse um humano gerado, mas antes criado sem a agência de homem ou agonia de mulher e tornado órfão de nenhum ser humano (seu avô disse que ninguém se perguntava o que havia acontecido com a mulher, ninguém nem mesmo se importava: morte ou fuga ou casamento: ela que não iria de uma metamorfose — dissolução ou adultério — à seguinte levando consigo todos os velhos anos, os detritos acumulados a que chamamos memória, o *eu* reconhecível, mas mudando de fase a fase como a borboleta muda quando o casulo se abre, sem carregar nada do que era para o que é, sem deixar nada do que é para trás, mas elidindo completa, intacta e passiva para o avatar seguinte como a rosa ou a magnólia desabrochada elide de um junho fecundo para o próximo, sem deixar nenhum osso, nenhuma substância, nenhum pó de qualquer que seja a rendição morta, imaculada, desalmada e rica em qualquer lugar entre sol e terra), produzido já inteiro e sem estar sujeito a nenhum micróbio naquele labirinto saturado e fragrante de seda trançada como se fosse o espírito delicado e perverso, o símbolo, o pajem imortal da ancestral e imortal Lilith, entrando no mundo real não na idade de um segundo, mas de doze anos, com as roupas delicadas de sua condição de pajem já meio escondidas embaixo daquela sarja áspera e informe que fora cortada por uma máquina e era vendida aos milhões — uniforme e insígnia burlescos do burlesco trágico dos filhos de Cam — uma criança franzina e silenciosa que nem sequer falava inglês, subitamente retirada de fosse qual fosse a debacle em que a única vida que conhecia se desintegrara, por uma criatura a quem só tinha visto uma vez e que aprendera a temer, mas da qual não podia fugir, indefesa e passiva num estado que deve ter sido alguma incrível combinação de horror e confiança, pois, embora não pudesse sequer se comunicar com ela (eles fizeram, devem ter feito, a viagem daquela semana em um vapor, entre os fardos de algodão no convés de carga, comendo e dormindo com negros, e ele sem nem poder dizer a sua acompanhante quando estava com fome ou quando precisava se aliviar) e por isso ele não poderia ter feito mais do que suspeitar, presumir, para onde ela o estava levando, não poderia ter sabido nada com certeza, exceto que tudo o que já lhe fora familiar estava se desfazendo ao seu redor como fumaça, mas não esboçou nenhuma resistência, retornando silencioso e dócil àquela casa decadente que tinha visto apenas uma vez, onde a mulher feroz e sorumbática que viera pegá-lo vivia com a branca tranquila que nem mesmo era feroz, que não era nada exceto tranquila, que para ele nem tinha um nome ainda, mas que de alguma forma era tão estreitamente ligada a ele a ponto de ser a dona do único lugar na terra onde ele jamais vira sua mãe chorar; ele retornou, cruzou aquele estranho umbral, aquela irrevogável demarcação, não levado, arrastado, mas conduzido e pastoreado por aquela firme e implacável presença, para aquela família lúgubre e estéril em que até mesmo as roupas de seda que lhe restavam, a camisa, as meias e os sapatos delicados que ainda restavam para lembrá-lo do que um dia havia sido, desapareceram, fugiram de braços e tronco e pernas como se tivessem sido tecidas de quimeras ou fumaça. — Sim, dormindo na cama de rodinhas ao lado da de Judith, ao lado daquela mulher que olhava para ele e o tratava com uma gentileza fria, distanciada e inflexível mais desencorajadora do que a feroz e implacável vigilância da negra que, com uma espécie de humildade invencível e espúria, dormia numa enxerga no chão, e a criança deitada ali entre elas, insone, em algum hiato de desespero passivo e impotente consciente disso, consciente da mulher na cama de quem cada olhar e gesto dirigido a ele, de quem o toque mesmo das mãos capazes parecia no momento em que tocava seu corpo perder todo o calor e se imbuir de fria e implacável antipatia, e a mulher na enxerga a quem ele já passara a encarar da mesma maneira que um delicado animal selvagem sem garras e sem presas agachado em sua jaula numa impotente e desesperada similitude de ferocidade (e o seu avô disse: 'Sofrendo venham a Mim as criancinhas': e o que quis dizer com isso? se Ele quis dizer que criancinhas deviam ser *sofridas*, suportadas, para se aproximarem Dele, que espécie de terra Ele havia criado?; e se fosse que elas tinham de *sofrer* para se aproximarem Dele, que espécie de Céu Ele tinha?), esse animal poderia olhar para a criatura humana que o alimenta, que o alimentava, atirava comida que ele mesmo conseguia discernir que era a melhor disponível, comida que percebia ter sido preparada para ele por deliberado sacrifício, com aquela curiosa mistura de selvageria e piedade, de anseio e ódio; que o vestia e o lavava, atirava-o em tinas de água quente demais ou fria demais, mas contra o que ele não ousava fazer nenhum protesto, e o esfregava com panos e sabões ásperos, às vezes o esfregando com uma fúria reprimida, como se estivesse tentando lavar a leve coloração morena de sua pele, como quem vê uma criança esfregando uma parede muito depois do epíteto, do insulto a giz, ter sido apagado — deitado ali, insone, no escuro entre elas, sentindo-as insones também, sentindo-as pensar sobre ele, projetar-se em volta dele e preencher a solidão estrondosa de seu desespero com mais estrépito do que qualquer palavra poderia: *Você não está aqui nesta cama comigo, onde por nenhum erro ou culpa sua deveria estar, e não está aqui embaixo neste catre comigo, onde por ne-*

nhum erro ou culpa sua precisará estar e estará, não por nenhum erro ou culpa nossa, nós que não podemos fazer aquilo que não será como queremos, e esperaremos pelo que deverá ser.

"E o seu avô também não sabia exatamente qual delas lhe contou que ele era, devia ser, um negro, ele, que não poderia já ter ouvido ou reconhecido o termo 'crioulo', que nem mesmo tinha uma palavra equivalente na língua que conhecia, ele que nascera e fora criado numa cela repleta de sedas e almofadas, um vácuo que poderia até estar suspenso por um cabo no mar a mil braças de profundidade, onde a pigmentação não tinha mais valor moral do que as paredes de seda, o perfume e os abajures cor-de-rosa, onde as próprias abstrações que ele poderia ter observado — monogamia, fidelidade, decoro, gentileza e afeição — estavam tão genuinamente enraizadas na carne quanto os processos digestivos. Seu avô não sabia se ele afinal foi despejado da cama de rodinhas ou se a abandonou por vontade e desejo próprios; se quando chegou o momento em que sua tristeza e solidão ficaram calejadas, ele se retirou do quarto de Judith ou foi mandado embora dele para dormir sozinho no corredor (para onde Clytie deslocara também o seu catre) não num catre como o dela, mas numa cama de lona, elevada ainda e não por decreto de Judith, mas pela feroz, inexorável e espúria humildade da negra; e então a cama de lona foi deslocada para o sótão, e as poucas roupas (os trapos das sedas e outros tecidos finos em que ele chegara, as roupas ásperas de brim e outros materiais que as duas mulheres tinham comprado prontas ou feito para ele, e ele as aceitando sem agradecimento nem comentário, aceitando seu quarto de sótão sem agradecimento nem comentário, não pedindo nem fazendo alteração alguma em suas instalações espartanas que elas soubessem até aquele segundo ano, quando ele tinha catorze anos, e uma delas, Clytie ou Judith, encontrou escondido embaixo de seu colchão o pedaço de espelho: e quem sabe quantas horas de sofrimento atônito e sem lágrimas ele talvez tenha passado diante dele, examinando-se vestido nos farrapos delicados e pequenos demais que talvez nem lembrasse jamais ter usado antes, com silenciosa e incrédula incompreensão) penduradas atrás de uma cortina improvisada de um pedaço de tapete velho pregado num canto. E Clytie dormindo no vestíbulo abaixo, bloqueando a base da escada do sótão, impedindo sua fuga ou saída tão inexoravelmente quanto uma aia espanhola, ensinando-o a cortar lenha e trabalhar na horta e depois a plantar conforme sua força (sua resistência, melhor dizendo, pois ele sempre teria a constituição fraca e seria quase delicado) aumentava — o menino com sua constituição fraca e suas mãos femininas lidando com dificuldade com sabe-se lá qual avatar anônimo de Mula intratável, qual trágico e estéril palhaço que era seu companheiro acorrentado e seu complemento por baixo da maldição primeira do pai, pegando o jeito gradualmente, e elas duas, ligadas pelo selvagem símbolo masculino de aço e madeira, rasgando da fértil e rica terra feminina o milho para alimentar a ambas enquanto Clytie vigiava, sem nunca o perder de vista, com aquele cuidado ameaçador, feroz, inabalável e ciumento, correndo para fora sempre que qualquer um, fosse branco ou preto, parava na estrada como se para esperar o menino completar o sulco e pausar tempo suficiente para conversar, mandando o menino embora com uma única palavra dita baixinho ou mesmo um gesto, uma centena de vezes mais feroz do que o murmúrio uniforme de vituperação com que ela escorraçava o passante. Por isso ele (seu avô) acreditava que nem uma nem outra tinham sido responsáveis. Nem Clytie, que o vigiava como se ele fosse uma virgem espanhola, que mesmo antes de suspeitar que ele um dia iria viver lá, interrompera seu primeiro contato com um preto e o mandara para casa; nem Judith, que poderia ter se recusado a qualquer momento a deixá-lo dormir naquela cama de criança branca em seu quarto, que, mesmo se não houvesse conseguido se conformar com a ideia de ele dormir no chão, poderia ter obrigado Clytie a levá-lo para outra cama com ela, que teria feito dele um monge, um celibatário talvez, embora não um eunuco, que pode não ter permitido que ele se passasse por um estrangeiro, mas que certamente não o teria obrigado a se associar aos negros. Seu avô não sabia, apesar de saber mais que a cidade, a região, pois eles sabiam apenas que havia um menininho estranho vivendo por lá que aparentemente surgira de dentro da casa pela primeira vez com cerca de doze anos de idade, cuja presença não era nem mesmo inexplicável para a cidade e o condado, já que eles agora acreditavam saber por que Henry matara Bon, e se perguntavam apenas onde e como Clytie e Judith tinham conseguido escondê--lo esse tempo todo, acreditando agora que a mulher que enterrara Bon fora sua viúva de fato, ainda que não tivesse nenhum papel para comprová-lo, e somente seu avô, ele que, conquanto tivesse aqueles cem dólares e as instruções escritas pela mão de Judith para esse quarto túmulo em seu cofre naquela época, ainda não havia associado o menino à criança que vira dois anos antes, quando a oitavona viera ali para chorar no túmulo, somente ele especulando, incrédulo e chocado, para acreditar que a criança poderia ser de Clytie, gerada pelo pai no corpo da própria filha — um menino sempre avistado perto da casa com Clytie sempre por perto, depois um jovem aprendendo a arar e Clytie em algum lugar por perto também, e logo todos sabendo com que rígida e incansável vigilância ela descobria e frustrava qualquer tentativa de falarem com ele, e somente o seu avô para associar enfim o menino, o jovem, com a criança que estivera lá três ou quatro anos antes para visitar aquele túmulo; seu avô, a cujo escritório Judith veio naquela tarde cinco anos depois, e ele não conseguia se lembrar de quando a tinha visto em Jefferson antes — a mulher de quarenta anos então, com a mesma touca de sol de morim informe e desbotada, que se recusou até mesmo a se sentar, que apesar da máscara impenetrável que usava como rosto emanava uma terrível urgência, que insistiu para que eles fossem caminhando até o fórum enquanto ela falava, lhe contava, caminhando na direção da sala abarrotada onde a Corte do juiz de paz se reunia, a sala abarrotada em que entraram e onde seu avô o viu, o menino (só que um homem agora) algemado a um oficial, o outro braço numa tipoia e a cabeça enfaixada, pois eles o tinham levado primeiro ao médico, e seu avô foi aos poucos compreendendo o que acontecera, ou compreendendo o tanto que podia, pois a própria Corte não conseguiu extrair muito das testemunhas, as que tinham corrido e chamado o xerife, aquelas (excetuando-se aquela a quem ele causara um ferimento grave demais para que estivesse presente) com quem ele tinha brigado — num baile de negros realizado numa cabana a poucas milhas da Centena de Sutpen, e ele lá, presente, e seu avô sem saber com que frequência fizera aquilo antes, se tinha ido lá para participar da dança ou para o jogo de dados que acontecia na cozinha, onde a encrenca começou, encrenca que ele, e não os negros, começou segundo as testemunhas, e por nenhuma razão, por nenhuma acusação de trapaça, nada; e ele sem negar nada, sem dizer nada, recusando-se absolutamente a falar, sentado ali no tribunal, taciturno, pálido e calado: de modo que nessa altura toda a verdade, todas as provas desapareceram num emaranhado confuso de costas e cabeças e mãos e braços escuros de negros segurando achas de lenha e utensílios de cozinha e navalhas, com o homem branco sendo o ponto focal daquilo, usando uma faca que tirara de algum lugar, desajeitadamente, com evidente falta de habilidade e prática, mas com mortal intensidade e com uma força que sua constituição frágil desmentia, uma força composta de uma vontade pura e desesperada e de uma indiferença à punição e aos socos e talhos que ele recebeu em troca, mas nem mesmo pareceu sentir; nenhuma causa, nenhuma razão para aquilo; ninguém para jamais saber exatamente o que tinha acontecido, as maldições e imprecações que poderiam ter indicado o que fora que o levara a fazê-lo, e apenas seu avô para remexer, tatear, captar a presença daquele furioso protesto, aquela acusação enviada pelos céus, aquela luva atirada no rosto do mundo com um furioso e indomável desespero que o próprio demônio poderia ter exibido, como se a criança e depois o jovem o tivesse adquirido das paredes entre as quais o demônio tinha vivido, do ar em que ele um dia se movera e respirara até aquele momento em que o próprio destino que ele tinha desafiado lhe dera o troco; apenas o seu avô para sentir que, porque o juiz de paz e os outros presentes não o reconheceram, não reconheceram aquele homem franzino com a cabeça e o braço enfaixados, o rosto cor de oliva, soturno, impassível (e agora pálido), que se recusava a responder a qualquer pergunta, não fazia nenhuma declaração: de forma que o juiz (era o Jim Hamblett) já estava fazendo seu discurso de acusação quando o seu avô entrou, utilizando a oportunidade e a audiência para perorar, com os olhos já vidrados por aquela cessação de visão das pessoas que gostam de se ouvir falando em público: 'Nesta hora, enquanto nosso país luta para se erguer de sob o tacão de ferro de um tirano opressor, quando o próprio futuro do Sul como um lugar suportável para nossas mulheres e filhos viverem depende do trabalho de nossas próprias mãos, quando as ferramentas que temos que usar, das quais dependemos, são o orgulho, a integridade e a paciência dos homens negros e o orgulho, integridade e a paciência dos brancos; que você, afirmo, que um homem branco, um branco...', e o seu avô tentando chegar até ele, fazê-lo parar, tentando abrir caminho através da multidão, dizendo 'Jim, Jim, *Jim!*' e já sendo tarde demais, como se a própria voz de Hamblett o tivesse despertado enfim, ou como se alguém tivesse estalado os dedos debaixo do seu nariz e o tivesse acordado, e ele olhando para o prisioneiro agora, mas dizendo 'branco' de novo apesar de sua voz já definhar, como se a ordem de parar a voz tivesse sofrido um curto-circuito, e cada rosto na sala virado para o prisioneiro quando Hamblett gritou: 'Você é o quê? Quem é você e de onde veio?'.

"Seu avô livrou-o, anulou a acusação, pagou a multa, trouxe-o até seu escritório e falou com ele enquanto Judith esperava na antessala. 'Você é filho de Charles Bon', ele disse. 'Não sei', o outro respondeu, ríspido e taciturno. 'Você não se lembra?', perguntou o seu avô. O outro não respondeu. Então o seu avô lhe disse que ele precisava ir embora, desaparecer, dando-lhe dinheiro para partir: 'Seja você o que for, quando estiver entre estranhos, pessoas que não o conhecem, poderá ser o que bem quiser. Não se preocupe com nada; falarei com... com... Como você a chama?'. E ele tinha ido longe demais então, mas era tarde demais para parar; ficou ali sentado, olhando para aquele rosto imóvel que não tinha mais expressão que o de Judith, sem nenhuma esperança ou dor: apenas taciturno e inescrutável e olhando para baixo, para as mãos femininas e cheias de calos com as unhas rachadas que seguravam o dinheiro enquanto o seu avô pensava que não poderia dizer 'srta. Judith', já que isso pressuporia mais do que nunca o laço de sangue. Então ele pensou *Eu nem sei se ele quer escondê-lo ou não*. E disse srta. Sutpen. 'Direi à srta. Sutpen, não para onde você está indo é claro, porque eu mesmo não saberei. Mas apenas que você se foi, e que eu sabia que você ia e que ficará bem.'

"Então ele partiu, e o seu avô saiu a cavalo para contar a Judith, e Clytie veio até a porta e olhou direta e fixamente para o rosto dele e não disse nada e foi chamar Judith, e o seu avô esperou naquela sala escura e amortalhada e soube que não precisaria contar a nenhuma delas. Não seria necessário. Judith chegou após pouco tempo, ficou ali parada olhando para ele e disse:

'Acho que você não vai me contar'. — 'Não é que não vou, não posso', disse o seu avô. 'Mas não devido a alguma promessa que tenha feito a ele. Mas ele tem dinheiro; ficará...', e ele parou, com aquele menininho desamparado ali invisível entre eles, ele que tinha chegado ali oito anos antes com o suéter sobre o que restara de suas sedas e roupas finas, que tinha se tornado o jovem no uniforme — um chapéu esfarrapado e um macacão — de sua maldição ancestral, que tinha se tornado o jovem adulto com uma potência de jovem adulto, mas continuava sendo aquela criança solitária com sua roupa grosseira de brim e couro de cabra, e o seu avô falando aquelas palavras vãs e inúteis, as falácias especiosas e vazias a que chamamos conforto, pensando *Seria melhor se ele estivesse morto, melhor se jamais tivesse vivido*: e então pensando que recapitulação vã e vazia isso seria para ela se ele o dissesse, para ela que certamente já o dissera, pensara, mudando apenas a pessoa e o número. Ele voltou para a cidade. E então, na vez seguinte, não foram buscá-lo; ele ficou sabendo quando a cidade ficou sabendo: por aquela boataria de interior cuja fonte está entre negros, e ele, Charles Etienne Saint-Valery Bon, já havia retornado (não estava em casa de novo: havia retornado) antes de seu avô saber como tinha voltado, aparecido, com uma mulher preta retinta e simiesca e uma certidão de casamento autêntica, trazido de volta pela mulher, pois havia pouco levara uma surra tão dura que nem conseguia se manter sobre a mula manca e sem sela que montava enquanto a esposa caminhava ao lado para impedi-lo de cair; cavalgou até a casa e aparentemente atirou a certidão na cara de Judith com um pouco daquele desespero invencível com o qual atacara os negros no jogo de dados. E ninguém jamais saberia que história incrível existia por trás daquela ausência de um ano a que ele nunca se referiu, e que aquela mulher, que, mesmo um ano mais tarde e depois que o filho deles tinha nascido, ainda vivia naquele estado aterrorizado e de autômato em que chegara, não relatou, e é possível que não pudesse relatar, mas que pareceu exsudar gradualmente e por um processo de terrível e incrédula excreção como um suor de medo ou angústia: como ele a tinha conhecido, a tinha arrastado para fora de sabe-se lá qual buraco bidimensional (cujo próprio nome, fosse cidade ou vila, ela ou jamais conhecera ou o choque de seu êxodo tirara para sempre de sua mente e memória) da qual sua mentalidade fora capaz de extrair à força comida e abrigo, e se casado com ela, segurado sua mão com firmeza enquanto ela fazia o laborioso xis no registro antes mesmo de saber seu nome ou saber que ele não era branco (e este último fato ninguém havia descoberto então se ela sabia com certeza, mesmo depois que seu filho nasceu em um dos casebres arruinados dos escravos que ele reconstruiu depois de arrendar seu pedaço de terra de Judith); como depois disso passou-se cerca de um ano composto de uma sucessão de períodos de absoluta imobilidade, como um filme de cinema rompido, que o homem de cor branca que a tinha esposado passou deitado se recuperando do último espancamento que havia sofrido, em quartos fétidos em lugares — vilas e cidades — que tampouco tinham nomes para ela, quebrados por outros períodos, intervalos, de furiosa e incompreensível e aparentemente irracional movimentação, progressão — um torvelinho de rostos e corpos em que o homem se atirava, arrastando-a atrás de si, sem que ela soubesse do que ele fugia ou na direção do que ia, ou por qual fúria que não o deixava repousar era impelido, sendo que cada um deles acabava, terminava, como o período anterior, de modo que era quase um ritual — com o homem aparentemente caçando situações em que pudesse exibir o corpo simiesco da companheira retinta diante da cara de qualquer um que retaliasse: os estivadores e marinheiros negros dos vapores ou das espeluncas urbanas que achavam que ele era branco e acreditavam ainda mais intensamente nisso quando ele o negava; os brancos que, quando ele dizia que era negro, acreditavam que mentia para salvar a pele, ou pior: por pura embriaguez de perversão sexual; em qualquer caso, o resultado era o mesmo: o homem com corpo e membros quase tão leves e delicados quanto os de uma menina dava o primeiro soco, em geral desarmado e indiferente ao número de seus oponentes, com aquela mesma fúria e implacabilidade e indiferença física a dor e castigo, nem maldizendo nem ofegando, mas rindo.

"Assim ele mostrou a certidão a Judith e levou a mulher, com a gravidez já avançada, para o casebre arruinado que tinha escolhido consertar, e a instalou, a colocou como num canil, talvez apenas com um gesto, e voltou à casa. E ninguém jamais soube o que ocorreu naquela noite entre ele e Judith, em algum quarto sem tapete mobiliado com as cadeiras e outros móveis que elas não tinham tido que picar e queimar para cozinhar ou se aquecer, ou talvez para aquecer água para doentes ocasionais — a mulher que enviuvara antes de ter sido noiva, e o filho do homem que a deixara enlutada e de uma negra que era concubina hereditária, ele que não se ressentira de seu sangue negro, mas negara o branco, e que havia feito isso com um curioso e extravagante exagero em que estava inerente sua própria irrevogabilidade, quase exatamente como o próprio demônio o poderia ter feito. (*Porque houve amor,* disse o sr. Compson, *Houve aquela carta trazida e entregue a sua avó para guardar.* Ele (Quentin) podia vê-la tão claramente quanto via aquela que estava aberta sobre o livro didático aberto sobre a mesa à sua frente, branca com a letra escura de seu pai contra sua perna coberta de linho no crepúsculo de setembro, em que flutuavam o aroma do charuto, o aroma da glicínia e os vaga-lumes, e ele pensando *Sim. Ouvi demais, contaram-me demais; tive de ouvir demais, por tempo demais,* pensando *Sim,* Shreve soa quase exatamente como o pai: *aquela carta, e quem haveria de saber que restauração moral ela poderia ter contemplado na privacidade daquela casa, daquele quarto, naquela noite, que velhas tradições de ferro haviam sido deixadas para trás, já que ela vira quase tudo o mais que tinha aprendido a chamar de estável desaparecer como palhas numa ventania; ela sentada ali ao lado do lampião numa cadeira de espaldar reto, ereta, com a mesma roupa de morim a não ser pela touca de sol, que não estaria usando então, a cabeça descoberta, o cabelo que já fora cor de carvão raiado de cinza, enquanto ele a encarava, de pé. Ele não deve ter se sentado; talvez ela nem tenha lhe oferecido uma cadeira, e a voz fria e tranquila não estaria muito mais alta que o ruído da chama do lampião: 'Eu estava errada. Admito. Acreditei que havia coisas que ainda importavam somente porque um dia tiveram importância. Mas estava errada. Nada importa exceto o respirar, a respiração, saber e estar vivo. E a criança, a certidão, o papel. O que tem isso? Esse papel é entre você e uma mulher inescapavelmente negra; ele pode ser ignorado, ninguém ousará trazer o assunto à baila, assim como não ousariam falar de nenhuma outra travessura de um homem jovem em sua juventude turbulenta. E quanto à criança, tudo bem. Meu próprio pai não gerou uma? E que mal isso lhe fez? Nós até sustentaremos a mulher e a criança se você quiser; elas podem ficar aqui e Clytie vai...', observando-o, olhando para ele, mas não se movendo, imóvel, ereta, as mãos dobradas imóveis no regaço, mal respirando, como se ele fosse um pássaro ou animal selvagem que poderia alçar voo com a expansão e contração de suas narinas ou o movimento de seu peito: 'Não: Eu. Eu vou criá-la, ter certeza de que ela... Ela não precisa ter um nome; você não terá de vê-la de novo, nem se preocupar. Pediremos ao general Compson que venda parte das terras; ele o fará, e você poderá ir. Para o Norte, as cidades, onde não importará nem mesmo se — Mas eles não o farão. Não ousarão. Direi que você é filho de Henry e quem poderia ou ousaria contestar —' e ele ali parado, olhando para ela, ou não olhando, ela não saberia di-*

zer, pois seu rosto estaria abaixado — o rosto fino, imóvel e impassível, e ela olhando para ele, não ousando se mover, sua voz murmurando, bastante clara e bastante forte, mas quase sem chegar até ele: 'Charles': e ele: 'Não, srta. Sutpen': e ela de novo, ainda sem se mover, sem mexer um músculo sequer, como se estivesse parada do lado de fora do bosque de onde tentava atrair o animal que sabia que a estava observando, embora não o pudesse ver, sem se encolher, sem terror ou mesmo receio, mas naquela incorrigibilidade indócil e leve de quem é livre que não deixa sequer uma pegada na terra que levemente a sustentou, e ela sem ousar estender a mão com a qual poderia de fato tocá-lo, mas apenas falando com ele, sua voz suave e desfalecente, cheia daquela sedução, daquela promessa celestial que é a arma da mulher: 'Me chame de Tia Judith, Charles'.) Sim, e quem haveria de saber se ele disse alguma coisa ou nada, dando-lhe as costas, saindo, e ela ainda sentada ali, sem se mover, sem fazer um gesto, observando-o, ainda o vendo, penetrando paredes e escuridão também para vê-lo caminhar de volta pelo caminho coberto de mato entre os casebres desertos e desmoronados na direção daquele em que sua mulher esperava, trilhando o caminho espinhoso e cheio de pedras para o Getsêmani que decretara e criara para si, onde tinha se crucificado e descido de sua cruz por um momento e agora retornado a ela.

"Não o seu avô. Ele sabia apenas o que a cidade, o condado, sabia: que o menininho estranho que Clytie costumava vigiar e a quem tinha ensinado a cultivar a terra, ele que havia comparecido, já adulto, ao Tribunal de Justiça naquele dia com a cabeça enfaixada e um braço na tipoia e o outro numa algema, que havia desaparecido e depois retornado com uma esposa legítima parecendo uma coisa de zoológico, agora cultivava em parceria um pedaço da plantação de Sutpen, cultivava-o muito bem, em solitária e consistente economia dentro de suas limitações físicas, com o corpo e os membros que ainda pareciam frágeis demais para a tarefa que ele tinha se imposto, ele que vivia como um eremita no casebre que havia reconstruído e onde seu filho nascera recentemente, que não se relacionava nem com branco, nem com preto (Clytie não o vigiava agora; não precisava fazê-lo) e que foi visto em Jefferson apenas três vezes nos quatro anos seguintes para em seguida aparecer, ser denunciado, pelos negros, que pareciam temer ele ou Clytie ou Judith, como estando cega ou violentamente bêbado no distrito comercial negro da rua Depot, aonde seu avô ia e o levava embora (ou, se ele estivesse bêbado demais, se houvesse se tornado violento, era a polícia que o levava) e ficava com ele até sua esposa, a gárgula preta, conseguir atrelar a parelha na carroça e vir, sem nada de vivo nela afora olhos e mãos, colocá-lo no veículo e levá-lo para casa. De modo que eles nem deram pela falta dele na cidade, no começo; foi o secretário de Saúde do condado que contou ao seu avô que ele tinha contraído febre amarela, e que Judith o levara para a casa-grande e estava cuidando dele, e agora estava com a doença também, e o seu avô mandou-o notificar a srta. Coldfield e ele (seu avô) cavalgou até lá um dia. Não desmontou; ficou sentado no cavalo e chamou até Clytie olhar para ele de uma das janelas do andar de cima e lhe dizer 'A gente não precisamos de nada'. Menos de uma semana depois, seu avô ficou sabendo que Clytie tivera razão, ou pelo menos tinha agora, mas foi Judith quem morreu primeiro."

"Oh", disse Quentin — *Sim*, ele pensou, *demais, por tempo demais*, recordando como havia olhado o quinto túmulo e pensado que quem enterrou Judith deve ter temido que os outros mortos fossem pegar a doença dela, pois seu túmulo ficava do lado oposto do cercado, ainda dentro dele, mas o mais distante possível dos outros quatro, pensando *O pai não terá de dizer "pense" dessa vez*, porque ele soube quem havia encomendado e comprado aquela lápide antes de ler a inscrição nela, pensando, imaginando as cuidadosas instruções que Judith deve ter se obrigado a despertar (de um delírio, possivelmente) para escrever para Clytie quando percebeu que ia morrer; e como Clytie deve ter vivido durante os doze anos seguintes, enquanto criava a criança que tinha nascido no velho casebre de escravo e economizava e poupava o dinheiro para terminar de pagar a pedra pela qual Judith tinha pagado a seu avô os cem dólares vinte e quatro anos antes e como, quando seu avô tentou recusar o dinheiro, ela (Clytie) pôs a lata enferrujada cheia de moedas de cinco e dez centavos e cédulas puídas sobre a escrivaninha e saiu do escritório sem uma palavra. Ele teve que espanar as agulhas de cedro desta também, para ler, observando essas letras também se revelarem sob sua mão, perguntando-se em silêncio como as plantas poderiam ter se fixado ali, não terem virado cinzas no instante do contato com a cruel e implacável ameaça: *Judith Coldfield Sutpen. Filha de Ellen Coldfield. Nascida em: 3 de outubro de 1841. Sofreu as Indignidades e Angústias deste Mundo por 42 Anos, 4 Meses, 9 Dias, e partiu para o Repouso Eterno enfim em 12 de fevereiro de 1884. Refleti, Mortal: Lembrai a Vaidade e a Tolice e Vos Precavei*, pensando (Quentin) *Sim. Eu não precisei perguntar quem inventou essa, ergueu essa*, pensando *Sim, demais, por tempo demais. Eu não precisava escutar então, mas tive de ouvi-lo, e agora estou tendo de ouvir tudo de novo, porque ele fala como o pai: Vidas Lindas, as mulheres vivem. Do simples respirar elas extraem alimento e bebida de uma linda atenuação da irrealidade na qual as nuances e as silhuetas dos fatos — do nascimento e do luto, do sofrimento e da perplexidade e do desespero — se movem com o insubstancial decoro de brincadeiras de piqueniques, perfeitas em gesto e sem significação ou habilidade alguma de ferir. A srta. Rosa encomendou essa. Ela ordenou que o juiz Benbow providenciasse a lápide. Ele tinha sido o executor do espólio de seu pai, não nomeado por nenhum testamento, já que o sr. Coldfield não deixara testamento ou espólio, exceto a casa e as prateleiras pilhadas da loja. Então ela se autonomeou, se elegeu provavelmente em algum conclave de vizinhos e cidadãos que se reuniram para discutir a situação da srta. Coldfield e o que fazer com ela depois que perceberam que ninguém nesta terra, certamente nenhum homem ou comitê de homens, jamais conseguiria persuadi-la a voltar a morar com a sobrinha e o cunhado — os mesmos cidadãos e vizinhos que deixavam cestos de comida nos degraus de sua porta à noite, cestos cujo conteúdo (os pratos contendo a comida, os guardanapos que a cobriam) ela nunca lavava, mas devolvia sujo para o cesto vazio e o colocava de volta no mesmo degrau onde o tinha encontrado como se para realizar por completo a ilusão de que ele jamais existira ou, pelo menos, que ela nunca o tocara, o esvaziara, não saíra e recolhera o cesto com aquele ar que não tinha absolutamente nada de furtivo e nem mesmo de desafiador, ela que certamente provava a comida, criticava sua qualidade ou preparo, a mastigava e engolia e a sentia sendo digerida, mas que ainda se agarrava àquela ilusão, àquela calma e incorrigível insistência de que aquilo que a incontroversa evidência lhe diz que existe na verdade não existe, como as mulheres conseguem fazer — aquele mesmo autoengano que se recusava a admitir que a venda da loja tinha lhe rendido algo, que ela se tornara outra coisa que não uma completa indigente, ela que não aceitava o dinheiro real da venda da loja do juiz Benbow, mas aceitava o equivalente ao dinheiro (e, após alguns anos, mais do que o equivalente) de muitas maneiras: que usava meninos negros eventuais que porventura passassem pela casa, parando-os e mandando-os limpar seu quintal, e eles decerto tão conscientes quanto o resto da cidade de que não haveria nenhuma menção a pagamento por parte dela, que nem mesmo a veriam de novo embora soubessem que ela os estava vigiando de trás das cortinas de uma janela, mas que o juiz Benbow lhes pagaria — que entrava nas lojas e exigia artigos das prateleiras e vitrines da mesma maneira como exigira aquela lápide de duzentos dólares ao juiz Benbow e saía da loja com eles — que, com a mesma esperteza aberrante que se recusava a lavar os pratos e guardanapos dos cestos, se declinava a ter qualquer discussão de seus negócios com Benbow, pois devia saber que as somas que recebera dele já deviam havia anos ter excedido (ele, Benbow, tinha no escritório uma pasta, das grossas, com* Espólio de Goodhue Coldfield. Privado *escrito em cima com tinta indelével. Depois que o juiz morreu, seu filho Percy a abriu. Estava cheia de quadros com indicações de corridas e pules canceladas em cavalos dos quais nenhum homem sabia mais nem onde estavam os ossos, que tinham ganhado e perdido corridas na pista de Memphis quarenta anos antes, e um livro-caixa, uma cuidadosa tabulação com a letra do juiz, cada entrada indicando a data, o nome do cavalo e seu jóquei e se ele tinha ganhado ou perdido; e outra mostrando como, durante quarenta anos, ele colocara cada ganho e uma quantia equivalente a cada perda naquela conta mítica) o que quer que a loja tivesse rendido.*

Mas você não estava escutando porque sabia de tudo isso, ficara sabendo, já o absorvera sem precisar que fosse através da fala, absorvera de alguma forma por ter nascido e vivido ao lado disso, com isso, como as crianças fazem: assim, o que seu pai estava dizendo não lhe revelava nada, mas tocava com cada palavra as cordas ressonantes da sua memória, você que já tinha estado lá antes, visto aqueles túmulos mais de uma vez nas expedições errantes da infância cujo objetivo era mais do que a mera caça, assim como tinha visto a velha casa também, que conhecia sua aparência antes mesmo de vê-la, que crescera o suficiente para ir lá um dia com quatro ou cinco outros meninos do seu tamanho e idade, quando vocês desafiaram uns aos outros a chamar o fantasma, pois a casa tinha de ser mal-assombrada, não podia deixar de ser mal-assombrada, embora tivesse ficado ali vazia e inofensiva por vinte e seis anos sem que ninguém encontrasse ou relatasse a presença de algum fantasma, até que a carroça cheia de forasteiros vindos do Arkansas tentou parar e passar a noite nela e algo aconteceu antes mesmo de eles conseguirem começar a descarregar a carroça, o que foi eles não souberam, ou não puderam ou não quiseram contar, mas seja o que for os fez se enfiar de volta na carroça e obrigar as mulas a cruzarem a alameda a galope, tudo em cerca de dez minutos, para só parar quando chegaram a Jefferson — a casca apodrecida da casa, com seu pórtico quase caindo e as paredes descascando, suas venezianas arqueando e janelas fechadas com tábuas, ali no meio daquela propriedade que passara a ser do Estado e fora comprada e vendida e comprada e vendida de novo e de novo e de novo. Não, você não estava escutando; não precisava: e então os cães se agitaram, se levantaram; você ergueu os olhos e, tal como seu pai dissera que ele faria, Luster parou a mula e os dois cavalos na chuva a cerca de cinquenta metros dos cedros e ficou ali sentado com os joelhos recolhidos embaixo do saco de estopa, rodeado pelo vapor nebuloso dos animais acalorados como se estivesse olhando para você e seu pai de algum purgatório lúgubre e indolor. "Saia da chuva, Luster", seu pai disse. "Não vou deixar o velho coronel machucar você" — "Oceis vem e vamimbora pra casa", disse Luster. "Num tem mais caça hoje" — "Nós vamos nos molhar", seu pai disse. "Tive uma ideia: vamos até aquela casa velha. Podemos nos abrigar ali." Mas Luster não se mexeu, ficou ali sentado na chuva inventando razões para não ir até a casa — que o telhado estaria vazando ou que vocês três pegariam um resfriado sem um fogo ou que todos ficariam tão molhados antes de chegar à casa que a melhor coisa a fazer era voltar direto: e seu pai rindo de Luster, mas você sem rir tanto, porque, apesar de não ser negro como Luster, não era mais velho do que ele, e os dois haviam estado lá naquele dia quando os cinco, os cinco meninos da mesma idade, começaram a se desafiar mutuamente a entrar na casa muito antes de você alcançá-la, chegando pelos fundos, na velha rua dos alojamentos de escravos — uma selva de sumagres e caquizeiros e roseiras-bravas e madressilvas, e as pilhas podres do que já haviam sido paredes de madeira, chaminés de pedra e telhas entre a vegetação rasteira exceto uma delas, aquela; e você se aproximando; não viu nem sinal da velha a princípio porque estava observando o menino, aquele Jim Bond, o menino cor de sela grandalhão e de boca aberta alguns anos mais velho e maior do que você, que usava uma camisa remendada e desbotada, mas bastante limpa, e um macacão pequeno demais para ele, trabalhando na horta atrás do casebre: então você nem viu que ela estava lá até que todos vocês tiveram um sobressalto e giraram no mesmo segundo e a descobriram olhando para vocês de uma cadeira inclinada para trás encostada na parede do casebre — uma mulherzinha ressecada não muito maior que um macaco e que poderia ter qualquer idade até dez mil anos, usando uma volumosa saia desbotada e um pano de cabeça imaculado, com os pés descalços cor de café enrolados em volta da travessa da cadeira como fazem os macacos, fumando um pito de barro e observando vocês com olhos parecendo dois botões de sapato enterrados na miríade de rugas de sua cara cor de café, a mulher que simplesmente olhou para vocês e disse sem nem tirar o pito da boca e com uma voz quase como a de uma mulher branca: "O que vocês querem?", e depois de um momento um de vocês disse: "Nada", e então vocês todos saíram correndo sem saber qual começou a correr primeiro nem por quê, já que não estavam assustados, voltando pelos velhos campos alqueivados e arruinados pela chuva e sufocados por arbustos espinhosos até chegarem à velha cerca sinuosa e apodrecida e a cruzarem, pularem por cima dela, e então o mundo, a terra, o céu, as árvores e os bosques parecerem diferentes de novo, perfeitos de novo

"Sim", disse Quentin.

"E era desse que Luster estava falando naquele momento",

disse Shreve. "E o seu pai o estava olhando de novo porque você não tinha ouvido o nome antes, não tinha sequer pensado que ele devia ter um nome naquele dia em que o viu na horta, e você disse: 'Quem? Jim o quê?', e Luster disse: 'É ele. Minino di cor crara qui fica cum aquela veia', e seu pai ainda o estava olhando e você disse: 'Soletre', e Luster disse: 'Isso é uma palavra de adevogado. Qui eles põe ocê adibaixo dela quando a Lei apanha ocê. Eu soletra palavras de lê'. E aquele era o menino, o nome era Bond agora, e ele não se importaria com isso, ele que tinha herdado o que era da mãe e somente o que nunca poderia ser do pai. E se o seu pai tivesse perguntado a ele se era filho de Charles Bon, ele não só não teria sabido como não teria se importado: e se você tivesse lhe dito quem ele era, isso teria tocado aquilo que você (não ele) teria precisado chamar de a mente dele e desaparecido dela muito antes de ela poder esboçar alguma reação, seja de orgulho ou prazer, raiva ou tristeza?"

"Sim", disse Quentin.

"E ele viveu naquele casebre atrás da casa mal-assombrada por vinte e seis anos, ele e a velha que já devia ter mais de setenta anos, mas que não tinha nenhum cabelo branco embaixo daquele pano de cabeça, cuja pele não perdera a firmeza, mas parecia que havia envelhecido até um certo ponto, como acontece com as pessoas normais, e depois parado, e em vez de ficar grisalha e flácida ela começara a encolher, de forma que a pele de seu rosto e de suas mãos se fendeu em um milhão de minúsculas rugas reticuladas, e seu corpo apenas foi ficando menor e menor como algo sendo encolhido numa fornalha, como o habitante de Bornéu faz com suas cabeças capturadas — ela que poderia perfeitamente ter sido o fantasma se fosse mesmo necessário um, se houvesse alguém desocupado o suficiente para ficar espreitando a casa, o que não havia; se houvesse algo nela para proteger de gatunos, o que não havia; se houvesse sobrado qualquer um deles para se esconder ou precisar se ocultar nela, o que não havia. E contudo, essa velhota, essa Tia Rosa, lhe contou que havia alguém se escondendo por lá e você disse que era Clytie ou Jim Bond e ela disse Não e você disse que tinha de ser porque o demônio estava morto e Judith estava morta e Bon estava morto e Henry tinha partido para tão longe que nem mesmo deixara um túmulo: e ela disse Não e então você foi até lá, atravessou doze milhas à noite numa charrete e encontrou Clytie e Jim Bond lá dentro e disse Está vendo? E ela (a Tia Rosa) disse ainda Não e então você seguiu em frente: e tinha mesmo?

"Sim."

"Espere aí", disse Shreve. "Pelo amor de Deus, espere.")

VII

Não havia neve no braço de Shreve agora, manga alguma cobrindo seu braço agora: somente o antebraço e a mão lisos como os de um querubim voltando para perto da luz do lampião e tirando um cachimbo da lata de café vazia em que ele o guardava, enchendo-o e acendendo. Então está menos vinte lá fora, pensou Quentin; logo ele subirá a janela e respirará fundo, punhos cerrados e nu da cintura para cima, no orifício cálido e róseo que dava para o pátio gelado. Mas ele ainda não fizera isso, e agora o momento, a ideia, estava uma hora atrasada e o cachimbo repousava, fumado, emborcado e frio, com um leve salpico de cinzas em sua volta, sobre a mesa, diante dos braços rosados de pelos claros cruzados de Shreve enquanto ele observava Quentin por trás das duas luas opacas de seus óculos, que refletiam a luz. "Então ele simplesmente queria um neto", disse Shreve. "Isso era tudo o que desejava. Meu Deus, o Sul é ótimo, não é? É melhor que uma peça de teatro, não é? É melhor do que Ben Hur, não é? Não espanta que vocês tenham que sair de lá de vez em quando, não é?"

Quentin não respondeu. Permaneceu imóvel de frente para a mesa, com as mãos pousadas nos dois lados do livro didático sobre o qual a carta repousava: o retângulo de papel dobrado ao meio e agora aberto, três quartos aberto, metade da massa levantada devido à alavanca da velha dobra, em flutuante e paradoxal levitação, repousando num ângulo no qual ele jamais poderia tê-la lido, decifrado, mesmo sem essa distorção adicional. Contudo, ele parecia estar olhando para ela, ou pelo que Shreve podia discernir, estava mesmo, com o rosto um pouco abaixado, pensativo, quase taciturno. "Ele falou sobre isso com o meu avô", disse ele. "Sobre aquela vez em que o arquiteto escapou, tentou escapar, para a baixada do rio e voltar para New Orleans ou onde quer que fosse, e ele..." ("O demônio, hein?", disse Shreve. Quentin não respondeu, não parou de falar, sua voz tranquila, curiosa, um pouco sonhadora, mas ainda com aquela nuance de estupefação taciturna, de fúria reprimida: de modo que Shreve, também imóvel, parecendo, com seus óculos e mais nada (da cintura para baixo a mesa o ocultava; qualquer um que entrasse no quarto teria pensado que ele estava completamente nu), uma efígie barroca feita de massa de bolo colorida por alguém com uma leve afinidade de pesadelo com o perverso, o observava com uma curiosidade absorta e intensa.) "... e ele mandou um recado para o meu avô", disse Quentin, "e alguns outros e saiu com os cães e os pretos selvagens e caçou o arquiteto e o obrigou a se entocar numa caverna na parte de baixo da margem do rio dois dias depois. Isso foi no segundo verão, quando eles tinham acabado de fazer todo o tijolo e tinham assentado os alicerces e a maior parte das madeiras grandes estava cortada e desbastada, e um dia o arquiteto não aguentou mais, ou ficou com medo de morrer de fome, ou de que os pretos selvagens (e quem sabe o coronel Sutpen também) ficassem sem boia e o comessem, ou quem sabe tenha ficado com saudade de casa, ou talvez apenas tenha precisado ir embora..." ("Talvez ele tivesse uma namorada", disse Shreve. "Ou talvez apenas quisesse ter uma. Você disse que o demônio e os pretos tinham apenas duas." Quentin não respondeu a isso também; talvez não tenha ouvido mais uma vez, falando com aquela voz curiosa, contida e calma, como se conversasse com a mesa ali em frente ou o livro sobre ela ou a carta sobre o livro ou suas mãos pousadas em cada lado do livro.) "... e aí ele foi. Pareceu desaparecer em plena luz do dia, bem do meio de vinte e uma pessoas. Ou talvez tenha sido apenas Sutpen que se distraiu, e os pretos o viram partir e não acharam isso digno de menção; que, sendo homens selvagens, eles provavelmente não sabiam o que o próprio Sutpen pretendia e ele nu na lama com eles o dia todo. Por isso, acho que os pretos nunca souberam para que o arquiteto estava ali, o que supostamente devia fazer ou ter feito ou podia fazer ou o que era, por isso talvez tenham achado que Sutpen o mandara, dissera-lhe que fosse embora e se afogasse, que fosse embora e morresse, ou talvez apenas que fosse. Então ele foi, mergulhou no rio em plena luz do dia, com seu colete bordado e sua gravata de Fauntleroy e um chapéu de deputado batista, provavelmente levando o chapéu na mão, correu para dentro do pântano e os pretos ficaram olhando até ele sumir de vista e depois voltaram ao trabalho e Sutpen só deu pela sua falta à noite, na hora da janta provavelmente, e os pretos lhe contaram o que havia acontecido e ele declarou feriado no dia seguinte porque teria que sair e pedir uns cachorros emprestados. Não que teria precisado de cães, com seus pretos para rastrear, mas talvez achasse que os hóspedes, os outros, não estariam acostumados a rastrear com pretos e esperariam os cães. E meu avô (ele era jovem também nessa época) trouxe um pouco de champanhe e alguns dos outros trouxeram uísque e eles começaram a se reunir por lá um pouco antes do pôr do sol, na casa de Sutpen, que nem sequer tinha paredes ainda, que não era nada ainda exceto algumas pilhas de tijolos afundadas no solo, mas não tinha importância porque eles não foram para a cama de qualquer forma, contou meu avô, simplesmente se sentaram ao pé do fogo com o champanhe e o uísque e um quarto do último veado que Sutpen tinha matado, e perto da meia-noite o homem com os cães chegou. Então já era dia, e os cães tiveram alguma dificuldade no começo porque alguns dos pretos selvagens tinham percorrido cerca de uma milha da trilha só por diversão. Mas eles encontraram a trilha enfim, os cães e os pretos indo pelo rio e a maioria dos homens cavalgando ao longo da sua borda onde a marcha era boa. Mas meu avô e o coronel Sutpen foram com os cães e os pretos, porque Sutpen tinha medo de que os pretos pudessem apanhar o arquiteto muito antes de ele chegar. Ele e meu avô tiveram que caminhar um bocado, mandando um dos pretos para conduzir os cavalos ao redor dos lugares ruins até eles poderem montá-los de novo. Meu avô disse que estava um tempo ótimo e a pista era muito boa, mas Sutpen disse que teria sido ótimo se o arquiteto simplesmente tivesse esperado até outubro ou novembro. E assim ele contou ao meu avô um pouco sobre si próprio.

"O problema dele era a inocência. De repente ele descobriu não o que queria fazer, mas o que precisava fazer, tinha de fazer quisesse ou não, porque se não o fizesse sabia que jamais poderia viver consigo mesmo o resto de sua vida, jamais viver com o que todos os homens e mulheres que haviam morrido para fabricá-lo tinham deixado dentro dele para passar adiante, com todos os mortos esperando e vigiando para ver se ele ia fazê-lo direito, ajeitar as coisas direito para poder olhar na cara não só dos velhos mortos, mas de todos os vivos que viriam depois dele quando fosse um dos mortos. E que, no exato momento em que descobriu o que era, descobriu que essa era a última coisa no mundo que estava preparado para fazer, porque não só não soubera que teria de fazer aquilo, como nem sequer sabia que aquilo existia para ser desejado, para precisar ser feito, até atingir quase catorze anos de idade. Porque nasceu em West Virginia, nas montanhas onde —" ("Não em West Virginia", disse Shreve. — "O quê?", disse Quentin. "Não em West Virginia", disse Shreve. "Porque se ele tinha vinte e cinco anos no Mississippi em 1833, nasceu em 1808. E ainda não existia a West Virginia em 1808 porque..." "Tudo bem", disse Quentin. "...West Virginia só passou a ser parte..." "Tudo bem, tudo bem", disse Quentin. "... dos Estados Unidos em..." "Tudo bem, tudo bem, tudo bem", disse Quentin.) "... onde as poucas outras pessoas que conhecia viviam em cabanas de madeira fervilhando de crianças, como aquela em que ele nasceu — homens e meninos crescidos que caçavam ou se deitavam no chão diante do fogo enquanto as mulheres e as meninas mais velhas passavam sobre eles para chegar ao fogo e cozinhar, onde as únicas pessoas de cor eram índios e só se olhava para elas por sobre a mira dos rifles, onde ele jamais tinha ouvido falar de, nem imaginado, um lugar, uma terra dividida toda certinha e que de fato era a propriedade de homens que não faziam outra coisa senão cavalgar nela em belos cavalos ou sentar-se em belas roupas nas varandas de casas-grandes enquanto outras pessoas trabalhavam para elas; ele nem sequer imaginava que existia uma maneira de viver ou de querer viver, ou que todos os objetos que existem para ser desejados existiam, ou que os que possuíam os objetos não só poderiam menosprezar os que não os possuíam como poderiam ser apoiados no menosprezo não só pelos outros que possuíam os objetos também como por aqueles mesmos menosprezados que não possuíam objetos e sabiam que nunca possuiriam. Porque, onde ele vivia, a terra pertencia a qualquer um e a todos, e assim o homem que se desse ao trabalho de cercar um pedaço dela e dizer 'Isto é meu' era maluco; e quanto aos objetos, ninguém tinha mais deles do que você, porque cada um tinha apenas o que fosse forte o bastante ou vigoroso o bastante para pegar e guardar, e só aquele maluco dar-se-ia ao trabalho de pegar ou mesmo querer mais do que poderia comer ou trocar por pólvora e uísque. Então ele nem mesmo sabia que existia um país todo dividido e arrumado certinho, com um povo vivendo nele todo dividido, e arrumado certinho de acordo com a cor de pele que por acaso tinham e aquilo que por acaso possuíam, e onde alguns homens não só tinham poder de vida e morte e troca e venda sobre outros, como possuíam seres humanos vivos para realizar as infinitas e repetitivas tarefas pessoais, tais como servir o uísque da jarra, e colocar o copo em suas mãos, ou tirar-lhes as botas para eles irem para a cama, que todos os homens tinham de fazer por si próprios desde o começo dos tempos e teriam de fazer até morrerem e que nenhum homem jamais gostou ou gostará de fazer, mas que nenhum homem que ele conhecia jamais tinha pensado em evitar assim como não pensara em evitar o esforço de mastigar, engolir e respirar. Quando ele era criança, não prestava atenção nas vagas e nebulosas histórias sobre o esplendor de Tidewater[*] que penetravam até em suas montanhas, porque na época não entendia o que as pessoas queriam dizer, e quando se tornou um menino não prestava atenção nelas porque não havia nada ao redor com o que se pudesse comparar e aferir o que contavam as histórias e assim dar às palavras vida e significado, e nenhuma chance de que ele jamais fosse entendê-las (e certamente nenhuma crença ou ideia de que um dia talvez entendesse), e porque estava ocupado demais fazendo as coisas que os meninos fazem; e quando chegou à juventude e a própria curiosidade exumou as histórias que ele não sabia ter ouvido e sobre as quais não sabia ter especulado, ele ficou interessado e teria gostado de ver os lugares uma vez, mas sem inveja ou desgosto, porque simplesmente

---

[*] Os fazendeiros ricos da Virgínia costumavam viver na região de Tidewater. [N.T.]

achava que algumas pessoas eram geradas em um lugar e algumas em outro, algumas geradas ricas (sortudas, ele poderia dizer delas) e algumas não, e que (assim ele contou ao meu avô) os próprios homens tinham pouco a ver com essa escolha, e com menos desgosto ainda porque (isso ele contou ao meu avô também) jamais lhe ocorrera que algum homem devesse considerar um acaso como esse como lhe concedendo autoridade ou permissão para menosprezar outros, quaisquer outros. Por isso ele mal tinha ouvido falar de um mundo assim até que caiu nele.

"É assim que foi. Eles caíram nele, a família inteira, retornaram à costa da qual o primeiro Sutpen viera (quando um navio cheio de prisioneiros chegou ao Novo Mundo, provavelmente), despencou de cabeça para baixo em Tidewater devido à simples altitude, elevação e gravidade, como se qualquer leve amarra que a família tivera (ele comentou alguma coisa com o meu avô sobre sua mãe ter morrido naquela época, e sobre seu velho ter dito que ela era uma mulher bonita e cheia de energia, e que ele iria sentir a sua falta; e sobre como tinha sido a mulher que fizera com que seu pai conseguisse chegar aonde chegou na direção do Oeste) na montanha houvesse se rompido, e agora o grupo todo, do pai às filhas crescidas e até uma que nem conseguia andar ainda, deslizou das montanhas patinando numa espécie de coerência acelerante, relaxada e inerte como uma coleção imprestável de destroços num rio cheio, movendo-se por alguma automotivação perversa como objetos inanimados às vezes fazem, para trás, contra a corrente, cruzando o planalto da Virgínia e entrando nas planícies baixas perto da desembocadura do rio James. Ele não sabia por que tinham se movido, ou não se lembrava da razão, se algum dia a soube — se era otimismo, esperança no peito do pai ou nostalgia, pois não sabia de onde seu pai viera exatamente, se do interior para o qual eles retornaram ou não, e nem sequer sabia se o pai sabia, se lembrava, queria se lembrar e reencontrar o lugar; não sabia se alguém, algum viajante, tinha falado ao pai sobre algum lugar ou tempo em que tudo era mais fácil, alguma maneira de escapar da dificuldade de obter comida e se manter aquecido na montanha, ou se talvez alguém que seu pai conhecera um dia ou que conhecera seu pai um dia e se lembrara dele por acaso pensara nele, ou alguém aparentado dele que havia tentado esquecê-lo e não conseguiu totalmente mandou buscá-lo e ele obedeceu, indo não pelo emprego prometido mas para o ócio, tendo fé talvez no parentesco para escapar da labuta, se era parentesco, ou em sua própria inércia e em sabe-se lá quais deuses que o tinham protegido até então se não era. Mas tudo ele..." ("O demônio", disse Shreve) "... não sabia, ou lembrava, se jamais ouvira, se jamais haviam lhe dito o motivo da mudança ou não. Tudo o que lembrava era que uma manhã o pai acordou e disse às filhas mais velhas para embalarem toda a comida que tinham, e alguém enrolara o bebê e alguém mais jogou água no fogo e eles desceram a montanha caminhando até onde existiam estradas. Eles tinham uma carreta cambaia de duas rodas e dois bois mancos agora. Ele contou ao meu avô que não lembrava exatamente onde nem quando nem como seu pai a havia arranjado e, como ele (ele tinha dez anos na época; os dois irmãos mais velhos haviam saído de casa algum tempo antes e não se ouvira mais falar deles) guiava os bois, pois quase imediatamente após conseguirem a carreta seu pai deu início à prática de realizar aquela parte da translação dedicada ao movimento estirado de costas na carreta, largado entre as colchas, lampiões, baldes, trouxas de roupas e crianças, roncando álcool. Foi assim que ele contou. Não lembrava se foram semanas ou meses ou um ano que eles viajaram (só sabia que uma das garotas mais velhas saíra da cabana solteira e continuava solteira quando eles finalmente pararam, mas havia se tornado mãe antes de perderem de vista a última cadeia de montanhas azuis), se foi inverno e depois primavera e depois verão que os alcançaram e passaram por eles na estrada, ou se eles alcançaram e passaram em lenta sucessão as estações à medida que desciam, ou se foi a própria descida que o fez, e eles não progredindo em paralelo ao tempo, mas descendo perpendicularmente por temperatura e clima — um (não seria possível chamar de um período, porque, tal como ele o recordava ou como disse ao meu avô que recordava, não foi algo que teve um começo definido ou um fim definido. Talvez uma atenuação seja melhor) — uma atenuação que ia de uma espécie de inércia furiosa e imobilidade paciente, enquanto eles ficavam sentados na carreta diante das portas de botecos e tavernas e esperavam o pai beber até cair, até um tipo de locomoção onírica e sem destino depois que tiravam o velho de qualquer galpão ou alpendre ou celeiro ou valeta que fosse e o enfiavam na carreta de novo, e durante a qual não pareciam progredir nada, mas apenas permanecer suspensos enquanto a própria terra se alterava, tornando-se mais chata e ampla, deixando de ser o abrigo montanhoso onde todos tinham nascido e ascendendo e subindo ao redor deles como uma maré em que os rostos estranhos, rudes e duros perto das portas de boteco onde o velho estava acabando de entrar ou acabando de ser carregado ou atirado para fora (e dessa vez por um preto enorme que mais parecia um touro, o primeiro homem negro, escravo, que eles jamais tinham visto, e que surgiu com o velho sobre o ombro como um saco de farinha e com a boca — do preto — cheia de riso e cheia de dentes como lápides) emergiam e desapareciam e eram substituídos; a terra, o mundo, erguendo-se a sua volta e deslizando para trás como se a carroça andasse sobre uma esteira (e agora era primavera e agora verão, e eles ainda estavam se movendo para um lugar que jamais tinham visto e que nem podiam imaginar, quanto mais desejar ir para lá; e saídos de um lugar, um pequeno ponto perdido num morro para onde provavelmente nenhum deles saberia voltar — exceto talvez o quase sempre inconsciente pai, que fez um período da jornada acompanhado pelos elefantes e serpentes cor de framboesa que parecia estar buscando), trazendo para dentro e então retirando de seu espanto sóbrio e estático de caipira os rostos e lugares estranhos, e tanto os rostos como os lugares — botecos e tavernas virando aldeias, aldeias virando vilas, vilas virando cidades, e a região agora achatada com boas estradas e campos e pretos trabalhando nos campos enquanto homens brancos montados em belos cavalos os vigiavam, e mais belos cavalos e homens em belas roupas que tinham no rosto uma expressão diferente da dos homens da montanha perto das tavernas, onde nem permitiam ao velho entrar pela porta da frente, e das quais seus modos de montanha na hora de beber o faziam ser expulso antes de ele ter tempo de se embebedar pra valer (de forma que agora começaram a avançar depressa) e nada de risos e zombarias na hora da expulsão agora, ainda que o riso e as zombarias tivessem sido duros e sem muita gentileza.

"Foi assim que ele o adquiriu. Tinha aprendido a diferença que havia não só entre homens brancos e negros, mas estava aprendendo que havia uma diferença entre brancos e brancos, não mensurável por levantar bigornas ou arrancar olhos ou quanto uísque você podia beber e depois se levantar e sair andando da sala. Ele tinha começado a discerni-lo sem estar consciente disso ainda. Continuava achando que aquilo era mera questão de onde você fora gerado e como; se tinha sorte ou não; e que os sortudos teriam ainda menos vontade do que os sem sorte de tirar vantagem daquilo ou receber méritos por aquilo, de sentir que lhes dava qualquer outra coisa além de sorte; achava que eles seriam ainda mais gentis com os desafortunados do que os desafortunados jamais precisariam ser com eles. Ele iria descobrir isso tudo mais tarde. Lembrava-se de quando o descobriu, porque isso aconteceu no mesmo segundo em que descobriu a sua inocência. Não foi o segundo, o momento, que tardara; foi a chegada a ele, o momento em que devem ter percebido, acreditado por fim que não estavam mais viajando, se movendo, indo a algum lugar — não foi o estar parado enfim e mais ou menos instalados num lugar, porque já tinham feito isso na estrada; ele se recordava de como certa vez a diferença gradual de conforto entre a presença e ausência de sapatos e roupas quentes ocorreu em um lugar: um estábulo onde o bebê da irmã tinha nascido e, assim ele contou ao meu avô, até onde se lembrava, até onde localizava o ocorrido no tempo passado, sido gerado também. Porque agora eles estavam finalmente parados. Ele não sabia onde estavam. Por algum tempo, durante os primeiros dias ou semanas ou meses, o instinto de mateiro que ele tinha adquirido do meio onde crescera ou que talvez lhe tivesse sido transmitido pelos dois irmãos que haviam desaparecido, um dos quais fora tão longe na direção oeste que chegara ao rio Mississippi, certa vez — o instinto transmitido a ele junto com as roupas usadas de couro de gamo e outras que eles deixaram na cabana quando partiram para sempre —, e que ele tinha aguçado por prática de menino em caça miúda e coisas assim, o manteve orientado o suficiente para que pudesse (assim disse) encontrar o caminho de volta para a cabana da montanha. Mas isso era passado agora, o momento em que ele, pela última vez, poderia ter dito exatamente onde nascera tinha ficado semanas, meses (talvez um ano, aquele ano, pois foi nessa época que ele ficou confuso sobre a sua idade e nunca conseguiu saber com certeza qual era de novo, de modo que contou ao meu avô que podia ser um ano mais velho ou mais novo do que pensava) para trás. Então ele não sabia nem de onde viera, nem onde estava nem por quê. Apenas estava lá, cercado pelos rostos, quase todos os rostos que já conhecera (embora o número deles estivesse diminuindo, minguando, a despeito dos esforços da irmã solteira que muito em breve, assim ele contou ao meu avô, e ainda sem nenhum casamento, teve outro bebê, diminuindo por causa do clima, do calor, da umidade), vivendo numa cabana que era quase uma réplica da cabana da montanha, exceto que não ficava exposta ao vento forte, mas do lado de um grande rio plano que às vezes nem parecia correr e até corria para trás de vez em quando, onde suas irmãs e irmãos pareciam adoecer depois do almoço e morrer antes da refeição seguinte, onde batalhões de pretos com homens brancos vigiando plantavam e colhiam coisas das quais nunca tinha ouvido falar (o velho fazia alguma coisa também além de beber agora. Pelo menos, ele saía da cabana depois do café da manhã e retornava sóbrio para jantar, e os alimentava de alguma maneira), e o homem que era dono de toda a terra e dos pretos e aparentemente dos homens brancos que fiscalizavam o trabalho morava na maior casa que ele jamais vira e passava a maior parte da tarde (ele contou como se arrastava por entre os arbustos emaranhados do gramado e ficava deitado, escondido, para observar o homem) numa rede feita com aduelas de barril pendurada entre duas árvores, descalço, com um preto que vestia todos os dias roupas melhores do que as que ele ou seu pai e suas irmãs jamais haviam possuído ou esperado um dia possuir que não fazia nada além de abaná-lo e lhe trazer bebidas; e ele (tinha onze ou doze ou treze agora, porque foi nessa época que percebeu que havia perdido irrevogavelmente a contagem de seus anos) ficava ali deitado durante a tarde toda enquanto as irmãs vinham de vez em quando até a porta da cabana a duas milhas de distância e gritavam para ele trazer lenha ou água, observando o homem que não só usava sapatos no verão também, mas nem mesmo precisava calçá-los.

"Mas ele ainda não sentia inveja do homem que observava. Cobiçava os sapatos e, provavelmente, teria gostado que seu pai tivesse um macaco em roupas finas para lhe entregar o garrafão e trazer a lenha e a água para a cabana para suas irmãs lavarem e cozinharem e manterem a casa aquecida, pois assim ele não teria de fazê-lo. Talvez até percebesse, compreendesse, o prazer que teria proporcionado a suas irmãs se os vizinhos (outros brancos como eles, que viviam em outras cabanas não tão bem construídas e nem de longe tão bem mantidas e preservadas como aquelas nas quais os escravos pretos viviam, mas que ainda assim eram envoltos pela aura brilhante da liberdade que os alojamentos de escravos não tinham, apesar de seus telhados sólidos e caiação) as vissem sendo servidas por um criado. Porque ele não só ainda não tinha perdido a inocência como ainda não descobrira que a possuía. Não invejava o homem, assim como não teria invejado um montanhês que tivesse um ótimo rifle. Teria cobiçado o rifle, mas teria ele próprio apoiado e confirmado o orgulho e o prazer de proprietário com a sua propriedade, porque não poderia ter concebido o proprietário tirando uma vantagem tão crassa da sorte que o rifle lhe dava em relação aos outros a ponto de dizer a outros homens: *Como eu tenho este rifle, meus braços e pernas e sangue e ossos são superiores aos seus*, exceto em relação ao resultado vitorioso de uma luta com rifles: e como seria possível um homem lutar com outro homem com pretos elegantemente vestidos e o fato de que poderia se deitar numa rede todas as tardes sem os sapatos? e pelo que estaria ele lutando se o fizesse? Ele nem sabia que era inocente naquele dia em que o pai o mandou à casa-grande com a mensagem. Não se lembrava (ou não disse) qual era a mensagem, aparentemente ainda não sabia bem o que o pai fazia (ou talvez supostamente devia fazer), que trabalho o velho realizava na plantação — um rapaz de treze ou catorze anos, ele não sabia qual dos dois, em roupas que o pai havia obtido com o inspetor da plantação e usado até gastar e que uma das irmãs tinha remendado e cortado para servir nele, e ele tão consciente da aparência que tinha com elas ou da possibilidade de que qualquer outro notaria sua aparência quanto era consciente de sua própria pele, seguindo a estrada e virando no portão e seguindo a alameda ascendente, passando pelo local onde mais pretos sem nada para fazer o dia todo além de plantar flores e aparar grama estavam trabalhando, e afinal chegando à casa, à varanda, à porta da frente, pensando em como ia enfim ver o seu interior, ver o que mais poderia ter o homem que podia ter um preto especialmente para lhe trazer a bebida e tirar os sapatos que ele nem mesmo precisava usar, sem que lhe ocorresse em nenhum momento que o homem não ficaria tão contente de lhe mostrar o inventário de suas coisas quanto o homem da montanha teria ficado de mostrar o polvorinho e o molde de balas que vinham com o rifle. Porque ainda era inocente. Ele o sabia sem estar consciente disso; contou ao meu avô como, antes de o preto macaco que tinha vindo até a porta ter acabado de dizer o que disse, ele meio que pareceu se dissolver, e uma parte dele pareceu se virar e correr de volta pelos dois anos em que eles tinham vivido ali, como quando a gente passa por um quarto depressa e olha todos os objetos nele e aí se vira e volta pelo quarto de novo e olha todos os objetos pelo outro lado e descobre que nunca os tinha visto antes, correndo de volta por aqueles dois anos e vendo uma dezena de coisas que haviam acontecido e que ele nem mesmo tinha visto antes: a maneira silenciosa e sem brilho que suas irmãs mais velhas e as outras mulheres brancas de sua raça tinham de olhar os pretos, não com medo ou pavor, mas com uma espécie de antagonismo especulativo, não por algum fato ou motivo conhecido, mas herdado por ambos, brancos e negros, a sensação, o eflúvio dele passando entre as mulheres brancas nas portas das cabanas em ruínas e os pretos na estrada, e que não era perfeitamente explicável pelo fato de que os pretos tinham roupas melhores, e que os pretos não devolviam como antagonismo ou em nenhum sentido de desafio ou insulto, mas através do simples fato de aparentemente serem indiferentes àquilo, indiferentes demais (você sabia que podia bater neles, disse ele ao meu avô, e eles não revidariam nem mesmo resistiriam. Mas você não queria, porque eles (os pretos) não eram a coisa na qual você queria bater; você sabia que se batesse neles estaria apenas batendo num balão de brinquedo com um rosto pintado, um rosto liso, escorregadio, esticado e prestes a cair na gargalhada, e por isso não ousava golpeá-lo, porque ele apenas estouraria e você preferia deixá-lo ir para longe a ficar ali na gargalhada.) — as conversas noturnas ao pé do fogo quando eles tinham companhia ou haviam ido fazer uma visita depois da janta em outra cabana, as vozes das mulheres bastante sóbrias, calmas até, mas cheias de uma qualidade sombria e taciturna e somente um dos homens, geralmente seu pai bêbado, a desabafar numa ríspida recapitulação de seu próprio mérito, do respeito que sua própria habilidade física exigia de seus camaradas, e o garoto de treze ou catorze ou talvez doze anos sabendo que os homens e as mulheres estavam falando sobre a mesma coisa, embora ela nunca tivesse sido mencionada, como quando as pessoas falam sobre privação sem mencionar o cerco, sobre doença sem jamais dar nome à epidemia; uma tarde em que ele e a irmã estavam caminhando pela estrada e ele ouviu a carruagem vindo por trás e saiu da frente e depois percebeu que a irmã não ia abrir caminho, que ela continuava andando no meio da estrada com uma espécie de implacabilidade taciturna aparente até mesmo no ângulo de sua cabeça, e ele gritou para ela: e então foi tudo poeira e cavalos empinando e fivelas de arreio e eixos de rodas brilhando; ele viu dois guarda-sóis na carruagem e o cocheiro preto com um chapéu-coco gritando: 'Iááá, dona! Sai daí da frenti!', e depois estava acabado, terminado: a carruagem e a poeira, os dois rostos embaixo dos guarda-sóis olhando com fúria para a irmã: e então ele estava atirando torrões de terra inúteis atrás da poeira que rodopiava, sabendo agora, enquanto o mordomo preto vestido de macaco bloqueava a porta com o corpo ao falar, que não havia sido no cocheiro preto que ele atirara, que havia sido na própria poeira levantada pelas rodas altivas e delicadas, e que fora em vão; uma noite quando seu pai voltou já bem tarde para casa, cambaleando para dentro da cabana; ele podia sentir o cheiro do uísque mesmo quando ainda estava embotado pelo sono interrompido, e ouviu aquela mesma feroz exultação, justificação, na voz do pai: 'Nós açoitemo um dos preto de Pettibone hoje', e ele acordou com isso, despertou com isso, perguntando qual dos pretos de Pettibone e o pai disse que não sabia, nunca tinha visto o preto antes: e ele perguntou o que o preto tinha feito e o pai disse: 'Com mil demônios, aquele maldito filho da puta preto, o Pettibone' — e como sem saber, já que ainda não descobrira a inocência, ele devia ter dado o mesmo sentido à pergunta que o pai dera à resposta: nenhum preto real, nenhuma criatura viva, carne viva para sentir dor e se contorcer e gritar. Ele até parecia vê-los: a escuridão perturbada por tochas no meio das árvores, os rostos ferozes e histéricos dos brancos, o rosto de balão do preto. Talvez as mãos do preto estivessem amarradas ou alguém as segurasse, mas tudo bem, porque não era com essas mãos que o cara de balão lutaria e se contorceria tentando se soltar, não o cara de balão: ele simplesmente estava suspenso entre eles, levitando, liso como um pedaço de papel fino. Então alguém desferiria no balão um único golpe desesperado e desesperador e então lhe pareceria vê-los fugindo, correndo, com todos a sua volta, ultrapassando-os e passando e seguindo adiante e depois retornando para subjugá-los de novo, as ondas estrondosas de risada alegre sem sentido, altas e apavorantes. E agora ele estava parado diante daquela porta branca com o preto macaco barrando a passagem e olhando com desprezo para ele em suas roupas de brim pequenas e remendadas e sem sapatos, e não acho que jamais havia tentado passar um pente no cabelo, porque isso seria uma das coisas que suas irmãs teriam mantido bem escondidas. Ele jamais tinha pensado no próprio cabelo ou nas roupas, ou no cabelo ou roupas de qualquer pessoa, até que viu aquele preto macaco, que por nenhum mérito seu acontecera de ter tido a felicidade de ser criado numa casa em Richmond talvez, olhando... ("Ou talvez mesmo em Charleston", Shreve murmurou.) "... para eles e ele nem mesmo lembrava o que o preto tinha dito, como foi que o preto havia falado com ele, mesmo antes de ter tido tempo de dizer o motivo por que tinha vindo, para nunca mais vir até aquela porta da frente de novo, mas dar a volta pelos fundos.

"Ele nem se lembra de sair de lá. De repente, estava correndo e já a alguma distância da casa, e não ia na direção da sua cabana. Não estava chorando, disse. Nem mesmo zangado. Mas precisava pensar, por isso estava indo a um lugar onde pudesse ficar quieto e pensar, e sabia onde seria. Foi para o bosque. Contou que não falou para si mesmo para onde ir: seu corpo, seus pés, simplesmente foram para lá — um lugar onde uma trilha de caça entrava por um bambuzal e onde um carvalho tinha caído sobre ela formando uma espécie de caverna onde ele guardava uma chapa de ferro em que às vezes cozinhava caça miúda. Disse que rastejou para dentro da caverna, sentou-se com as costas apoiadas nas raízes reviradas e pensou. Porque ainda não havia entendido. Ainda nem sequer tinha percebido que seu problema, seu obstáculo, era inocência, porque não seria capaz de perceber isso até entender. Por isso estava procurando entre o pouco que tinha para chamar de experiência alguma coisa com a qual comparar aquilo, e não conseguiu encontrar nada. Disseram-lhe para dar a volta pelos fundos antes mesmo de ele poder transmitir seu recado, ele que descendia de uma gente cujas casas não tinham portas dos fundos, mas só janelas, e qualquer um que estivesse entrando ou saindo por uma janela estaria ou se escondendo ou fugindo, e ele não estava fazendo nenhuma dessas coisas. Na verdade, viera a negócios, na boa-fé dos negócios que acreditara que todos os homens aceitavam. É claro que não esperara ser convidado para comer, pois o tempo, a distância de uma caçarola de comida para a seguinte, não precisava ser medido em horas ou dias; talvez nem tivesse esperado ser convidado a entrar na casa. Mas esperava ser ouvido porque viera, fora enviado, para tratar de algum negócio que, embora não se lembrasse do que era e na época (ele disse) talvez nem houvesse compreendido, certamente estava de alguma maneira relacionado com a plantação que sustentava e preservava aquela linda casa branca e aquela linda porta branca decorada com detalhes em metal e até as roupas finas e meias de seda em que o preto macaco estava metido quando lhe disse para dar a volta pelos fundos antes de ele sequer poder informar o que queria. Era como se houvesse sido mandado com uma massa de chumbo ou mesmo algumas balas moldadas para que o homem que possuía o belo rifle pudesse dispará-lo, e o homem viesse até a porta e lhe dissesse para deixar as balas num toco da beira do mato, nem mesmo permitindo-lhe chegar perto o bastante para olhar o rifle.

"Porque ele não estava zangado. Insistiu em dizer isso ao meu avô. Estava apenas pensando, porque sabia que alguma coisa teria de ser feita àquele respeito; ele teria de fazer alguma coisa para viver consigo mesmo pelo resto da vida e não sabia o que por causa daquela inocência que acabara de descobrir que tinha, com a qual (a inocência, não o homem, a tradição) teria de competir. Ele não tinha nada com que comparar e medir aquilo exceto a analogia do rifle, e isso não fazia sentido. Estava muito tranquilo em relação àquilo, contou ele, ali sentado com os braços ao redor dos joelhos na sua pequena cova ao lado da trilha de caça onde mais de uma vez, quando o vento estava na direção certa, vira passar veados a menos de três metros de distância, argumentando consigo mesmo silenciosa e calmamente, enquanto ambos os debatedores concordaram que seria bom se houvesse outra pessoa, alguém mais velho e mais esperto para perguntar. Mas não havia, havia somente ele; os dois dele dentro daquele corpo de treze ou talvez catorze ou talvez já quinze anos, que nunca mais saberia ao certo que idade tinha, argumentando silenciosos e calmos: *Mas eu posso atirar nele.* (Não no preto macaco. O problema não era o preto, assim como não tinha sido o preto que seu pai ajudara a espancar naquela noite. O preto era apenas outro rosto de balão, liso e esticado, com aquela risada doce, alta e terrível, de modo que não ousava estourá-lo, olhando para ele pela porta entreaberta durante aquele instante em que, antes que se desse conta, algo dentro dele tinha escapado e — como fora incapaz de fechar os olhos desse algo — estava olhando para o mundo de dentro do rosto de balão, assim como o homem que nem precisava usar os sapatos que tinha, a quem o riso que o balão encerrava mantinha barricado e protegido de gente como ele, olhando de fosse qual fosse o lugar invisível onde ele (o homem) por acaso estava no momento, observando o menino do lado de fora da porta obstruída em suas roupas remendadas e pés descalços esparramados no chão, olhando através do menino e para além dele, ele próprio vendo seu pai e suas irmãs e irmãos como o dono, o homem rico (não o preto) devia tê-los visto desde sempre — como gado, criaturas pesadas e desprovidas de graça, brutalmente evacuadas num mundo sem esperança e propósito para elas, que por sua vez gerariam outras com brutal e perversa prolixidade, povoariam, duplicariam, triplicariam e se multiplicariam, encheriam espaço e terra com uma raça cujo futuro seria uma sucessão de roupas ajustadas e remendadas e dadas de pai para filho compradas a juros exorbitantes porque elas eram pessoas brancas, em lojas onde os pretos recebiam roupas de graça, tendo por única herança aquela expressão num rosto de balão estourando de rir que tinha olhado para algum progenitor esquecido e sem nome que batera à porta quando ele era um menininho e a quem um preto mandara dar a volta pelos fundos): *Mas eu posso atirar nele*: e o outro: *Não. Isso não faria nenhuma diferença*: e o primeiro: *O que faremos então?* E o outro: *Não sei*: e o primeiro: *Mas eu posso atirar nele. Poderia ir me arrastando até lá por aqueles arbustos e ficar ali deitado até ele sair para deitar na rede e atirar nele*: e o outro: *Não. Isso não faria nenhuma diferença*: e o primeiro: *Então, o que faremos?* E o outro: *Não sei*.

"Agora ele estava com fome. Era antes do almoço quando tinha ido à casa-grande, e agora não havia sol nenhum onde ele estava acocorado, embora ainda pudesse ver alguns raios no topo das árvores a sua volta. Mas seu estômago já lhe dissera que era tarde e que seria mais tarde ainda quando chegasse em casa. E então ele disse que começou a pensar *Casa. Casa* e que pensou a princípio que estava tentando rir, e que ficou dizendo para si mesmo que era riso, mesmo depois de saber que não era isso; sua casa, aquilo que viu quando saiu da mata e se aproximou, ainda escondido, e olhou para ela — as toscas paredes de madeira meio apodrecidas, o telhado abaulado cujas telhas que faltavam eles não substituíam, mas apenas colocavam panelas e baldes embaixo das goteiras, o cômodo de teto baixo que usavam como cozinha e que não tinha problema, porque no tempo bom não importava que não tivesse chaminé e eles nem tentavam usá-lo quando chovia, e sua irmã bombeando ritmicamente para cima e para baixo numa tina no quintal, de costas para ele, disforme num vestido de morim e um par de sapatos do velho com os cadarços desamarrados e rebolando em torno de seus calcanhares nus, com os quadris largos como os de uma vaca, o próprio trabalho que ela estava fazendo embrutecedor e estupidamente desproporcional a sua recompensa: a essência primária do trabalho, da labuta, reduzida à crueza absoluta que somente um animal poderia suportar; e agora (ele disse) ele pensando pela primeira vez sobre o que diria ao pai quando o velho lhe perguntasse se tinha entregado a mensagem, se mentiria ou não, pois se mentisse seria descoberto talvez na hora, pois provavelmente o homem já tinha enviado um preto para saber por que o que quer que seu pai deixara de fazer, e pelo que mandara por ele uma desculpa para não fazer, não tinha sido feito — se é que fora aquele o recado que ele tivera para dar, e (dado o pai que tinha) provavelmente era. Mas não aconteceu de imediato, porque o pai dele ainda não estava em casa. Então foi apenas a irmã, como se ela tivesse estado esperando não pela lenha, mas apenas pela sua volta, pela oportunidade de usar suas cordas vocais, importunando-o e mandando-o buscar lenha, e ele não se recusando, não objetando, apenas não a ouvindo, sem prestar nenhuma atenção nela porque ainda estava pensando. Então o velho chegou e a irmã lhe contou e o velho o mandou buscar a lenha: e ainda nada foi dito sobre o recado enquanto comiam a janta nem quando ele foi se deitar no estrado onde dormia e onde ia para a cama simplesmente se deitando, só que não para dormir agora, e ele ficou apenas deitado ali com as mãos por trás da cabeça e ainda nada foi dito sobre aquilo, e ele ainda sem saber se ia mentir ou não. Porque ele contou que a parte terrível daquilo ainda não tinha lhe ocorrido, e ficou só ali deitado enquanto os dois discutiam em seu interior, falando ordenadamente um de cada vez, ambos calmos, até se inclinando para trás para serem calmos e razoáveis e não rancorosos: *Mas eu posso matá-lo. — Não. Isso não faria nenhuma diferença — Então o que devemos fazer sobre isso? — Não sei*: e ele apenas escutando, não muito interessado, disse, escutando os dois sem ouvir. Porque o que estava pensando agora, ele não pedira. Estava apenas lá, natural para um menino, uma criança, e ele não prestando atenção naquilo fosse porque era o que um menino teria pensado, e ele sabia que para fazer o que tinha de fazer de modo a poder viver consigo mesmo, teria de entender tudo como um homem faria, pensando *O preto nem me deu a chance de dizer para ele do que se tratava e assim ele* (o preto agora tampouco) *não saberá e seja o que for não será feito e ele não saberá que não será feito até que seja tarde demais, por isso ele vai pagar pelo menos esse tanto pelo que mandou o preto fazer, e se fosse para dizer que o estábulo, a casa, estava pegando fogo e o preto nem mesmo me deixasse dizer, avisar* e então ele disse que de repente não era pensamento, era alguma coisa gritando quase alto o suficiente para suas irmãs no outro estrado e seu pai na cama com as duas mais novas e enchendo o quarto com seu ronco de álcool ouvirem também: *Ele nem me deu a chance de dizer. Nem de dizer, falar*: e aquilo rápido demais, confuso demais para ser pensamento, tudo meio que gritando para ele ao mesmo tempo, fervendo para fora e para cima dele como a risada do preto: *Ele nem me deu a chance de dizer e papai não me perguntou se eu contei para ele ou não, e assim ele nem mesmo pode saber que papai lhe enviou alguma mensagem, e assim se ele a recebeu ou não, não tem importância, nem mesmo para papai; eu fui até aquela porta para aquele preto me dizer para nunca ir até aquela porta da frente de novo, e eu não só não estava fazendo nenhum bem para ele contando ou nenhum mal para ele por não contar, como não há nenhum bem nem mal neste mundo inteiro que eu possa fazer a ele*. Foi assim, ele disse, como uma explosão — um clarão brilhante que desapareceu e não deixou nada, nem cinzas nem resíduos: apenas uma planície sem fim com a forma nítida de sua inocência intacta elevando-se como um monumento; aquela inocência instruindo-o de forma tão serena quanto os outros que haviam falado, usando sua própria analogia do rifle para fazê-lo, e quando ela disse *eles* em vez de *ele*, queria dizer mais do que todos os homens frágeis e mortais sob o sol que poderiam se deitar em redes a tarde toda sem sapatos: 'Se você estivesse se preparando para enfrentar o homem com o rifle bom, a primeira coisa que faria seria conseguir a coisa mais perto de um rifle bom que pudesse tomar emprestada ou roubar ou fazer, não seria?', e ele disse Sim. 'Mas isso não é uma questão de rifles. Então para enfrentá--los você precisa ter o que eles têm, aquilo que os faz fazer o que o homem fez. Precisa ter terra e pretos e uma bela casa para enfrentá-los. Entendeu?', e ele disse Sim de novo. Ele partiu naquela noite. Despertou antes do dia clarear e partiu da mesma maneira como fora para a cama: levantando-se do estrado e andando na ponta dos pés para fora da casa. Nunca tornou a ver sua família.

"E ele foi para as Índias Ocidentais." Quentin não se movera, nem mesmo levantara a cabeça para sair da postura de quem cismava com a carta aberta que jazia sobre o livro didático aberto, suas mãos pousadas sobre a mesa diante dele em cada lado do livro e da carta, metade da qual se erguia devido à dobra transversal sem precisar de apoio, como se tivesse aprendido pela metade o segredo da levitação. "Foi assim que Sutpen contou." Ele e meu avô estavam sentados num tronco agora, porque os cães tinham perdido o rastro. Isto é, tinham acuado a caça para uma árvore — uma árvore da qual ele (o arquiteto) não poderia ter escapado, mas que certamente tinha escalado, porque eles encontraram a haste nova com os seus suspensórios ainda amarrados numa ponta que ele havia usado para subir na árvore, embora no começo não tivessem conseguido compreender por que os suspensórios, e isso foi três horas antes de compreenderem que o arquiteto usara arquitetura, física, para os enganar, assim como um homem sempre volta àquilo que conhece melhor num momento de crise — o assassino vai assassinar, o ladrão roubar, o mentiroso mentir. Ele (o arquiteto) sabia que havia os pretos selvagens, mesmo que não pudesse saber que Sutpen conseguiria obter cães; escolhera aquela árvore e arrastara aquele tronco atrás dele e calculara tensão e distância e trajetória e cruzara um vão até a árvore mais próxima que um esquilo voador não poderia ter cruzado, e viajara dali de árvore em árvore por quase uma milha até colocar os pés no chão de novo. Passaram-se três horas até que um dos pretos selvagens (os cães não saíram da árvore; eles insistiam que ele estava nela) descobriu onde ele tinha descido. Então ele e o meu avô ficaram sentados no tronco conversando, e um dos pretos selvagens voltou ao acampamento para pegar a boia e o resto do uísque e eles chamaram os outros homens com cornetas e eles comeram, e ele contou ao meu avô um pouco mais enquanto esperavam.

"Ele foi para as Índias Ocidentais. Foi assim que Sutpen contou: não disse como conseguiu descobrir onde ficavam as Índias Ocidentais, nem de onde partiam os navios que iam para lá, nem como chegou aonde os navios estavam e embarcou num deles, nem como se entendeu com o mar, nem sobre as agruras da vida de marinheiro, e ela deve ter sido dura de fato para ele, um rapaz de catorze ou quinze anos que nunca tinha estado antes no oceano, lançando-se ao mar em 1823. Ele apenas disse: 'Aí fui para as Índias Ocidentais'; ali sentado no tronco com o meu avô enquanto os cães ainda ladravam para a árvore em que acreditavam que o arquiteto estava porque ele tinha de estar lá — dizendo isso da mesma maneira como naquele dia trinta anos mais tarde, quando estava sentado no escritório do meu avô (em suas roupas finas agora, apesar de estarem um pouco puídas e gastas pelos três anos de guerra, com dinheiro tilintando no bolso e a barba no apogeu também: barba, corpo e intelecto naquele apogeu que todas as partes diferentes que formam um homem alcançam, quando ele pode dizer *Fiz tudo o que me propus a fazer e poderia parar por aqui se quisesse e nenhum homem poderia me acusar de ser preguiçoso, nem mesmo eu* — e talvez esse seja o instante que o Destino sempre escolhe para lhe dar uma cacetada, só que o pico parece tão sólido e estável que o começo da queda permanece escondido durante algum tempo — dizendo-o com a cabeça um pouco jogada para cima, naquela atitude que ninguém jamais soube exatamente de quem imitara ou se talvez não teria aprendido no mesmo livro com o qual ensinara a si mesmo as palavras, as frases pomposas com que o meu avô disse que ele sempre pedia a você um fósforo para o charuto ou lhe oferecia um charuto — e não havia nada de vaidade, nada de cômico nisso tampouco, disse meu avô, por causa daquela inocência que ele nunca perdera, porque depois que ela finalmente lhe disse o que fazer naquela noite ele havia se esquecido dela e não sabia que ainda a tinha) e ele disse ao meu avô — disse-lhe, repare; não se desculpando, não pedindo por piedade; não explicando, não pedindo alguma clemência: apenas contou ao meu avô como havia abandonado a primeira esposa como faziam os reis dos séculos XI e XII: 'Descobri que ela não era e nunca poderia ser, embora não fosse culpa dela, auxiliar ou incremental para o projeto que eu tinha em mente, por isso me certifiquei de que estaria bem cuidada e a abandonei' — contando ao meu avô naquele mesmo tom enquanto estavam sentados no tronco esperando os pretos voltarem com os outros convidados e o uísque: 'Aí fui para as Índias Ocidentais. Tive alguma instrução escolar durante uma parte de um inverno, o suficiente para ter aprendido algo sobre elas, para perceber que seriam muito apropriadas para a conveniência de meus requisitos'. Ele não se lembrava de como viera a frequentar a escola. Isto é, por que seu pai de repente tinha decidido enviá-lo, que visão ou vulto nebuloso poderia ter tomado forma a partir da bruma formada por álcool, surras em pretos e esquemas para evitar o trabalho a que seu velho chamava de mente — que imagem, não de ambição ou de glória, não de ver o filho se aprimorar para seu próprio bem, nem sequer de algum instante cego de revolta contra a mesma casa cujas goteiras deviam ter pingado em uma centena de famílias como a dele, que vieram, viveram embaixo daquele teto e desapareceram sem deixar vestígio, nada, nem mesmo trapos e louças quebradas, mas provavelmente de mera vingança contra um ou dois homens, fazendeiros, que ele parecera invejar de vez em quando. Seja como for, ele foi mandado à escola durante cerca de três meses num certo inverno — um adolescente de treze ou catorze numa sala repleta de crianças três ou quatro anos mais novas do que ele e três ou quatro anos mais avançadas, e ele não só devia ser mais alto que o professor (o tipo de professor que estaria ensinando numa escala rural de um só cômodo em meio a um punhado de plantações em Tidewater), como também bem mais viril, ele que devia levar para a escola, além da reserva sóbria e vigilante de montanhês, uma boa dose de insubordinação latente da qual não teria mais consciência do que tinha, no início, de que o professor sentia medo dele. Não devia ser intratabilidade e talvez tampouco fosse orgulho, mas talvez apenas a autoconfiança que surge das montanhas e da solidão, pois pelo menos parte do seu sangue (sua mãe era uma montanhesa, uma escocesa que, assim disse ele ao meu avô, nunca tinha aprendido a falar inglês direito) fora gerada nas montanhas, mas, fosse o que fosse, era algo que o proibia de consentir em memorizar somas insípidas e coisas do gênero, mas que lhe permitiu escutar quando o professor lia em voz alta. — Mandado à escola, 'onde', ele disse ao meu avô, 'aprendi pouco, exceto que a maioria dos feitos, tanto os bons como os maus, os que suscitaram opróbrio ou aplausos e recompensas, dentro do escopo das habilidades humanas, já havia sido realizada e só podia existir nos livros. Então eu escutava quando ele lia para nós. Agora percebo que, na maioria dessas ocasiões, ele recorria à leitura em voz alta só quando via que tinha chegado o momento em que toda a classe estava a ponto de se levantar e sair da sala. Mas, fosse qual fosse a razão, ele lia para nós e eu, seja como for, escutava, embora não soubesse que naquele escutar estava me preparando melhor para o que mais tarde me proporia a fazer do que se tivesse aprendido todas as adições e subtrações do livro. Foi assim que fiquei sabendo das Índias Ocidentais. Não onde elas ficavam, embora se tivesse sabido na época que esse conhecimento algum dia me serviria teria aprendido isso também. O que aprendi foi que existia um lugar chamado Índias Ocidentais para onde os homens pobres iam, em navios, e ficavam ricos, não importava como, desde que o homem tivesse inteligência e coragem: a segunda qualidade eu acreditava que possuía, a primeira eu acreditava que, se pudesse ser aprendida através da energia e da vontade na escola, do empenho e da experiência, eu aprenderia. Lembro-me de uma tarde quando a escola já estava fechada, fiquei esperando pelo professor (ele era um homem miúdo que parecia sempre empoeirado, como se tivesse nascido e vivido toda a vida em sótãos e despensas), barrei seu caminho. Lembro-me de que ele teve um sobressalto quando me viu, e como naquele momento pensei que, se eu o agredisse, não haveria nenhum clamor resultante, mas apenas o som do soco e um sopro de poeira no ar como quando você bate num tapete pendurado num varal. Eu lhe perguntei se era verdade, se o que ele lia para nós sobre os homens que ficaram ricos nas Índias Ocidentais era verdade. 'Por que não?', ele respondeu, recuando. 'Você não me ouviu lendo isso no livro?' — 'Como eu sei que o que você leu estava no livro?', eu disse. Eu era tão ingênuo assim, tão roceiro assim, entende? Ainda não tinha aprendido a ler meu próprio nome; embora já estivesse indo à escola por quase três meses, suponho que não sabia mais do que quando havia entrado na sala de aula pela primeira vez. Mas tinha de saber, entende? Talvez um homem se prepare para o futuro de mais de uma maneira, se prepare não só para o corpo que será o seu amanhã ou no próximo ano, mas para os atos e para os irrevogáveis atos subsequentes que resultarão deles que seus sentidos e seu intelecto, devido a sua fraqueza, não conseguem antever, mas que dali a dez ou vinte ou trinta anos ele realizará, terá de realizar para sobreviver ao ato. Talvez tenha sido esse instinto e não eu que agarrou um de seus braços quando ele recuou (não duvidei realmente dele. Penso que mesmo então, mesmo naquela idade, percebi que ele não poderia ter inventado aquilo, que lhe faltava aquele algo que é necessário a um homem para capacitá-lo a enganar até mesmo uma criança através da mentira. Mas entenda, eu precisava ter certeza, tinha de usar o método que estivesse ao meu alcance para ter certeza. E não havia nada mais para pegar além dele), ele olhando para mim com raiva e começando a se debater, e eu o segurando e dizendo — estava muito calmo, muito calmo; só precisava ter certeza — dizendo: 'E se eu for até lá e descobrir que não é verdade?', e ele guinchando agora, gritando: 'Socorro! Socorro!', de modo que o larguei. Então, quando chegou a hora em que percebi que, para realizar meu projeto, precisaria antes de mais nada, e mais do que qualquer outra coisa, de dinheiro em quantidade considerável e no futuro bem imediato, lembrei-me do que ele tinha lido para nós e fui para as Índias Ocidentais.'

"Aí os outros convidados começaram a chegar, e depois de algum tempo os pretos voltaram com a cafeteira e uma perna de veado e o uísque (e uma garrafa de champanhe que eles não tinham visto, contou meu avô) e Sutpen parou de falar por algum tempo. Ele não contou mais nada da história até eles terem comido e estarem sentados fumando enquanto os pretos e os cães (eles tiveram que arrastar os cachorros para longe da árvore, mas especialmente do tronco ao qual estavam amarrados os suspensórios do arquiteto, como se o tronco não só fosse a última coisa que o arquiteto havia tocado, mas a coisa que sua exultação havia tocado quando tinha visto outra chance de enganá-los, e assim não era apenas o homem, mas a exultação também que os cães farejavam e que os enlouquecia) se espalhavam em todas as direções, indo cada vez mais longe até que pouco antes de o sol se pôr um dos pretos gritou e ele (ele não falava fazia algum tempo, meu avô disse, apoiado ali sobre um cotovelo, usando as botas boas e as únicas calças que tinha e a camisa que vestira quando saíra da lama e se lavara depois de perceber que ele mesmo teria de caçar o arquiteto se o quisesse com vida, provavelmente, não falando e talvez nem mesmo escutando enquanto os homens falavam de algodão e política, apenas fumando o charuto que meu avô tinha lhe dado e olhando para as brasas do fogo e talvez fazendo de novo aquela viagem às Índias Ocidentais que fizera quando tinha catorze anos e nem mesmo sabia para onde estava indo ou se chegaria lá ou não, sem ter como saber se os homens que diziam que o navio ia para lá estavam mentindo ou não, assim como não soubera se o professor estava ou não dizendo a verdade sobre o que lera no livro. E ele nunca contou se a viagem foi difícil ou não, tudo o que deve ter tido de suportar para fazê-la. É claro que teve de suportar muito, mas acreditava então que tudo o que era preciso era coragem e astúcia, e uma ele sabia que tinha e a outra acreditava que podia aprender se pudesse ser ensinada, e foi provavelmente a dificuldade da viagem que o confortou e o convenceu de que os homens que disseram que o navio ia para as Índias Ocidentais não tinham mentido para ele, porque naquela época, disse meu avô, provavelmente não teria acreditado em nada que fosse fácil.) — ele disse: 'Lá está', e se levantou, e todos saíram e descobriram onde o arquiteto tinha descido de novo, com uma vantagem de quase três horas. De modo que eles tinham que andar depressa agora e não havia muito tempo para conversar, ou pelo menos, disse meu avô, ele não parecia ter a intenção de retomar a história. Então o sol se pôs e os outros homens tiveram de voltar para a cidade; eles todos foram exceto o meu avô, porque ele queria ouvir um pouco mais. Então ele mandou um recado pelos outros (também ainda não estava casado na época) de que não iria para casa, e ele e Sutpen continuaram até não haver mais luz. Dois dos pretos (eles estavam a treze milhas do acampamento de Sutpen a essa altura) já tinham voltado para pegar cobertores e mais comida. Então ficou escuro e os pretos começaram a acender nós de pinho e eles prosseguiram ainda mais um pouco, ganhando todo o terreno que podiam, pois sabiam que o arquiteto teria tido que se entocar pouco depois de escurecer para não ficar andando em círculos. Era assim que o meu avô se lembrava daquilo: ele e Sutpen conduzindo os cavalos (ele olhava para trás de vez em quando e via os olhos dos cavalos brilhando sob a luz das tochas e as cabeças dos cavalos sacudindo e as sombras deslizando por seus lombos e flancos) e os cães e os pretos (os pretos na maioria ainda nus exceto por uma calça aqui e ali) com as tochas de pinho fumegando e tremeluzindo acima deles e a luz vermelha sobre as cabeças redondas e os braços, e a lama com a qual se cobriam no pântano para afastar os mosquitos endurecida e brilhante, cintilando como vidro ou porcelana, e as sombras que projetavam pareciam mais altas do que eles num momento e desapareciam no seguinte, e inclusive as árvores, os freios e o mato pareciam estar ali num momento e desaparecer no seguinte, embora você soubesse o tempo todo que eles ainda estavam lá porque podia senti-los com a respiração, como se, invisíveis, eles comprimissem e condensassem o ar invisível que você respirava. E ele contou como Sutpen começou a falar naquilo de novo, a contar-lhe a história de novo sem que ele percebesse que aquela era a continuação do que fora dito antes, e como Sutpen disse que achava que havia algo no destino de um homem (ou no homem) que fazia o destino se moldar a ele como fazem as roupas, como o mesmo casaco que, quando novo, poderia ter servido em mil homens, mas que depois que um homem o usa por algum tempo não serve em nenhum outro, e se pode reconhecê-lo onde quer que você o veja, mesmo que veja apenas uma manga ou uma lapela: de modo que o destino dele –" ("do demônio", disse Shreve) " — se moldara a ele, a sua inocência, a sua aptidão imaculada para o drama teatral e a simplicidade heroica e pueril, assim como aquele uniforme elegante que você poderia ter visto em dez mil homens diferentes durante aqueles quatro anos, que ele estava usando quando entrou no escritório naquela tarde trinta anos mais tarde, moldara-se à arrogância de todos os seus gestos e à verborragia forense com que ele afirmou calmamente, com aquela inocência franca que dizemos ser 'de uma criança' exceto que uma criança humana é a única criatura viva que nunca é franca ou inocente, as coisas mais simplórias e mais ultrajantes. Ele estava contando um pouco mais da história, já contando o que estava contando, embora ainda sem contar como tinha chegado aonde estava, nem como aquilo em que estava então envolvido (obviamente tinha pelo menos vinte anos na época, agachado atrás de uma janela no escuro disparando os mosquetes que alguém carregava e entregava a ele) viera a ocorrer, levando a si próprio e ao meu avô para aquele quarto haitiano cercado por atacantes tão simplesmente como se levara até as Índias Ocidentais, apenas dizendo que tinha decidido ir para as Índias Ocidentais e assim indo; com esse episódio não sendo uma continuação deliberada do outro, mas apenas sendo lembrado por ele pela visão dos pretos e das tochas diante deles; e ele não contando como chegara lá, o que tinha acontecido durante os seis anos entre aquele dia em que ele, um menino de catorze anos que não sabia falar nenhuma língua além do inglês e nem essa muito bem, tinha decidido ir para as Índias Ocidentais e ficar rico, e essa noite em que, quando ele já era o superintendente ou capataz ou qualquer coisa assim de um fazendeiro de cana-de-açúcar francês, se viu entrincheirado na casa com a família do fazendeiro (e agora meu avô disse que houve a primeira menção — uma sombra que quase surgiu por um momento e depois se desvaneceu novamente, mas não por completo — da —" ("É uma garota", disse Shreve. "Não me conte. Continue.") "— mulher de quem ele falaria ao meu avô trinta anos depois de a ter considerado inadequada a seus propósitos e por isso abandonado, embora cuidando do futuro dela) e alguns criados mestiços assustados a quem ele teria, afastando-se da janela de tempos em tempos, de chutar e xingar para obrigá-los a ajudarem a moça a carregar os mosquetes que ele e o fazendeiro descarregavam através das janelas, e eu acho que meu avô devia estar dizendo 'Espere, espere pelo amor de Deus espere' meio como você está, até que ele finalmente parou e retrocedeu e recomeçou com ao menos algum cuidado com causa e efeito, ainda que não por sequência lógica e continuidade. Ou talvez tenha sido o fato de que eles estavam sentados de novo agora, tendo decidido que tinham avançado demais aquela noite, e os pretos haviam montado acampamento e cozinhado a janta e eles (ele e o meu avô) beberam um pouco do uísque e comeram e depois se sentaram diante do fogo bebendo um pouco mais de uísque e ele foi contando a coisa toda e ela ainda não foi ficando absolutamente clara — como e por que ele estava lá e o que ele era — pois ele não estava falando de si mesmo. Estava contando uma história. Não estava contando vantagem sobre algo que fizera. Estava simplesmente contando uma história sobre algo que um homem chamado Thomas Sutpen tinha vivido, que teria sido a mesma história se o homem não tivesse nome, se ela tivesse sido contada sobre qualquer homem ou nenhum homem, movida a uísque, à noite.

"Pode ter sido isso que o fez contar menos depressa. Mas não foi suficiente para deixar a história mais clara. Ele ainda não estava relatando ao meu avô a trajetória de alguém chamado Thomas Sutpen. Meu avô disse que a única menção que jamais fez àqueles seis ou sete anos que devem ter existido em alguma parte, devem ter realmente ocorrido, foi sobre o dialeto que teve de aprender para poder supervisionar a plantação, e o francês que teve de aprender, talvez não para poder ficar noivo, mas do qual certamente precisaria para poder repudiar a esposa depois de conseguir se casar com ela — como, pelo que contou ao meu avô, tinha acreditado que coragem e astúcia seriam suficientes, mas descobriu que estava errado, e como se lamentou de não ter levado a educação escolar junto com as lendas sobre as Índias Ocidentais quando descobriu que nem todas as pessoas falavam a mesma língua e percebeu que precisaria não só de coragem e habilidade, mas teria de aprender a falar uma língua nova, caso contrário o objetivo a que se propusera seria natimorto. Então ele aprendeu a língua assim como aprendeu a ser marinheiro, eu acho, porque meu avô lhe perguntou por que ele não arranjou uma moça com quem viver para aprendê-la da maneira mais fácil, e meu avô disse que ele ficou ali sentado com a luz da fogueira no rosto e na barba e os olhos parados e meio brilhando, e disse — e meu avô disse que foi a única vez que o viu dizer algo de maneira calma e simples: 'Nessa noite de que estou falando (e até meu primeiro casamento, aliás) eu ainda era virgem. Você provavelmente não vai acreditar nisso, e se eu fosse tentar lhe explicar, duvidaria mais ainda. Por isso só direi que isso também foi uma parte do projeto que eu tinha em mente', e meu avô disse: 'Por que eu não iria acreditar?', e ele ficou olhando para o meu avô ainda com aquele brilho tranquilo nos olhos, e disse: 'E acredita? Certamente você não me despreza a ponto de acreditar que aos vinte anos eu não sofrera nem provocara nenhuma tentação?', e meu avô disse: 'Você tem razão. Eu não deveria acreditar nisso. Mas acredito'. Então não era uma história sobre mulheres, e certamente não sobre amor: a mulher, a moça, era apenas aquela sombra que sabia carregar um mosquete, mas em quem não se podia confiar para disparar um através da janela naquela noite (ou nas sete ou oito noites que eles passaram escondidos no escuro, observando das janelas os celeiros ou silos ou sabe-se lá onde se armazena a cana-de-açúcar, e os campos também, ardendo e fumegando: ele contou do cheiro, disse que não se podia sentir o cheiro de mais nada, aquele fedor doce e forte, como se o ódio e a implacabilidade, os mil anos de horror que secretamente criaram o ódio e a implacabilidade, tivessem intensificado o cheiro do açúcar: e meu avô contou como ele então se lembrara de que tinha visto Sutpen recusar em várias oportunidades açúcar para seu café e assim ele (meu avô) soube por quê, mas mesmo assim perguntou para ter certeza, e Sutpen lhe contou que era isso mesmo; que não tinha sentido medo até que todos os campos e celeiros estivessem completamente queimados e eles inclusive tivessem esquecido o cheiro de açúcar queimando, mas que jamais conseguira suportar açúcar desde então) — a moça apenas aparecendo por um segundo da narrativa, numa única palavra quase, de modo que meu avô disse que era como se ele também a tivesse visto apenas por um segundo ao clarão de um dos mosquetes — um rosto abaixado, uma única face, um queixo vislumbrado por um instante atrás de uma cortina de cabelos caídos, um braço esbelto e branco erguido, uma mão delicada segurando uma vareta de espingarda, e isso foi tudo. Ele não contou mais detalhes sobre isso do que sobre como saiu do campo, onde era o superintendente, e foi parar dentro da casa sitiada quando os pretos caíram sobre ele com seus facões, ou sobre como saiu da cabana apodrecendo na Virgínia e foi parar nos campos onde trabalhou: e isso, meu avô disse, era mais incrível para ele do que a chegada aos campos vindo da Virgínia, porque isso inferia uma passagem de tempo, um espaço a ser cruzado que indicava um período de inação, pois o tempo é mais longo do que qualquer distância, enquanto a outra, à casa barricada vindo dos campos, parecia ter ocorrido uma espécie de violenta anulação que deve ter sido quase tão curta quanto seu relato — uma condensação de tempo que era a medida de sua própria violência, e ele narrando a história daquela maneira agradável, anedótica e ligeiramente forense, parecendo contá-la tal como se lembrava dela e afetado por ela através de um interesse e curiosidade distanciada e impessoal que nem o medo (foi a única vez em que mencionou o medo pelo mesmo processo invertido de falar de um tempo em que não sentia medo, antes de ter medo, assim colocou) aumentou muito. Porque ele não sentiu medo até tudo terminar, disse meu avô, porque aquilo tudo, para ele, não passava disso — um espetáculo, algo a ser assistido porque poderia não ter a oportunidade de ver de novo, pois sua inocência ainda funcionava e ele não só soube o que era medo apenas mais tarde, como nem mesmo soube que de início não estava aterrorizado; nem mesmo soube que tinha encontrado o lugar onde seria possível conseguir dinheiro depressa se a pessoa fosse corajosa e astuta (ele não queria dizer astúcia, afirmou meu avô. O que queria dizer era falta de escrúpulo, só que não conhecia a palavra porque ela não estava no livro lido pelo professor. Ou talvez fosse isso que queria dizer com coragem, afirmou meu avô), mas onde a alta mortalidade era concomitante com o dinheiro e o brilho dos dólares não era ouro, mas sangue — um pedaço de terra que poderia ter sido criado e reservado pelo próprio Paraíso, disse meu avô, para ser um teatro de violência, injustiça, derramamento de sangue e todos os desejos satânicos de cobiça e crueldade humanas, da última fúria desesperadora de todo pária proscrito e todo condenado — uma ilhota assentada num mar índigo sorridente e incrível onde a fúria espreitava, que estava a meio caminho entre o que chamamos de selva e o que chamamos de civilização, a meio caminho entre o continente negro e inescrutável do qual o sangue negro, os ossos, a carne, o pensamento, as esperanças e os desejos negros foram violentados, e a terra fria e conhecida à qual estava condenado, a terra e o povo civilizados que expeliram um pouco de seu próprio sangue, pensamento e desejos que ficaram crassos demais para ser encarados e suportados por mais tempo, e os lançara, sem lar e desesperados, no oceano solitário — uma pequena ilha perdida numa latitude que requereria dez mil anos de tradição equatorial para suportar o clima, um solo adubado com o sangue negro de duzentos anos de opressão e exploração até jorrar com um incrível paradoxo em hortaliças pacíficas, flores carmesins e brotos de cana-de-açúcar de três vezes a altura de um homem e um pouco mais grossos é claro, mas cujo quilo era quase tão valioso quanto o de minério de prata, como se a natureza fizesse suas próprias contas e mantivesse um livro-caixa e houvesse oferecido uma recompensa pelos membros dilacerados e corações ultrajados mesmo que o homem não o fizesse, com o plantio de natureza e homem também regado não só pelo sangue desperdiçado, mas impelido pelos ventos com que os navios condenados tinham navegado em vão, dos quais o último farrapo de vela afundara no mar azul, ao longo do qual o último grito vão e desesperado de mulher ou criança fora soprado para longe; o plantio de homens também: os ossos e cérebros ainda intactos em que o velho sangue insone que desaparecera na terra na qual eles pisavam ainda clamava por vingança. E ele como o superintendente, cavalgando pacificamente em seu cavalo enquanto aprendia a língua (aquele fino e frágil fio, disse meu avô, pelo qual os pequenos cantos e bordas da superfície da vida solitária e secreta dos homens podem unir-se por um instante, de vez em quando, antes de mergulhar de novo na escuridão onde o espírito gritou pela primeira vez e não foi ouvido e onde gritará pela última vez e tampouco será ouvido), sem saber que o lugar sobre o qual cavalgava era um vulcão, ouvindo o ar estremecer e palpitar à noite com os tambores e o canto e não sabendo que era o coração da própria terra que ouvia, ele que acreditava (disse meu avô) que a terra era bondosa e gentil e que a escuridão era meramente algo que se via, ou que impedia de ver; superintendendo o que superintendia e não sabendo que superintendia, fazia suas expedições diárias de uma cidadela armada até que o dia chegou. E ele tampouco contou isso, como esse dia aconteceu, os passos que levaram até ele, porque meu avô disse que ele aparentemente não sabia, compreendia, o que devia estar vendo todos os dias por causa daquela inocência — um osso de porco ainda com um pouco de carne podre pendurada, algumas penas de galinha e um trapo manchado e sujo com alguns pedregulhos amarrados dentro foram encontrados no travesseiro do velho certa manhã e ninguém (muito menos o próprio fazendeiro, que estivera dormindo sobre o travesseiro) sabia como haviam aparecido ali, porque ao mesmo tempo descobriram que todos os criados, os mestiços, haviam desaparecido, e ele não soube até o fazendeiro lhe contar que as manchas no trapo não eram sujeira nem gordura, mas sangue, e tampouco que o que ele tomou como sendo a ira gaulesa do fazendeiro era na verdade medo, terror, e ele sentindo-se apenas curioso e bastante interessado, porque ainda considerava o fazendeiro e a filha (ele contou ao meu avô que até aquela primeira noite de cerco jamais tinha se dado conta de que não sabia o nome de batismo da moça, não sabia se já o ouvira ou não. Também disse ao meu avô, largou isto na história como alguém que tira o curinga de um maço novo de baralho sem ser capaz de se lembrar mais tarde se tirou ou não, que a mulher do velho era uma espanhola, e assim foi meu avô e não Sutpen que percebeu que até aquela primeira noite do ataque ele possivelmente não tinha visto a moça mais do que uma dúzia de vezes) como sendo estrangeiros; o corpo de um dos mestiços foi encontrado enfim (Sutpen o encontrou, procurou por ele durante dois dias sem nem mesmo saber que estava diante de uma parede impassível de rostos negros sigilosos, uma parede atrás da qual quase tudo poderia estar se armando para acontecer e, como ele descobriu mais tarde, quase tudo estava, e no terceiro dia encontrou o corpo onde não teria podido deixar de vê-lo no primeiro dia se houvesse estado lá) e durante o tempo todo em que falava, ele permaneceu sentado no tronco, meu avô disse, contando, fazendo os gestos para ajudar a contar, o homem a quem meu próprio avô tinha visto nu, lutando peito contra peito com um de seus pretos selvagens à luz da fogueira do acampamento enquanto sua casa estava sendo construída e que ainda lutava com eles à luz do lampião no estábulo depois de afinal obter a esposa que seria auxiliar no fomento daquele projeto que ele tinha em mente, e sem dar grande importância àquelas lutas, sem aperto de mão e congratulações enquanto lavava o sangue e vestia a camisa porque ao final dela o preto estaria estatelado de costas com o peito ofegando e outro preto jogando água nele; ali sentado no tronco contando ao meu avô como encontrou enfim o mestiço, ou o que um dia havia sido o mestiço e que ele (Sutpen) vira tanto quanto a maioria dos homens e fizera tanto quanto a maioria, incluindo algumas coisas das quais não se gabava: mas que havia algumas coisas que um homem que fingia ser civilizado via quando precisava, mas sobre as quais não falava, por isso apenas diria que encontrara o mestiço afinal e assim começou a compreender que a situação podia se agravar; então a casa, a barricada, os cinco — o fazendeiro, a filha, duas criadas e ele — trancados nela e o ar repleto de fumaça e cheiro de cana queimando e o clarão e a fumaça dela no céu e o ar latejando e vibrando com os tambores e a cantoria — a pequena ilha perdida embaixo de sua tigela invertida de dia e noite alternados como um vácuo no qual nenhuma ajuda poderia surgir, aonde não chegavam nem mesmo ventos do mundo exterior mas somente os alísios, os mesmos ventos exaustos soprando de um lado para outro dela e ainda sobrecarregados com as vozes exaustas de mulheres e crianças assassinadas sem lar e sem sepultura por todo o mar isolador e solitário — enquanto as duas criadas e a moça cujo nome de batismo ele ainda não conhecia carregavam os mosquetes que ele e o pai disparavam em nenhum inimigo, mas na própria noite haitiana, lançando seus clarões vãos e insignificantes na ameaçadora, sangrenta e pulsante escuridão: e isso naquela época do ano, a estação entre furacões em que não há nenhuma esperança de chuva: e como na oitava noite a água acabou e alguma coisa precisava ser feita, então ele largou o mosquete e saiu e os subjugou. Foi assim que ele contou: que saiu e os subjugou, e quando voltou ele e a moça ficaram noivos, e o meu avô com certeza dizendo 'Espere, espere' agora, dizendo: 'Mas você nem a conhecia; me contou que quando o cerco começou nem sabia o seu nome', e ele olhou para o meu avô e disse: 'Sim. Mas entenda, levei algum tempo para me recuperar'. Não como ele o fez. Tampouco contou isso, tampouco foi momentoso para a história; apenas deixou o mosquete no chão e mandou alguém desbloquear a porta e depois bloqueá-la atrás dele, e saiu em meio à escuridão e os subjugou, talvez gritando mais alto, talvez suportando, sustentando, mais do que eles acreditavam que quaisquer ossos e carne poderiam ou deveriam (deveriam, sim: isso seria a coisa terrível: encontrar carne capaz de suportar mais do que se deveria exigir que suportasse); talvez, enfim, eles próprios tenham sido tomados de terror e fugido dos braços e pernas brancos que tinham a mesma forma dos seus e dos quais sangue poderia ser obrigado a jorrar e escorrer como poderia dos seus e contendo um espírito indomável que devia ter vindo do mesmo fogo primário do qual os seus vieram, mas que não poderia ter vindo, não era possível que viesse (ele mostrou ao meu avô as cicatrizes, uma das quais, o meu avô disse, chegou muito perto de deixá-lo virgem para o resto da vida também) e então a luz do dia veio sem tambores pela primeira vez em oito dias, e eles saíram (provavelmente o homem e a filha) e atravessaram a terra queimada com o sol forte brilhando sobre ela como se nada tivesse acontecido, caminhando agora no que deve ter sido uma solidão incrível e desolada e um silêncio tranquilo, e o encontraram e o trouxeram para a casa e quando ele se recuperou, ele e a moça ficaram noivos. Aí ele parou."

"Tudo bem", disse Shreve. "Vá em frente."

"Eu disse que ele parou", disse Quentin.

"Eu escutei. Parou o quê? Como ficou noivo e depois parou, e ainda assim teve uma esposa para repudiar mais tarde? Você disse que ele não se lembrava de como tinha chegado ao Haiti, e depois que não se lembrava de como tinha chegado à casa cercada pelos pretos. Agora vai me dizer que ele nem se lembrava de ter se casado? Que ficou noivo e então decidiu que pararia, só que um dia descobriu que não tinha parado mas, ao contrário, tinha se casado? E você só o chamou de virgem?"

"Ele parou de falar, de contar aquilo", disse Quentin. Ele não se movera, aparentemente falando para (se é que falava para alguma coisa) a carta pousada no livro aberto sobre a mesa, entre suas mãos. A sua frente, Shreve tinha enchido o cachimbo e fumado até o fim novamente. Ele repousava de novo virado de cabeça para baixo, com uma poeira de cinzas brancas saindo do bojo e se espalhando sobre a mesa diante dos braços nus e cruzados com os quais ele parecia ao mesmo tempo se sustentar e se abraçar, pois embora fossem apenas onze horas o quarto estava começando a esfriar até aquele ponto em que, quando fosse cerca de meia-noite, somente haveria calor suficiente nos radiadores para impedir os canos de congelarem, embora (ele não faria sua respiração profunda na janela aberta nesta noite) Shreve ainda não tivesse ido ao banheiro e voltado primeiro com o roupão de banho vestido e em seguida com o sobretudo por cima do roupão e o sobretudo de Quentin no braço. "Ele apenas disse que então havia ficado noivo", explicou Quentin, "e parou de contar. Apenas parou, o meu avô disse, sem mais nem menos, como se aquilo fosse tudo o que havia para ser dito, tudo o que poderia haver, tudo o que dava uma boa história de um homem para outro bebendo uísque à noite. Talvez fosse mesmo." Seu rosto (de Quentin) estava abaixado. Ele ainda falava naquele tom curioso, quase taciturno e monótono que fizera Shreve observá-lo desde o começo com curiosidade e especulação intensas e distanciadas, observá-lo parado por trás da sua (de Shreve) expressão de espanto erudito de querubim que os óculos intensificavam ou talvez realmente criassem. "Sutpen apenas se levantou, olhou para a garrafa de uísque e disse: 'Chega por esta noite. Precisamos dormir; queremos começar bem cedo amanhã. Talvez possamos apanhá-lo antes que ele acorde'.

"Mas não pegaram. Era quase noite quando o apanharam — o arquiteto, quero dizer — e só conseguiram porque ele tinha machucado a perna tentando arquitetar uma travessia do rio. Mas cometeu um erro de cálculo dessa vez, de modo que os cães e os pretos o encurralaram e foram os pretos que fizeram a algazarra agora (meu avô contou que talvez os pretos acreditassem que, ao fugir, o arquiteto tinha voluntariamente abdicado da sua condição de carne proibida, voluntariamente oferecido um gambito, que os pretos haviam aceitado ao caçá-lo e vencido apanhando-o, e que agora eles teriam permissão de cozinhá-lo e comê-lo, com tanto vencedores como vencido aceitando isso com o mesmo espírito esportivo e sem rancor ou ressentimentos de ambos os lados) enquanto o puxavam para fora (todos os homens que haviam começado a perseguição no dia anterior tinham voltado com exceção de três, e os que voltaram trouxeram outros, de modo que havia agora mais deles do que quando a caçada começara, disse meu avô), o puxaram para fora de sua caverna embaixo da ribanceira: um homenzinho com uma manga faltando na sobrecasaca, o colete florido arruinado por água e lama porque ele tinha caído no rio e uma perna da calça rasgada mostrando onde ele tinha amarrado um pedaço da camisa, que estava ensanguentado e a perna inchada, e seu chapéu completamente desaparecido. Eles nunca o encontraram, por isso meu avô deu-lhe um chapéu novo no dia em que ele partiu, quando a casa ficou pronta. Foi no escritório do meu avô e ele disse que o arquiteto pegou o chapéu novo e olhou para ele e desatou em lágrimas — um homenzinho arrasado com expressão de louco e uma barba de dois dias que saiu da caverna lutando como um gato selvagem, com a perna ferida e tudo, com os cachorros latindo e os pretos gritando e berrando com alegre e mortífera ansiedade, como se estivessem com a impressão de que, como a caçada tinha durado mais de vinte e quatro horas, as regras seriam automaticamente abreviadas e eles não teriam de esperar para cozinhá-lo, até que Sutpen entrou no rio com uma vara curta e bateu em pretos e cães para afastá-los, deixando o arquiteto ali, também sem sentir nenhum medo, apenas levemente ofegante e, meu avô disse, um pouco pálido de dor porque os pretos tinham mexido na sua perna no calor da captura, e fazendo-lhes um discurso em francês, um discurso longo e tão rápido que meu avô disse que provavelmente um outro francês não conseguiria entender tudo o que dizia. Mas soou bonito; meu avô disse que até ele — todos eles — percebeu que o arquiteto não estava se desculpando; foi bonito, meu avô disse, e contou como Sutpen se virou para ele, mas ele (meu avô) já estava se aproximando do arquiteto e estendendo a garrafa de uísque já desarrolhada. E meu avô viu os olhos no rosto esquálido, os olhos desesperados e impotentes, mas indomáveis também, invencíveis também, ainda muito longe de estarem vencidos, meu avô disse, apesar de todas aquelas cinquenta e tantas horas de escuridão, pântano, insônia e fadiga e sem comida, nenhum lugar para ir e nenhuma esperança de chegar lá: apenas uma força de vontade de suportar tudo e uma expectativa de derrota, mas ainda muito longe de estar vencido: e ele pegou a garrafa com uma de suas mãozinhas sujas de guaxinim e levantou a outra mão e até apalpou a cabeça por um instante antes de lembrar que o chapéu tinha sumido, então jogou a mão para o alto num gesto que meu avô disse que simplesmente não seria possível descrever, que pareceu reunir todo o infortúnio e derrota que a raça humana já sofreu numa pitadinha em seus dedos e atirá-la para trás sobre a cabeça, e levantou a garrafa e fez uma mesura primeiro para meu avô e depois para todos os homens que estavam num círculo montados em seus cavalos e olhando para ele, e então tomou não só o primeiro gole de uísque puro que jamais tomara em sua vida, mas o gole que não poderia se conceber tomando mais do que o brâmane pode conceber que pode surgir a situação em que comerá carne de cachorro."

Quentin silenciou. Shreve disse prontamente: "Tudo bem. Não se preocupe em dizer que ele parou de falar agora; simplesmente vá em frente". Mas Quentin não prosseguiu de imediato — a voz monótona, curiosamente apagada, o rosto cabisbaixo, o corpo relaxado sem se mexer exceto para respirar; os dois não se movendo exceto para respirar, ambos jovens, ambos nascidos no mesmo ano: um em Alberta, o outro no Mississippi; nascidos a meio continente de distância, mas reunidos, conectados, de certo modo, numa espécie de transubstanciação geográfica pela Calha Continental, aquele rio que corre não só através da terra física da qual é o cordão umbilical geológico, não só corre através das vidas espirituais dos seres dentro do seu alcance, mas que é o próprio Meio que ri de graus de latitude e temperatura, embora alguns desses seres, como Shreve, jamais o tenham visto — os dois jovens que quatro meses antes nunca tinham posto os olhos um no outro, mas que desde então dormiam no mesmo quarto e comiam lado a lado da mesma comida e usavam os mesmos livros com os quais deviam se preparar para recitar a lição nas mesmas aulas de calouro, um olhando para o outro por sobre a mesa iluminada pela lâmpada sobre a qual repousava a frágil caixa de Pandora de papel rabiscado que tinha enchido de gênios e demônios violentos e irracionais esse canto confortável e monástico, esta alcova sonhadora e gélida do que chamamos o melhor dos pensadores. "Nem se preocupe", disse Shreve. "Apenas vá em frente."

"Levaria trinta anos", disse Quentin. "Foram trinta anos até Sutpen contar mais sobre o assunto ao meu avô. Talvez estivesse ocupado demais. Todo o seu tempo livre tomado em alcançar aquele projeto que tinha em mente, e seu único relaxamento lutar com seus pretos selvagens no estábulo onde os homens podiam amarrar os cavalos e entrar pelos fundos e não serem vistos da casa, porque ele já estava casado agora, sua casa terminada e ele já preso por roubá-la e solto novamente, de modo que estava tudo resolvido, com mulher e dois filhos — não, três — nela e sua terra limpa e plantada com a semente que o avô lhe emprestara e ele ficando cada vez mais rico agora —"

"Sim", disse Shreve; "o sr. Coldfield: o que foi aquilo?"

"Não sei", Quentin disse. "Ninguém jamais soube ao certo. Foi alguma coisa sobre uma despesa de frete, e ele de algum modo persuadiu o sr. Coldfield a usar seu crédito: uma dessas coisas que, quando funcionam, todos dizem que você foi esperto, e quando não você muda de nome e foge para o Texas: e meu pai disse que o sr. Coldfield devia ficar lá na lojinha vendo seu estoque demorar talvez dez anos para dobrar ou pelo menos não diminuir, e viu a chance de fazer a mesmíssima coisa o tempo todo, mas sua consciência (não sua coragem: meu pai disse que isso ele tinha de sobra) não deixou. Então Sutpen apareceu e ofereceu-se para fazê-lo, dizendo que ele e o sr. Coldfield dividiriam o butim se funcionasse, e ele (Sutpen) assumiria toda a culpa se não. E o sr. Coldfield o deixou fazer. Meu pai disse que foi porque o sr. Coldfield não acreditava que funcionaria que eles levariam a coisa adiante, só que não conseguia deixar de pensar naquilo, e assim, quando eles tentaram e deu errado, ele (o sr. Coldfield) não foi capaz de tirar aquilo da cabeça; e que deu errado e eles foram apanhados, o sr. Coldfield insistiu em assumir sua parte da culpa como penitência e expiação por ter pecado em mente durante todos aqueles anos. Porque o sr. Coldfield nunca acreditou que funcionaria, de modo que quando viu que ia funcionar, tinha funcionado, o mínimo que poderia fazer era se recusar a pegar sua parte nos lucros; que quando viu que tinha funcionado foi a sua consciência que ele odiou, e não Sutpen — sua consciência e a terra, o país que criara sua consciência e depois oferecera a oportunidade de ganhar todo aquele dinheiro para a consciência que criara, que não poderia fazer outra coisa senão recusar; odiou tanto aquele país que chegou a ficar contente quando o viu se aproximar cada vez mais de uma guerra fatal e fatídica; que teria se juntado ao Exército ianque, meu pai disse, só que não era um soldado e sabia que ou seria morto ou morreria com as privações, e por isso não estaria presente no dia em que o Sul perceberia que estava agora pagando o preço por ter erguido seu edifício econômico não sobre a rocha da moral rígida, mas sobre a areia movediça do oportunismo e do banditismo moral. Então ele optou por fazer o único gesto que lhe ocorreu para marcar sua desaprovação naqueles que sobreviveriam à luta e assim participariam no remorso..."

"Ótimo", disse Shreve. "Muito bem. Mas Sutpen. O projeto. Vamos, desembuche."

"Sim", disse Quentin. "O projeto. — Ficar mais e mais rico. O futuro devia parecer livre e desimpedido para ele então: casa terminada, e ainda maior e mais branca do que aquela à qual ele fora naquele dia e o preto veio com suas roupas de macaco e lhe disse para entrar pelos fundos, e ele tendo até mesmo sua própria marca de pretos, algo que o homem que se deitava na rede sem sapatos não tinha, para escolher um e treiná-lo para ir até a porta quando chegasse a vez de um menininho sem sapatos vestindo a calça cortada de seu pai aparecer e bater nela. Só que meu pai disse que essa não era mais a questão, que quando ele foi ao escritório do meu avô naquele dia trinta anos depois, sem tentar dar desculpas naquela ocasião, assim como não tinha tentado dar desculpas na baixada do rio naquela noite quando perseguiram o arquiteto, mas apenas querendo explicar, esforçando-se para explicar, porque estava velho e sabia, sabia que era contra o estar velho que tinha de argumentar: o tempo estava encurtando à sua frente e poderia e iria influenciar suas chances e possibilidades, ainda que ele duvidasse tanto de seus ossos e sua carne quanto duvidava de sua vontade e sua coragem, contando ao meu avô que o menino-símbolo à porta não era a questão, porque o menino-símbolo era apenas a ficção da criança espantada e desesperada; que agora ele levaria aquele menino para um lugar onde jamais precisaria voltar a se postar diante de uma porta branca e bater nela: e não pelo mero abrigo, de jeito nenhum, mas para que aquele menino, aquele estranho qualquer sem nome, pudesse ele mesmo fechar aquela porta para sempre, deixando para trás tudo o que jamais conhecera, e olhar adiante, ao longo dos ainda não visíveis raios de luz em que seus descendentes, que talvez nunca ouvissem o nome dele (do menino), esperavam para nascer sem jamais ter de saber que eles um dia tinham sido libertados para sempre da brutalidade, assim como seus próprios filhos (de Sutpen) foram —"

"Não diga que sou só eu que falo como o seu velho", disse Shreve. "Mas vá em frente. Os filhos de Sutpen. Continue."

"Sim", disse Quentin. "Os dois filhos" pensando *Sim. Talvez ambos sejamos meu pai. Talvez nada aconteça uma vez e esteja acabado. Talvez o acontecer nunca seja uma vez, mas seja como ondulações sobre a água talvez, depois que a pedrinha afunda, es-*

palhando-se, o círculo ligado por um estreito cordão umbilical de água ao círculo seguinte que o primeiro círculo alimenta, alimentou, alimentara, deixando este segundo círculo conter uma temperatura diferente de água, uma molecularidade diferente de ter visto, sentido, lembrado, refletindo num tom diferente o infinito céu imutável, não importa: o eco aquático da pedrinha cuja queda ele nem mesmo vê move-se pela superfície também na ondulação-espaço original, no velho inextirpável ritmo pensando Sim, ambos somos meu pai. *Ou talvez meu pai e eu sejamos ambos Shreve, talvez tenha sido preciso nós dois, meu pai e eu, para fazer Shreve, ou Shreve e eu para fazer meu pai ou talvez Thomas Sutpen para fazer nós todos.* "Sim, os dois filhos, o filho e a filha em sexo e idade tão perfeitos para o projeto que era como se ele houvesse planejado isso também, de caráter físico e mental tão perfeito que ele os poderia ter selecionado da multidão celestial de serafins e querubins como tinha escolhido seus vinte pretos sabe-se lá em que escambo quando repudiou aquela primeira esposa e aquela criança ao descobrir que não contribuiriam para o fomento do projeto. E meu avô disse que não havia nenhuma dor na consciência por causa disso, que Sutpen, sentado no escritório naquela tarde trinta anos depois, lhe contou como sua consciência o incomodara um pouco no começo, mas que ele tinha argumentado com calma e lógica com a sua consciência até resolver tudo, assim como deve ter argumentado com a sua consciência sobre a despesa de frete dele e do sr. Coldfield (só que provavelmente não fora uma discussão tão longa nesse caso, já que havia pouco tempo então) até resolver aquilo; como ele admitiu que encarando de determinada maneira houve algo de injusto no que fez, mas que na medida do possível havia obviado a situação tratando de tudo de forma bastante direta; que poderia simplesmente tê-la abandonado, apanhado o chapéu e ido embora, mas não fez: e que meu avô teria de admitir, tinha mais do que direito, se não ao lugar todo que, sozinho, tinha salvado, assim como às vidas de todas as pessoas brancas de lá, pelo menos àquela porção dele que tinha sido especificamente aquinhoada a ele no contrato de casamento que assinara de boa-fé, sem nenhum segredo sobre sua origem obscura e sua falta de posses, enquanto houvera não só segredo, mas real desinformação por parte deles e desinformação de natureza tão crassa que não apenas anulara e frustrara sem ele o saber a motivação central de todo o seu projeto, como teria feito uma ilusão irônica de tudo o que ele tinha sofrido e suportado no passado e tudo o que poderia realizar no futuro para cumprir aquele projeto — direito ao qual ele voluntariamente renunciara, pegando apenas os vinte pretos de tudo o que poderia ter exigido e que muitos outros em seu lugar teriam insistido em levar e (em cuja alegação) teriam sido sustentados por sanção tanto legal como moral, ainda que não pela delicada sanção da consciência: e meu avô não ficou dizendo 'Espere, espere', porque era aquela inocência de novo, aquela inocência que acreditava que os ingredientes da moral eram como os ingredientes de uma torta ou de um bolo e que depois de medi-los, pesá-los, misturá-los e colocá-los no forno você teria terminado e nada além de uma torta ou um bolo poderia sair dali. — Sim, ele ali sentado no escritório do meu avô tentando explicar com aquela recapitulação paciente e espantada, não para o meu avô ou para si mesmo, porque meu avô disse que a própria tranquilidade dele era indicação de que havia muito tinha desistido de um dia entender tudo aquilo, mas tentando explicar para a circunstância, para o próprio destino, os passos lógicos através dos quais tinha chegado a um resultado absoluta e eternamente incrível, repetindo a sinopse clara e simples de sua história (que ele e meu avô ambos já sabiam) como se estivesse tentando explicá-la a uma criança obstinada e imprevisível: 'Entenda, eu tinha um projeto na cabeça. Se era um projeto bom ou mau, não importa; a questão é: Onde foi que me equivoquei, o que fiz ou deixei de fazer, quem ou o que prejudiquei com ele até o extremo que isso parece indicar. Eu tinha um projeto. Para realizá-lo, precisava de dinheiro, uma casa, uma plantação, escravos, uma família — incidentalmente, claro, uma esposa. Tratei de adquirir essas coisas, não pedindo favor a ninguém. Até arrisquei minha vida uma vez, como lhe contei, embora como também lhe contei não tenha assumido esse risco pura e simplesmente para obter uma esposa, embora tenha tido esse resultado. Mas isso também não importa: basta dizer que obtive a esposa, aceitei-a de boa-fé, sem nenhum segredo sobre mim, e esperava o mesmo deles. Nem mesmo exigi, repare, como se poderia esperar que alguém de minha origem obscura fizesse (ou que pelo menos se perdoaria se fizesse) por ignorância das boas maneiras no tratar com pessoas de boa família. Não exigi; aceitei a própria avaliação que eles apresentaram de si mesmos ao mesmo tempo que insistia de minha parte na explicação completa sobre mim e meus progenitores: contudo, deliberadamente esconderam de mim o único fato que, acredito, sabiam que me teria feito rejeitar toda a questão, caso contrário não o teriam escondido de mim — um fato do qual só fiquei sabendo após meu filho nascer. E mesmo então não agi de forma precipitada. Poderia tê-los lembrado daqueles anos desperdiçados, daqueles anos que agora atrasariam meu cronograma não só na quantidade de tempo decorrido que seu número representava, mas naquela quantia compensatória de tempo representada por seu número que eu agora precisaria gastar para progredir mais uma vez até o ponto que tinha alcançado e perdido. Mas não o fiz. Simplesmente expliquei como esse fato novo tornava impossível que a mulher e a criança fossem incorporadas em meu projeto e, depois disso, como lhe contei, não fiz nenhuma tentativa de manter não só o que poderia considerar ter conquistado com o risco da minha vida, mas tampouco o que me fora dado por certidões assinadas; ao contrário, rejeitei e renunciei a todo direito e pretensão àquelas posses para que pudesse reparar qualquer injustiça que pudessem considerar ter eu cometido, provendo assim o sustento das duas pessoas a quem pudessem considerar ter eu privado de qualquer coisa que eu poderia posteriormente vir a possuir: e isso foi acordado, veja bem; acordado entre as duas partes. E contudo, e após mais de trinta anos, mais de trinta anos depois que minha consciência finalmente me assegurou que, se eu tinha cometido uma injustiça, fizera todo o possível para retificá-la —' e meu avô não disse 'Espere' agora mas disse, talvez tenha até gritado: 'Consciência? Consciência? Meu Deus, homem, o que mais você esperava? Será que a própria afinidade e o instinto para o infortúnio de um homem que passou tanto tempo num mosteiro até, para não falar de um que viveu todos esses anos como você os viveu, não o fizeram entender a questão um pouco melhor? será que o pavor de mulheres que você deve ter absorvido com o leite mamífero primário não lhe ensinou nada melhor? Que tipo de inocência abismal e míope pode ter sido essa que alguém lhe disse para chamar de virgindade? que consciência com que negociar lhe daria a crença de que poderia comprar a imunidade dela sem outra moeda senão justiça' —"

Foi nesse ponto que Shreve foi ao quarto e vestiu o roupão. Ele não disse Espere, apenas se levantou e deixou Quentin sentado diante da mesa, do livro aberto e da carta, e saiu e voltou de roupão e tornou a se sentar e pegou seu cachimbo, mas não o encheu de novo nem o acendeu. "Tudo bem", ele disse. "Então naquele Natal Henry o levou para casa, e o demônio ergueu os olhos e viu o rosto que achava que havia saldado e quitado vinte e oito anos antes. Prossiga."

"Sim", disse Quentin. "Meu pai disse que ele próprio deve ter escolhido o nome. Charles Bon. Charles Bom. Ele não disse ao meu avô se escolheu, mas meu avô acreditava que sim, que seria típico dele. Isso teria sido uma parte da limpeza, assim como ele teria ajudado a limpar as cápsulas e cartuchos de mosquete detonados depois do cerco se não estivesse doente (ou talvez noivo); deve ter insistido nisso, mais uma vez por causa da consciência de que não podia permitir a ela e à criança um lugar no projeto, embora talvez pudesse ter fechado os olhos e, se não enganado o resto do mundo como eles o tinham enganado, ao menos assustado qualquer um que ameaçasse dizer o segredo em voz alta — a mesma consciência que se recusou a consentir que a criança, já que era um menino, tivesse seu sobrenome ou o de seu avô materno, mas que também o proibiu de fazer o costumeiro e arranjar rapidamente um marido para a mulher abandonada e assim dar a seu filho um sobrenome autêntico. Ele mesmo escolheu o nome, meu avô achava, assim como escolheu o de todos eles — os Charles Bon e as Clytemnestras e Henry e Judith e todos eles —, a fecundidade toda de dentes de dragão, como meu pai chamava. E meu pai disse —"

"Seu pai", disse Shreve. "Ele parece ter obtido um monte de informações antigas muito rápido depois de ter esperado quarenta e cinco anos. Se ele sabia isso tudo, que motivo teve para lhe dizer que o problema entre Henry e Bon foi a mulher oitavona?"

"Ele não sabia disso na época. Meu avô também não contou tudo para ele, assim como Sutpen nunca contou tudo ao meu avô."

"Então quem contou?"

"Eu." Quentin não se moveu, não ergueu os olhos enquanto Shreve o observava. "No dia depois que nós — depois daquela noite em que nós —"

"Ah", disse Shreve. "Depois que você e a tia velha. Entendi. Continue. E seu pai disse —"

"— disse que ele deve ter ficado ali na varanda da frente naquela tarde esperando por Henry e pelo amigo sobre o qual

Henry vinha escrevendo durante todo o outono chegar pela alameda, e que talvez depois que Henry escreveu o nome na primeira carta Sutpen provavelmente disse a si mesmo que não poderia ser, que havia um limite até mesmo para a ironia, além do qual ela se tornava ou apenas uma brincadeira perversa, mas não fatal, ou uma coincidência inofensiva, pois meu pai disse que até mesmo Sutpen devia saber que ninguém jamais inventara um nome que alguém já não possuísse ou tivesse possuído algum dia: e eles chegaram enfim e Henry disse: 'Pai, este é o Charles', e ele —" ("o demônio", disse Shreve) "— viu o rosto e soube que existem situações em que a coincidência não passa de uma criancinha que corre para um campo de futebol americano para tomar parte no jogo e os jogadores jogam a bola por cima e em volta da cabeça ilesa e avançam e se atracam, e na fúria da disputa pelos fatos a que se chama de ganho ou perda, ninguém nem lembra da criança nem viu quem apareceu e a salvou da destruição; que ele ficou ali na porta de sua casa, exatamente como tinha imaginado, planejado, projetado, e de fato, depois de cinquenta anos, a criança desamparada, perdida, sem nome e sem lar viera bater nela, e não havia nenhum preto vestido de macaco em lugar nenhum na terra para vir até a porta e mandar a criança embora; e meu pai disse que mesmo então, mesmo sabendo que Bon e Judith nunca tinham posto os olhos um no outro, ele deve ter sentido e ouvido o projeto — casa, posição, posteridade e tudo — vir abaixo como se tivesse sido construído de fumaça, sem fazer nenhum som, sem criar nenhuma lufada de ar deslocado e nem mesmo deixando destroços. E Sutpen não chamou isso de desforra, de pecado do pai vindo se alojar no lar; nem mesmo chamou aquilo de azar, mas apenas de um erro: aquele erro que ele próprio não conseguia descobrir qual fora e que veio até meu avô não para se desculpar, mas apenas para revisar os fatos para que uma mente imparcial (e segundo meu avô, que ele considerava entender de questões legais) os examinasse e encontrasse o erro e o identificasse para ele. Para ele não era um castigo moral, entenda: apenas um velho erro factual que um homem de coragem e astúcia (uma ele agora sabia possuir, a outra acreditava ter aprendido, adquirido) poderia ainda combater se pudesse tão somente descobrir qual fora. Porque ele não desistiu. Jamais desistiu; meu avô disse que suas ações subsequentes (o fato de que por um tempo não fez nada, e assim talvez tenha ajudado a fazer acontecer a exata situação que temia) não foram o resultado de alguma falta de coragem ou astúcia ou implacabilidade, e sim o resultado de sua convicção de que aquilo tudo resultava de um erro e de que até descobrir qual tinha sido o erro ele não pretendia se arriscar a cometer outro.

"Então ele convidou Bon para entrar na casa e durante as duas semanas das férias (só que não levou todo esse tempo; meu pai disse que a sra. Sutpen provavelmente já tinha feito Judith e Bon ficarem noivos no momento em que viu o nome de Bon na primeira carta de Henry) observou Bon, Henry e Judith, ou melhor, observou Bon e Judith, porque já devia saber tudo sobre Henry e Bon pelas cartas de Henry sobre ele na escola; observou-os por duas semanas e não fez nada. Então Henry e Bon voltaram para a escola e agora o cavalariço preto que levava e trazia a correspondência todas as semanas entre Oxford e a Centena de Sutpen trazia cartas para Judith que não exibiam a caligrafia de Henry (e isso também não era necessário, disse meu pai, porque a sra. Sutpen já estava cobrindo a cidade e o condado de notícias daquele noivado que meu pai disse que ainda não existia) e não fez nada. Não fez nada até a primavera estar quase terminando e Henry escrever para dizer que ia trazer Bon com ele para ficar na Centena de Sutpen um dia ou dois antes de Bon ir para sua casa. Então Sutpen foi para New Orleans. Se escolheu esse momento para ir pegar Bon e a mãe juntos e resolver o assunto definitivamente ninguém sabe, assim como ninguém sabe se chegou a ver a mãe enquanto esteve lá, se ela o recebeu ou se se recusou a recebê-lo; ou se ela o fez e ele tentou uma vez mais chegar a um acordo com ela, comprá-la talvez com dinheiro agora, pois meu pai disse que um homem que acreditava que uma mulher desprezada, ultrajada e furiosa poderia ser comprada com lógica formal acreditaria que ela poderia ser aplacada com dinheiro também, e não funcionou; ou se Bon estava lá e foi o próprio Bon quem recusou a oferta, embora ninguém jamais tenha ficado sabendo se Bon soube que Sutpen era seu pai, se estava tentando vingar a mãe no início e só mais tarde se apaixonou, só mais tarde sucumbiu à corrente de castigo e fatalidade que a srta. Rosa disse que Sutpen tinha começado e à qual havia condenado todo o seu sangue, tanto o negro como o branco. Mas aquilo evidentemente não funcionou, e chegou o Natal seguinte e Henry e Bon vieram para a Centena de Sutpen de novo e agora Sutpen viu que não tinha remédio para aquilo, que Judith estava apaixonada por Bon e se Bon queria vingança ou fora somente apanhado, submerso e condenado também, tanto fazia. Assim, parece que ele mandou chamar Henry naquela véspera de Natal um pouco antes da hora do jantar (meu pai disse que a essa altura, talvez, depois da sua viagem a New Orleans, ele houvesse enfim aprendido o suficiente sobre as mulheres para saber que não adiantaria nada procurar Judith primeiro) e contou a Henry. E ele sabia o que Henry diria, e Henry o disse e ele aceitou a mentira do filho e Henry soube, por seu pai aceitar a mentira, que o que o pai tinha lhe contado era verdade; e meu pai disse que ele (Sutpen) provavelmente sabia o que Henry faria também e contava que Henry fosse fazê-lo, porque ainda acreditava que aquilo tinha sido apenas um erro tático menor, então ele era como um atirador cercado que não pode recuar e acredita que, se for paciente, inteligente, calmo e alerta o bastante, poderá fazer os inimigos se dispersarem e acertá-los um a um. E Henry o fez. E ele (Sutpen) provavelmente sabia o que Henry faria em seguida também, que Henry também iria a New Orleans para descobrir por conta própria. Era 61 então, e Sutpen sabia o que eles fariam agora, não só o que Henry faria mas o que obrigaria Bon a fazer; talvez (sendo um demônio — embora não fosse preciso um demônio para antever guerra agora) ele até tenha previsto que Henry e Bon se alistariam naquela companhia de estudantes na universidade; ele pode ter tido alguma maneira de vigiar, saber o dia em que seus nomes apareceriam na lista de plantão, alguma maneira de saber onde a companhia estava antes mesmo de meu avô se tornar coronel do regimento a que pertencia a companhia até ser ferido em Pittsburg Landing (onde Bon foi ferido) e voltar para casa para se acostumar a não ter braço direito, e Sutpen voltou para casa em 64 com as duas lápides e conversou com meu avô no escritório naquele dia antes de ambos voltarem para a guerra; talvez soubesse o tempo todo onde Henry e Bon estavam, que estiveram o tempo todo no regimento do meu avô onde ele poderia cuidar mais ou menos de ambos, ainda que meu avô não soubesse que o fazia — mesmo que eles precisassem de vigilância, porque Sutpen também devia saber da prova à qual Henry os estava submetendo então: mantendo os três — ele próprio e Judith e Bon — naquela suspensão enquanto lutava com sua consciência para fazê-la aceitar o que ele queria fazer, assim como seu pai fizera durante aquele tempo mais de trinta anos antes, talvez até se tornando um fatalista como Bon agora e dando à guerra uma chance de resolver a coisa toda matando a ele ou a Bon ou a ambos (mas sem nenhuma ajuda, nenhuma trapaça de sua parte, porque foi ele quem carregou Bon para a retaguarda depois de Pittsburg Landing) ou talvez soubesse que o Sul perderia feio e então não sobraria nada que importasse muito, nada que merecesse tanta preocupação, contra o que protestar, pelo que sofrer, morrer ou até viver. Esse foi o dia em que Sutpen veio ao escritório, o único dia que ele —" ("o demônio", disse Shreve) "— teve de licença para passar em casa, em que veio para casa com suas lápides e Judith estava lá e acho que ele olhou para ela e ela olhou para ele e ele disse: 'Você sabe onde ele está', e Judith não mentiu para ele, e (ele conhecia Henry) ele disse: 'Mas você ainda não teve notícia dele', e Judith tampouco mentiu sobre isso e ela tampouco chorou porque os dois sabiam o que estaria na carta quando esta chegasse, de modo que ele não precisou perguntar: 'Quando ele escrever que está vindo, você e Clytie vão começar a fazer o vestido de noiva', mesmo que Judith fosse mentir sobre isso, o que não teria feito: então ele colocou uma das lápides sobre o túmulo de Ellen e a outra no corredor e veio ver meu avô, tentando explicar, vendo se meu avô poderia descobrir aquele erro que ele acreditava ser a única causa de seu problema, sentado ali em seu uniforme puído, com as luvas gastas, a faixa desbotada e (ele teria se recusado a estar sem a pluma. Talvez tenha sido obrigado a se livrar do sabre, mas não da pluma) a pluma do chapéu quebrada, esfiapada e suja, com o cavalo selado e esperando na rua de baixo e mil milhas de cavalgada pela frente para encontrar seu regimento, mas sentado ali na única tarde de sua licença como se tivesse mil delas, como se não tivesse nenhuma pressa ou urgência em lugar nenhum na terra e como se, quando partisse, não precisasse ir mais longe do que as doze milhas até a Centena de Sutpen e mil dias ou talvez até anos de monotonia e paz abastada, e ele, mesmo depois de estar morto, ainda lá, ainda observando os belos netos e bisnetos brotando até onde a vista pudesse alcançar; ainda, embora morto na terra, sendo aquele mesmo belo homem, como Wash Jones o chamava, mas agora não mais. Agora estava envolto pela bruma de seu próprio embate privado de moral pessoal: fazendo aquela coisinha insignificante enquanto (no dizer do meu avô) Roma desaparecia e Jericó desmoronava, aquela história de *isto seria direito se* ou *aquilo seria errado, mas* do sangue deixando de correr e dos ossos e artérias enrijecendo a que meu pai diz recorrerem na senilidade os homens que, quando eram jovens, flexíveis e fortes, reagiam com apenas um mero Sim e apenas um mero Não tão instantâneo, completo e impensado como o liga-desliga do interruptor de eletricidade, sentado ali falando, e meu avô sem saber do que ele estava falando e acreditando que nem o próprio Sutpen sabia, porque mesmo então Sutpen ainda não tinha contado tudo para ele. E isso era aquela moral de novo, meu avô disse: aquela moral que não lhe permitiu difamar ou caluniar a memória da primeira esposa, ou ao menos a memória do casamento, embora sentisse que fora ludibriado ao contraí--lo, nem mesmo para um conhecido em cuja discrição confiava o suficiente para desejar se justificar, nem mesmo ao filho de outro casamento para preservar o status da realização e do desejo de uma vida, exceto como último recurso. Não que ele hesitaria então, meu avô disse: mas só então o faria. Ele próprio tinha sido ludibriado ao se casar, mas se desvencilhara sem pedir nem receber ajuda de homem nenhum; e ele queria ver se outro que fosse enganado desse modo faria o mesmo. — Ficou ali sentado, refletindo sobre o fato de que, fosse qual fosse o curso que escolhesse, o resultado seria igual: seria como se o projeto e plano ao qual dera cinquenta anos de sua vida não tivesse jamais existido por quase exatamente cinquenta anos, e meu avô sem nem saber de que escolha ele estava falando, que segunda escolha estivera diante dele até a derradeira palavra que falou antes de se levantar, pôr o chapéu, apertar a mão esquerda do meu avô e sair a cavalo; essa segunda escolha, essa necessidade de escolher, tão obscura para meu avô quanto a razão para a primeira, o repúdio, tinha sido: de modo que meu avô nem mesmo disse: 'Não sei qual você deveria escolher', não porque isso seria tudo o que poderia ter dito e, assim, dizê-lo seria menos do que nenhuma resposta, mas porque qualquer coisa que poderia ter dito teria sido menos do que nenhuma resposta, já que Sutpen não estava escutando, não esperava uma resposta, ele que não viera atrás de piedade e não havia nenhum conselho que pudesse ter aceitado, e sua consciência já o tinha obrigado a encontrar justificativa trinta anos antes. E ainda sabia que tinha coragem, e embora ultimamente pudesse ter começado a duvidar ter adquirido aquela astúcia que em dado momento achou possuir, ainda acreditava que ela existia em algum lugar do mundo para ser aprendida e que, se ela podia ser aprendida, ele ainda a aprenderia — e talvez tivesse outra coisa, meu avô disse: se a astúcia não poderia desenredá-lo nesta segunda vez como fizera antes, ele poderia ao menos contar com a coragem para provê-lo de vontade e vigor para começar pela terceira vez aquele projeto, assim como ela lhe provera para começar pela segunda — ele veio ao escritório não atrás de piedade ou de ajuda, porque meu avô disse que jamais tinha aprendido a pedir ajuda ou qualquer outra coisa de ninguém, por isso não teria sabido o que fazer com a ajuda se meu avô houvesse podido lhe dar, mas veio apenas com aquela grave e muda perplexidade, esperando talvez (se esperava mesmo, se é que estava fazendo outra coisa além de simplesmente pensar em voz alta) que a mente de advogado poderia perceber e elucidar aquele erro inicial em que ele ainda insistia e que não tinha sido capaz de identificar: 'Eu estava diante da possibilidade de perdoar um fato que me fora impingido sem meu conhecimento durante o processo de construção do meu projeto, e que significava a absoluta e irrevogável invalidação do projeto; ou de me aferrar a meu plano original para o projeto em cuja realização eu incorrera nessa invalidação. Fiz minha escolha, e fiz tudo o que estava em meu poder para reparar qualquer dano que pudesse ter causado ao escolher, pagando ainda mais pelo privilégio de escolher como escolhi do que se poderia esperar, ou mesmo exigir (por lei). Contudo, estou agora diante de uma segunda necessidade de escolher, cujo fator curioso não é, como você indicou e como primeiro me pareceu, que a necessidade de uma nova escolha tenha surgido, mas que qualquer escolha que possa fazer, qualquer curso que possa escolher, leva ao mesmo resultado: ou eu destruo meu projeto com minhas próprias mãos, o que acontecerá se for obrigado a jogar meu último trunfo, ou não faço nada, deixo as coisas seguirem o curso que sei que seguirão e vejo meu projeto se completar de maneira bastante normal, natural e bem-sucedida aos olhos do público, mas aos meus de modo a ser uma zombaria e uma traição daquele menininho que se aproximou daquela porta cinquenta anos atrás e foi mandado embora, para cuja vingança o plano todo foi concebido e empreendido até o momento desta escolha, esta segunda escolha decorrente daquela primeira, que, por sua vez, me foi forçada como resultado de um acordo em que entrei de boa-fé, sem esconder nada, enquanto a outra parte ou partes esconderam de mim o único fator que destruiria todo o plano e projeto no qual eu estava trabalhando, esconderam-no tão bem que foi só depois da criança nascer que descobri que esse fator existia' — "

"Seu velho", disse Shreve. "Quando seu avô estava dizendo isso para ele, ele entendia tão bem do que seu avô estava falando quanto seu avô entendia do que o demônio estava falando quando o demônio contou tudo para ele, não é? E quando o seu velho contou tudo para você, você não teria entendido nada do que ninguém estava falando se não tivesse estado lá e visto Clytie. Certo?"

"Certo", disse Quentin. "Meu avô era o único amigo que ele tinha."

"O demônio tinha?" Quentin não respondeu, não se moveu. Estava frio no quarto agora. Quase não havia mais calor nos aquecedores: o aviso severo assobiava no ferro frio, uma admoestação de que era hora de ir dormir, a pequena morte, a renovação. Já fazia algum tempo que o carrilhão dera onze horas. "Certo", disse Shreve. Ele se aconchegava no roupão como antes se aconchegara dentro de sua pele rosada quase sem pelos. "Ele escolheu. Escolheu a luxúria. Eu também. Mas continue." Sua observação não tinha intenção de ser frívola nem depreciativa. Nascera (se é que nascera de alguma fonte) daquele sentimentalismo não sentimental incorrigível dos jovens que toma a forma de uma leviandade cruel e às vezes grosseira — à qual, aliás, Quentin não deu a menor atenção, retomando o relato como se nunca tivesse sido interrompido, com o rosto ainda abaixado, ainda meditando aparentemente sobre a carta aberta em cima do livro aberto entre suas mãos.

"Ele partiu para a Virgínia naquela noite. Meu avô contou que foi até a janela e o viu passar cavalgando pela praça no garanhão preto e esquálido, todo empertigado em seu uniforme cinza puído, o chapéu com a pluma quebrada um pouco inclinado, mas não tanto como o chapéu de pele de castor dos velhos tempos, como se (meu avô disse), mesmo com seu posto e prerrogativas marciais, ele não tivesse a arrogância de antes, não porque houvesse recebido uma lição do infortúnio ou estivesse exausto ou mesmo cansado da guerra, mas como se, mesmo enquanto cavalgava, ainda estivesse perplexo, naquele estado em que lutava para manter sobre um torvelinho de seres humanos imprevisíveis e irracionais não a cabeça para respirar e não tanto seus cinquenta anos de esforço e luta para estabelecer uma posteridade, mas seu código de lógica e moral, sua fórmula e receita de fato e dedução cuja soma e produto se recusavam a nadar e até mesmo a flutuar; meu avô viu-o aproximar-se da Pensão Holston e viu o velho sr. McCaslin e dois outros velhos saírem manquejando e pará-lo, ele montado no garanhão e falando com eles sem alterar a voz, meu avô disse, mas com a própria qualidade sóbria dos gestos e a retidão dos ombros parecendo forense, oratória. Então ele seguiu adiante. Ainda poderia alcançar a Centena de Sutpen antes de escurecer, por isso deve ter sido depois do jantar que conduziu o garanhão na direção do oceano Atlântico, ele e Judith se encarando mais uma vez por talvez um minuto inteiro, ele sem precisar dizer 'Eu impedirei isso se puder', ela sem precisar dizer 'Impeça, então — se puder', mas apenas até-logo, o beijo na testa e nenhuma lágrima; uma palavra para Clytie e para Wash: de amo para escravo, de barão para servo: 'Bem, Clytie, tome conta da srta. Judith. — Wash, vou lhe mandar um pedaço da cauda da casaca de Abe Lincoln de Washington', e acho que Wash deve ter respondido como costumava fazer embaixo da parreira de muscadíneas com o garrafão e o balde: 'Pois, Coroné; mata cada um dos verme!'. Então ele comeu o bolo de milho e bebeu o café de bolota tostada e partiu. Isso foi em 65 e o Exército (meu avô tinha voltado para ele também; era brigadeiro agora, embora eu pense que foi por outras coisas além de ter ficado com apenas um braço) havia recuado pela Geórgia até a Carolina e todos sabiam que não ia durar muito mais. Então, um dia Lee enviou a Johnston alguns reforços de uma de suas colunas e meu avô descobriu que o Vigésimo Terceiro Regimento do Mississippi era um dos que estavam sob o comando dele. E ele (meu avô) não sabia o que tinha acontecido: se Sutpen tinha descoberto de alguma maneira que Henry finalmente obrigara sua consciência a concordar com ele, assim como seu pai (de Henry) fizera trinta anos antes, se Judith havia escrito ao pai que afinal tivera notícias de Bon e o que ela e Bon pretendiam fazer, ou se os quatro tinham chegado, como se fossem uma só pessoa, ao ponto em que alguma coisa tinha que ser feita, tinha que acontecer. Apenas ficou sabendo certa manhã que Sutpen cavalgara até o quartel-general do velho regimento do meu avô e solicitado e recebido permissão para falar com Henry, e que havia falado com ele e depois ido embora antes da meia-noite."

"Então ele fez a sua escolha, afinal", disse Shreve. "Ele jogou aquele trunfo, afinal. E aí foi para casa e descobriu — "

"Espere", disse Quentin.

" — o que deve ter querido encontrar ou pelo menos o que ia encontrar — "

"Espere, estou dizendo!", disse Quentin, embora ainda sem se mover nem elevar a voz — aquela voz com sua qualidade tensa, sufocada, contida: "Eu que estou contando". *Será que terei de ouvir tudo aquilo de novo*, ele pensou, *vou ter de ouvir tudo aquilo de novo*, pensou, *Já estou ouvindo tudo aquilo de novo estou escutando tudo aquilo de novo, terei de nunca escutar outra coisa senão isso de novo para sempre, de modo que aparentemente um homem não apenas jamais vive mais que seu pai, mas nem mesmo seus amigos e conhecidos o fazem:* — (aquilo sobre o que não precisaria de nenhum aviso nem advertência, mesmo se Judith lhe tivesse enviado um, lhe enviado o reconhecimento de que estava vencida, ela que, segundo o sr. Compson, jamais lhe teria enviado esse reconhecimento, assim como não teria deixado (ela, que a srta. Coldfield disse não estar de luto) de recebê-lo quando voltou, não com a fúria e desespero que ele talvez pudesse ter esperado, mesmo sabendo tão pouco, tendo aprendido tão pouco, sobre as mulheres quanto o sr. Compson disse que aprendera, mas certamente com algo diferente daquela calma gélida com que, segundo a srta. Coldfield, ela o recebeu — o beijo de novo depois de quase dois anos, na testa; as vozes, as falas, calmas, contidas, quase impessoais. "E…?" "Sim. Henry o matou", seguido pelas breves lágrimas que cessaram quase no instante em que começaram, como se a umidade consistisse de uma única folha ou camada fina como um papel de cigarro e na forma de um rosto humano; o "Ah, Clytie. Ah, Rosa… Bem, Wash. Não consegui penetrar o suficiente as linhas ianques para cortar um pedaço daquela cauda de casaca que lhe prometi"; a gargalhada (de Jones), a casquinada, a velha estabilidade imbecil do barro inarticulado que, o sr. Compson disse, sobrevive tanto às vitórias como às derrotas: "Bem, Coroné, eles vencero nóis mas ainda num mataro nóis, mataro?": e isso foi tudo. Ele voltara. Estava em casa de novo, onde seu problema agora era a pressa, o tempo passando, a necessidade de correr. *Ele não estava preocupado*, disse o sr. Compson, *com a coragem e a vontade, nem mesmo com a astúcia agora. Não ficou nem por um momento preocupado com sua capacidade de começar pela terceira vez. Tudo o que o preocupava era a possibilidade de que poderia não ter tempo suficiente de fazê-lo, recuperar o terreno perdido. Tampouco desperdiçou um minuto do tempo de que dispunha. A vontade e a astúcia também não desperdiçou, embora seja certo que não considerou que tenha sido nem sua vontade, nem sua astúcia que lhe entregaram a oportunidade nas mãos, e é provável que tenha sido menos astúcia e mais coragem até do que vontade que o fez pedir a srta. Rosa em casamento após um período de três meses e quase antes de ela ter consciência do fato — a srta. Rosa, a principal discípula e oficiante daquele culto de perseguição ao demônio do qual ele era o principal objeto (embora não a vítima), noiva dele antes de se acostumar a tê-lo na casa; sim, mais coragem até do que vontade, mas um pouco de astúcia também: a astúcia adquirida em penosas partículas ao longo dos cinquenta anos subitamente capitulante e retroativa ou subitamente brotando e florindo como uma semente enterrada que estava dormente num vácuo ou num único torrão de ferro. Porque ele pareceu perceber sem estacar, naquela passagem pela casa que era uma continuação da longa jornada desde a Virgínia, fazendo a pausa não para cumprimentar a família, mas apenas para pegar Jones e arrastá-lo para os campos sufocados por roseiras-bravas e cercas caídas e meter machado ou enxadão em suas mãos, o único ponto fraco, o único ponto vulnerável a assaltar na condição resguardada de solteirona da srta. Rosa, e assaltar e arrebatar isso numa única investida, com um pouco da implacável habilidade tática de seu velho mestre (o Vigésimo Terceiro Regimento do Mississippi estava na unidade de Jackson naquela época). E aí a astúcia lhe faltou de novo. Ela se rompeu, desapareceu naquela velha e impotente lógica e moral que já o atraiçoara no passado: e um dia, em um dos sulcos do terreno, ele deve ter parado, um pé à frente, com o cabo insensível do arado nas mãos instantaneamente insensíveis, com um painel de cerca levantado no ar como se não tivesse peso por músculos que não sentiam, e percebeu que seu problema era maior que a falta de tempo, que o problema continha alguma superdestilação dessa falta: que ele já tinha passado dos sessenta e que possivelmente só poderia ter mais um filho, teria capacidade de gerar apenas mais um filho se tanto, assim como o velho canhão poderia saber quando tem apenas mais um tiro em si. Então ele sugeriu a ela o que sugeriu, e ela fez o que ele devia ter adivinhado que faria, e que provavelmente teria adivinhado se não tivesse se atolado de novo em sua moral, que tinha todas as partes, mas que se recusava a funcionar, a se mexer. Daí a proposta, o ultraje e a incredulidade; a maré, a explosão de raiva e indignação em que a srta. Rosa desapareceu da Centena de Sutpen, com a saia-balão barata espalhada sobre a inundação, sua touca (possivelmente uma de Ellen que tinha desencavado do sótão) atada com firmeza à cabeça rígida e instável de raiva. E ele ali parado com as rédeas na mão, com talvez algo parecido com um sorriso dentro da barba e em volta dos olhos, algo que não era sorrir, mas a concentração enrugada de um pensar furioso: — a pressa, a necessidade daquilo; a urgência, mas não medo, não preocupação: apenas o fato de que tinha perdido aquele tempo, ainda que por sorte houvesse sido apenas um tiro para encontrar a mira com carga leve, e o velho canhão, o velho cano e a velha carreta não sofrera com ele. Mas na próxima vez poderia não haver pólvora suficiente para um tiro de acerto e depois uma descarga completa; o fato de que o fio de astúcia, coragem e vontade enrolava no mesmo carretel que o fio de seus dias restantes, e que aquele carretel estava tão perto que quase era possível tocá-lo. Mas isso não era motivo de grande preocupação ainda, pois ela (a velha lógica, a velha moral que nunca deixara de lhe faltar) já estava entrando no seu padrão, já lhe mostrando conclusivamente que ele estivera certo, como sabia que estivera e, portanto, o que tinha acontecido era apenas uma ilusão e não existia de fato)*

"Não", disse Shreve; "espere você. Deixe-me brincar um pouco agora. Bom, Wash. Ele (o demônio) ali parado com o garanhão, o cavalo de batalha selado, o sabre embainhado, o uniforme cinza esperando para ser guardado pacificamente entre as traças e com tudo perdido, exceto a desonra: então veio a voz do fiel coveiro que abriu a peça e a fecharia, saindo dos bastidores como Shakespeare em pessoa: 'Bem, Coroné, eles vencero nóis mas ainda num mataro nóis, mataro?' — " Isso também não foi uma frivolidade; também foi apenas aquela camada protetora de leviandade atrás da qual a vergonha juvenil de estar comovido se esconde, motivo pelo qual Quentin também falava como falava, a razão para a taciturna perplexidade de Quentin, a irreverência (por parte de ambos), as palhaçadas tensas: os dois, quer soubessem ou não, no quarto frio (estava muito frio agora) dedicados ao que havia de melhor no raciocínio, que afinal era muito parecido com a moral de Sutpen e a transformação dele em demônio feita pela srta. Coldfield — esse quarto não só estava dedicado a isso, mas reservado para isso, algo para o que era adequado, já que era aqui, mais do que em qualquer outro lugar, que isso (a lógica e a moral) causaria o menor dano; os dois cerrando fileiras como se na última trincheira, dizendo Não para a sombra do Mississippi de Quentin, que em vida havia agido e reagido ao mínimo de lógica e moral, que ao morrer tinha escapado por completo delas, que morto permanecia não só indiferente como intocado por elas, de certa forma mil vezes mais potente e vivo. Shreve não quis ofender e Quentin não se ofendeu, pois ele nem mesmo se interrompeu. Nem mesmo hesitou, passando pelo comentário de Shreve sem vírgula, nem dois-pontos nem parágrafo:

"— agora não havia mais nenhuma reserva para arriscar um tiro para encontrar a mira, então ele atraiu essa como você atrairia um coelho num terreno cheio de mato, com um torrão de lama seca atirado com a mão. Talvez tenha sido o primeiro colar de contas da lojinha dele e de Wash, onde ele ficava irritado com os fregueses, os pretos, os brancos pobres que regateavam, e os expulsava e trancava a porta e bebia até cair. E talvez o próprio Wash tenha entregado as contas, meu pai disse, ele que estava no portão quando Sutpen chegou da guerra naquele dia, que depois que ele partiu com o regimento dizia ao povo que ele (Wash) estava cuidando da fazenda e dos pretos do Coroné, até que depois de um tempo começou mesmo a acreditar nisso. A mãe do meu pai contou que, quando os pretos de Sutpen ouviram pela primeira vez o que ele andava dizendo, eles o interpelavam na estrada que subia da baixada do rio, onde ficava a velha cabana de pesca onde Sutpen deixara que ele e a neta (ela tinha cerca de oito anos então) viviam. Eles eram sempre numerosos demais para ele açoitar todos, mesmo para tentar fazê-lo, se arriscar a isso: e eles lhe perguntavam por que ele não estava na guerra e ele dizia: 'Sai fora da minha estrada, seus pretos!', e eles começavam a rir de verdade, perguntando uns aos outros (só que não perguntavam uns aos outros, mas a ele): 'Quem é ele para nos chamar de pretos?', e Wash corria para eles com uma vara e eles chegavam bem perto, mas sem se deixarem atingir, nem um pouco zangados, apenas rindo. E Wash continuava levando os peixes e animais que matava (ou talvez roubava) e as hortaliças para casa quando isso era quase todo o alimento de que a sra. Sutpen e Judith (e Clytie também) viviam, e Clytie não o deixava entrar na cozinha com o cesto, dizendo: 'Pare aí, branco. Pare bem aí onde está. Tu nunca que cruzou esta porta enquanto o coronel estava aqui e não vai cruzar agora'. O que era verdade, só que meu pai disse que havia uma espécie de orgulho nisso: que ele jamais tinha tentado entrar na casa, embora acreditasse que, se tivesse tentado, Sutpen não as deixaria expulsá-lo; como (meu pai disse) se ele dissesse a si mesmo *Eu só não tento não porque recuse a dar a qualquer preto maldito a chance de me dizer que não posso, mas porque não vou obrigar o sr. Tom a ter de amaldiçoar um preto ou ser amaldiçoado por sua mulher por minha causa.* Mas eles bebiam juntos embaixo da parreira de muscadínea nas tardes de domingo, e nos dias de semana ele via Sutpen (aquele belo homem, como ele o chamava) no garanhão preto galopando pela plantação, e meu pai contou que, naquele momento, o coração de Wash ficava calmo e orgulhoso ao mesmo tempo e que talvez lhe parecesse que este mundo onde os pretos, que a Bíblia dizia que tinham sido criados e amaldiçoados por Deus para serem brutos e vassalos de todos os homens de pele branca, estavam mais bem arranjados, abrigados e até vestidos do que ele e sua neta — que este mundo onde ele caminhava sempre entre os ecos zombeteiros dos risos de pretos era apenas um sonho e uma ilusão e que o mundo real era aquele onde sua própria apoteose solitária (meu pai disse) galopava no puro-sangue negro, talvez pensando, meu pai disse, em como a Bíblia dizia que todos os homens foram criados à imagem de Deus e assim todos os homens eram o mesmo aos olhos de Deus de qualquer forma, pareciam-se com o mesmo Deus ao menos, e assim ele olharia para Sutpen e pensaria *Um homem belo e orgulhoso. Se o Próprio Deus descesse e cavalgasse pela terra natural, é assim que Ele gostaria de parecer.* Talvez tenha entregado ele próprio o primeiro colar de contas e, meu pai disse, cada uma das fitas que foram dadas a ela nos três anos seguintes, enquanto a menina amadurecia depressa, como as meninas daquele tipo costumam amadurecer; de qualquer forma, terá reconhecido cada uma das fitas quando as visse nela, mesmo quando ela lhe mentia sobre onde e como as obtivera, o que provavelmente não fazia, pois devia saber que ele vira as fitas na vitrine todos os dias durante três anos e as conhecia tão bem quanto conhecia os próprios sapatos. E não era só ele que as conhecia, mas todos os outros homens, os fregueses e os desocupados, os brancos e os pretos que ficavam sentados ou acocorados na varanda da loja para vê-la passar, não exatamente desafiadora e não exatamente curvada, e sem chegar a ostentar as fitas e as contas, mas quase; não chegava a ser nada disso, mas era um pouco de cada coisa: ousada, taciturna e temerosa. Mas meu pai contou que o coração de Wash ainda devia estar calmo mesmo depois que ele viu o vestido e comentou sobre ele, devia estar só um pouco mais sério agora, observando seu rosto furtivo, desafiador e assustado enquanto ela lhe contava (antes de ele ter perguntado, talvez oferecendo a explicação com demasiada insistência, com demasiada rapidez) que a srta. Judith tinha lhe dado, a tinha ajudado a fazer: e meu pai disse que talvez ele tenha percebido de repente e sem aviso que quando passava pelos homens na varanda eles o seguiam com o olhar também, e que já sabiam com certeza aquilo que ele apenas achara estarem provavelmente pensando. Mas meu pai disse que o coração de Wash ainda estava calmo, mesmo agora, e que ele respondeu, se é que respondeu, parou todos os protestos e todos os repúdios: 'Craro. Si o Coroné e a srta. Judith quis dá ele procê, espero que ocê tenha lembrado di agradecê eles'. — Não estava alarmado, meu pai disse: apenas pensativo, apenas sério; e meu pai contou que naquela tarde meu avô saiu para tratar com Sutpen sobre alguma coisa e não tinha ninguém na frente da loja, e ele estava a ponto de ir até a casa quando ouviu as vozes vindas dos fundos e caminhou na direção delas e assim as escutou sem querer antes de poder evitar de ouvir e antes que pudesse fazê-las ouvir ele chamando o nome de Sutpen. Meu avô ainda não conseguia vê-los, ainda nem tinha chegado até onde eles o poderiam ouvir, mas disse que sabia com exatidão a posição em que estariam: Sutpen já teria dito a Wash para buscar o garrafão e foi então que Wash falou e Sutpen começou a se virar, percebendo que Wash não estava buscando o garrafão antes de compreender o significado do que Wash estava dizendo, então compreendendo ainda meio virado, e de repente girou e deu um arremesso da cabeça para cima, olhando para Wash, e Wash ali parado, também sem se curvar, naquela atitude obstinada, calma e sem se curvar, e Sutpen disse: 'O que tem o vestido?', e meu avô disse que foi a voz de Sutpen que foi curta e grossa: não a de Wash; a voz de Wash foi apenas calma e sem expressão, sem humildade: apenas paciente e lenta: 'Conheço ocê já chegando nos vinte anos. Eu nunca que não neguei de fazê o que ocê me disse pra fazê. E sou um home de mais de sessenta. E ela não passa de uma garota de quinze anos', e Sutpen disse: 'Quer insinuar que eu prejudicaria a menina? Eu, um homem tão velho quanto você?', e Wash: 'Si ocê fosse um outro home, eu ia dizê que era tão véio quanto eu. E véio ou não véio, eu não ia deixá ela ficá com aquele vestido nem nada mais que vinhesse da tua mão. Mas ocê é diferente', e Sutpen: 'Diferente como?', e meu avô contou que Wash não respondeu e que ele chamou Sutpen de novo, mas nenhum dos dois o ouviu. E Sutpen disse: 'Então é por isso que você tem medo de mim?', e Wash disse: 'Eu num tenho medo. Purque ocê é bravo. Num é que foi um home bravo num segundo ou minuto ou numa hora da tua vida e pego um paper do General Lee pra podê mostrá. Mas ocê é bravo, qui nem tá vivo e respirando. É por isso qui é diferente. Ieu não preciso de bilhete de ninguém pra me dizê isso. E ieu sei que onde for que tuas mãos toca, se for um regimento de homes ou uma garota inguinorante ou só um cachorro sabujo, que ocê vai fazê dereito'. Então meu avô ouviu Sutpen se mover bruscamente, e meu avô disse que ele achou, pensou direitinho no que imaginava que Wash estava pensando. Mas tudo o que Sutpen disse foi: 'Pegue o garrafão'. — 'Craro, Coroné', Wash disse.

"Então chegou aquele domingo, um ano depois daquele dia e três anos depois de ele ter sugerido à srta. Rosa que eles tentassem primeiro e, se fosse um menino e vingasse, se casariam. Foi antes do dia nascer e ele estava esperando sua égua dar cria do garanhão preto, de modo que quando saiu da casa de madrugada Judith pensou que ele ia até o estábulo, ela que ninguém sabe o que e quanto sabia sobre seu pai e a neta de Wash, quanto não poderia ter deixado de saber pelo que Clytie deve ter sabido (e que pode ou não ter contado a ela), pois todos os outros sabiam, os brancos ou pretos da vizinhança que tivessem visto a garota passar usando as fitas e contas que todos reconheciam, quanto pode ter se recusado a descobrir durante o ajuste e a costura daquele vestido (meu pai disse que Judith de fato o fez; isso não era uma mentira que a menina contou a Wash: as duas ficaram sozinhas durante o dia todo por cerca de uma semana na casa: e sobre o que conversaram, do que Judith falou enquanto a menina ficava por ali no que tinha para chamar de roupa de baixo, com o rosto taciturno, desafiador, furtivo e vigilante, respondendo o quê, contando que coisas para as quais Judith pode ou não ter tentado fechar os olhos, ninguém soube). Então foi só quando ele não voltou na hora do almoço que ela saiu e mandou Clytie ir até o estábulo e descobriu que a égua tinha parido durante a noite, mas que seu pai não estava lá. E foi só no meio da tarde que ela encontrou um rapazote e lhe deu um níquel para ir até a velha cabana de pesca perguntar a Wash onde Sutpen estava e o rapaz dobrou assobiando a esquina que dava na cabana apodrecida e talvez tenha visto a foice primeiro, ou talvez o corpo estendido no mato que Wash ainda não tinha cortado, e enquanto gritava ele olhou para cima e viu Wash na janela, olhando-o. Então cerca de uma semana depois eles pegaram a preta, a parteira, e ela contou que nem sabia que Wash estava lá naquela madrugada quando ouviu o cavalo e depois os pés de Sutpen e ele entrou e ficou de pé olhando para o estrado em que a garota e o bebê estavam e disse: 'Penélope' — (essa era a égua) — 'deu cria esta manhã. Um lindo potro. Vai ser a cara escarrada do seu papai quando fui com ele para o Norte em 61. Lembra?', e a preta velha contou que disse: 'Sim, Sinhô', e que ele apontou o chicote de montar para o estrado e disse: 'E então? Maldito seja seu couro preto: é cavalo ou égua?', e que ela lhe contou e que ele ficou ali parado por um minuto e não moveu um músculo, com o chicote de montar encostado na perna e os feixes de luz solar das fendas não tapadas da parede o iluminando, iluminando seu cabelo branco e sua barba que ainda não tinha embranquecido nada, e ela disse que viu os olhos e depois os dentes dentro da barba e que teria saído correndo naquele momento, mas não conseguiu, não conseguiu obrigar suas pernas a se levantarem e correrem: e então ele olhou para a garota sobre o estrado de novo e disse: 'Bom, Milly; pena que você não seja uma égua também. Aí eu poderia lhe dar uma baia decente no estábulo', e virou-se e saiu. Só que a parteira nem assim conseguiu se mexer, e ela não tinha ideia de que Wash estava lá fora; apenas ouviu Sutpen dizer: 'Para trás, Wash. Não toque em mim', e então Wash, sua voz um sussurro tão baixo que ela quase não ouviu: 'Ieu vô te ensiná, Coroné': e Sutpen de novo: 'Para trás, Wash!', ríspido agora, e então ela ouviu o chicote no rosto de Wash, mas não sabia se tinha ouvido a foice ou não, porque agora descobriu que podia se mexer, se levantar, sair correndo da cabana e ir para o mato, correndo..."

"Espere", disse Shreve; "espere. Quer dizer que ele finalmente conseguiu o filho que queria, mas ainda assim — "

" — Wash andou as três milhas de ida e de volta antes da meia-noite para buscar a preta velha, depois ficou sentado na varanda despencada até o dia clarear e a neta parar de gritar dentro da cabana, e até ouviu o bebê uma vez, esperando por Sutpen. E meu pai disse que seu coração estava calmo naquele momento também, embora soubesse o que estariam dizendo em cada casebre da região ao anoitecer, assim como soubera o que haviam andado dizendo nos últimos quatro ou cinco meses quando o estado da neta (que ele nunca tinha tentado esconder) já não poderia ser confundido com outra coisa: *Wash Jones apanhou Sutpen de jeito. Ele levou vinte anos pra fazer isso, mas finalmente pegou o velho Sutpen e ele ou terá que rasgar carne ou guinchar* Foi isso que meu pai disse que ele estava pensando enquanto esperava na varanda, para onde a preta velha o tinha expulsado, e ele ali parado, talvez ao lado do próprio pilar a que a foice tinha ficado encostada enferrujando por dois anos, enquanto os gritos da neta chegavam regulares como um relógio, mas seu coração estava calmo, nem um pouco preocupado nem alarmado; e meu pai disse que talvez, enquanto estava ali parado, envolto na bruma de suas confusões (com aquela sua moral que era muito parecida com a de Sutpen, que lhe dizia que ele estava certo mesmo diante de qualquer fato, costume e tudo o mais) que sempre haviam estado de algum modo misturadas com o galopar dos cascos, mesmo durante a velha paz da qual ninguém se lembrava mais, e que durante os quatro anos da guerra da qual ele não tinha participado o galopar tinha sido apenas mais corajoso, altivo e estrondeante; meu pai disse que talvez ele tenha obtido a resposta que procurava; que talvez ali tenha se libertado em meio ao galope contra o céu amarelo do amanhecer da imagem do belo e orgulhoso homem no belo e orgulhoso garanhão, e que as confusões se libertaram também, não em justificativa, explicação, extenuação ou desculpa, meu pai disse, mas como a apoteose solitária, explicável, além de toda sordidez humana: *Ele é maior do que todos aqueles ianques que mataro nóis e nosso povo, que mataro sua esposa e enviuvaro sua filha e expulsaro seu filho de casa, que roubaro seus pretos e arruinaro sua terra; maior do que todo este condado pelo qual ele lutô e em troca do que levô uma lojinha de roça onde tem que trabaiá por seu pão e sua carne; maior do que o desprezo e a rejeição que levô à boca como o cálice amargo da Bíblia. E como eu pudia ter vivido perto dele vinte anos sem ser tocado e mudado por ele? Posso não ser tão grande quanto ele é e posso nunca ter galopado. Mas pelo menos ele me arrastô junto para onde foi. E eu e ele ainda podemos fazer quarquer coisa, vamos podê sempre, se for sua vontade me mostrar o que deseja que eu faça*; e talvez ainda estivesse ali parado segurando as rédeas do garanhão depois que Sutpen entrou na cabana, ainda ouvindo o galope, vendo a orgulhosa imagem galopante se fundir e passar, galopando por avatares que marcaram a acumulação de anos, de tempo, até o belo clímax em que galopava sem cansaço nem progresso, para todo o sempre imortal sob o sabre brandido e os estandartes destroçados pelos tiros, descendo por um céu da cor do trovão; ficou ali e ouviu Sutpen dentro da casa falando sua única frase de saudação, indagação e adeus à neta, e meu pai disse que por um segundo Wash não deve ter sentido o chão sob os pés enquanto observava Sutpen sair da casa, com o chicote de montar na mão, pensando com calma, como num sonho: *Eu num posso tê ouvido o que sei que ouvi. Só sei que num posso* pensando *Foi isso que fez ele levantar. Foi aquele potro. Num fui eu nem minha neta. Num foi nem a cria dele que fez ele sair da cama,* talvez sem sentir o chão, sem nenhuma estabilidade, mesmo então, talvez nem sequer ouvindo a própria voz quando Sutpen viu seu rosto (o rosto de um homem que, em vinte anos, jamais vira fazer nenhum movimento exceto sob comando, da mesma maneira que o garanhão em que montava) e parou: 'Você disse que se ela fosse uma égua daria uma baia decente pra ela no estábulo', talvez nem mesmo ouvindo Sutpen quando ele disse bruscamente: 'Para trás. Não toque em mim', só que ele deve ter escutado isso, porque respondeu: 'Ieu vô te ensiná, Coroné', e Sutpen disse 'Para trás, Wash' de novo antes de a velha ouvir o chicote. Mas ele deu dois golpes com o chicote; eles viram os dois vergões no rosto de Wash naquela noite. Talvez os dois golpes até o tenham derrubado; talvez tenha sido enquanto ele estava se levantando que pôs a mão na foice — "

"Espere", disse Shreve; "pelo amor de Deus espere. Você quer dizer que ele — "

" — ficou ali sentado durante todo aquele dia na janelinha de onde podia vigiar a estrada; provavelmente largou a foice e foi direto para dentro da casa, onde talvez a neta sobre o estrado tenha perguntado, queixosa, o que estava havendo, e ele tenha respondido: 'O quê? Que barulho, meu amô?', e talvez tenha tentado persuadi-la a comer também — a carne de segunda que deve ter trazido da loja no sábado à noite, ou talvez o doce, usando-o para tentá-la, talvez — a goma gelatinosa e rançosa de um níquel, tirada de um saco listrado, e talvez tenha comido ele próprio, e depois se sentado à janela de onde podia ver o lado de fora por sobre o corpo e a foice no mato adiante, e vigiar a estrada. Porque estava sentado ali quando o rapazote dobrou o canto da casa assobiando e o viu. E meu pai disse que ele deve ter percebido então que não seria muito depois do anoitecer que a coisa aconteceria; que ele deve ter ficado ali sentado e sentido os homens se reunindo com os cavalos, cães e armas — os curiosos e os vingativos —, homens da estirpe do próprio Sutpen, que costumavam comer à sua mesa na época em que ele (Wash) só chegara até a parreira de muscadíneas, nunca mais perto da casa do que isso — homens que tinham aberto caminho, mostrado a seus inferiores como lutar nas batalhas, que talvez também possuíssem papéis assinados dos generais dizendo que estavam entre os mais bravos — que nos velhos tempos também tinham galopado, arrogantes e orgulhosos, nos belos cavalos pelas belas plantações — também símbolos de admiração e esperança, também instrumentos de desespero e tristeza; era deles de quem se esperaria que ele fugisse, mas parecia-lhe que não tinha nenhum motivo para correr, assim como não tinha para onde correr; que, se corresse, estaria fugindo apenas de um conjunto de sombras vaidosas e malignas para outro, pois eles (os homens) eram todos iguais por toda a terra que Wash conhecia, e ele estava velho, velho demais para chegar muito longe mesmo que fosse correr, ele que nunca poderia escapar deles, não importava quanto e para quão longe corresse; não se poderia esperar que um homem com mais de sessenta anos chegasse tão longe, longe o bastante para passar das fronteiras da terra onde homens como aqueles viviam e estabeleciam a ordem e a lei da vida: e meu pai disse que talvez pela primeira vez na vida ele tenha começado a compreender como fora possível para os ianques ou qualquer outro exército ter vencido aqueles homens — os galantes, os orgulhosos, os bravos; os que todos sabiam terem sido escolhidos como os melhores dentre eles a portar coragem, honra e orgulho. Devia ser quase pôr do sol agora e ele devia sentir que estavam bem perto agora; meu pai disse que deve até ter achado que podia ouvi-los: todas as vozes, os murmúrios de amanhã e depois e depois além da fúria imediata: *Eles finalmente pegaro o Velho Wash Jones. Ele achava que tinha pegado Sutpen. Mas Sutpen o enganou. Ele achava que tinha, mas o velho Wash Jones foi enganado*, e então ele talvez tenha chegado a dizê-lo em voz alta, gritado, meu pai disse: 'Mas eu nunca esperei isso, Coroné! Ocê sabe que nunca!', até que talvez a neta tenha se remexido e se queixado de novo, e ele foi e a acalmou e voltou para falar sozinho de novo, mas com cuidado agora, baixinho agora, já que Sutpen estava perto o bastante para ouvi-lo sem que gritasse: 'Você sabe que nunca. Sabe que nunca esperei nem pedi nem quis nada de ôtro homem, a não ser o que esperei de você. E eu nunca pedi. Não achei que ia precisar: só disse pra mim mesmo *Não preciso. Que precisão tem um sujeito como o Wash Jones de questionar ou duvidar do homem que o próprio general Lee disse num bilhete escrito à mão que era bravo?* Bravo' (e talvez agora estivesse falando em voz alta de novo, se esquecendo de novo) 'Bravo! *Melhor se nenhum deles tivesse voltado em 65'* pensando *Melhor se a raça dele e a minha também nunca tivessem respirado nesta terra. Melhor que todos que restam de nós sejam varridos da face dela do que outro Wash Jones chegar a ver toda a sua vida despedaçada e se contraindo como uma vagem seca atirada no fogo* Então eles chegaram. Wash devia estar escutando o progresso deles pela estrada, com os cães e os cavalos, e visto os lampiões, pois já estava escuro. E o major De Spain, que era o xerife na época, desmontou e viu o corpo, embora tenha dito que não viu Wash nem soube que ele estava lá até Wash falar seu nome calmamente da janela, quase na cara dele: 'É você, major?'. De Spain disse para ele sair e contou como a voz de Wash estava bastante calma quando ele disse que só demoraria um minuto; estava tudo quieto demais, calmo demais. Tão quieto e calmo que De Spain disse que não percebeu nem por um momento que estava calmo e quieto demais: 'Só um minuto. Assim que eu cuidar da minha neta'. 'Nós cuidaremos dela', De Spain disse. 'Você venha aqui para fora.' 'Craro, Major', disse Wash, 'só um minuto.' E assim eles ficaram esperando diante da casa às escuras, e no dia seguinte meu pai disse que cem deles se lembraram da faca de açougueiro que Wash mantinha escondida e afiada como uma navalha — a única coisa em sua vida desleixada da qual todos sabiam que ele se orgulhava e com a qual se importava — só que, quando se lembraram de tudo isso, já era tarde demais. Ou seja, eles não sabiam o que ele estava fazendo. Apenas o ouviram se mover no interior da casa escura, então ouviram a voz da neta, aflita e queixosa: 'Quem é? Acenda a lâmpada, vovô', e então a sua voz: 'Ieu num precisa de luz, meu amô. Ieu só precisa de um minuto', e então De Spain sacou a pistola e disse: 'Você aí, Wash! Venha cá para fora', e Wash continuou sem responder, murmurando ainda para a neta: 'Cadê ocê?', e a voz aflita respondendo: 'Bem aqui. Onde mais eu estaria? O que...', então De Spain disse, 'Jones!' e já estava tropeçando nos degraus quebrados quando a neta gritou; e todos os homens alegaram que ouviram a faca nas duas gargantas, embora De Spain não tenha ouvido. Ele apenas disse que sabia que Wash tinha vindo para a varanda e saltou para trás antes de descobrir que não era na direção dele que Wash estava correndo, mas para o outro lado da varanda, onde o corpo jazia, mas não se lembrou da foice: apenas deu alguns passos correndo para trás quando viu Wash se abaixar e se levantar de novo, e então Wash estava correndo até ele. Só que estava correndo na direção de todos eles, De Spain disse, correndo na direção dos lampiões de modo que eles puderam ver a foice erguida acima da cabeça; puderam ver o rosto, os olhos também, enquanto ele corria com a foice erguida, direto para os lampiões e os canos das armas, sem emitir nenhum som, nenhum grito enquanto De Spain corria para trás diante dele, dizendo: 'Jones! Pare! Pare, ou eu vou matar você, Jones! Jones! *Jones!*'."

"Espere", disse Shreve. "Quer dizer que ele conseguiu o filho que queria, depois de se esforçar tanto, e depois simplesmente virou e..."

"Sim. Ficou sentado no escritório do meu avô naquela tarde, com a cabeça meio inclinada para trás, explicando ao meu avô como se estivesse explicando aritmética a Henry na quarta série:

'Como vê, tudo o que eu queria era um filho. O que não me parece, quando olho para este cenário contemporâneo, nenhuma dádiva exorbitante a pedir da natureza ou das circunstâncias...'."

"*Você vai esperar?*", disse Shreve. " — que com o filho que ele se esforçou para conseguir deitado bem ali atrás dele na cabana, ele teria a coragem de insultar o avô a ponto de matar primeiro ele e depois a criança?"

" — O quê?", disse Quentin. "Não era um filho. Era uma menina."

"Ah", disse Shreve. " — Venha. Vamos sair dessa maldita geladeira e ir para a cama."

VIII

Nessa noite, ninguém respiraria fundo à janela. Ela permaneceria fechada acima do pátio gelado e vazio para onde davam as janelas da parede oposta, que, com duas ou três exceções, já estavam às escuras; logo os carrilhões soariam a meia-noite, com notas melodiosas e tranquilas, tênues e cristalinas no ar ameaçador (não estava mais nevando) e parado. "Então o velho mandou o preto atrás de Henry", disse Shreve. "E Henry veio e o velho disse 'Eles não podem se casar porque ele é seu irmão' e Henry disse 'Mentira', assim, de estalo: nenhuma pausa, nenhum intervalo, nenhum nada, como quando você aperta o botão e ilumina o quarto; e o velho ficou ali, nem se moveu nem bateu nele, e então Henry não disse 'Mentira' de novo porque sabia que era verdade; disse apenas 'Não é verdade' e não 'Eu não acredito', mas 'Não é verdade', porque talvez pudesse ver o rosto do velho de novo agora e, demônio ou não, ele exibia uma espécie de tristeza e piedade, não por ele, mas por Henry, porque Henry era apenas um jovem, enquanto ele (o velho) sabia que ainda tinha toda a coragem e até a esperteza para — "

Shreve estava de pé ao lado da mesa, de frente para Quentin de novo, embora sem se sentar. No sobretudo abotoado de maneira errada sobre o roupão, ele parecia imenso e disforme como um urso desgrenhado enquanto fitava Quentin (o sulista, cujo sangue esfriava rápido, era mais elástico, talvez para compensar as mudanças violentas de temperatura, talvez apenas por estar mais perto da superfície), que estava encurvado na cadeira, com as mãos enfiadas nos bolsos como se estivesse tentando se abraçar para se aquecer, parecendo um tanto frágil e até abatido à luz da lâmpada, com o brilho róseo que agora não tinha nada de calor, de aconchego, enquanto a respiração dos dois virava um vapor fraco no quarto frio, onde eles agora não eram dois, mas quatro, os dois que respiravam não sendo indivíduos agora, mas ambos algo mais e menos do que gêmeos, o coração e o sangue da juventude (Shreve tinha dezenove anos, alguns meses a menos do que Quentin. Ele parecia ter exatamente dezenove anos; era uma dessas pessoas cuja idade correta nunca se sabe, porque elas parecem ter exatamente essa idade e, por isso, os outros acham que não podem tê-la, porque parecem tanto tê-la que não é possível que não estejam tirando vantagem da aparência: então nunca se acredita implicitamente que a pessoa tem a idade que alega, nem aquela que por puro desespero concordam ter ou que outra pessoa declara que têm), forte o bastante e ansioso o bastante para dois, para dois mil, para todos. Não eram dois homens numa sala de estar de uma universidade da Nova Inglaterra, mas um numa biblioteca do Mississippi sessenta anos antes, com azevinho e visco em vasos sobre a lareira ou ali atrás, coroando e engrinaldando com a estação e o tempo os retratos nas paredes, e um ramo ou dois decorando a fotografia, o grupo — mãe e dois filhos — sobre a escrivaninha à qual o pai estava sentado quando o filho entrou; e eles — Quentin e Shreve — pensando em como, depois que o pai falou e antes do que ele falou deixar de ser choque e passar a fazer sentido, o filho se lembraria mais tarde de como tinha visto pela janela atrás da cabeça do pai a irmã e o namorado no jardim, caminhando devagar, a cabeça da irmã inclinada em escuta, a cabeça do namorado inclinada sobre a dela enquanto caminhavam devagar naquele ritmo que não são os olhos, mas o coração que marca e para o qual cadencia o passo, desaparecendo devagar atrás de algumas moitas ou arbustos estrelados de flores brancas — jasmim, espireia, madressilva, talvez uma multidão de rosas Cherokee, inodoras e impossíveis de colher — nomes, flores de que Shreve possivelmente jamais tinha ouvido falar nem visto, embora o ar que se tornou ameno o suficiente para nutri-las tivesse soprado sobre ele primeiro — e não importaria aqui que a estação naquele jardim fosse inverno também, e que por isso não haveria nenhuma flor ou folha, mesmo que houvesse alguém para caminhar ali e ser visto ali pois, a julgar pelos eventos subsequentes, era noite no jardim também. Mas isso não tinha importância, porque acontecera havia muito tempo. Ao menos não tinha importância para eles (Quentin e Shreve), que poderiam, sem se moverem, tão livres agora da carne quanto o pai que decretara e proibira, o filho que negara e repudiara, o namorado que aquiescera, a namorada que não ficou de luto, e sem nenhuma transição tediosa de lareira e jardim (se é que havia o jardim) para sela, já estar pisando sobre o solo gelado daquela noite de dezembro e daquela manhã de Natal, aquele dia de paz e alegria, de azevinho e boa vontade e fogo na lareira; também não eram dois homens naquela hora e lugar, mas quatro deles atravessando com os dois cavalos a escuridão de ferro, e isso também não tinha importância: que rostos tinham e por que nomes eram chamados, desde que o sangue corresse — o sangue, o breve, imortal, recente e permanente sangue que poderia manter honra acima da falta de arrependimento preguiçosa e amor acima da vergonha gorda e preguiçosa.

"E Bon não sabia", disse Shreve. "O velho não se moveu e dessa vez Henry não disse 'Mentira', disse 'Não é verdade' e o velho disse 'Pergunte a ele. Pergunte a Charles, então' e Henry soube que fora aquilo que o pai quisera dizer desde o início, e que fora aquilo que ele próprio quisera dizer quando acusou o pai de mentir, porque o que o velho disse não foi só 'Ele é seu irmão', mas 'Ele sabia o tempo todo que é seu irmão e de sua irmã'. Mas Bon não sabia. Escute, não se lembra de como seu pai disse que em nenhum momento ele — o velho, o demônio — pareceu se perguntar como a outra esposa tinha conseguido encontrá-lo, rastreá-lo, que em nenhum momento pareceu se perguntar o que ela vinha fazendo todo aquele tempo, como devia ter passado aquele tempo, os trinta anos desde aquele dia em que ele saldou sua dívida com ela e pegou o recibo, ou pelo menos foi o que pensou, e viu com os próprios olhos o recibo sendo (foi o que pensou) destruído, picado e atirado ao vento; em nenhum momento se perguntou isso, só pensou que ela o fizera, o rastreara, poderia e teria querido rastreá-lo? Então não foi ela quem contou a Bon. Não teria feito isso, talvez porque sabia que ele — o demônio — acreditaria que ela é que havia contado. Ou talvez nunca tenha tido chance de contar. Talvez simplesmente nunca tenha pensado que podia haver alguém tão próximo dela como uma criança solitária saída de seu próprio corpo, a quem teria de ser contado como ela fora rejeitada e tinha sofrido. Ou talvez tenha começado a contar antes de ele ser grande o bastante para compreender, e assim, quando ele ficou grande o bastante para compreender o que estava sendo dito, tenha contado tanto e com tanta insistência que as palavras já não faziam sentido para ela tampouco, porque não precisavam fazer sentido para ela, e assim chegou ao ponto em que, quando pensava que falava, estava muda, e quando pensava que estava muda era apenas o ódio, a fúria, a insônia e o rancor. Ou talvez não fosse a intenção dela que ele soubesse disso naquela época. Talvez o estivesse preparando para aquela hora e momento que não poderia prever, mas que sabia que chegaria algum dia, porque teria de chegar, ou então ela teria de fazer como a Tia Rosa e negar que algum dia tinha vivido — o momento em que ele (Bon) estaria lado a lado (não frente a frente) com o pai, quando o destino, o acaso, a Justiça ou qualquer que fosse o nome que ela desse poderia fazer o resto (e fez, melhor do que ela poderia ter imaginado, esperado ou mesmo sonhado e o seu pai disse que, por ser uma mulher, ela provavelmente não ficou nem mesmo surpresa) — preparando-o ela mesma, criando-o ela mesma, dando-lhe banho, alimentando-o, colocando-o na cama e dando-lhe o doce e os brinquedos e as outras alegrias e diversões e necessidades de uma criança em doses medidas como se fossem remédio, tudo com as próprias mãos: não porque precisasse, ela que poderia ter contratado uma dúzia ou comprado uma centena de pessoas para fazê-lo por ela com o dinheiro, a gaita que ele (o demônio) voluntariamente tinha entregado, rejeitado, para equilibrar o livro-caixa de sua moral: mas como o milionário que poderia ter uma centena de cavalariços e treinadores, mas possui apenas um cavalo, uma donzela, um momento, a única combinação de coração, músculo e vontade com o único instante: e ele próprio (o milionário) paciente no macacão, no suor e no esterco do estábulo, e a mãe o criando para aquele momento em que diria: 'Ele é o seu pai. Ele deixou você e a mim de lado e se negou a lhe dar seu sobrenome. Agora vai', e então ela se senta e deixa que Deus decida o assunto: Ele que dê a ordem para disparar ou gire a roda; destruição ou sofrimento ou angústia: Deus que termine ou faça a roda girar. Meu Deus, quase posso vê-lo: um menininho que, antes mesmo de ter aprendido seu nome ou o nome da cidade onde vivia ou como dizer um ou outro, já aprendera a esperar que de vez em quando seria arrancado de uma brincadeira e apertado, agarrado entre as duas mãos ferozes com (o que ao menos para ele passava por) amor, contra os dois joelhos rígidos e ferozes, com o rosto cuja lembrança vinha desde antes da memória começar como sendo aquele que supervisionava todas as alegrias mundanas de paladar, estômago e entranhas, de calor, prazer e segurança, precipitando-se sobre ele numa espécie de ardente imobilidade: ele encarando a interrupção como algo normal, como apenas mais um fenômeno natural da existência; o rosto repleto de um rancor violento e quase insuportável, quase uma febre (não era amargura e desespero: apenas uma implacável vontade de vingança), como apenas mais uma manifestação de amor mamífero — e ele sem saber de que diabos se tratava, ele que era jovem demais para extrair qualquer fato conexo daquele emaranhado de fúria e ódio e da velocidade alucinante; sem compreender nem se importar: apenas curioso, criando para si (sem ajuda, pois quem o ajudaria?) sua própria noção do Porto Rico ou do Haiti ou seja lá de onde fosse que compreendia vagamente ter vindo, assim como as crianças normais fazem com o Céu ou a cegonha ou seja lá de onde venham, exceto que no caso dele era diferente porque não devia (sua mãe não tinha intenção, de qualquer forma) jamais voltar lá (e talvez, quando você ficasse tão velho quanto ela era, também ficaria horrorizado toda vez que encontrasse escondida em seus pensamentos alguma coisa que apenas tivesse o cheiro ou o gosto daquilo que pudesse ser um desejo de voltar lá); e não devia saber quando e por que havia deixado aquele lugar, mas apenas que escapara de lá, que qualquer que fosse o poder que criara o lugar para você odiá-lo também o afastara de lá para que você pudesse odiá-lo bastante e jamais perdoá-lo com calma e tranquilidade (embora não exatamente no que se chamaria de paz); que você devia agradecer a Deus por não se lembrar de nada sobre ele, mas ao mesmo tempo não podia, talvez não ousasse, jamais esquecê-lo — e ele talvez sem sequer saber que dava como certo que todos os garotos tampouco tinham pais e que ser arrancado quase todos os dias de sabe-se lá qual passatempo inofensivo, em que você não estava incomodando ninguém ou mesmo pensando em ninguém, por uma pessoa só porque essa pessoa era maior do que você, mais forte do que você, e sendo mantido por um minuto ou cinco minutos embaixo de uma espécie de cano de água estourado de fúria incompreensível, anseio feroz e raiva vingativa e extrema, era parte da infância que todas as mães de filhos haviam recebido por sua vez de suas mães, e suas mães por sua vez daquele Porto Rico ou Haiti ou seja lá de onde fosse que todos nós viemos, mas onde nenhum de nós jamais viveu: de modo que, quando ele crescesse e tivesse filhos, teria de passá-lo adiante também (e talvez ele tenha decidido naquele instante que era trabalho demais e que não teria filhos, ou ao menos esperava que não) e portanto homem nenhum tinha pai, não um Porto Rico ou Haiti pessoal, mas todos tinham rostos de mãe que sempre geravam se precipitando sobre aqueles momentos quase calculáveis saídos de algum ultraje obscuro e ancestral que a carne viva articulada real nem mesmo tinha sofrido, mas apenas herdado; toda a carne de menino que andava e respirava resultava daquela única paternidade ambígua, fugidia e obscura e assim era irmanada, perene e ubíqua por toda parte nesta terra..."

Quentin e Shreve se encararam — se fulminaram, melhor dizendo —, com a respiração silenciosa e regular virando um vapor leve e constante no ar, que agora estava sepulcral. Havia algo de curioso na maneira como se encaravam, algo de curioso, tranquilo e profundamente intenso, não como dois rapazes poderiam se olhar, mas quase como um jovem e uma mocinha poderiam se olhar devido à pura virgindade — uma espécie de busca silenciosa e franca, cada olhar carregado da obsessão imemorial da juventude não com o peso arrastado do tempo com que o velho vive, mas com sua fluidez: os rastros luminosos de todos os momentos perdidos de quinze e dezesseis anos. "Então ele ficou mais velho e saiu de debaixo da saia a despeito dela (a despeito dele também, talvez; talvez de ambos) e nem mesmo se importou. Descobriu que ela pretendia alguma coisa, mas não apenas não se importou, como nem mesmo se importou de não saber do que se tratava; ficou mais velho e descobriu que ela o estivera preparando e temperando para ser o instrumento de alguma coisa qualquer que administraria com mão implacável, talvez tenha passado a acreditar (ou viu) que ela o enganara e obrigara a receber aquela forma e têmpera, e também não se importou com isso, porque provavelmente, àquela altura, tinha aprendido que existiam três coisas, não mais: respirar, prazer, escuridão; e sem dinheiro não poderia haver prazer, e sem prazer não seria nem sequer respirar, mas apenas a inalação protoplásmica e o colapso de um não-organismo cego numa escuridão onde a luz nunca começara. E ele tinha dinheiro, porque sabia que ela sabia que o dinheiro era a única coisa com a qual poderia coagi-lo e apaziguá-lo a se manter dentro das barreiras quando o Dia do Derby chegava, de modo que não ousava negá-lo a ele e sabia que ele sabia disso: então talvez ele até a tenha chantageado, subornado desta maneira: 'Você me dá a grana do jeito que eu quero e eu não perguntarei por que ou para que ainda'. Ou talvez ela estivesse tão ocupada na preparação dele que nunca pensasse no dinheiro, ela que provavelmente nunca teve muito tempo para se lembrar dele ou contá-lo ou imaginar quanto havia nos intervalos do odiar e do enfurecer-se, e assim o único que podia controlar um pouco o dinheiro que ele recebia era o advogado e ele (Bon) deve ter aprendido isto antes de mais nada: que poderia falar com a mãe e manter o advogado contra a parede a qualquer momento, da mesma forma que o cavalo do milionário só precisa entrar com um pouco de suor extra, e amanhã terá um novo jóquei.

Claro, só podia ser ele: o advogado, aquele advogado com sua milionária louca particular para explorar, ela que provavelmente não tinha interesse suficiente pelo dinheiro para ver se os cheques tinham quaisquer outras palavras escritas quando os assinava — aquele advogado que, com a mãe de Bon já tramando e planejando desde uma época da qual ele nem se lembrava (e mesmo se ela não sabia ou se sabia ou não ou se se importaria ou não) para aquele dia em que ele seria traduzido rapidamente num terreno tão fértil e tão podre, já o estivera arando e plantando e colhendo a ambos, ele e a mãe, como se ele já fosse — aquele advogado que talvez tivesse uma gaveta secreta no cofre secreto com o papel secreto dentro, talvez um mapa com alfinetes coloridos pregados como os generais possuem em campanhas, e todas as anotações em código: *Hoje Sutpen terminou de roubar um índio bêbado em cem milhas de terra virgem, val. U$ 25000. Às 14h31 de hoje chegou vindo do pântano com uma tábua final para a casa. Val. em conj. com terra 40000. 19h52 hoje se casou. Val. de ameaça de bigamia menos nada, a menos que comprador rápido. Não provável. Sem dúvida associou-se com esposa mesmo dia. Digamos 1 ano* e então com talvez a data e a hora também: *Filho. Val. intrínseco possível embora não provável, venda forçada de casa & terra mais val. colheita menos um quarto da criança. Digamos 10 anos, um ou mais filhos. Val. intrínseco venda forçada casa & terra plantada mais ativos líquidos menos parte dos filhos. Val. emocional 100% vezes aumento anual para cada filho mais val. intrínseco mais ativos líquidos mais créditos adquiridos circulantes* e talvez aqui com a data também dizendo: *Filha* e talvez até fosse possível ver o ponto de interrogação depois e até as outras palavras: *filha? filha? filha?* ficando mais vagas não porque o pensamento ficara mais vago, ao contrário, o pensamento ficara imóvel então, recuando um pouco e se espalhando como quando você põe um graveto num filete de água, se espalhando e subindo devagar por toda a sua volta no lugar, fosse qual fosse, onde ele podia trancar a porta e ficar tranquilo e subtrair o dinheiro que Bon estava gastando com suas putas e seu champanhe do que sua mãe possuía, e imaginar quanto sobraria dele amanhã e no mês seguinte e no ano seguinte ou até Sutpen estar no ponto — pensando no dinheiro vivo que Bon estava jogando fora nos cavalos, nas roupas, no champanhe, no jogo e nas mulheres (ele decerto deve ter ficado sabendo da oitavona e do casamento morganático muito antes da mãe, mesmo que tivesse sido segredo; talvez até tivesse um espião no quarto de Bon, como parece ter tido no de Sutpen; talvez até tenha plantado a mulher na vida de Bon, dito para si mesmo como se faz sobre um cão: *Ele está começando a se espalhar. Precisa de um obstáculo. Não uma amarra: apenas um obstáculo pequeno de algum tipo para que não possa entrar em nada que talvez tenha uma cerca em volta*) e somente ele para tentar controlar, até onde ousasse, e sem conseguir fazer muito porque também sabia que tudo o que Bon tinha de fazer era procurar a mãe e o cavalo de corrida teria um cocho de ouro se quisesse e, se o jóquei não fosse cuidadoso, um novo jóquei também — e ele contando o dinheiro, imaginando o que sobraria para ele se continuasse nesse passo pelos próximos anos, comparado ao que parecia que ia sobrar para ele no futuro, e enquanto isso crucificado entre seus dois problemas: se talvez o que devesse fazer fosse lavar as mãos dessa história de Sutpen e limpar tudo o que sobrara e fugir para o Texas: mas, sempre que ele pensava em fazer isso tinha de pensar em todo o dinheiro que Bon já gastara, e se ele tivesse ido para o Texas dez anos antes ou cinco anos antes ou mesmo no ano anterior, teria levado mais: de modo que à noite, enquanto esperava a paisagem vista da janela começar a acinzentar, talvez fosse como a Tia Rosa disse que era e teria de negar que vivera (ou talvez desejar que não vivesse), exceto por aqueles duzentos por cento do valor intrínseco todo Ano-Novo; a água se afastando do graveto e subindo e se espalhando a sua volta, constante e silenciosa como a luz, e ele ali sentado no esplendor branco de clarividência (ou vidência, ou fé no infortúnio e na loucura humanos, ou no que quer que você queira chamá-lo) que estava lhe mostrando não só o que poderia acontecer, mas o que ia realmente acontecer, e ele se negando a acreditar que ia acontecer, não porque descobrira numa visão, mas porque teria que conter amor, honra, coragem e orgulho; e acreditando que poderia acontecer, não porque fosse lógico e possível, mas porque seria a coisa mais infeliz para todos os envolvidos que poderia ocorrer; e embora fosse impossível provar o vício, a virtude, a coragem ou a covardia para ele sem mostrar-lhe os seres vivos em questão, tanto quanto seria impossível provar a morte sem lhe mostrar um cadáver, ele acreditava no infortúnio, por conta daquele treinamento rigoroso, árduo e aborrecido de eunuco que tinha ensinado a deixar a boa sorte e as alegrias do homem para Deus, que em troca entregaria todas as suas misérias, loucuras e infortúnios aos piolhos e pulgas de Coke e Littleton. E a velha Sabina — "

Eles se encararam — se fulminaram — (era Shreve quem estava falando, embora não fosse pela leve diferença que os graus de latitude entre um e outro tinham inculcado neles (diferenças não em tom ou altura da voz, mas em expressões e uso das palavras), poderia ter sido qualquer um dos dois e, num sentido, eram ambos: ambos pensando como um só, com a voz que por acaso estava falando o pensamento somente se tornando audível, sendo vocalizada; os dois criando entre si, da montoeira de velhas histórias e conversas, pessoas que talvez nunca houvessem existido em parte alguma, que, sombras, eram sombras não de carne e osso que tinham vivido e morrido, mas sombras daquilo que, por sua vez (para um deles ao menos, para Shreve), era sombras também), suas vozes silenciosas como o murmúrio visível do vapor de sua respiração. Os carrilhões começaram então a soar a meia-noite, melodiosos, lentos e fracos além da janela fechada, selada pela neve. " — a velha Sabina, que provavelmente nem correndo risco de vida seria capaz de contar ao advogado, a Bon ou a qualquer outra pessoa o que queria, esperava, ansiava, porque era uma mulher e não precisava querer, esperar ou ansiar por nada (e além disso, seu pai disse que quando você tem um bocado de ódio bom e forte, você não precisa ter esperança, porque o ódio será suficiente para nutri-lo); a velha Sabina (não tão velha ainda, mas já teria se largado, no sentido de quem mantém os motores limpos e com o óleo trocado e o melhor carvão nos depósitos, mas não se preocupa mais em polir as partes metálicas nem em raspar os tombadilhos; apenas relaxara na aparência. Não era gorda; ela queimava tudo rápido demais para ficar gorda, murchava tudo na garganta entre o engolir e o estômago; sem prazer no mastigar; ter que mastigar era apenas mais um aborrecimento, assim como o vestir no qual não sentia nenhum prazer; ter gastado a roupa velha e ter que escolher uma nova era apenas mais um aborrecimento: e sem sentir nenhum prazer no belo homem que ele — " nenhum deles disse 'Bon' " — ficava com as belas calças que caíam bem na perna dele e com os belos casacos que caíam bem nos ombros dele, nem no fato de que tinha mais relógios e botões de punho e roupas, cavalos e charretes de roda amarela melhores (para não mencionar as garotas) do que a maioria dos outros, mas tudo aquilo também sendo apenas um aborrecimento inevitável do qual ele teria que se livrar antes que pudesse lhe servir para alguma coisa, assim como tivera que se livrar da dentição e da catapora e dos ossos leves de menino para ser capaz de lhe servir para alguma coisa) — a velha Sabina recebendo os relatórios falsos do advogado como relatórios enviados ao quartel-general por uma frente de batalha, com talvez um preto especial na antessala do advogado para não fazer nada além de levá-los e trazê-los, fazendo isso talvez uma vez em dois anos ou cinco vezes em dois dias, a depender de quando ela começaria a ansiar por notícias e a preocupá-lo — o relatório, o comunicado sobre como estavam logo atrás dele no Texas ou no Missouri ou talvez na Califórnia (a Califórnia seria ótima, de tão longe; conveniente, prova inerente, pela pura distância, da necessidade de aceitar e acreditar) e iam apanhá-lo mais dia menos dia, e por isso ela não devia se preocupar. Então ela não se preocupava, nem um pouco: simplesmente mandava chamar a charrete e ia até o advogado, irrompendo lá no vestido preto que parecia um pedaço de cano de fogão flácido, e talvez nem mesmo usasse um chapéu, mas apenas um xale sobre a cabeça, de modo que as únicas coisas faltando seriam o esfregão e o balde — irrompendo e dizendo 'Ele está morto. Sei que está morto e como é que pode, como é que pode ser', sem querer dizer o que a Tia Rosa queria dizer: *onde eles encontraram ou inventaram uma bala que poderia matá-lo* mas *Como podem permitir que ele morra sem ter de admitir que estava errado e sofrer e se lamentar* e assim, nos dois segundos seguintes, eles quase o pegariam (ele — o advogado — mostraria a ela a carta, escrita no inglês que ela não podia ler, que acabara de chegar, que ele acabara de mandar chamar o preto para levar a ela quando ela entrara, e o advogado que havia praticado colocar a data necessária na carta até que pudesse fazê-lo enquanto estava de costas para ela, nos dois segundos que lhe tomariam tirar a carta do arquivo) — o apanhariam, chegariam perto dele a ponto de dar a ela a ampla satisfação de que estava vivo; tão perto que o advogado seria capaz de pô-la para fora do escritório antes que ela tivesse se sentado, e ela entraria na charrete de novo e estaria a caminho de casa de novo, onde, entre os espelhos florentinos, as tapeçarias de Paris e as camisolas acolchoadas, ela ainda pareceria aquela que estava ali para esfregar os assoalhos, usando o vestido preto para o qual a cozinheira não teria olhado nem quando era novo cinco ou seis anos antes, segurando, agarrando a carta que não podia ler (talvez a única palavra que reconhecesse fosse 'Sutpen') numa das mãos e alisando para trás um emaranhado de cabelo escorrido cor de ferro com a outra, sem olhar para a carta como se a estivesse lendo mesmo que pudesse, mas precipitando-se sobre ela, dardejando sobre ela como se soubesse que teria apenas um segundo para lê-la, para que ela permanecesse intacta depois que seus olhos ali pousassem, antes de pegar fogo e assim não ser examinada, mas consumida, deixando-a sentada ali com uma cinza carbonizada, preta, esfarelada e vazia na mão. E ele —" (nenhum dos dois dizia 'Bon') "— ali a observando, ele que era adulto o suficiente para aprender que o que achava ter sido infância não fora infância, que outras crianças haviam sido feitas por pais e mães, enquanto ele surgira quando tinha começado a se lembrar, surgira de novo quando chegou ao ponto em que sua carcaça deixou de ser a de um bebê e se tornou a de um menino, surgira de novo quando deixara de ser um menino e se tornara um homem, surgido entre uma mulher de quem tinha pensado que o estivesse alimentando, banhando, pondo na cama e conseguindo para ele as titilações extras para seu paladar e seu prazer porque ele era ele, até que ficou grande o bastante para descobrir que não era ele que ela estava banhando e alimentando com o doce e a diversão, mas um homem que ainda não tinha chegado, a quem nem ela jamais vira, que seria algo além do menino quando chegasse, como a dinamite que destrói a casa, a família e talvez até a comunidade toda não é o pacífico papel, que talvez preferiria estar sendo soprado, leve e sem rumo, pelo vento, ou a serragem alegre ou os produtos químicos tranquilos, que prefeririam permanecer imóveis e ocultos na terra silenciosa, como tinham estado antes de o sujeito da mistura com óculos fundo de garrafa vir escavá-los, comprimi-los, deformá-los e amassá-los; surgido entre essa mulher e um advogado contratado (a mulher que desde uma época da qual nem se lembrava, ele agora percebia, estivera planejando e o preparando para algum momento que viria e passaria e depois do qual, para ela, ele seria pouco mais do que um punhado de terra podre; o advogado que, desde uma época da qual nem se lembrava, ele agora percebia, o estivera arando e plantando e regando e adubando e colhendo como se ele já fosse aquilo): e ele observando-a, descansando encostado na cornija da lareira talvez, nas roupas finas, em meio ao odor de incenso como o de um harém que é o odor de algo que se poderia chamar de santidade confortável, observando-a olhar para a carta, nem sequer pensando *Estou vendo minha mãe nua*, pois, se o ódio era nudez, ela já o vestia havia tanto tempo que ele já fazia a função de roupa, como dizem que pode ocorrer com o recato —

"Então ele partiu. Foi para a faculdade aos vinte e oito anos de idade. E não sabia e tampouco se importava com isso: qual deles — mãe ou advogado — decidira que ele deveria ir para a faculdade, nem por quê, porque sempre soubera que sua mãe estava tramando alguma coisa e que o advogado estava tramando alguma coisa, e não se importava o suficiente sobre o que nenhum dos dois tramava para tentar descobrir o que era, ele que sabia que o advogado sabia que a mãe estava tramando alguma coisa, mas que a mãe não sabia que o advogado estava tramando alguma coisa, e que não haveria problema para o advogado se a mãe chegasse aonde queria, desde que ele (o advogado) chegasse ao que ele queria um segundo antes ou, pelo menos, ao mesmo tempo. Ele foi para a faculdade; disse 'Tudo bem', disse até logo à oitavona e foi para a faculdade, ele que em todos os seus vinte e oito anos de vida jamais ouvira de ninguém: 'Faça como os outros fazem; realize esta tarefa até as nove da manhã de amanhã ou de sexta ou de segunda-feira'; talvez tenha sido inclusive a oitavona que eles (ou o advogado) usaram — o pequeno obstáculo (não amarra) que o advogado colocara em seu caminho para impedi-lo de entrar em algo que talvez mais tarde mostrasse ter uma cerca em volta. Talvez a mãe tenha descoberto sobre a oitavona, a criança e a cerimônia, talvez tenha descoberto mais do que o advogado sabia (ou acreditaria, ele que considerava Bon apenas apático, não um tolo) e tenha mandado buscá-lo, e ele veio e se recostou na lareira de novo e, talvez entendendo tudo, sabendo o que tinha acontecido antes de ela lhe contar, encostou-se ali com uma expressão no rosto que seria possível chamar de sorriso, mas não era isso, era apenas algo através do qual não se poderia ver, e ela o observando com talvez a mecha do cabelo cor de ferro escorrido solta de novo, e nem mesmo se dando ao trabalho de penteá-la e prendê-la agora, porque não estava olhando nenhuma carta agora, mas fuzilando-o com os olhos, com sua voz tentando fuzilá-lo devido à urgência do alarme e do medo, mas ela conseguindo controlá-la, pois não podia falar de traição porque ainda não tinha lhe contado, e agora, nesse momento, não ousaria arriscar fazê-lo; ele olhando para ela por trás do sorriso que não era sorriso, mas apenas algo através do que não se devia ver, dizendo, admitindo: 'Por que não? Todos os rapazes fazem isso. A cerimônia também; não planejei ter o filho, mas agora que tenho... E é uma criança boazinha', e ela o observando, olhando-o com raiva e sem ser capaz de dizer o que desejava, porque tinha adiado por muito tempo, e por isso dizendo o que podia: 'Mas você. Isto é diferente', e ele (ela não deve ter precisado dizer. Ele saberia, porque já sabia por que ela mandara chamá-lo, mesmo que não soubesse e não se importasse com o que ela estivera tramando desde uma época da qual nem se lembrava, desde antes de poder se deitar com uma mulher, fosse por amor ou não): 'Por que não? Os homens parecem ter de casar algum dia, mais cedo ou mais tarde. E essa mulher eu conheço, ela não me dá trabalho. E a cerimônia, esse aborrecimento já foi resolvido. E quanto a uma coisa tão insignificante como uma gota de sangue negro —", sem precisar falar muito, nem explicar muito, nem dizer *Parece-me que eu vim para este mundo com tão poucos pais, que tenho irmãos demais para ultrajar e envergonhar enquanto estiver vivo, e portanto descendentes demais a quem deixar minha pequena porção de sofrimento e dano quando estiver morto*; dizendo apenas 'uma gotinha de sangue negro —' e então observando o rosto, a urgência e o medo desesperados, e depois partir, beijando-a talvez, talvez na mão que estaria sobre a dele e mesmo tocaria seus lábios como uma mão morta, por causa da desesperada busca por esta ou aquela palha; talvez quando saiu ele tenha dito *Ela vai procurá-lo* (o advogado); *se eu esperasse cinco minutos, poderia vê-la já usando o xale. Então hoje à noite, já saberia — se me importasse saber.* Talvez à noite já soubesse, talvez antes disso se eles tiverem conseguido encontrá-lo, falar com ele, porque ela foi ao advogado. E foi bem na alameda do advogado. Talvez antes mesmo de ela começar a contar tudo tenha começado a surgir aquele suave brilho branco como quando você acende um pavio; talvez ele quase tenha podido ver sua mão escrevendo no espaço onde *filha? filha? filha?* nunca tinha se mostrado por inteiro. Porque talvez este tenha sido o problema, o tormento e a preocupação do advogado o tempo todo; que desde que ela o fizera prometer que jamais contaria a Bon quem era seu pai, ele estivera esperando e imaginando como fazê-lo, pois talvez soubesse que, se fosse contar a Bon, Bon poderia acreditar ou não, mas com certeza iria contar à mãe o que o advogado tinha lhe contado e aí ele (o advogado) estaria liquidado, não devido a algum dano, porque não haveria nenhum dano, pois isso não alteraria a situação, mas por ter traído sua cliente paranoica. Talvez quando ficava em seu escritório somando e subtraindo o dinheiro e somando o que eles tirariam de Sutpen (ele nunca se preocupou com o que Bon faria quando descobrisse; provavelmente havia muito concedera a Bon o benefício de acreditar que, mesmo que fosse apático demais ou indolente demais para suspeitar ou descobrir sozinho quem era seu pai, não era tão tolo a ponto de não ser capaz de tirar proveito disso tão logo alguém lhe mostrasse como proceder; talvez se lhe tivesse ocorrido que, por causa de amor ou honra ou alguma outra coisa no mundo até a jurisprudência, Bon não o faria, se recusaria a fazê-lo, ele (o advogado) teria até fornecido prova de que ele não respirava mais) — talvez tenha sido isso que o torturava sempre: como levar Bon aonde ele ou não teria como não descobrir sozinho ou aonde alguém — o pai ou a mãe — teria de lhe contar. Então talvez ela mal houvesse saído do escritório — ou pelo menos deve ter sido assim que ele teve tempo para abrir o cofre e olhar na gaveta secreta e se certificar de que era a Universidade do Mississippi que Henry frequentava — antes de sua mão começar a escrever firme e regular no espaço onde *filha? filha? filha?* nunca aparecera — e com data aqui também: *1859. Dois filhos. Digamos 1860, 20 anos. Aumenta 200% val. intrínseco anual mais ativos líquidos mais crédito ganho. Val. aprox. 1860, 200000. Questão: ameaça de bigamia, Sim ou Não. Possível Não. Ameaça de incesto: Crível. Sim* e a mão retrocedendo antes de colocar o ponto-final, riscando o *Crível*, escrevendo *Certa*, sublinhando-a.

"E ele também não se importou com isso. Apenas disse: 'Tudo bem'. Porque talvez soubesse agora que sua mãe não sabia e jamais saberia o que queria, e por isso não poderia ganhar dela (talvez tivesse aprendido com a oitavona que não se pode ganhar de uma mulher nunca e que se você for esperto ou não gostar de complicação ou barulho nem sequer tenta), e sabia que tudo o que o advogado queria era apenas o dinheiro; e assim, se ele apenas não cometesse o erro de acreditar que poderia vencer tudo aquilo, se apenas se lembrasse de ficar quieto e alerta, poderia vencer parte daquilo. — Então ele disse: 'Tudo bem', e deixou sua mãe guardar as roupas finas e os lençóis finos nas malas e baús, e talvez tenha se recostado em algum lugar do escritório do advogado e observado com aquilo que poderia ter sido chamado de sorriso enquanto o advogado movimentava o cotovelo para escrever o necessário para colocar seus cavalos no vapor e talvez comprasse para ele um criado pessoal extra e arranjasse o dinheiro e tudo; observando com o sorriso enquanto o advogado fazia as vezes de pai grave, falando sobre os métodos de estudo, da cultura, do latim e do grego que o preparariam e refinariam para a posição que iria ocupar na vida, e sobre como um homem com certeza poderia obter isso em qualquer lugar, em sua própria biblioteca até, desde que tivesse vontade; mas como havia uma coisa, uma qualidade na cultura que somente a monotonia claustral, monástica, de uma — digamos obscura e pequena (mas de alta classe, alta classe) faculdade; e ele — " (nenhum deles dizia 'Bon'. Nunca, em nenhum momento, pareceu haver alguma confusão entre eles quanto a quem Shreve se referia por 'ele') " — escutando quieto e cortês com aquela expressão através da qual não se devia ver, perguntando por fim, interrompendo talvez, cortês e afável — sem ironia, sem sarcasmo — 'Qual faculdade você disse que era?': e agora haveria uma boa dose de movimentos de cotovelo enquanto o advogado vasculhava os papéis para encontrar aquele no qual poderia ler o nome que estivera memorizando desde que o tinha dito pela primeira vez à mãe: 'A Universidade do Mississippi, em' — onde era mesmo?"

"Oxford", Quentin disse. 'Fica a cerca de quarenta milhas de — "

" — 'Oxford.' E aí os papéis poderiam ficar em paz de novo, porque ele estaria falando de uma pequena universidade com apenas dez anos de existência, de como não haveria nada para distraí-lo de seus estudos (onde, num certo sentido, a própria sabedoria seria uma virgem ou, ao menos, não muito de segunda mão) e como ele teria uma chance de observar outra parte do país, uma parte provinciana em que seu alto destino (dependendo do desfecho dessa guerra que era sem dúvida iminente, cuja conclusão bem-sucedida todos nós almejamos, e não temos dúvida de que acontecerá) como o homem que seria e o poder econômico que representaria quando sua mãe falecesse estava enraizado; e ele ouvindo com aquela expressão, dizendo: 'Então você não recomenda o Direito como vocação?', e agora por um instante apenas o advogado pararia, mas não por muito tempo; por um instante talvez não longo o bastante ou perceptível o bastante para você chamá-lo de uma pausa: ele estaria olhando para Bon também: 'Não me ocorrera que o Direito pudesse interessá-lo', e Bon: 'Tampouco praticar com um florete me interessava quando eu o estava fazendo. Mas lembro-me de pelo menos uma ocasião em minha vida em que fiquei contente por tê-lo feito', e então o advogado, melífluo e imediato: 'Então que seja o Direito, claro. Sua mãe vai con... ficar contente'. 'Tudo bem', ele disse, não 'até logo'; ele não se importava. Talvez nem tenha se despedido da oitavona, daquelas lágrimas e lamentações e talvez mesmo dos abraços, dos braços macios e desesperados cor de magnólia que enlaçariam seus joelhos, e (digamos) um metro acima daqueles grilhões de aço sem ossos haveria aquela expressão dele que não era um sorriso mas apenas algo através do qual seria impossível ver. Porque você não pode vencê-los: você apenas foge (e graças a Deus pode fugir, pode escapar daquela solidariedade maciça de um metro e meio de espessura empestada de vermes que recobre a terra, em que homens e mulheres são alinhados e derrubados aos pares, como pinos de boliche; graças a sabe-se lá que deuses por aquele pino cônico masculino sem quadris que consegue se extrair lépido e fagueiro dos quadris das mulheres, que são como canos de revólveres que os mantêm presos) — não disse até logo: disse tudo bem: e certa noite caminhou pela prancha entre as tochas e provavelmente só o advogado estava ali para vê-lo partir, e não para desejar-lhe boa viagem, mas para ter certeza de que tomara mesmo o barco. E o novo preto extra abrindo as bagagens no camarote, espalhando as roupas finas, e as senhoras já reunidas no salão para o jantar e os homens no bar preparando-se para fazê-lo, mas não ele; ele sozinho, na amurada, com um charuto talvez, olhando a cidade deslizar para longe, piscar, bruxulear e desaparecer e depois todo movimento cessar, o barco imóvel, sem fazer progresso, suspenso nas próprias estrelas pelas duas cordas de fumaça cheias de fagulhas subindo das chaminés. E quem sabe que pensamento, que sóbrio pesar e descartar fazia, ele que sabia havia anos que sua mãe estava tramando alguma coisa, embora não soubesse (e provavelmente acreditasse que jamais saberia) o quê; que o advogado estava tramando alguma coisa, e embora ele soubesse que era apenas pelo dinheiro, sabia porém que dentro de suas (do advogado) conhecidas limitações masculinas ele (o advogado) poderia ser quase tão perigoso quanto a força desconhecida que era sua mãe; e agora isto — a faculdade, a universidade — e ele com vinte e oito anos. E não só isso, mas essa faculdade em particular, da qual ele jamais tinha ouvido falar, que dez anos antes nem mesmo existia; e ele sabendo também que havia sido o advogado que a escolhera para ele — que indagações sóbrias, intensas, ele se fazia, quase franzindo o cenho e se perguntando *Por quê? Por quê? Por que essa faculdade, essa em especial acima de todas as outras?* — talvez ali inclinado, naquela solidão entre a fumaça palpitante e os motores e quase alcançando a resposta, consciente da imagem de quebra-cabeça completo que o esperava, quase o espreitando, pouco além do seu alcance, inextricável, desordenada e irreconhecível, contudo quase no ponto de formar a imagem que lhe revelaria de estalo, num clarão de luz, o significado de toda a sua vida, seu passado — o Haiti, a infância, o advogado, a mulher que era sua mãe.

E talvez até da carta que estava bem ali embaixo de seus pés, em algum lugar na escuridão abaixo do convés onde ele se encontrava — a carta endereçada não a Thomas Sutpen na Centena de Sutpen, mas a Henry Sutpen, Ilmo., em residência na Universidade do Mississippi, perto de Oxford, Mississippi: um dia Henry a mostrou a ele e não ocorreu um suave espalhar de luz mas um relâmpago, um clarão (mostrou-a a ele, que não só não tinha nenhum pai visível, mas que se vira, mesmo na infância, encerrado por um conluio insone dedicado a lhe ensinar que nunca tivera um pai, que sua mãe surgira de uma estada no limbo, daquele estado de bendita amnésia em que os sentidos fracos tinham se refugiado das forças e potências ímpias e soturnas que a fraca carne humana não consegue suportar, para acordar grávida, uivando, gritando e se debatendo, não contra a agonia implacável do trabalho de parto, mas em protesto contra o ultraje de seu ventre inchando; que ele tinha sido gerado nela não através daquele processo natural, mas entrado em seu corpo e dele saído pela infâmia que era o princípio masculino velho, infernal e imortal de todo terror e escuridão desenfreados), um clarão em meio ao qual ele ficou, olhando para o rosto inocente do jovem quase dez anos mais moço, enquanto uma parte dele dizia *Ele tem a minha testa, meu crânio, minha mandíbula, minhas mãos* e a outra dizia *Espere. Espere. Você ainda não pode ter certeza. Não pode saber ainda se o que vê é o que está procurando ou aquilo em que está acreditando. Espere. Espere.* — "A carta que ele — " não era a Bon que Shreve se referia agora, mas de novo Quentin pareceu compreender sem dificuldade ou esforço a quem ele se referia " — escreveu talvez assim que terminou aquela última anotação no registro, no *filha? filha? filha?* enquanto pensava *De maneira nenhuma ele deve saber agora, não lhe podem contar antes de ele chegar lá e ele e a filha* — ele não se lembrava de nada sobre amor jovem de sua própria juventude e não teria acreditado caso se lembrasse, contudo querendo usar isso também como teria usado coragem e orgulho, pensando não no sangue que corre selvagem, importuno e calado ou em mãos famintas por tocar, mas no fato de que essa Oxford e essa Centena de Sutpen estavam apenas a um dia de cavalgada de distância e que Henry já tinha se estabelecido na universidade e assim talvez uma vez na vida o advogado até tenha acreditado em Deus: *Meu prezado sr. Sutpen: O nome subscrito não será conhecido seu, nem a posição e circunstâncias do escritor, apesar de todo o seu mérito e (eu espero) valor que nelas se refletem, amplas a ponto de garantir a esperança de que ele algum dia o verá em pessoa, ou o senhor a ele — mérito refletido por e valor alcançado devido a duas pessoas de nascimento e posição, uma das quais, uma dama e mãe viúva, reside na reclusão própria a sua condição na cidade da qual esta carta está subscrita, a outra sendo um jovem cavalheiro, seu filho, que ou já será quando o senhor ler esta, ou será em pouco tempo um estudante do templo de conhecimento e sabedoria que é a Lei, assim como eu fui. É em seu nome que eu escrevo. Não: não direi em seu nome; decerto não deixarei essa senhora, uma mãe, nem o próprio cavalheiro suspeitarem de que usei esse termo, mesmo para alguém como o senhor, descendente da principal família desse condado como é sua sorte ser. Na verdade, seria melhor para mim que não a tivesse escrito. Mas eu o faço; o fiz; é irrevogável agora; se o senhor discernir alguma coisa nesta carta que beire a humildade, tome-a como vindo não da mãe e com certeza não do filho, mas da pena de alguém cuja posição humilde como consultor legal e administrador dos acima mencionados senhora e cavalheiro, alguém cuja lealdade e gratidão com aqueles cuja generosidade os manteve (eu confesso isso; eu o proclamo) alimentados, aquecidos e abrigados por um período longo o bastante para ter-lhes ensinado gratidão e lealdade, mesmo que não as tenha conhecido, o levou a uma ação cujos meios são menos nobres que sua intenção, pela razão de que ele é apenas o que é e professa ser, e não o que deseja. Por isso não tomeis isto, senhor, nem como a insolência injustificada que uma comunicação não solicitada de minha parte seria, nem como um pedido de paciência em favor de um desconhecido, mas como uma apresentação (por canhestra que seja) a um jovem cavalheiro cuja posição dispensa detalhamento ou recapitulação no lugar onde esta carta está sendo lida, de outro jovem cavalheiro cuja posição não requer detalhamento nem recapitulação no lugar onde ela foi escrita.* — Não disse até logo; disse tudo bem, ele que tinha tido tantos pais que não possuía nem amor nem orgulho para receber ou infligir, nem honra nem vergonha para partilhar ou legar; para quem um lugar era igual a outro, como para um gato — a cosmopolita New Orleans ou o bucólico Mississippi: os abajures florentinos, assentos de privada dourados e espelhos estofados que foram herdados por ele e poderiam ser herdados por seus filhos e em meio aos quais fora criado, ou uma pequena faculdade desconhecida com menos de dez anos de existência; champanhe no vestiário da oitavona ou uísque numa mesa nova e áspera numa cela de monge com um jovem rústico, um herdeiro bucólico que provavelmente jamais passara uma dúzia de noites fora da casa paterna (exceto, talvez, para se deitar todo vestido ao lado do fogo nos bosques ouvindo os cães correndo) até vir para a faculdade, que ele observava imitar suas roupas, porte, fala e tudo o mais e ele (o jovem) completamente inconsciente de que o estava fazendo, ele que (o jovem), quando dividiam uma garrafa certa noite, disse, deixou escapar — não, não deixou escapar: deve ter sido algo dito vacilando, tateando: e ele (o cosmopolita quase dez anos mais velho, recostado em um dos robes de seda do tipo que o jovem nunca tinha visto e acreditava que somente mulheres usavam) observando o jovem ardendo de rubor, mas ainda assim encarando-o, ainda olhando-o fixamente nos olhos enquanto hesitava, tateava, deixava escapar com brusca e total irrelevância:

'Se eu tivesse um irmão, gostaria que fosse um irmão mais novo', e ele: 'É', e o jovem: 'Não. Gostaria que fosse mais velho do que eu', e ele: 'Nenhum filho de um pai que possui terras quer um irmão mais velho', e o jovem: 'Sim. Eu quero', olhando fixamente para o outro, o esotérico, o sibarita, de pé (o jovem) agora, ereto, magro (porque ele era jovem), com o rosto escarlate, mas a cabeça erguida e os olhos firmes: 'Sim. E gostaria que fosse como você', e ele: 'Mesmo? O uísque está ao seu lado. Beba ou passe'.

"E agora", disse Shreve, "vamos falar de amor." Mas ele tampouco precisava dizer isso, não mais do que precisara especificar o que queria dizer com ele, pois nenhum deles estivera pensando em outra coisa; tudo o que tinha se passado antes era apenas algo que precisava ser transposto, e não havia mais ninguém ali para transpô-lo exceto eles, assim como alguém tem sempre que ajuntar as folhas para se ter a fogueira. Era por isso que não importava para nenhum dos dois quem falava, pois não era apenas o falar que construía aquilo, levava a cabo e realizava a transposição, mas uma espécie de união feliz de fala e audição, na qual cada um diante da demanda, do requerimento, perdoava, tolerava e esquecia a falha do outro — falhas tanto na criação dessa penumbra de que discutiam (ou melhor, em que existiam) como na audição, filtração e descarte do falso e conservação do que parecia verdadeiro, ou se encaixava no preconcebido — tudo isso para passar ao amor, no qual poderia haver paradoxo e inconsistência, mas nada falho ou falso. "E agora, o amor. Ele devia saber tudo sobre ela antes de tê-la visto pela primeira vez — qual a sua aparência, como eram suas horas privadas naquele mundo de mulheres provincianas sobre o qual nem mesmo os homens da família supostamente deveriam saber muito; ele deve ter aprendido isso sem ter tido que fazer uma pergunta sequer. Nossa, deve ter meio que transbordado sobre ele, como água fervendo na panela. Deve ter havido noites e mais noites durante as quais Henry aprendeu com ele como ficar sem fazer nada num dormitório usando um roupão e chinelos como os que as mulheres usavam, num tênue mas inconfundível eflúvio de perfume como os que as mulheres emanavam, fumando um charuto quase como uma mulher poderia fumá-lo, mas com um ar de tamanha autoconfiança indolente e letal que só o mais temerário dos homens arriscaria gratuitamente a comparação (e sem nenhuma tentativa de ensinar, treinar, ser um mentor da sua parte — e então, talvez sim; talvez quem pode saber quantas vezes olhava para o rosto de Henry e pensava não *ali mas pelo fermento interposto daquele sangue que não temos em comum está meu crânio, minha testa, minhas órbitas, a forma e ângulo de mandíbula e queixo e parte de meu raciocínio por trás, e ele por sua vez poderia vê-lo no meu rosto se apenas soubesse que devia procurar, como eu sei, mas ali, um pouquinho atrás, um pouco obscurecido por aquele sangue alheio com o qual a mescla foi necessária para que ele existisse, está o rosto do homem que nos moldou a ambos dessa escuridão cega e fortuita a que chamamos o futuro; ali — ali — a qualquer momento, segundo, penetrarei pela vontade, pela intensidade e pela terrível necessidade, e arrancarei aquela fermentação alheia dele e verei não o rosto do irmão que não sabia possuir e do qual nunca senti falta, portanto, mas de meu pai, surgido da sombra de cuja ausência a posteridade de meu espírito jamais escapou*; quantas vezes pensando, observando a ansiedade que era sem abjeção, a humildade que não mostrava nenhum orgulho — o oferecimento todo do espírito do qual a imitação inconsciente de roupas, fala e maneirismos era apenas a casca — pensando *o que não poderei fazer com essa carne e osso tão entregue se quiser; essa carne e osso e espírito que saiu da mesma fonte que a minha, mas que brotou em calma, paz e contentamento e seguiu sob uma firme mas monótona luz do sol, enquanto aquilo que ele me legou brotou em ódio, ultraje e rancor e seguiu na sombra* — *o que não poderia moldar com esse barro maleável e mole, fazendo dele o que o próprio pai não poderia fazer* — *criando que forma do que de bom pode, deve, haver nesse sangue, sem que haja ninguém à mão para pegar e moldar essa porção dele em mim, até ser tarde demais*: ou quantas vezes deve ter dito a si mesmo que era absurdo, não podia ser verdade; que essas coincidências só aconteciam nos livros, pensando — o enfado, o fatalismo, a incorrigível propensão do gato para a solidão — *Esse jovem caipira bastardo. Como me livrarei dele*: e aí a voz, a outra voz: *Não é isso que você sente*: e ele: *Não. Mas ele é mesmo um caipira bastardo*), e quantos dias, quantas tardes, enquanto eles cavalgavam juntos (e Henry o imitando nisso também, ele cavalgava melhor, que talvez não tivesse nem um pouco daquilo que Bon teria chamado de estilo, mas que se saíra melhor nisso, para quem montar um cavalo era tão natural quanto andar, ele que montava qualquer coisa em qualquer lugar e em qualquer circunstância), quando ele deve ter-se visto sendo inundado e submerso na torrente brilhante e irreal do discurso de Henry, transformado (os três: ele, Henry e a irmã que ele nunca vira e talvez nem mesmo tivesse nenhuma curiosidade de ver) num mundo de conto de fadas em que nada além deles existia, cavalgando ao lado de Henry, ouvindo sem precisar fazer perguntas, pedir de nenhuma maneira que falasse mais aquele jovem que nem sequer suspeitava que ele e o homem ao seu lado poderiam ser irmãos, que cada vez que sua respiração cruzava suas cordas vocais estava dizendo *De agora em diante a minha casa e de minha irmã será a sua casa e a minha vida e de minha irmã a sua vida*, pensando (Bon) — ou talvez sem nunca pensar — em como, se as posições fossem invertidas, e Henry fosse o estranho e ele (Bon) o descendente, e ele ainda soubesse o que suspeitava, se ainda assim diria o mesmo; então ele (Bon) concordou enfim, disse enfim: 'Tudo bem. Irei a sua casa com você no Natal', não para ver o terceiro habitante do conto de fadas de Henry, não para ver a irmã, porque em nenhum momento pensara nela: apenas ouvira falar dela: mas pensando *Então por fim eu o verei, ele que, ao que parece, fui criado para jamais esperar ver, sem quem aprendi a viver*, pensando em como talvez fosse entrar na casa e ver o homem que o gerara e então saberia; haveria aquela centelha, aquele instante de indiscutível reconhecimento entre eles e ele saberia ao certo e para sempre — pensando talvez *Isso é tudo o que quero. Ele nem precisa me reconhecer; permitirei que compreenda no mesmo segundo que não precisa fazer isso, que não espero isso, não ficarei magoado com isso, assim como no mesmo segundo ele me mostrará que eu sou seu filho*, pensando talvez, talvez novamente com aquela expressão que você poderia chamar de sorriso, mas que não era, que era apenas algo através do que nem um caipira bastardo devia ver: *De minha mãe, pelo menos, sei que sou mesmo filho: Também não sei o que quero*. Porque ele sabia exatamente o que queria; era apenas que aquilo fosse dito — o toque físico ainda que em segredo, escondido — o toque vivo daquela carne aquecida antes de ele ter nascido pelo mesmo sangue que legara para aquecer sua própria carne, sangue que por sua vez seria legado por ele para correr quente e abundante em veias e membros depois que aquela primeira carne e depois que a sua própria estivessem mortas. Então veio o Natal e ele e Henry cavalgaram as quarenta milhas até a Centena de Sutpen e Henry ainda falando, ainda mantendo distendido, leve e iridescente com um sopro firme aquele conto de fadas que era como um vácuo de balão em que os três existiam, viviam, talvez até se movessem, sem serem feitos de carne — ele, o amigo e a irmã a quem o amigo nunca vira e (embora Henry não o soubesse) em quem nunca havia pensado ainda, mas de quem só tinha ouvido falar por trás do pensamento mais urgente, e Henry provavelmente nem sequer notando que, quanto mais perto chegavam de casa, menos Bon falava, menos tinha a dizer sobre qualquer assunto, talvez até (e com certeza disso Henry não saberia) ouvindo menos. E assim eles entraram na casa: e talvez alguém que olhasse para ele teria visto em seu rosto uma expressão bem parecida com aquela — aquele oferecimento com humildade, mas com orgulho também, de total rendição — que ele tinha se acostumado a ver no rosto de Henry, e talvez ele estivesse pensando *Eu não só não sei o que quero, como aparentemente sou bem mais jovem do que pensava também*: e viu frente a frente o homem que talvez fosse seu pai, e nada aconteceu — nenhum choque, nenhuma comunicação quente de carne que as palavras teriam sido demasiado lentas até para impedir — nada. E ele passou dez dias ali, não só o esotérico, o sibarita, a lâmina de aço na bainha trabalhada de seda que Henry tinha começado a imitar na universidade, mas o objeto de arte, o molde e espelho de forma e elegância que a sra. Sutpen (foi o que seu pai disse) aceitou que ele era e que insistiu (não foi isso que seu pai disse?) que fosse (e ela o teria comprado e pagado por ele até com Judith, se não houvesse outro freguês tentando obtê-lo entre os quatro — ou não foi isso que seu pai disse?) e que permaneceu para ela até desaparecer, levando Henry consigo e ela nunca mais o viu de novo, e guerra, dificuldades, desgraça e comida ruim encheram seus dias até que, depois de algum tempo, ela talvez nem mesmo se lembrasse de que já o tinha esquecido. (E a garota, a irmã, a virgem — Jesus, quem pode saber o que ela viu naquela tarde quando eles chegaram pela alameda, que oração, que devaneio pensativo de donzela saído de que terra fabulosa, não numa rude armadura de ferro, mas como o trágico Lancelote coberto de seda beirando os trinta, dez anos mais velho do que ela e enfadado, saciado das mais loucas experiências e prazeres que as cartas de Henry devem ter criado para ela.) E veio o dia da partida e nenhum sinal ainda; ele e Henry saíram cavalgando e ainda nenhum sinal, não houve mais sinal na partida do que quando ele o vira pela primeira vez, naquele rosto em que teria sido possível (acreditava ele) ver por conta própria a verdade, e assim não precisar de nenhum sinal, não fosse pela barba; nenhum sinal nos olhos que podiam ver o rosto dele, porque não havia barba para ocultá-lo, poderia ter visto a verdade se ela estivesse lá: contudo, não surgiu nenhum lampejo neles: e assim ele soube que aquilo estava no seu rosto, porque sabia que o outro o tinha visto ali, exatamente como Henry viria a saber na véspera do Natal seguinte na biblioteca que seu pai não estava mentindo pelo fato de que não disse nada, não fez nada. Talvez ele até tenha pensado, imaginado se talvez não fosse esse o porquê da barba, se talvez o outro não havia se escondido por trás daquela barba justamente para aquele dia, e sendo assim, por quê? por quê? Pensando *Mas por quê? Por quê?* já que ele desejava tão pouco, poderia ter compreendido se o outro tivesse querido que o sinal fosse em segredo, que rápida e alegremente teria de deixá-lo ficar em segredo mesmo que não tivesse compreendido por quê, pensando no meio disso *Meu Deus, eu sou jovem, muito jovem, e nem mesmo sabia; eles nem mesmo me contaram que eu era jovem*, sentindo aquele mesmo desespero e vergonha como quando você tem que ver seu pai fracassar numa prova de coragem física, pensando: *Deveria ter sido eu a fracassar; eu, eu, não ele que já descendia daquele sangue que nós dois trazemos nas veias antes que ele tivesse se tornado corrompido e manchado por sabe-se lá o que havia no da minha mãe que ele não pôde tolerar...* Espere", Shreve exclamou, embora Quentin não tivesse falado nada: fora apenas alguma qualidade, alguma recomposição da figura ainda encurvada e lassa de Quentin que pressagiava a fala, porque Shreve disse Espere. Espere, antes que Quentin pudesse começar a falar. "Porque ele nem olhara para ela. Ah, ele a tinha visto, claro, tivera muitas oportunidades para fazê-lo; e não poderia deixar de tê-la visto, porque a sra. Sutpen decerto o providenciou — dez dias daquelas privacidades planejadas, arranjadas e executadas como as campanhas de generais mortos dos livros didáticos, em bibliotecas, salas de estar e passeios de charrete nas tardes — tudo planejado três meses antes, quando a sra. Sutpen leu a primeira carta de Henry contendo o nome Bon, até que talvez mesmo Judith também tenha começado a sentir que estava sobrando: e ele inclusive falando com ela também, ou sabe-se lá que conversa poderia ter encontrado para ter com uma garota rústica que provavelmente nunca vira um homem novo ou velho antes que cedo ou tarde não cheirasse a esterco; falando com ela meio como falaria com a velha sentada nas cadeiras douradas na sala de visita, exceto que com a primeira teria que falar quase sem pausa e com a segunda nem mesmo seria capaz de escapar sozinho e teria que esperar Henry vir resgatá-lo. E talvez ele até houvesse pensado nela àquela altura; talvez nos momentos em que estaria dizendo para si mesmo *Não pode ser verdade; ele não poderia olhar para mim dessa maneira todos os dias e não dar nenhum sinal se fosse verdade*, até diria a si mesmo *Ela seria fácil*, como quando você deixou o champanhe sobre a mesa de jantar e está caminhando em direção ao uísque no aparador e por acaso passa por uma taça de sorvete de limão numa bandeja e olha o sorvete e diz para si mesmo: Seria fácil também, mas quem quer isso — isso serve para você?"

"Mas não é amor", disse Quentin.

"Mas por que não? Porque, escute só. O que foi que a velha, a Tia Rosa, lhe contou sobre como tem certas coisas que simplesmente têm de ser, quer sejam ou não, têm de ser muito mais do que algumas outras coisas que talvez sejam e não importa nem um pouco se são ou não? Foi isso. Ele apenas não tivera tempo ainda. Meu Deus, deve ter sabido que seria. Aquele advogado sabia que ele não era tolo; o problema foi que não era o tipo de não-tolo que o advogado achava que seria. Ele deve ter percebido o que ia acontecer. Seria como se você passasse por aquele sorvete e talvez soubesse que ia chegar ao aparador e ao uísque, mas soubesse que na manhã seguinte iria desejar aquele sorvete, então você alcançava o uísque e percebia que queria aquele sorvete agora; talvez você nem fosse até o aparador, talvez até olhasse para trás para aquele champanhe sobre a mesa de jantar entre as louças Haviland sujas e as toalhas adasmascadas amassadas, e de repente soubesse que nem mesmo queria voltar lá. Não seria uma questão de escolha, de ter de escolher entre o champanhe, o uísque e o sorvete, mas de repente (seria primavera então, naquela região onde ele nunca tinha passado uma primavera antes, e você disse que o norte do Mississippi é uma região um pouco mais agreste que a Louisiana, com cornisos, violetas e as flores inodoras que desabrocham cedo, mas com a terra e as noites ainda um pouco frias e com os botões dos amieiros, olaias, faia e bordo rijos e úmidos como mamilos de moças, e até alguma coisa jovem nos cedros como ele nunca tinha visto antes) você percebe que não quer nada exceto aquele sorvete e que não vinha desejando outra coisa além daquilo e que vinha desejando aquilo com muita força fazia algum tempo — além de saber que aquele sorvete está ali, a sua disposição. Não para qualquer um, mas para você, e você sabendo, só de olhar para aquela taça, que ela seria como uma flor que, se outra mão se estendesse para ela, teria espinhos, mas para você, não; e ele sem ser acostumado àquilo, já que todas as outras taças que lhe haviam sido oferecidas, fáceis, não tinham contido sorvete, mas champanhe ou ao menos vinho de cozinha. Mais que isso. Havia o fato de que ele suspeitava de algo que podia ser, ou que não sabia se era ou não. E quem sabe se talvez não tenha sido a possibilidade de incesto, porque quem (que não tenha uma irmã: não sei dos outros) já não esteve apaixonado e descobriu o vão desvanecimento do encontro carnal;

quem não teve que perceber que quando o momento breve acaba você precisa recuar tanto de amor como de prazer, juntar seu próprio lixo e sobras — os chapéus e meias e sapatos que você arrastou pelo mundo — e recuar, pois os deuses perdoam e praticam isso e a união imensurável de sonho que paira indiferente sobre o instante que prende e destrói, o: *não-era: é: foi:* é um pré-requisito apenas de elefantes e baleias que são balões sem peso: mas talvez, se tivesse pecado também, não lhe permitiriam escapar, desunir, voltar. — Não é mesmo?" Ele parou; poderia ter sido facilmente interrompido agora. Quentin poderia ter falado agora, mas não falou. Apenas continuou sentado, como antes, as mãos nos bolsos da calça, os ombros abatidos e curvados, o rosto abaixado e ele parecendo curiosamente menor do que era devido a sua altura e magreza — aquela qualidade de delicadeza nos ossos, na articulação, que mesmo aos vinte anos ainda tinha algo, algum último eco, de adolescência — isto é, comparada com a corpulência querubínica do outro à sua frente, que parecia mais novo, cuja superioridade em volume e deslocamento o fazia parecer ainda mais jovem, assim como um garoto gorducho de doze anos que pesa seis, dez ou quinze quilos a mais que o outro ainda parece mais novo do que um garoto de catorze anos que teve essa gordura um dia e a perdeu, trocou-a (com seu consentimento ou não) por aquele estado de virgindade que não é nem de um menino, nem de uma menina.

"Não sei", disse Quentin.

"Tudo bem", disse Shreve. "Talvez eu também não saiba. Só que, meu Deus, algum dia você está fadado a se apaixonar. Eles simplesmente não venceriam você dessa maneira. Seria como se Deus tivesse feito Jesus nascer e cuidasse de lhe dar as ferramentas de carpinteiro e depois nunca lhe desse nada para construir com elas. Não acredita nisso?"

"Não sei", disse Quentin. Ele não se moveu. Shreve olhou-o.

Mesmo quando não falavam, a respiração deles no ar sepulcral se vaporizava suave e calmamente. Os carrilhões da meia-noite haviam soado fazia já algum tempo.
"Ou seja, isso não lhe importa?" Quentin não respondeu.
"Está bem. Não diga. Porque eu saberia que você está mentindo.
— Tudo bem. Escute. Porque ele nunca precisou se preocupar com o amor, porque este aconteceria sozinho. Talvez soubesse que havia um destino para ele, uma condenação, como o que a velha Tia Rosa lhe contou, sobre algumas coisas que simplesmente têm de ser fossem elas ou não, apenas para fechar as contas, escrever *Pago* na folha para que quem quer que cuide delas possa tirá-la do livro-caixa e queimá-la, livrar-se dela. Talvez tenha compreendido que, o que quer que o velho tivesse feito, com boa ou má intenção, não seria o velho que teria de pagar a conta; e agora que o velho estava falido e incapacitado pela idade, quem deveria fazer o pagamento senão seus filhos, sua prole, porque não era assim que se fazia nos velhos tempos? O velho Abraão carregado de anos, e fraco e incapaz agora de causar novos danos, apanhado por fim, e os capitães e os coletores dizendo: 'Velho, não queremos você', e Abraão diria: 'Louvado seja o Senhor, eu criei filhos ao meu redor para suportar a carga de minhas iniquidades e perseguições; sim, talvez até para recuperar os meus rebanhos e manadas da mão do destruidor: que eu possa repousar meus olhos sobre meus haveres, sobre as gerações deles e de meus descendentes aumentadas cem vezes, agora que minha alma sai de mim'. Ele sempre soube que o amor aconteceria sozinho. Talvez tenha sido por isso que não precisou pensar nela naqueles três meses entre aquele setembro e aquele Natal, enquanto Henry falava dela para ele, dizendo cada vez que respirava: *A vida dela e a minha são para existir dentro da sua, sobre ela*; não precisou gastar tempo com o amor depois que ele aconteceu, rebateu nele, por isso que nunca se preocupou em lhe escrever

carta alguma (exceto aquela última) que ela fosse desejar guardar, por isso que nunca realmente a pediu em casamento ou deu-lhe um anel para a sra. Sutpen mostrar para todo mundo. Porque o destino era dela também: o mesmo velho Abraão que estava agora tão velho e fraco que ninguém desejaria sua carne para pagar qualquer dívida; talvez ele nem tenha precisado esperar por aquele Natal para saber isso após vê-la; talvez tenha sido isso que saiu dos três meses de falação de Henry que ele escutava sem ouvir: *Não estou ouvindo falar de uma garota, uma virgem; estou ouvindo falar de um campo virgem estreito, delicado, cercado, já lavrado e preparado, de modo que tudo o que precisarei fazer é deixar cair as sementes nele e alisá-lo de novo,* viu-a naquele Natal e soube com certeza e depois esqueceu disso, voltou para a faculdade e nem mesmo se lembrou de que o esquecera, porque não teve tempo então; talvez tenha sido apenas um dia naquela primavera de que você falou, quando ele parou e disse, bem calmo: *Tudo bem. Quero ir para a cama com alguém que pode ser minha irmã. Tudo bem,* e depois se esqueceu disso também. Porque ele não tinha tempo. Quer dizer, tinha todo o tempo do mundo, porque tinha de esperar. Mas não por ela. Isso estava tudo resolvido. Era pelo outro. Talvez achasse que estaria no saco do correio toda vez que o preto saía da Centena de Sutpen, e Henry acreditando que era a carta dela que estava esperando, quando o que estava pensando era *Talvez ele escreva agora.Teria de escrever apenas 'Eu sou o seu pai. Queime isto' e eu o faria. Ou, se não isso, uma folha, um pedaço de papel com a palavra 'Charles' escrita à mão, e eu saberia o que ele queria dizer e ele nem mesmo teria de me pedir que o queimasse. Ou um cacho de seus cabelos, ou uma lasca de sua unha e eu saberia então, porque acredito agora que a vida toda soube como seriam o seu cabelo e suas unhas, poderia encontrar esse cacho e essa lasca entre mil.* E o sinal não veio, e sua carta ia para ela a cada duas semanas e a dela vinha para ele, e talvez ele pensasse *Se uma das minhas cartas para ela voltasse para mim sem estar aberta então. Isso seria um sinal.* E isso não aconteceu: e aí Henry começou a falar sobre ele passar um ou dois dias na Centena de Sutpen quando estivesse a caminho de casa e ele disse tudo bem quanto a isso, disse *Será o Henry que vai receber a carta, a carta dizendo que é inconveniente eu ir para lá nessa época; então aparentemente ele não pretende me reconhecer como seu filho, mas pelo menos eu o terei obrigado a admitir que o sou.* E esse sinal também não veio e a data foi estabelecida e a família na Centena de Sutpen notificada dela e aquela carta também não veio e ele pensou *Será lá, então; fui injusto com ele; talvez fosse por isso que ele estava esperando,* e talvez seu coração tenha dado um salto então, talvez tenha dito *Sim. Sim. Renunciarei a ela; renunciarei ao amor e a tudo; sairá barato, barato, mesmo que ele me diga 'Nunca olhe em meu rosto de novo; receba meu amor e meu reconhecimento em segredo, e vá', eu farei isso; nem sequer pedirei para saber dele o que foi que minha mãe fez que justificou sua ação com ela e comigo.* Então chegou o dia e ele e Henry cavalgaram as quarenta milhas de novo, até os portões e pela alameda até a casa. Ele sabia o que encontraria lá — a mulher a quem tinha visto uma vez e não enxergara, a moça a quem não enxergara sem ter visto uma única vez, o homem a quem tinha visto diariamente, vigiado de dentro de uma intensa necessidade e jamais penetrado; a mãe que puxara Henry de lado quando eles estavam na casa havia menos de seis horas naquela visita de Natal e o havia informado sobre o noivado quase antes de o noivo ter tido tempo de associar o nome da filha com o rosto da filha: de modo que, antes mesmo de eles terem voltado à faculdade, e sem que ele tivesse consciência disso, Henry já tinha contado a Bon o que estava na cabeça da mãe (que já havia contado a Bon o que estava na dele); de modo que, talvez antes mesmo de a segunda visita de Bon ter começado —

(Seria junho então, e como estaria o norte do Mississippi? como foi que você disse? as magnólias abertas e os sabiás, e dentro de cinquenta anos, depois de eles terem partido e lutado e perdido e voltado para casa, o Dia da Condecoração e os veteranos com os uniformes cinza limpos, escovados e passados a ferro e as medalhas de bronze espúrias que nunca significaram nada, e as mocinhas escolhidas em vestidos brancos cingidos na cintura por faixas carmesins e a banda tocaria as músicas locais e bradariam todos os velhos senis que você não pensaria que teriam fôlego suficiente para chegar lá, nem para ir à cidade para se sentar na plataforma) — seria junho então, com as magnólias e os sabiás ao luar e as cortinas esvoaçando no ar de formatura que junho tem, e a música, rabecas e triângulos, dentro da casa em meio às saias rodopiantes: e Henry estaria um pouco tenso, ele que deveria ter estado dizendo: 'Exijo saber quais são suas intenções com minha irmã', mas não estava, na verdade estava corando de novo talvez até ao luar, parado, ereto e corando, porque quando você é orgulhoso o suficiente para ser humilde, não precisa bajular (ele que toda vez que respirava nas cordas vocais dizia *Nós lhe pertencemos; faça o que quiser de nós*), dizendo: 'Eu costumava pensar que odiaria o homem para quem teria de olhar todos os dias e do qual cada movimento, gesto e fala me diria, eu vi e toquei partes do corpo de sua irmã que você jamais verá nem tocará: e agora sei que o odiarei e é por isso que quero que esse homem seja você', sabendo que Bon saberia o que ele queria dizer, o que estava tentando dizer, contando-lhe, pensando, dizendo para si mesmo (Henry): *Não só porque ele é mais velho do que eu e conheceu mais do que eu jamais conhecerei e se recordou de mais; mas pela minha livre vontade, e se eu o sabia na época ou não, não importa, dei minha vida e a de Judith a ele —* "

"Isso ainda não é amor", disse Quentin.

"Tudo bem", disse Shreve. "Apenas escute. — Eles percor-

reram as quarenta milhas e cruzaram os portões e entraram na casa. E dessa vez Sutpen nem estava lá. E Ellen nem sequer sabia aonde ele tinha ido, acreditando, ingênua e leviana que era, que fora a Memphis ou talvez mesmo a Saint Louis a negócios, e Henry e Judith nem mesmo se importando muito, e apenas ele, Bon, sabendo aonde Sutpen fora, dizendo para si mesmo: *Claro; ele não tinha certeza; tinha de ir lá para se certificar*, dizendo para si mesmo isso bem alto agora, alto e rápido também, pois assim ele não iria, não poderia ouvir o pensamento, o *Mas se ele suspeitava, por que não me contou? Eu teria feito isso, ido primeiro até aquele que tem o sangue depois que ele foi manchado e corrompido por sabe-se lá o que havia no da minha mãe*; alto e rápido agora, dizendo para si mesmo *Foi isso; talvez ele tenha ido na frente para esperar por mim; não deixou nenhuma mensagem para mim porque os outros não devem suspeitar ainda e ele sabe que saberei de imediato onde está quando descobrir que partiu*, pensando nos dois, a mulher soturna e vingativa que era sua mãe e o homem sombrio e pétreo que olhara para ele todos os dias por dez dias sem absolutamente nenhuma alteração de expressão, eles se encarando num armistício soturno depois de quase trinta anos naquela sala de visitas barroca e opulenta naquela casa que ele chamava de lar, pois parecia que todos tinham de ter um lar, e o homem que ele agora tinha certeza de que era seu pai ainda sem humildade (e ele, Bon, orgulhoso disso), ainda sem dizer *Eu estava errado, mas admito que é verdade* — Meu Deus, pense em como devia estar o coração dele durante aqueles dois dias, com a coroa empurrando Judith para ele a cada minuto agora, porque andara espalhando a notícia do noivado confidencialmente por todo o condado desde o Natal — o seu pai não disse que até levou Judith a Memphis na primavera para comprar um enxoval?
— e Judith nem tendo que aceder ao empurrão nem resistir a ele, apenas existindo e respirando como Henry, ele que talvez

tenha acordado numa manhã daquela primavera e, deitado imóvel na cama, fez o inventário, somou as cifras, fechou o balanço e disse para si mesmo: *Tudo bem. Estou tentando me transformar no que penso que ele quer que eu seja; ele pode fazer o que quiser comigo; só tem que me dizer o que fazer e eu farei; mesmo que o que me pedisse para fazer me parecesse uma desonra, ainda assim eu o faria,* mas Judith, sendo uma mulher e por isso mais sábia, nem mesmo consideraria desonra: apenas diria: *Tudo bem. Farei qualquer coisa que ele me pedir e é por isso que ele nunca me pedirá que faça algo que eu considere desonroso*: de modo que (talvez ele até tenha beijado Judith dessa vez, a primeira vez que ela era beijada talvez, e ela inocente demais para ser pudica ou recatada ou mesmo para saber que tinha sido objeto de mera condescendência, ela que depois talvez tenha apenas olhado para ele com uma espécie de surpresa tranquila e vaga diante do fato de que, quando seu namorado a beijava pela primeira vez, aparentemente o fazia como seu irmão faria — desde que, é claro, seu irmão pensasse em, pudesse ser levado a, beijar você na boca) — de modo que quando os dois dias terminaram e ele tinha partido de novo e Ellen estava guinchando para ela: 'O quê? Nada de noivado, nada de promessa, nada de anel?', ela ficaria espantada demais até para mentir sobre aquilo, porque esta seria a primeira vez em que lhe teria ocorrido que não tinha havido nenhum pedido de casamento. — Pense no coração dele então, enquanto cavalgava na direção do rio Mississippi, e depois no próprio vapor em que andava de um lado para outro no tombadilho, sentindo, através do convés, os motores impelindo-o mais e mais perto dia e noite para o momento que deve ter percebido que estivera esperando desde que ficara grande o bastante para compreender. É claro que de vez em quando ele teria de dizer bem depressa e alto: *É só isso. Ele só quer se certificar primeiro* para abafar o velho *Mas por que fazer dessa maneira? Por que não lá mesmo? Ele sabe que eu jamais exigirei nenhuma parte do que ele agora possui, tudo obtido ao preço de sabe-se lá quanto sacrifício, persistência e desprezo (assim me contaram; não ele, eles); sabe disso tão bem que isso jamais lhe teria ocorrido, assim como sabe que jamais me ocorreria que esta pudesse ser a sua razão, ele que é não só generoso, mas implacável, que deve ter entregado tudo o que ele e minha mãe possuíam para ela e para mim como preço para repudiá-la,* não porque fazê-lo dessa maneira o feria, insultava e mantinha em suspenso todo esse tempo desnecessário a mais, porque ele não importava; não importava se ficasse irritado ou mesmo se fosse crucificado: o problema era o fato de que ele não conseguia parar de pensar que ele próprio não teria feito aquilo dessa maneira, e contudo descendera do sangue após o que quer que sua mãe tivesse sido ou feito para maculá-lo e corrompê-lo. — Cada vez mais perto, até que o suspense, a perplexidade, a pressa e tudo o mais pareceram misturados numa sublimação de rendição passiva em que ele pensava apenas *Tudo bem. Tudo bem. Mesmo se for dessa maneira. Mesmo que ele queira fazer dessa maneira. Prometerei nunca mais vê-la. Nunca mais vê-lo.* Então ele chegou em casa. E nunca descobriu se Sutpen estivera lá ou não. Nunca soube. Acreditava que sim, mas nunca soube — sua mãe era a mesma paranoica sombria, impassível e feroz que ele tinha deixado em setembro, de quem não poderia descobrir nada por vias indiretas e a quem não ousava perguntar diretamente — o próprio fato de que compreendia muito bem o significado das perguntas habilidosas do advogado (como se ele tinha gostado da faculdade e das pessoas daquela região e se talvez — ou talvez não? — tinha feito amigos por lá entre as famílias da região) seria apenas mais uma prova na época de que Sutpen não estivera lá, ou pelo menos de que o advogado não sabia se estivera, pois agora que ele acreditava ter compreendido a intenção do advogado ao enviá-lo para aquela determinada faculdade, não via nada nas perguntas que indicasse que o advogado descobrira algo de novo desde então. (Ou o que poderia ter descoberto naquele encontro com o advogado, porque ele seria curto; seria quase o mais curto a se realizar entre eles, o mais curto de todos com exceção do último, é claro, aquele que ocorreria no verão seguinte, quando Henry estaria junto.) Porque o advogado não ousaria perguntar-lhe diretamente, assim como ele (Bon) não ousara perguntar a sua mãe diretamente. Porque, embora o advogado acreditasse que ele fosse antes um tolo do que um fraco ou obtuso, ele (o advogado) nunca, em nenhum momento, acreditou que Bon ia ser o tipo de tolo que ele iria ser. Então ele não contou nada ao advogado e o advogado não lhe contou nada, e o verão passou e veio setembro e ainda o advogado (e sua mãe também) não havia lhe perguntado uma única vez se queria retornar à faculdade. Afinal ele mesmo teve de dizer que pretendia retornar; e talvez soubesse que perdera aquela jogada, pois não havia nada no rosto do advogado exceto uma aquiescência de agente. Então ele voltou à faculdade onde Henry estava esperando (é, sim; esperando), ele que nem mesmo disse: 'Você não respondeu às minhas cartas. Você nem escreveu para Judith', que já tinha dito *O que minha irmã e eu temos e somos pertence a você*, mas talvez ele tenha escrito para Judith então, mandado uma carta pelo primeiro mensageiro preto que foi até a Centena de Sutpen, sobre como fora um verão sem novidades e, por isso, sem nenhum assunto sobre o qual escrever, talvez com *Charles Bon* completo e indelével por fora do envelope e ele pensando *Ele terá de ver isso. Talvez mande a carta de volta* pensando *Talvez, se ela voltar, nada me impeça então e talvez eu enfim saiba o que vou fazer*. Mas a carta não voltou. E as outras não voltaram. E o outono passou e veio o Natal e eles cavalgaram de novo para a Centena de Sutpen e dessa vez Sutpen não estava lá de novo, estava nos campos, tinha ido à cidade, estava caçando — alguma coisa; Sutpen não estava lá quando eles chegaram e Bon sabia que não esperara que estivesse, dizendo *Agora. Agora. Agora. Será agora. Será desta vez, e eu sou jovem, muito jovem, porque ainda não sei o que vou fazer*. Por isso talvez o que ele estivesse fazendo naquele crepúsculo (porque sabia que Sutpen tinha retornado, estava agora na casa; seria como um vento, alguma coisa, escuro e frio, soprando nele e ele parando, grave, quieto, alerta, pensando *O quê? O que é isso?* Então ele saberia; poderia sentir o outro entrando na casa e deixaria sua respiração contida sair calma e fácil, uma exalação profunda, e seu coração estaria calmo também) no jardim enquanto caminhava com Judith e conversava com ela, galante, elegante e automático (e Judith pensando naquilo como pensara naquele primeiro beijo no verão anterior: *Então é assim. É assim que é o amor*, mais uma vez levando o golpe da decepção, mas ainda sem se curvar); talvez o que ele estivesse fazendo lá agora fosse esperar, dizendo para si mesmo *Talvez ele ainda mande me chamar. Talvez ao menos me diga* apesar de saber que isso não aconteceria: *Ele está na biblioteca agora, ele mandou o preto chamar Henry, agora Henry está entrando na sala:* de modo que talvez ele tenha parado e a tenha olhado com algo no rosto que era um sorriso agora, e talvez a tenha pegado pelo cotovelo e a tenha virado, tranquilo e gentil, até que ela estivesse de frente para a casa, e dito: 'Vá. Desejo ficar sozinho para pensar no amor', e ela foi da mesma maneira como recebera o beijo naquele dia, talvez sentindo a palma da mão dele leve e momentânea sobre o traseiro. E ele ficou ali fitando a casa até Henry sair, e eles se entreolharam por um instante sem dizer uma palavra e depois se viraram e caminharam juntos pelo jardim, cruzando o terreno até o estábulo, onde talvez houvesse um preto, ou talvez tenham selado os dois cavalos eles mesmos e esperado até o preto da casa chegar com os dois alforjes reabastecidos. E talvez ele nem mesmo tenha dito então: 'Mas ele não me mandou nenhum recado?'."

Shreve parou. Isto é, pelo que ambos, Shreve e Quentin, sabiam, ele tinha parado, pois pelo que ambos sabiam jamais tinha começado, pois não importava (e possivelmente nenhum dos dois estivesse consciente da diferença) qual estivera falando. De modo que agora não eram dois, mas quatro homens cavalgando os dois cavalos pela escuridão e sobre os sulcos gelados de dezembro daquela véspera de Natal: quatro e então apenas dois — Charles-Shreve e Quentin-Henry, os dois acreditando que Henry estava pensando *Ele* (querendo dizer seu pai) *nos destruiu a todos*, nem por um momento pensando *Ele* (querendo dizer Bon) *deve ter sabido ou ao menos suspeitado disso o tempo todo; é por isso que tem agido dessa forma, por isso que não respondeu minhas cartas o verão passado nem escreveu para Judith, por isso que nunca a pediu em casamento*; acreditando que isso deve ter ocorrido a Henry, decerto durante aquele momento quando Henry saiu da casa e ele e Bon se olharam por um instante sem uma palavra e depois foram para o estábulo e selaram os cavalos, mas que Henry só aceitara sem reagir porque ainda não acreditara naquilo embora soubesse que era verdade, porque deve ter compreendido então, em completo desespero, o segredo de toda a sua atitude com Bon desde aquele primeiro momento instintivo em que o tinha visto um ano e três meses antes; ele sabia, mas não sabia, se recusara a saber, acreditar. Então foram quatro homens que montaram os dois cavalos naquela noite e atravessaram o dia claro e gélido de Natal do norte do Mississippi, numa condição muito parecida com a dos párias, passando pelas casas de fazenda com ramos de azevinho espetados embaixo das aldravas das portas e visco pendendo dos candelabros e vasilhas de *eggnog* e grogue sobre as mesas nos salões e a fumaça azul de lenha parada acima das chaminés rebocadas dos alojamentos de escravos, indo na direção do rio e do vapor. Haveria Natal no barco também: o mesmo azevinho e visco, o mesmo *eggnog* e grogue, uma ceia de Natal e um baile, talvez, sem dúvida, mas não para eles: os dois no escuro e no frio, parados diante da amurada acima da água escura e ainda sem falar, pois não havia nada a dizer, os dois (ou quatro) mantidos naquele teste, naquela suspensão, por Henry, que sabia, mas ainda não acreditava, que ia deliberadamente considerar e provar para si mesmo aquilo que, assim Shreve e Quentin acreditavam, para ele seria a morte saber. Então ainda foram quatro homens que saíram do barco em New Orleans, cidade que Henry nunca tinha visto antes (ele cuja experiência cosmopolita, afora sua estada na faculdade, provavelmente consistia em uma ou duas viagens a Memphis com o pai para comprar animais e escravos) e que não teve nenhum tempo para olhar agora — Henry, que sabia, mas não acreditava, e Bon, a quem o sr. Compson tinha chamado de fatalista, mas que, segundo Shreve e Quentin, não resistiu à resolução e intenção de Henry pela razão de que não sabia o que Henry pretendia fazer nem se importava, pois havia muito já tinha percebido que ainda não sabia o que ele próprio ia fazer; quatro homens sentados naquela sala de estar de magnificência barroca e bolorenta que Shreve inventara e que deve ter sido assim mesmo, enquanto a filha haitiana do fazendeiro francês e a mulher que o primeiro sogro de Sutpen tinha lhe dito ser espanhola (a mulher magra e desalinhada com ásperos cabelos negros raiados de cinza como uma cauda de cavalo, com a pele cor de pergaminho e olhos negros implacáveis e empapuçados que sozinhos não revelavam nenhuma idade porque não mostravam nenhum esquecimento, que Shreve e Quentin também tinham inventado e que também deve ter sido assim mesmo) não dizia nada porque não precisava, porque já o tinha dito, ela que não disse: 'Meu filho está apaixonado por sua irmã?', mas: 'Então ela se apaixonou por ele', e deu uma gargalhada longa e cruel para Henry, que não poderia ter mentido para ela ainda que quisesse, que nem mesmo teve que responder Sim ou Não. — Quatro homens ali, naquele quarto em New Orleans em 1860, como em certo sentido havia quatro ali naquele quarto sepulcral em Massachusetts em 1910. E Bon pode ter levado, provavelmente levou, Henry para visitar a amante oitavona e a criança, como o sr. Compson disse, embora nem Shreve nem Quentin acreditassem que a visita tinha afetado Henry como o sr. Compson parecia pensar. Na verdade, Quentin nem mesmo contou a Shreve o que seu pai falara sobre a visita. Talvez o próprio Quentin não estivesse ouvindo quando o sr. Compson o relatou (recriou?) naquela noite na casa deles; talvez naquele momento na varanda no crepúsculo quente de setembro Quentin tenha passado batido por aquilo sem nem ouvir assim como Shreve faria, pois tanto ele como Shreve acreditavam — e provavelmente estavam certos nisso também — que a oitavona e a criança teriam sido para Henry apenas outra coisa mais em Bon a ser não invejada, mas imitada, se isso tivesse sido possível, se tivesse havido tempo e paz para imitá-lo — paz não entre homens da mesma raça e nação, mas paz entre dois jovens espíritos aguerridos e o fato incontroverso que os aguerria, pois nem Henry nem Bon, assim como Quentin e Shreve, eram os primeiros jovens a acreditar (ou ao menos aparentemente agir com esse pressuposto) que guerras eram às vezes criadas para a finalidade exclusiva de resolver as dificuldades e dissabores privados da juventude.

"Então a velha fez a Henry aquela única pergunta e depois ficou rindo dele, de modo que ele teve certeza então, os dois tiveram certeza então. E assim agora seria um encontro curto, dessa vez com o advogado, o mais curto de todos. Porque o advogado decerto o estivera observando; talvez tenha até havido uma carta durante aquele segundo outono enquanto o advogado estava esperando e nada ainda parecia estar acontecendo por lá (e talvez o advogado tenha sido o motivo de Bon nunca ter respondido às cartas de Henry e de Judith naquele verão: o motivo foi que ele nunca as recebeu) — uma carta, duas ou talvez três páginas de seus humildes e obedientes *e, t* e *c* que se resumiam a quinze palavras *Eu sei que você é um tolo, mas que espécie de tolo você vai ser?* e Bon pelo menos foi um não-tolo suficiente para fazer o resumo. — Sim, vigiando-o, sem estar preocupado ainda, apenas bastante irritado, dando a Bon bastante tempo para procurá-lo, dando-lhe uma semana inteira talvez (após a qual ele — o advogado — teria tramado para encontrar-se com Henry e descobrir boa parte do que Henry estava pensando sem que Henry o soubesse) antes de tramar para encontrar-se com Bon também, talvez sendo tão bom na trama que mesmo Bon não saberia de imediato o que viria. O encontro seria curto. Não haveria nenhum segredo entre eles agora; apenas não seria dito: o advogado atrás da escrivaninha (e talvez na gaveta secreta o livro-caixa em que ele tinha acabado de acrescentar o juro composto do ano anterior entre o intrínseco e o amor e o orgulho a duzentos por cento) — o advogado se agitou, irritado, mas nem um pouco preocupado, pois ele não só sabia que tinha em seu poder todo o necessário, como também ainda não acreditava de fato que Bon fosse aquele tipo de tolo, embora estivesse prestes a mudar de opinião um pouco sobre a apatia, ou, pelo menos, a reticência; o advogado o observando e dizendo, com a voz suave e untuosa, pois não seria nenhum segredo agora, ele que saberia que Bon já sabia tudo o que saberia ou precisaria saber para dar o golpe: 'Sabe que você é um jovem muito afortunado? A maioria de nós, mesmo quando somos sortudos o bastante para conseguir nossa vingança, precisa pagar por ela, às vezes em dólares mesmo. Enquanto você não só está em posição de obter sua vingança, de limpar o nome de sua mãe, mas o bálsamo com o qual vai mitigar a injustiça dela terá um valor colateral que pode ser traduzido nas coisas de que um jovem necessita, que lhe são devidas e que, quer ele goste ou não, podem ser obtidas apenas em troca de dinheiro vivo —' e Bon sem dizer O *que você quer dizer?* e sem se mover ainda; isto é, o advogado não teria percebido que ele estava começando a se mover, continuando (o advogado) com a voz suave e tranquila: 'E mais do que isso, que a vingança, como brinde para a vingança no caso, esse ramalhete de uma tarde, essa flor inodora dos prados que não será perdida e que poderia florescer tão bem em sua lapela como na de outro; esse — Como vocês, jovens, dizem? — esse pedaço de menina —' e então ele veria Bon, talvez os olhos, talvez apenas ouvisse os pés se movendo. E então, com pistola (uma Derringer, pistola de montaria, revólver, o que fosse) e tudo, ele estaria agachado contra a parede atrás da cadeira virada, grunhindo: 'Para trás! Pare!', e depois gritando: 'Socorro! Socorro! Ele...!', então apenas gritando, porque ele estaria ouvindo e sentindo seus próprios ossos se retorcendo antes de poder libertar os dedos da pistola, e o osso do pescoço também quando Bon o esbofeteou com a palma da mão numa bochecha e depois com as costas da mão na outra; talvez pudesse até ouvir Bon também dizendo: 'Pare. Fique quieto. Eu não vou machucá-lo', ou talvez tenha sido o advogado nele que disse o Fique quieto a que ele obedeceu, que o fez sentar-se de novo na cadeira endireitada, meio deitado sobre a escrivaninha; o advogado nele que o mandou não dizer *Você vai pagar por isso* mas apenas ficar meio deitado ali, esfregando a mão torcida com o lenço enquanto Bon o fitava de pé, segurando a pistola pelo cano encostada na perna, dizendo: 'Se achar que vai precisar de uma satisfação, é claro que sabe —', e o advogado, recostando-se, dando pancadinhas com o lenço na bochecha: 'Eu estava errado. Entendi mal a sua percepção do assunto. Peço-lhe perdão', e Bon: 'Concedido. Como quiser. Aceitarei um pedido de desculpa ou uma bala, como preferir', e o advogado (haveria uma tênue vermelhidão na sua bochecha, mas isso seria tudo: nada na voz ou nos olhos): 'Vejo que você vai cobrar com juros por meu infeliz engano... inclusive me ridicularizando. Mesmo que eu sentisse estar certo (o que não sinto), ainda teria de declinar de sua oferta. Não seria páreo para você com pistolas', e Bon: 'Com punhais ou floretes tampouco?', e o advogado, com a voz suave e tranquila: 'Com punhais ou floretes tampouco'. De modo que agora o advogado não precisaria nem mesmo dizer *Você vai pagar por isso* porque Bon estaria dizendo isso para ele, ali parado com a pistola largada, pensando *Mas só com punhais, pistolas ou floretes. De modo que eu não possa vencê-lo. Eu poderia atirar nele. Atiraria nele sem mais escrúpulo do que atiraria numa cobra ou num homem que me corneasse. Mas ele ainda assim ganharia de mim*, pensando *Sim. Ele ganhou de mim* quando ele... ele...: ("Escute", Shreve disse, exclamou. "Deve ter sido quando ele estava deitado num quarto daquela casa particular em Corinth, depois da batalha de Pittsburg Landing, enquanto seu ombro melhorava dois anos depois e a carta da oitavona (talvez mesmo aquela contendo a fotografia dela com a criança) enfim o alcançou, implorando por dinheiro e lhe dizendo que o advogado tinha partido para o Texas ou o México ou algum lugar por fim e que ela (a oitavona) também não conseguia encontrar a mãe dele e por isso sem dúvida o advogado a tinha assassinado antes de lhe roubar o dinheiro, pois seria bem típico deles fugirem e acabarem mortos sem cuidar dos interesses dela.) — Sim, eles sabiam agora. E meu Deus, pense nele, Bon, que quisera saber, que tivera mais razão de querer saber, ele que, pelo que sabia, nunca tivera um pai, mas de algum modo tinha surgido entre aquela mulher que não o deixava brincar com outras crianças e aquele advogado que sempre dizia para a mulher se sim ou se não toda vez que ela comprava uma peça de carne ou um pedaço de pão — duas pessoas que não haviam tido prazer ou paixão no ato de criá-lo, nem sofrido dor e angústia ao gerá-lo — que talvez, se um dos dois lhe tivesse contado a verdade, só isso, nada do que aconteceu teria acontecido; e ali estava Henry, que tinha pai, segurança, satisfação e tudo, mas que soube a verdade por ambos enquanto ele (Bon) não soube por nenhum dos dois. E pense em Henry, que dissera no início que era mentira e então, quando soube que não era mentira, ainda tinha dito 'Não acredito', que até descobrira naquele 'Não acredito' força suficiente para repudiar lar e família de modo a defender sua rebeldia, em cuja defesa comprovou que sua causa era falsa e mais do que nunca interditava sua volta ao lar; meu Deus, pense na carga que ele teve de carregar, filho de dois metodistas (ou de uma longa invencível linhagem de metodistas) e criado no provinciano norte do Mississippi, diante do incesto, incesto entre todas as coisas que poderiam ter sido reservadas a ele, contra o qual toda a sua hereditariedade e sua educação tinham de rebelar-se por uma questão de princípios, e numa situação em que sabia que nem incesto, nem educação, iam ajudá-lo a resolver o assunto. De modo que, quando eles saíram e caminharam pelas ruas naquela noite e, por fim, Bon disse: 'Bem? E agora?', talvez Henry tenha dito: 'Espere. Espere. Deixe eu me acostumar com isso'. E se passaram dois dias ou três dias talvez, e Henry disse: 'Você não pode. Não pode', e então foi Bon que disse: 'Espere. Sou seu irmão mais velho: você diz *não pode* para mim?'. E talvez tenha sido uma semana, talvez Bon tenha levado Henry para ver a oitavona e Henry olhou-a e disse: 'Isso já não é o bastante para você?', e Bon disse: 'Você quer que seja o bastante?', e Henry disse: 'Espere. Espere. Preciso de tempo para me acostumar com isso. Você precisa me dar tempo'. Meu Deus, pense em como Henry deve ter falado durante aquele inverno e depois naquela primavera, com Lincoln eleito e a convenção de Alabama e o Sul começando a se retirar da União, e depois os Estados Unidos passaram a ter dois presidentes e o telégrafo trouxe as notícias de Charleston, e Lincoln convocou seu Exército e estava feito, era irrevogável agora, e Henry e Bon já decididos a partir sem terem de consultar um ao outro, eles que teriam ido de qualquer forma mesmo que jamais tivessem visto um ao outro, mas que agora iriam com certeza, porque afinal você não desperdiça uma guerra; pense em como eles devem ter conversado, como Henry diria: 'Mas você tem de se casar com ela? Tem de fazê-lo?', e Bon diria: 'Ele devia ter me contado. Ele devia ter me contado, a mim, em pessoa. Fui justo e decente com ele. Esperei. Agora, você sabe por que esperei. Dei-lhe todas as chances para me contar em pessoa. Mas ele não o fez. Se tivesse feito, eu teria concordado e prometido nunca mais vê-la ou a você ou a ele de novo. Mas ele não me contou. No início, pensei que era porque não sabia. Então soube que sabia, e ainda assim esperei. Mas ele não me contou. Contou apenas a você, mandou um recado como você manda uma ordem por um criado preto para um mendigo ou um vagabundo sair da sua propriedade. Você não vê isso?', e Henry diria: 'Mas e Judith? Nossa irmã? Pense nela', e Bon: 'Tudo bem. Pense nela. E daí?', porque ambos sabiam o que Judith faria quando descobrisse, porque ambos sabiam que as mulheres mostram orgulho e honra sobre quase tudo, exceto o amor, e Henry disse: 'Sim. Percebo. Compreendo. Mas você terá de me dar tempo para me acostumar. Você é meu irmão mais velho, pode me fazer esse pequeno favor'. Pense neles dois: Bon, que não sabia o que ia fazer e tinha de dizer, fingir, que sabia; e Henry, que sabia o que ia fazer e tinha de dizer que não sabia. Então veio o Natal de novo, de 1861, e eles não tinham notícia de Judith porque Judith não sabia ao certo onde estavam, pois Henry não deixava Bon escrever para ela ainda; então ficaram sabendo da companhia, a University Grays, que estava sendo organizada em Oxford e talvez estivessem esperando por isso. Então tomaram o vapor para o Norte de novo, e havia agora mais alegria e excitação no barco até do que no Natal, como sempre acontece quando uma guerra começa, antes que a cena fique atravancada por comida ruim, soldados feridos, viúvas e órfãos, e eles tampouco tomaram parte nisso agora, mas ficaram parados de novo diante da amurada acima da água agitada, e talvez tenham se passado dois ou três dias, então Henry disse subitamente, exclamou subitamente: 'Mas reis já fizeram isso! Duques até! Teve aquele duque da Lorena chamado John qualquer coisa que se casou com a irmã. O papa o excomungou, mas isso não doeu! Não doeu! Eles continuaram sendo marido e mulher. Continuaram vivos. Continuaram se amando!', e então de novo, alto, depressa: 'Mas você terá de esperar! Terá de me dar tempo! Talvez a guerra resolva isso e nós não precisemos fazê-lo!'. E talvez nisso o seu velho estivesse certo: e eles cavalgaram juntos para Oxford sem passar pela Centena de Sutpen e assinaram a lista da companhia e depois se esconderam em algum lugar e esperaram, e Henry deixou que Bon escrevesse uma carta para Judith; eles a enviariam em mãos, por um preto que se esgueiraria pelos alojamentos à noite e a daria à criada de Judith, e Judith enviou a foto na moldura de metal e eles seguiram em frente para esperar até que a companhia terminasse de fazer bandeiras e cavalgar pela região dizendo adeus às moças e partisse para o front.

"Meu Deus, pense neles. Porque Bon decerto sabia o que Henry estava fazendo, assim como sempre soubera o que Henry estava pensando desde o primeiro dia em que se viram. Talvez soubesse melhor ainda o que Henry estava fazendo porque não sabia o que ele próprio iria fazer, sabia que não saberia até que de repente algum dia a coisa irromperia claramente e saberia então que soubera o tempo todo o que seria, por isso não precisava se preocupar consigo e tudo o que tinha a fazer era apenas observar Henry tentando conciliar o que ele (Henry) sabia que ia fazer com todas as vozes de sua hereditariedade e educação que diziam *Não. Não. Você não pode. Não deve. Não vai.* Talvez até estivessem debaixo de fogo agora, com as bombas voando e zumbindo acima de sua cabeça e explodindo, e eles ali deitados esperando para atacar e Henry gritaria de novo: 'Mas aquele duque da Lorena o fez! Deve ter montes no mundo que o fizeram e que as pessoas não sabem, que talvez tenham sofrido por isso, morrido por isso e talvez estejam no inferno agora por isso. Mas eles o fizeram e isso não importa agora; mesmo os que sabemos não passam de nomes agora e isso não importa agora', e Bon o observando, escutando e pensando *É porque eu mesmo não sei o que vou fazer e por isso ele está consciente de que estou indeciso sem saber que está consciente. Talvez se lhe dissesse agora o que vou fazer ele reconhecesse seu próprio pensamento e me dissesse: Você não vai.* E talvez o seu velho estivesse certo dessa vez e eles achassem que a guerra resolveria as coisas e eles não teriam que fazê-lo, ou talvez Henry pelo menos esperasse que fosse assim porque talvez o seu velho estivesse certo nisso também e Bon não se importasse; como as duas pessoas que poderiam ter lhe dado um pai tinham se recusado a fazer isso, nada importava para ele agora, vingança, amor ou tudo, pois ele agora sabia que a vingança não poderia compensá-lo nem o amor aliviá-lo. Talvez nem tenha sido Henry que não o deixou escrever para Judith, mas o próprio Bon que não escreveu para ela porque não se importava com nada, nem mesmo com ainda não saber o que iria fazer. Então chegou o ano seguinte, e Bon se tornou um oficial e eles estavam indo para Shiloh sem saber disso tampouco, conversando de novo enquanto andavam em fila indiana, o oficial retornando ao longo da fila em que o soldado raso marchava e Henry gritando de novo, contendo sua voz urgente e desesperada num sussurro: 'Ainda não sabe o que vai fazer?', enquanto Bon olhou para ele por um instante com aquela expressão que pode ter sido um sorriso: 'E se lhe disser que não pretendo voltar para ela?'; e Henry continuou andando ali ao lado dele, com sua mochila e seus dois metros e meio de mosquete, e começou a ofegar, ofegando e ofegando enquanto Bon o observava: 'Passo muito tempo na sua frente agora; indo para a batalha, atacando, estarei na sua frente — ' e Henry ofegando: 'Pare! Pare!', e Bon o observando com aquela tênue e vaga expressão em torno da boca e dos olhos: ' — e quem saberia? Nem você mesmo precisaria saber com certeza; porque quem poderia dizer qual bala ianque pode ter me atingido no exato segundo em que você puxou o seu gatilho, ou mesmo antes — ' e Henry ofegando e olhando, fitando o céu, com os dentes à mostra e o suor no rosto e os nós dos dedos da mão brancos sobre o cabo do mosquete, dizendo, ofegando: 'Pare! Pare! Pare! Pare!'. Então chegou Shiloh, o segundo dia, a batalha perdida e a brigada se retirando de Pittsburg Landing — Escute", exclamou Shreve; "espere, agora; espere!" (olhando com raiva para Quentin, ele próprio ofegando, como se tivesse tido que abastecer seu fantasma não só com uma sugestão, mas com fôlego para fazê-la obedecer): "Porque o seu velho estava errado nisso, também! Ele disse que Bon é que foi ferido, mas não foi. Porque quem lhe contou? Quem contou a Sutpen, ou ao seu avô também, qual deles foi atingido? Sutpen não sabia porque não estava lá, e o seu avô tampouco estava lá porque isso foi onde ele foi atingido também, onde perdeu o braço. Então quem lhes contou? Não foi Henry, porque o pai de Henry nunca o viu, exceto aquela única vez, e talvez eles não tenham tido tempo de falar de ferimentos, e ademais falar de ferimentos no Exército confederado em 1865 seria como mineiros de carvão falando de fuligem; e não Bon, porque Sutpen nunca o viu, porque ele estava morto; não foi Bon, foi Henry; Bon, que encontrou Henry por fim e se abaixou para levantá-lo e Henry resistiu, se desvencilhou, dizendo: 'Me largue! Me deixe morrer! Aí eu não terei de saber', e Bon disse: 'Então você quer que eu volte para ela', e Henry ali deitado resistindo e ofegando, com o suor no rosto e os dentes ensanguentados por trás dos lábios mordidos, e Bon disse: 'Diga que quer que eu volte para ela.

Talvez então eu não o faça. Diga', e Henry ali deitado, tentando se desvencilhar, com o vermelho vivo manchando a camisa e os dentes à mostra e o suor no rosto, até que Bon segurou os seus braços e o colocou nas costas..."

Primeiro, dois homens, depois quatro; agora, dois novamente. O quarto estava mesmo sepulcral: tinha uma qualidade rançosa, estática e moribunda além do mero frio intenso e vívido. Eles, porém, permaneciam ali, embora a menos de dez metros de distância estivessem a cama e o calor. Quentin nem mesmo vestira o sobretudo, que estava no chão após cair do braço da cadeira em que Shreve o tinha colocado. Não recuaram do frio. Ambos o suportaram como numa exaltação flagelante e deliberada de miséria física metamorfoseada no esforço do espírito dos dois jovens durante aquela época cinquenta anos antes, ou melhor, quarenta e oito, depois quarenta e sete e depois quarenta e seis, pois era o ano de 64 e depois 65 e os famintos e esfarrapados remanescentes de um exército, tendo se retirado pelo Alabama e pela Geórgia e chegado à Carolina, arrastados não por um exército vitorioso no seu encalço, mas por uma maré crescente de nomes de batalhas perdidas de cada lado — Chickamauga, Franklin, Vicksburg, Corinth e Atlanta —, batalhas perdidas não apenas devido a inimigos mais numerosos e à falta de munição e mantimentos, mas por causa de generais que não deveriam ter sido generais, que eram generais não por treinamento em métodos contemporâneos ou aptidão para aprendê-los, mas pelo direito divino de dizer 'Vá lá' conferido a eles por um sistema de castas absoluto; ou porque seus generais nunca viveram tempo suficiente para aprender como travar batalhas de massa cuidadosas e incrementais, pois eles já eram tão obsoletos quanto Ricardo, Rolando ou Du Guesclin, eles que usavam plumas e mantos forrados de escarlate aos vinte e oito, trinta e trinta e dois anos de idade e capturavam navios de guerra com cargas de cavalaria, mas não grãos, nem carne nem balas, que venceriam três exércitos no mesmo número de dias e depois derrubariam as próprias cercas para cozinhar carne roubada de seus próprios defumadouros, que numa noite e com um punhado de homens valorosamente tocariam fogo e destruiriam uma guarnição de um milhão de dólares de suprimentos do inimigo e na noite seguinte seriam encontrados por um vizinho na cama com a esposa dele e mortos a tiro; dois, quatro, e agora dois de novo, segundo Shreve e Quentin, os dois, os quatro, os dois ainda falando — o que ainda não sabia o que iria fazer, o outro que sabia o que teria de fazer, mas não podia aceitar isso —, Henry colocando-se como uma autoridade em incesto, falando de seu duque João de Lorena como se pudesse evocar aquela sombra condenada e excomungada para lhe dizer em pessoa que não havia problema, como pessoas tanto antes como depois tentaram evocar Deus ou o diabo para justificá-las naquilo em que suas glândulas insistiam; os dois, os quatro, os dois frente a frente na sala sepulcral: Shreve, o canadense, o filho das nevascas e do frio num roupão com um sobretudo por cima, o colarinho levantado sobre as orelhas; Quentin, o sulista, o taciturno e delicado rebento da chuva e do calor úmido na roupa fina e apropriada que trouxera do Mississippi, com seu sobretudo (tão fino e inútil para o que se destinava quanto o terno) jazendo no chão de onde ele nem se dera ao trabalho de o erguer:

(*— era o inverno de 64 agora e o Exército em retirada havia cruzado o Alabama e entrado na Geórgia; agora a Carolina estava bem às suas costas e Bon, o oficial, pensando 'Ou nós seremos pegos e aniquilados ou o Velho Joe Johnston vai nos tirar daqui e faremos contato com Lee no front de Richmond e então teremos pelo menos o privilégio de nos render': e então um dia, de repente, ele pensou naquilo, se lembrou de como aquele regimento de Jefferson do qual seu pai era coronel estava na unidade de Longstreet, e talvez a partir* *daquele momento o propósito todo da retirada lhe pareceu ser o de colocá-lo ao alcance do pai, dar ao pai mais uma chance. Por isso deve ter lhe parecido agora que ele sabia enfim por que não pudera se decidir sobre o que queria fazer. Talvez tenha pensado por apenas um segundo: 'Meu Deus, como ainda sou jovem; mesmo depois desses quatro anos ainda sou jovem', mas por apenas um segundo, porque talvez no mesmo fôlego tenha dito: 'Tudo bem. Então sou jovem. Mas ainda acredito, embora aquilo em que acredito seja que a guerra, o sofrimento, esses quatro anos tendo de manter seus homens vivos e inteiros para trocar sua carne e seu sangue pela maior quantidade de terreno como se fosse pechincha o terão mudado (embora saiba que não muda), de modo que ele não me dirá: Me perdoe: mas: Você é meu filho mais velho. Proteja sua irmã; nunca mais veja nenhum de nós novamente': Então era 65 e o que sobrara do Exército do Oeste não tinha mais nada além da capacidade de andar para trás de forma lenta e obstinada e suportar fuzilaria e bombardeio. Talvez nem sentissem mais falta dos sapatos, dos casacos e da comida agora e era por isso que ele podia escrever sobre a graxa de fogão capturada como fez na carta para Judith quando finalmente descobriu o que iria fazer e disse a Henry, e Henry disse 'Graças a Deus. Graças a Deus', não pelo incesto, claro, mas porque enfim eles iam fazer alguma coisa, enfim ele poderia fazer alguma coisa, mesmo que fosse o repúdio irrevogável da velha hereditariedade e educação e a aceitação da danação eterna. Talvez ele até tenha conseguido parar de falar sobre seu duque de Lorena então, porque agora poderia dizer: 'Não é para o inferno seu, nem dele nem do papa que estamos todos indo: é para o inferno de minha mãe e da mãe e do pai dela e da mãe e do pai deles, e não é você que está indo para lá, mas nós três — não: nós quatro. E então ao menos estaremos todos juntos onde é o nosso lugar, pois mesmo que só ele fosse para lá, nós ainda teríamos de estar lá também, já que nós três somos apenas ilusões que ele gerou, e nossas ilusões são uma parte da gente como* os ossos, a carne e a memória. E estaremos todos juntos em tormento e por isso não precisaremos lembrar de amor e fornicação, e talvez em tormento você não pode sequer se lembrar de por que está lá. E se não pudermos nos lembrar de tudo isso, não deverá ser um grande tormento'. Então eles estavam na Carolina naquele janeiro e fevereiro de 65 e o que sobrara deles estivera recuando por quase um ano agora e a distância entre eles e Richmond era menor que a distância que já haviam percorrido; a distância entre eles e o fim era bem menor que antes. Mas para Bon o que valia não era o espaço entre eles e a derrota, mas o espaço entre ele e o outro regimento, entre ele e a hora, o momento: 'Ele nem terá de me perguntar; apenas tocarei sua carne e direi eu mesmo: Você não terá de se preocupar. Ela jamais me verá de novo'. Então era março na Carolina e ainda o andar para trás lento e obstinado, prestando atenção no que vinha do Norte agora, porque não havia nada para ouvir em nenhuma outra direção, pois em todas as outras direções estava acabado agora, e tudo o que eles esperavam ouvir do Norte era derrota. Então um dia (ele era um oficial; teria sabido, ouvido falar, que Lee destacara algumas tropas e as enviara para reforço; talvez até soubesse os nomes e números dos regimentos antes de eles chegarem) ele viu Sutpen. Talvez nessa primeira vez Sutpen realmente não o tenha visto, talvez nessa primeira vez ele tenha podido dizer para si mesmo: 'Foi por isso; ele não me viu', de modo que teve de se colocar no caminho de Sutpen, criar sua oportunidade e situação. Então pela segunda vez ele olhou para o rosto impassível e empedernido, para os olhos claros penetrantes em que não havia um lampejo, nada, o rosto em que ele via suas próprias feições, em que viu reconhecimento, e isso foi tudo. Isso foi tudo, não havia mais nada agora; talvez ele tenha apenas respirado devagar uma vez, com aquela expressão no seu próprio rosto que poderia à primeira vista ter sido chamada de sorriso enquanto pensava: 'Eu poderia obrigá-lo. Poderia ir até ele e obrigá-lo', sabendo que não o faria porque estava tudo acabado agora, isso era *tudo agora e finalmente. E talvez tenha sido naquela mesma noite ou talvez alguma noite uma semana depois quando estavam parados (porque até Sherman tinha de parar às vezes de noite) com as fogueiras acesas para fornecer calor pelo menos, porque pelo menos calor é barato e não se consome, que Bon disse: 'Henry', e disse: 'Daqui a pouco tempo não sobrará mais nada: não teremos mais nada para fazer, nem mesmo o privilégio de marchar devagar para trás por uma razão, pelo bem da honra e do que sobrou de orgulho. Não Deus; evidentemente passamos sem Ele por quatro anos, e apenas não Lhe ocorreu nos notificar; e não só sem sapatos e roupas, mas até mesmo sem nenhuma necessidade deles, e não só sem terra e qualquer meio de produzir comida, mas sem necessidade de comida, já que aprendemos a viver sem isso também; assim, se você não tem Deus e não precisa de comida e roupas e abrigo, não há nada em que a honra e o orgulho possam subir e se aferrar e florescer. E se você não tem honra e orgulho, nada importa. Mas há alguma coisa em você que não se importa com honra e orgulho e contudo vive, que até marcha para trás por um ano inteiro apenas para viver; que, provavelmente, mesmo quando isso acabar e não tiver sobrado nem mesmo a derrota, ainda assim se recusará a permanecer imóvel sob o sol e morrer, e em vez disso estará em meio às árvores, movendo-se e procurando, embora apenas a vontade e a resignação não a fariam se mover, cavando em busca de raízes e coisas assim — aquela carne irracional, consciente e insone que nem mesmo vê a diferença entre desespero e vitória, Henry'. E então Henry começaria a dizer 'Graças a Deus. Graças a Deus' ofegando e dizendo 'Graças a Deus'. Dizendo: 'Não tente me explicar. Apenas faça-o', e Bon: 'Você me autoriza? Como irmão dela, você me dá permissão?', e Henry: 'Irmão? Irmão? Você é o mais velho: por que me pergunta?', e Bon: 'Não. Ele nunca me reconheceu. Apenas me advertiu. Você é o irmão e o filho. Você me dá permissão, Henry?', e Henry: 'Escreva. Escreva. Escreva'. De modo que Bon escreveu a carta, depois dos quatro anos, e Henry a leu e a enviou. Mas eles não desertaram e percorreram o mesmo caminho da carta naquela ocasião. Continuaram a marchar para trás, lentos e obstinados, esperando que notícias do fim dela viessem do Norte, porque é preciso uma quantidade imensa de caráter para largar alguma coisa quando se está perdendo, e eles já vinham marchando devagar para trás havia um ano, de modo que tudo o que lhes restava era não a vontade, mas apenas a habilidade, o hábito inculcado de suportar. Então, uma noite, tinham parado de novo, porque Sherman tinha parado de novo, e um ordenança veio chegando pela frente do acampamento e encontrou Henry enfim e disse: 'Sutpen, o coronel quer ver você na barraca dele'.)* —

"E assim você e a velha, a Tia Rosa, foram lá naquela noite e a preta velha, a tal da Clytie, tentou impedir você, impedir a velha; ela segurou o seu braço e disse: 'Não deixe essa muié ir lá em cima, sinhozinho' mas você também não pôde impedi-la, porque ela estava fortalecida por quarenta e cinco anos de ódio que eram como quarenta e cinco anos de carne crua, e tudo o que Clytie tinha eram apenas quarenta e cinco ou cinquenta anos de desespero e espera; e você, você nem mesmo queria estar lá para começo de conversa. E você tampouco pôde impedi-la, e então viu que o problema de Clytie não era raiva e nem mesmo receio; era pavor, medo. E ela não lhe disse isso exatamente porque ainda estava guardando aquele segredo pelo bem do homem que tinha sido seu pai também e pelo bem da família que já não existia, cujo mausoléu até então inviolado e apodrecido ela ainda guardava; — não lhe disse, assim como não disse que tinha estado naquele quarto naquele dia em que eles trouxeram o corpo de Bon para dentro da casa e Judith tirou do bolso a moldura de metal com uma fotografia sua que lhe dera; ela não disse isso, simplesmente saiu do pavor e do medo depois que ela o soltou e agarrou o braço da Tia Rosa e a Tia Rosa virou-se e empurrou a mão dela e foi para a escada e Clytie correu atrás dela de novo e dessa vez a Tia Rosa parou e se virou no segundo degrau e derrubou Clytie com um soco como um homem faria e se virou e continuou subindo a escada: e Clytie ficou estendida no chão, uma mulher de mais de oitenta anos de idade e não mais do que um metro e meio de altura, parecendo uma trouxinha de trapos limpos, de modo que você foi até ela e pegou o seu braço e a ajudou a se levantar, e o braço dela parecia um graveto, tão leve, seco e quebradiço quanto um graveto: e ela olhou para você e você viu que não era raiva, mas pavor, e não um pavor de preto, porque não tinha a ver com ela própria, mas com o que havia no alto da escada, aquilo que ela mantivera escondido ali por quase quatro anos; e ela não lhe disse isso tudo palavra por palavra porque mesmo no pavor ela guardou o segredo; entretanto, ela lhe contou a verdade, ou pelo menos, de repente, você soube..."

Shreve calou-se de novo. Dava na mesma, porque não havia ninguém escutando. Talvez tivesse consciência disso. Então de repente tampouco havia alguém falando, embora fosse possível que disso ele não tivesse consciência. Porque agora nenhum dos dois estava ali. Estavam ambos na Carolina e era quarenta e seis anos antes, e eles não eram nem mesmo quatro homens agora mas um número ainda maior, pois agora ambos eram Henry Sutpen e ambos eram Bon, multiplicados ambos pelos dois, mas nenhum por nenhum, sentindo a fumaça que tinha soprado e se desvanecido quarenta e seis anos atrás das *fogueiras do acampamento queimando num bosque de pinheiros, os homens esquálidos e esfarrapados sentados ou deitados em torno delas, falando não da guerra, mas curiosamente (ou talvez nem um pouco curiosamente) fitando o Sul, onde mais além, na escuridão, estavam os piquetes — os piquetes que, ao olhar para o Sul, poderiam ver os brilhos e bruxuleios das fogueiras do acampamento federal, múltiplos e tênues, cercando metade do horizonte e com dez fogueiras para cada fogueira confederada, e entre os quais e as quais (os piquetes rebeldes e as fogueiras ianques) os postos avançados dos ianques observavam a escuridão também, com as duas linhas de piquetes tão próximas que cada uma podia ouvir a provocação que eram os oficiais da outra passando de posto em posto e sumindo ao longe: e uma vez extinta, a voz, invisível, cautelosa, ainda não alta, mas audível:*

— *Oi, Reb.*

— *Oi.*

— *Para onde seus homens vão?*

— *Richmond.*

— *Nós também. Por que não esperam por nós?*

— *Estamos esperando.*

Os homens em volta das fogueiras não ouviram esse diálogo, embora em breve fossem ouvir o ordenança claramente quando ele passasse de fogo em fogo, perguntando por Sutpen e sendo orientado e assim chegando por fim à fogueira, ao tronco fumegante, com seu discurso monótono: 'Sutpen? Estou procurando Sutpen', até que Henry ergue o corpo e diz: 'Aqui'. Ele está magro e esfarrapado e sem se barbear; por causa dos últimos quatro anos e porque ainda não havia terminado de crescer quando os quatro anos começaram, é cinco centímetros mais baixo do que prometia ser, e quinze quilos menos pesado do que provavelmente será alguns anos depois de ter sobrevivido aos quatro anos, se sobreviver a eles.

— *Aqui — ele diz. — O que foi?*

— *O coronel quer ver você.*

O ordenança não volta com ele. Em vez disso, caminha sozinho pela escuridão atravessando a estrada sulcada, uma estrada sulcada, cortada e batida pela qual os canhões passaram naquela tarde, e chega à barraca enfim, uma das poucas barracas, as paredes de lona brilhando fracamente devido à vela em seu interior, a silhueta de uma sentinela diante dela, que o interpela.

— *Sutpen — diz Henry. — O coronel mandou me chamar.*

A sentinela faz um gesto para ele entrar na barraca. Ele passa abaixado pela entrada, a lona cai atrás dele enquanto alguém, o único ocupante da barraca, se levanta de uma cadeira de campanha atrás da mesa sobre a qual repousa a vela, sua sombra encurvada alta e enorme na parede de lona. Ele (Henry) bate continência de frente para uma manga cinza com o galão de coronel sobre ela, um rosto barbado, um nariz saliente, um emaranhado de fios de cabelo cor de ferro — um rosto que Henry não reconhece, não porque não o vê há quatro anos e não espera vê-lo aqui e agora, mas antes porque não está olhando para ele. Ele apenas saúda o punho com galões e fica parado até que o outro diz:

— Henry.

Mesmo agora Henry não se sobressalta. Apenas fica parado, os dois parados, olhando um para o outro. É o homem mais velho que se move primeiro, mas eles se encontram no centro da barraca, onde se abraçam e beijam antes de Henry perceber que se moveu, ia se mover, movido pelo que há de sangue comum que no instante, no reflexo, se apropria e reconcilia, apesar de ainda não perdoar (talvez nunca perdoe), e fica parado enquanto o pai segura o seu rosto com as duas mãos, olhando para ele.

— Henry — diz Sutpen. — Meu filho.

Então eles se sentam em cada lado da mesa, nas cadeiras reservadas para oficiais, a mesa (um mapa aberto repousa sobre ela) e a vela entre eles.

— Você foi atingido em Shiloh, o coronel Willow me contou — diz Sutpen.

— Sim, senhor — diz Henry.

Ele está prestes a dizer Charles me carregou de volta, mas não o faz, porque já sabe o que vai se passar. Ele nem mesmo pensa Judith com certeza não lhe escreveu contando daquela carta, ou Foi Clytie quem mandou lhe avisar de alguma maneira que Charles tinha escrito a ela. Ele não pensa nem uma coisa nem outra. Para ele é lógico e natural que o pai deveria saber da decisão dele e de Bon: aquele laço de sangue que faria Bon decidir-se a escrever, ele próprio a concordar com isso e seu pai a saber disso no mesmo instante exato, depois de um período de quatro anos, à margem de todo tempo. Agora chega o momento, quase da exata maneira que ele sabia que viria:

— *Eu vi Charles Bon, Henry.*

Henry não diz nada. Está chegando agora. Não diz nada, apenas encara o pai — os dois de uniforme cinza, num tom de folha murcha, uma única vela, uma barraca tosca separando-os de uma escuridão onde piquetes alertas se defrontam e onde homens exaustos dormem sem abrigo, esperando pelo amanhecer e pelo tiroteio, pela cansativa marcha para trás que recomeçaria: todavia, num segundo, a barraca, a vela, os uniformes e tudo o mais desaparecem, e eles se veem na biblioteca enfeitada de azevinho da Centena de Sutpen naquele Natal quatro anos antes e a mesa não é uma mesa de acampamento adequada para se desdobrar mapas, mas a pesada mesa de pau-rosa entalhado que há na casa, com a fotografia de sua mãe, de sua irmã e dele próprio sentados, e seu pai está atrás da mesa e atrás do pai está a janela que dá para o jardim onde Judith e Bon caminham naquele ritmo lento em que o coração acompanha os passos e os olhos de um só precisam olhar para os do outro.

— *Você vai deixá-lo se casar com Judith, Henry.*

Henry ainda não responde. Tudo isso já foi dito antes, e agora ele teve quatro anos de luta amarga depois dos quais, seja vitória ou derrota que tenha ganhado, pelo menos terá ganhado e tem paz agora, mesmo que a paz seja sobretudo desespero.

— *Ele não pode se casar com ela, Henry.*

Agora Henry fala.

— *Você já disse isso antes. Eu respondi na época. E agora, e agora não vai demorar muito e não teremos mais nada: nem honra, nem orgulho, nem Deus, já que Deus nos abandonou quatro anos atrás só que nunca pensou ser necessário nos contar; sem sapatos* nem roupas e nenhuma necessidade deles; não só sem terra da qual tirar comida, mas nenhuma necessidade de comida, e quando não se tem Deus e honra e orgulho, nada importa exceto que há a velha carne indiferente que nem mesmo se importa se foi derrota ou vitória, que nem mesmo morre, que estará em meio às árvores e nos campos, cavando raízes e ervas daninhas. — Sim. Eu decidi, irmão ou não, eu decidi. Vou deixá-lo. Vou.

— Ele não pode se casar com ela, Henry.

— Sim. Eu disse Sim no começo, mas não estava resolvido ainda. Não o deixei. Mas agora tive quatro anos para me resolver. Vou deixá-lo. Vou fazê-lo.

— Ele não pode se casar com ela, Henry. O pai da mãe dele me disse que a mãe dela tinha sido uma espanhola. Eu acreditei nele; foi só depois que ele nasceu que descobri que sua mãe tinha sangue negro.

Henry também nunca disse que não se lembrava de ter deixado a barraca. Ele se lembra de tudo aquilo. Lembra-se de abaixar-se para cruzar a entrada de novo e de passar pela sentinela de novo; lembra-se de caminhar de volta pela estrada cortada e sulcada no escuro, tropeçando nos sulcos de ambos os lados onde as fogueiras já eram apenas brasas, de modo que mal consegue distinguir os homens adormecidos sobre a terra em volta delas. Deve ser mais de onze horas, pensa. E serão mais oito milhas amanhã. Se não fosse por aqueles malditos canhões. Por que o Velho Joe não entrega os canhões a Sherman? Aí poderíamos percorrer doze milhas por dia. Poderíamos nos juntar a Lee. Pelo menos Lee para e luta durante parte do tempo. Ele se lembra disso. Lembra-se de como não voltou a sua fogueira, mas logo parou num lugar solitário e se recostou num pinheiro, silencioso e confortável, com a cabeça para trás para poder olhar para cima e ver os ramos emaranhados e desfolhados que pareciam ser de ferro batido estendendo-se imóveis contra as estrelas frias e vívidas do início de primavera, *pensando espero que ele se lembre de agradecer ao coronel Willow por nos deixar usar sua barraca, pensando não no que ia fazer, mas no que teria de fazer. Porque sabia o que ia fazer; isso agora dependia do que Bon faria, o obrigaria a fazer, pois ele sabia que o faria. De modo que preciso ir ter com ele, pensou, pensando: Agora são mais de duas horas e logo amanhecerá.*

Então amanheceu, ou quase, e estava frio: uma friagem que atravessava a roupa fina, remendada e gasta, atravessava certa exaustão e desnutrição; a habilidade passiva, não a vontade volitiva, de suportar; havia luz em alguma parte, suficiente para ele distinguir o rosto adormecido de Bon entre os outros onde ele estava deitado e embrulhado nas cobertas, embaixo de seu sobretudo estendido; luz suficiente para ele acordar Bon e para Bon distinguir o seu rosto (ou talvez algo comunicado pela mão de Henry) porque Bon não fala, não pergunta quem é: apenas se levanta e coloca o sobretudo sobre os ombros e se aproxima da fogueira quase apagada e está atiçando o fogo quando Henry fala:

— Espere.

Bon para e olha para Henry; agora pode ver o rosto de Henry. Ele diz:

— Você vai ficar com frio. Já está com frio. Não dormiu, dormiu? Tome.

Tira o sobretudo dos ombros e o oferece.

— Não — *diz Henry.*

— Sim. Pegue-o. Vou pegar meu cobertor.

Bon envolve Henry com o sobretudo, pega o cobertor que estava no chão e o joga sobre os ombros, e eles se afastam e se sentam num tronco. Agora amanheceu. O leste está cinza; estará amarelo-pálido em breve e depois vermelho com a fuzilaria e uma vez mais a exaustiva marcha para trás começará, o Exército recuando da aniquilação, retirando-se para a derrota, embora ainda não seja hora. Haverá um pouco de tempo ainda para eles se sentarem lado a lado sobre o tronco, sob a luz que vai fazendo a aurora, um com o sobretudo, o outro com o cobertor; suas vozes não são mais altas do que a própria aurora silenciosa:

— Então é a miscigenação, não o incesto, que você não pode suportar.

Henry não responde.

— E ele não me mandou nenhum recado? Não lhe disse para me mandar ir vê-lo? Nenhum recado para mim, nada? Isso era tudo que precisava fazer, agora, hoje; há quatro anos ou em qualquer momento durante esses quatro anos. Tudo. Ele não teria precisado pedir, exigi-lo de mim. Eu o teria oferecido. Teria dito: Eu nunca a verei novamente, antes que ele pudesse ter me pedido. Ele não precisava fazer isso, Henry. Não precisava contar a você que eu sou um preto para me impedir. Ele teria me impedido sem isso, Henry.

— Não! — Henry grita. — Não! Não! Eu vou... Eu...

Ele se levanta repentinamente; seu rosto está retorcido; Bon pode ver seus dentes dentro da barba macia que cobre as bochechas encovadas e os brancos dos olhos de Henry como se os globos oculares se debatessem nas órbitas enquanto a respiração ofegante se debate nos pulmões — o arfar que cessou, a respiração presa, os olhos também olhando para baixo, para ele ali sentado sobre o tronco, a voz agora não muito mais alta do que uma respiração expelida:

— Você disse, poderia ter impedido você. O que quer dizer com isso?

Agora é Bon que não responde, que fica sentado no tronco olhando para o rosto inclinado para ele. Henry diz, ainda naquela voz não mais alta do que uma respiração:

— Mas e agora? Quer dizer que você...

— Sim. O que mais posso fazer agora? Dei-lhe uma escolha. Venho lhe dando uma escolha há quatro anos.

— Pense nela. Não em mim: nela.

— Eu pensei. Por quatro anos. Em você e nela. Agora estou pensando em mim.
— Não — diz Henry. — Não. Não.
— Não posso?
— Você não vai.
— Quem vai me impedir, Henry?
— Não — diz Henry. — Não. Não. Não.

Agora é Bon que observa Henry; ele pode ver o branco dos olhos de Henry de novo enquanto está sentado olhando para Henry com aquela expressão que se poderia chamar de sorriso. A mão dele desaparece embaixo do cobertor e reaparece, segurando a pistola pelo cano, a coronha estendida para Henry.

— Então faça isso agora — ele diz.

Henry olha para a pistola; agora ele não está ofegando, está tremendo; quando fala agora sua voz não é nem sequer a exalação, é a própria inspiração difusa e sufocante.

— Você é meu irmão.

— Não, não sou. Sou o preto que vai dormir com a sua irmã. A menos que você me impeça, Henry.

De repente, Henry agarra a pistola, arranca-a da mão de Bon e fica com ela em sua mão, ofegando e ofegando; de novo Bon pode ver o branco de seus olhos revirados para dentro, sentado no tronco e observando Henry com aquela leve expressão em volta dos olhos e da boca que poderia ser um sorriso.

— Faça agora, Henry — ele diz.

Henry gira o corpo. No mesmo movimento atira a pistola longe e se inclina de novo, agarrando Bon pelos dois ombros, ofegando.

— Você não vai! — ele diz. — Não vai! Está me ouvindo? — Bon não se move sob a força das mãos; fica sentado, imóvel, com uma careta tênue e fixa; sua voz é ainda mais suave do que aquela primeira aragem que começa a balançar um pouco os ramos de pinheiro:

— *Você terá de me impedir, Henry.* "E ele não fugiu", disse Shreve. "Podia ter saído sem ser notado, mas nem mesmo tentou. Meu Deus, talvez tenha até procurado Henry e dito: 'Estou indo embora, Henry', e talvez eles tenham partido juntos e cavalgado lado a lado se esquivando das patrulhas ianques por todo o caminho de volta até o Mississippi e aquele portão; lado a lado, e foi só então que um deles se afastou do outro, quando Henry esporeou o cavalo para avançar e virá-lo para ficar de frente para Bon e tirou a pistola. E Judith e Clytie ouviram o tiro, e talvez Wash Jones estivesse vadiando em algum lugar do quintal e assim ele estava lá para ajudar Clytie e Judith a carregá-lo para dentro da casa e deitá-lo na cama, e Wash foi à cidade para contar à Tia Rosa e a Tia Rosa vem feito louca naquela tarde e encontra Judith de pé sem uma lágrima diante da porta fechada, segurando a moldura de metal que ela lhe dera contendo a sua foto, mas que não continha sua foto agora, mas a da oitavona com o menino. E o seu velho não saberia disso também: porque o preto filho da puta devia ter tirado a foto dela e colocado a foto da oitavona no lugar, assim ele inventou uma razão para isso. Mas eu sei. E você também sabe. Não sabe? Não, hein?" Ele olhou com raiva para Quentin, inclinando-se para a frente por cima da mesa agora, parecendo um urso imenso e disforme envolvido em panos de bebê. "Não sabe? Foi porque ele disse para si mesmo: 'Se Henry não levar a sério o que disse, estará tudo bem; eu tirarei a foto e destruirei. Mas se ele pretende fazer o que disse, esta será a única maneira que terei de dizer a ela: 'Eu não prestava; não chore por mim'. Não estou certo? Não? Meu Deus, não estou?"

"Está", disse Quentin.

"Venha", disse Shreve. "Vamos sair desta geladeira e ir para a cama."

IX

No começo, quando eles estavam na cama no escuro, pareceu mais frio do que nunca, como se tivesse havido uma débil qualidade de calor tênue na única lâmpada antes de Shreve apagá-la e agora o escuro gélido e inexpugnável tivesse se unido ao lençol gélido pousado sobre a carne relaxada e com roupa leve de dormir. Depois a escuridão pareceu respirar, refluir; a janela que Shreve havia aberto ficou visível contra o brilho fantasmagórico da neve lá fora enquanto, forçado pelo peso da escuridão, o sangue se acelerava e corria cada vez mais quente. "Universidade do Mississippi", disse a voz de Shreve no escuro à direita de Quentin. "As quarenta milhas atenuadas de Bayard (foram quarenta milhas, não?); da natureza selvagem, tiram-se orgulho e honra semestral regurgitante."

"Sim", disse Quentin. "Eles estavam na décima turma de formandos desde que ela foi fundada."

"Não sabia nem que havia dez pessoas no Mississippi frequentando a faculdade ao mesmo tempo", disse Shreve. Quentin não respondeu. Ficou deitado olhando o retângulo da janela, sentindo o sangue cálido correr por suas veias, seus braços e pernas. E agora, embora estivesse aquecido e embora enquanto estivera sentado no quarto frio apenas houvesse tremido de forma leve e contínua, agora começou a ter estremecimentos no corpo todo, violentos e incontroláveis, até poder ouvir a cama sacudindo também, tanto que até Shreve sentiu e virou-se, erguendo-se (pelo som) sobre os cotovelos para olhar para Quentin, ainda que o próprio Quentin se sentisse perfeitamente bem. Ele se sentia ótimo, aliás, ali deitado esperando com tranquila curiosidade a chegada inesperada do próximo espasmo violento. "Meu Deus, está com esse frio todo?", disse Shreve. "Quer que ponha os sobretudos em cima de você?"

"Não", disse Quentin. "Não estou com frio. Estou bem. Estou me sentindo ótimo."

"Então por que está fazendo isso?"

"Não sei. Não consigo controlar. Estou me sentindo ótimo."

"Tudo bem. Mas me diga se quiser o sobretudo. Meu Deus, se eu tivesse que passar nove meses neste clima, com certeza odiaria ser do Sul. Aliás não seria do Sul nem se pudesse ficar lá. Espere. Escute. Não estou tentando ser engraçado, esperto. Só quero entender isso se puder e não sei uma maneira melhor de dizê-lo. Porque é uma coisa que minha gente não teve. Ou se teve, faz muito tempo, aconteceu do outro lado do mar, e assim não temos nada para olhar todo dia que nos lembre disso. Não vivemos entre avós derrotados e escravos libertados (ou será que entendi errado e foi sua gente que ficou livre e os pretos que perderam?) e balas na mesa da sala de jantar e coisas assim, para sempre nos lembrar de nunca esquecer. O que é? alguma coisa que você vive e respira, como o ar? uma espécie de vácuo repleto de raiva, orgulho e glória indomáveis e fantasmagóricos por acontecimentos que ocorreram e cessaram cinquenta anos atrás? uma espécie de direito de primogenitura passado de pai para filho e de pai para filho de nunca perdoar o general Sherman, de modo que para todo o sempre, enquanto os filhos de seus filhos produzirem filhos, você não será nada além de um descendente de uma longa linhagem de coronéis mortos no ataque de Pickett em Manassas?"

"Gettysburg", disse Quentin. "É impossível para você entender. Teria de ter nascido lá."

"Aí eu entenderia?" Quentin não respondeu. "Você entende?"

"Não sei", disse Quentin. "Sim, é claro que entendo." Eles respiraram no escuro. Depois de um momento, Quentin disse: "Não sei".

"Sim. Você não sabe. Não sabe nem da velha, da Tia Rosa."

"Srta. Rosa", disse Quentin.

"Tudo bem. Não sabe nem dela. Exceto que, no fim, ela se recusou a ser um fantasma. Depois de quase cinquenta anos, não pôde se conformar em deixá-lo ficar morto em paz. Mesmo depois de cinquenta anos, não só levantou e foi até lá para terminar o que achava que ainda não tinha terminado por completo, como conseguiu encontrar alguém para ir com ela e invadir aquela casa trancada porque o instinto ou algo assim lhe disse que ainda não estava terminado. Sabe?"

"Não", disse Quentin calmamente. Ele podia sentir o gosto da poeira. Mesmo agora, com o peso puro e frio do ar soprado pela neve da Nova Inglaterra sobre o rosto, podia sentir o gosto e o toque da poeira daquela abafada (ou melhor, escaldante) noite de setembro no Mississippi. Podia até sentir o cheiro da velha na charrete ao seu lado, sentir o xale bolorento recendendo a cânfora e até o guarda-chuva preto fechado no qual (ele só descobriria depois que eles chegaram à casa) ela esconderá uma machadinha e uma lanterna. Podia sentir o cheiro do cavalo; podia ouvir o lamento seco das rodas leves na poeira sem peso que permeava tudo e parecia sentir a própria poeira penetrar lenta e seca através de sua carne suada, assim como lhe pareceu ouvir o único suspiro profundo da agonia da terra crestada se elevando para as estrelas imponderáveis e indiferentes. Agora ela falou, pela primeira vez desde que tinham saído de Jefferson, desde que ela subira na charrete com uma espécie de ansiedade desajeitada, atrapalhada e trêmula (que ele considerou ser derivada de terror, alarme, até descobrir que estava completamente enganado) antes de ele poder oferecer-lhe a mão, sentando-se na ponta do assento, pequena, com o xale bolorento e agarrada ao guarda-chuva, inclinando-se para a frente como se, ao se inclinar para a frente, pudesse chegar antes, chegar imediatamente depois do cavalo e antes dele, Quentin, antes da premonição de seu desejo e necessidade poderem alardear sua consumação. "Agora", ela disse. "Estamos no Domínio. Na sua terra, dele e de Ellen e dos descendentes de Ellen. Eles a tiraram deles desde então, pelo que soube. Mas ela ainda pertence a ele, a Ellen e a seus descendentes." Mas Quentin já sabia disso. Antes de ela falar ele tinha dito para si mesmo: "Agora. Agora", e (como durante a tarde longa e quente na casinha escura e quente) pareceu-lhe que, se parasse a charrete e escutasse, poderia até ouvir os cascos galopantes; poderia até ver a qualquer momento agora o garanhão preto e o cavaleiro dispararem pela estrada diante deles no galope — o cavaleiro que em certa época possuía toda a terra, tudo o que a vista alcançava de um dado ponto, com cada graveto e folha de grama e casco e espora que havia ali existindo para lembrá-lo (se tivesse esquecido) que ele era a maior coisa ao alcance tanto dos olhos dos outros como dele próprio; ele que foi à guerra para proteger aquilo e perdeu a guerra e retornou para casa para descobrir que tinha perdido mais do que a guerra, ainda que não absolutamente tudo; que disse *Ao menos me restou a vida*, mas não teve vida, apenas velhice, respiração, horror, desprezo, medo e indignação: e só quem restara para olhar para ele com o mesmo olhar era a moça que era uma criança quando ele a vira pela última vez, que sem dúvida costumava observá-lo da janela ou da porta quando ele passava sem notá-la como teria olhado para Deus, pois tudo o mais ao alcance de sua vista pertencia a ele também. Talvez ele até costumasse parar diante da cabana e pedir água, e ela apanhava o balde e percorria uma milha de ida e outra de volta até a nascente para trazê-la fresca e fria para ele, não pensando em dizer "O balde está vazio" para ele, assim como não diria isso a Deus; e isso era o não-tudo, pois pelo menos tinha sobrado o respirar.

Agora Quentin, que ficara tranquilo durante algum tempo, começou a respirar com dificuldade de novo na cama quente, respirando fundo a escuridão pura e inebriante nascida da neve. Ela (a srta. Coldfield) não o deixou transpor o portão. Subitamente, disse: "Pare"; ele sentiu a mão dela pousar sobre o seu braço e pensou: "Puxa, ela está com medo". Podia ouvi-la ofegante agora, sua voz quase um gemido de determinação tímida, mas férrea: "Não sei o que fazer. Não sei o que fazer". ("Eu sei", ele pensou. "Voltar para a cidade e ir para a cama.") Mas não disse isso. Olhou para os dois enormes mourões apodrecidos do portão à luz das estrelas, entre os quais não havia nenhum portão para se abrir agora, tentando imaginar de que direção Bon e Henry chegaram cavalgando naquele dia, tentando imaginar o que tinha projetado a sombra que Bon não cruzaria com vida; se alguma árvore viva, que ainda vivia, dava folhas e projetava aquela sombra, ou se alguma árvore morta, desaparecida, queimada para fazer calor e esquentar comida anos atrás ou talvez apenas morta; ou se havia sido um dos próprios mourões, pensando, desejando que Henry estivesse ali naquele momento para conter a srta. Coldfield e os mandar embora, dizendo para si mesmo que se Henry estivesse ali agora, não haveria nenhum tiro para ser ouvido por alguém. "Ela vai tentar me impedir", disse a srta. Coldfield choramingando. "Sei que vai. Talvez longe assim da cidade, comigo aqui sozinha à meia-noite, ela permita até que aquele negro... E você nem trouxe uma pistola, trouxe?"

"Eu não", disse Quentin. "O que é que ela tem escondido ali? O que poderia ser? E que diferença faz? Vamos voltar para a cidade, srta. Rosa."

Ela ignorou-o completamente. Apenas disse: "Isso é o que eu tenho de descobrir", sentada com o corpo inclinado para a frente, tremendo agora e espiando o caminho coberto por um arco formado pela copa das árvores na direção onde estaria a casca apodrecida da casa. "E agora terei de descobrir", choramingou, com uma espécie de autopiedade atônita. A srta. Rosa se moveu de repente. "Vamos", sussurrou, começando a descer da charrete.

"Espere", disse Quentin. "Vamos de charrete até a casa. Falta meia milha."

"Não, não", ela sussurrou, um sibilar de palavras tenso e feroz tomado por aquela mesma curiosa determinação aterrorizada, mas implacável, como se não fosse ela que devesse ir e descobrir, mas apenas a agente indefesa de alguém ou algo que devia saber. "Amarre o cavalo ali. Depressa." Ela desceu da charrete de forma atrapalhada, antes que ele pudesse ajudá-la, segurando o guarda-chuva. Ele teve a impressão de que ainda podia ouvir o arfar lamurriento vindo de onde ela esperava logo além dos mourões enquanto tirava a égua da estrada e amarrava uma rédea numa árvore nova na valeta cheia de mato. Ele não podia vê-la de tão perto que ela estava do mourão: ela simplesmente deu um passo e começou a caminhar ao seu lado quando ele passou e cruzou o portão, ainda inspirando aqueles arquejos chorosos enquanto seguiam pelo caminho sulcado coberto pela copa das árvores. A escuridão era intensa; ela tropeçou; ele a segurou. Ela pegou no braço dele, agarrando-o num aperto duro, rígido e morto como se seus dedos, sua mão, fossem uma pequena massa de arame. "Vou ter de segurar o seu braço", ela sussurrou, choramingou. "E você nem mesmo tem uma pistola... Espere", ela disse. Ela parou. Ele se virou; não podia vê-la, mas pôde ouvir sua respiração acelerada e depois um farfalhar de tecido. Então ela estava estendendo alguma coisa para ele. "Aqui", sussurrou. "Pegue." Era a machadinha; não a visão, mas o tato lhe disse isso — uma machadinha com um cabo gasto e pesado e uma lâmina pesada fendida e embotada pela ferrugem.

"O quê?", ele disse.

"Pegue!", ela sussurrou, sibilou. "Você não trouxe uma pistola. Isto é alguma coisa."

"Olhe", ele disse; "espere."

"Venha", ela sussurrou. "Você terá de me deixar segurar o seu braço, de tanto que estou tremendo." Eles recomeçaram a andar, ela pendurada em um dos braços dele, que tinha a machadinha na outra mão. "Provavelmente vamos precisar dela para entrar na casa, de qualquer forma", ela disse, cambaleando ao lado dele, quase o arrastando. "Tenho certeza de que ela está em algum lugar nos vigiando", choramingou. "Posso senti-la. Mas se ao menos conseguirmos chegar até a casa, entrar na casa..." O caminho parecia interminável. Ele conhecia o lugar. Tinha caminhado do portão até a casa quando era criança, menino, quando as distâncias parecem muito longas (de modo que, para o homem adulto, a milha longa e trabalhosa da meninice se torna um espaço menor que o que uma pedra percorre ao ser lançada), mas agora lhe pareceu que a casa nunca chegava: de modo que, após pouco tempo, ele se flagrou repetindo as palavras dela: "Se ao menos conseguirmos chegar até a casa, entrar na casa", dizendo a si mesmo, recuperando-se naquele mesmo fôlego: "Não estou com medo. Apenas não queria estar aqui. Não queria descobrir sabe-se lá o que ela esconde lá dentro". Mas eles a alcançaram, enfim. Ela se assomou ao longe, vasta, quadrada e enorme, com as chaminés meio ruídas recortadas no horizonte, a cumeeira um pouco arriada; por um instante, enquanto caminhavam, depressa, em sua direção, Quentin viu do outro lado dela um pedaço esfarrapado de céu com três estrelas brilhantes, como se a casa fosse de uma dimensão, pintada numa cortina de tela em que houvesse um rasgão; agora que estavam quase embaixo da casa, o bafo mortiço de fornalha em que se moviam pareceu exalar com violência lenta e adiada um cheiro de desolação e decadência, como se a madeira de que fora construída fosse carne. Ela estava andando a passos largos ao lado dele agora, sua mão trêmula sobre o braço dele, mas ainda o agarrando com aquela força rígida e sem vida; sem falar, sem dizer palavra, mas produzindo um lamento constante, quase um gemido. Aparentemente ela não conseguia ver nada agora, de modo que ele precisou guiá-la até onde sabia que estariam os degraus e depois segurá-la, sussurrando, ciciando, imitando, sem o saber, a própria pressa tensa e desfalecente dela: "Espere. Por aqui. Tenha cuidado, agora. Estão podres". Ele quase a levantou, carregou, pelos degraus acima, segurando-a por trás por baixo dos dois cotovelos como se levanta uma criança; podia sentir algo feroz, implacável e dinâmico correndo dos braços finos e rígidos dela para a palma de suas mãos e os braços dele; deitado na cama em Massachusetts, ele lembrou como pensou, soube, disse de repente para si mesmo: "Caramba, ela não está com medo nenhum. É notável. Mas ela não está com medo", sentindo-a se libertar de suas mãos, ouvindo seus pés cruzarem a varanda, alcançando-a quando estava parada ao lado da porta invisível da frente, ofegando. "E agora?", ele sussurrou.

"Arrombe", ela sussurrou. "Deve estar trancada, pregada. Você está com a machadinha. Arrombe."

"Mas...", ele esboçou.

"Arrombe!", ela ciciou. "Pertencia a Ellen. Sou a sua irmã,

sua única herdeira viva. Arrombe. Depressa." Ele tentou empurrar a porta, que não se mexeu. Ela ofegava ao seu lado. "Depressa", disse. "Arrombe."

"Escute, srta. Rosa", ele disse. "Escute."

"Me dê a machadinha."

"Espere", ele disse. "Quer mesmo entrar?"

"Eu vou entrar", ela choramingou. "Me dê a machadinha."

"Espere", ele disse. Ele caminhou pela varanda, guiando-se pela parede, movendo-se com cautela, pois não sabia onde as tábuas do assoalho poderiam estar podres ou faltando, até chegar a uma janela. As venezianas estavam fechadas e aparentemente trancadas, mas cederam quase de imediato à lâmina da machadinha, sem fazer muito ruído — uma barricada frágil e malfeita construída ou por uma pessoa velha e débil — uma mulher — ou por um homem preguiçoso; ele já tinha introduzido a lâmina da machadinha embaixo da vidraça quando descobriu que não havia nenhum vidro nela, que tudo o que precisava fazer agora era passar pelo caixilho vazio. Então ficou ali parado por um momento, dizendo a si mesmo para entrar, dizendo que não estava com medo, que apenas não queria saber o que poderia haver lá dentro. "Então?", a srta. Coldfield murmurou da porta. "Você abriu?"

"Sim", ele disse. Ele não sussurrou, embora também não tenha falado muito alto; a sala escura diante dele repetiu sua voz com profundidade oca, como fazem as salas sem móveis. "Espere aí. Vou ver se consigo abrir a porta." — "Então agora eu terei de entrar", pensou, inclinando-se sobre o parapeito. Sabia que a sala estava vazia; o eco de sua voz lhe dissera isso, mas ele se moveu com tanto vagar e cuidado como fizera na varanda, tateando a parede, seguindo a parede quando ela virava, e encontrou a porta e a cruzou. Estava no vestíbulo agora; quase acreditou poder ouvir a srta. Coldfield respirando através da parede ao seu lado. Estava um escuro de breu; não podia ver nada, sabia que não podia ver, mas achou que suas pálpebras e músculos estavam doendo de tensão enquanto pontos vermelhos se fundiam e dissolviam, rodando e desaparecendo por suas retinas. Quentin prosseguiu; afinal sentiu a porta com a palma da mão e conseguiu ouvir a respiração lamurienta da srta. Coldfield do outro lado enquanto procurava a fechadura. Então, atrás dele, o som de um fósforo riscado foi como uma explosão, um tiro de pistola; antes mesmo de a luz tênue aparecer, ele sentiu um frio horrível em todos os seus órgãos; não conseguiu se mexer por um momento, embora um resquício de sanidade rugisse silenciosamente no interior de seu crânio. "Está tudo bem! Se fosse perigoso, ela não teria riscado o fósforo!" Então conseguiu se mover e virou-se, vendo a minúscula e gnômica criatura com o pano na cabeça e a saia volumosa, o rosto macilento cor de café olhando fixamente para ele, o fósforo erguido no alto por uma das mãos de boneca cor de café. Logo não estava olhando para ela, mas para o fósforo que queimava na direção dos seus dedos; observou em silêncio quando ela afinal se moveu, acendeu um segundo fósforo no primeiro e se virou; então viu o pedaço serrado e quadrado de tronco encostado na parede e o lampião apoiado sobre ele quando ela levantou a manga e levou o fósforo ao pavio. Quentin lembrou disso ali, deitado na cama de Massachusetts, respirando depressa agora, agora que paz e calma o haviam abandonado de novo. Lembrou-se de como ela não disse uma palavra a ele, nem Quem é você? ou O que quer aqui? mas apenas se aproximou com um molho de enormes chaves de ferro antigas, como se tivesse sabido o tempo todo que essa hora precisaria chegar e que isso era inevitável, e abriu a porta e se afastou um pouco para deixar a srta. Coldfield entrar. E como ela (Clytie) e a srta. Coldfield não disseram uma palavra uma para a outra, como se Clytie tivesse olhado uma vez para a outra mulher e sabido que isso de nada adiantaria; que foi para ele, Quentin, que ela se virou, pondo a mão sobre o seu braço e dizendo: "Não deixe ela subir lá, sinhozinho". E como talvez tenha olhado para ele e sabido que isso também não adiantaria, porque se virou, alcançou a srta. Coldfield, pegou o seu braço e disse: "Não vá lá em cima, Rosie", e a srta. Coldfield livrou o braço com um safanão e continuou na direção da escada (e naquele momento ele percebeu que ela estava com uma lanterna; lembrou-se de como pensou: 'Devia estar no guarda-chuva também, junto com a machadinha') e Clytie disse: "Rosie", e correu atrás da outra de novo, diante do que a srta. Coldfield se virou no degrau e derrubou Clytie no chão com um soco de punho fechado como um homem faria, e virou-se e continuou subindo a escada. Ela (Clytie) ficou deitada no assoalho sem tapete do vestíbulo descascado e vazio como uma trouxinha informe de trapos limpos e silenciosos. Quando ele a alcançou, viu que ela estava perfeitamente consciente, seus olhos bem abertos e calmos; ele ficou de pé ao seu lado, pensando: 'Sim. É ela que possui o terror'. Quando ele a levantou, foi como pegar um punhado de gravetos guardados numa trouxa de trapos, de tão leve que era. Ela não conseguia se manter em pé; ele teve de segurá-la, consciente de um movimento fraco ou intenção em seus membros até perceber que ela estava tentando se sentar no degrau de baixo. Ele a colocou ali. "Quem é você?", ela disse.

"Quentin Compson."

"Sim. Eu me lembro do seu avô. Suba lá e faça ela descer. Faça ela ir embora daqui. Seja o que for que ele fez, eu, Judith e ele já pagamos por isso. Vá e pegue ela. Leve ela para longe daqui." Então ele subiu a escada, os degraus gastos e sem tapete, a parede descascada e rachada de um lado, o corrimão com alguns balaústres faltando aqui e ali. Quentin se lembrou de como olhou para trás e ela ainda estava sentada onde ele a tinha deixado, e que agora (e ele não o ouvira entrar) lá embaixo no vestíbulo estava um negro jovem e grandalhão de cor clara vestindo um macacão e uma camisa limpos e desbotados, com os braços balançando e nenhuma surpresa, nada, no rosto idiota cor de sela de boca aberta. Ele se lembrou de como pensou: "O descendente, o herdeiro, o legítimo (mas não óbvio)" e como ouviu os pés da srta. Coldfield e viu a luz da tocha se aproximando pelo corredor de cima, e como ela veio e passou por ele, como cambaleou um pouco e se recompôs e olhou fixamente para ele como se nunca o tivesse visto antes — os olhos arregalados que não viam nada como os de um sonâmbulo, o rosto que sempre tivera um tom de sebo agora com uma mais profunda, uma quase insuportável palidez — e ele pensou: "O que foi? O que foi agora? Não é choque. E nunca foi medo. Poderá ser uma sensação de vitória?", e lembrou como ela passou por ele e seguiu em frente. Ele ouviu Clytie dizer para o homem: "Leve ela até a porteira, a charrete", e ficou ali parado pensando "Eu devia ir com ela" e depois "Mas agora eu também preciso ver. Tenho de ver. Talvez me arrependa amanhã, mas tenho de ver". Então, quando ele desceu a escada (e se lembrou de como pensou: "Talvez meu rosto esteja parecido com o dela, mas não é uma sensação de vitória") apenas Clytie estava no vestíbulo, ainda sentada no degrau de baixo, ainda sentada na atitude em que a tinha deixado. Ela nem o olhou quando ele passou. Ele também não alcançou a srta. Coldfield e o negro. Estava escuro demais para andar depressa, embora logo tenha conseguido ouvi-los a sua frente. Ela não estava usando a lanterna, agora; ele se lembrou de como pensou: "Certamente ela não pode estar com medo de acender uma luz agora". Mas ela não a estava usando, e Quentin ficou imaginando se estava segurando o braço do negro agora; ficou imaginando isso até que ouviu a voz do negro, sem expressão, ênfase ou interesse: "Andá é mió por aqui", e nenhuma resposta dela, embora ele estivesse perto o bastante para ouvir (ou acreditava que estivesse) sua respiração ofegante e lamurienta. Então ouviu o outro som e percebeu que ela havia tropeçado e caído; quase podia ver o negro grandalhão de boca aberta paralisado de espanto, olhando para o lugar de onde viera o som da queda, esperando, sem interesse ou curiosidade, enquanto ele (Quentin) acelerava o passo, acelerava na direção das vozes:

"Você, negro! Qual é o seu nome?"

"Chamam eu de Jim Bond."

"Me ajude a levantar! Você não é um Sutpen! Você não precisa me deixar caída na lama!"

Quando Quentin parou a charrete diante do portão da srta. Coldfield, ela não se ofereceu para descer sozinha dessa vez. Ficou sentada ali até ele descer e dar a volta para o seu lado; continuou sentada ali, segurando o guarda-chuva numa das mãos e a machadinha na outra, até ele falar o seu nome. Então, se mexeu; ele a ajudou, ergueu-a e colocou-a no chão; ela era quase tão leve quanto Clytie; quando se movia, parecia uma boneca mecânica, de modo que ele a amparou e a conduziu, atravessando o portão e a alameda curta e entrando na casa de boneca, e acendeu a luz para ela e olhou para o rosto impassível de sonâmbula, os olhos escuros arregalados enquanto ela permanecia parada, ainda agarrada ao guarda-chuva e à machadinha, com o xale e o vestido preto manchados de lama onde haviam tocado o chão e a touca preta jogada para a frente e torta pelo choque da queda. "A senhora está bem agora?", perguntou ele.

"Sim", ela disse. "Sim. Estou bem. Boa noite." — "Não disse obrigado", ele pensou: "Apenas boa noite". Ele já estava fora da casa, respirando fundo e depressa enquanto voltava para a charrete, descobrindo que estava prestes a sair correndo, pensando baixinho: "Jesus. Jesus. Jesus", respirando depressa e fundo o ar escuro e morto de fornalha, a noite onde estrelas ferozes e indiferentes pairavam. Sua casa estava às escuras; ele ainda estava usando o chicote quando entrou na alameda e depois no pátio do estábulo.

Saltou e desatrelou a égua da charrete, retirando o arreio dela e jogando-o na sala de arreios sem parar para pendurá-lo, transpirando, com a respiração acelerada e pesada; quando finalmente se virou na direção da casa, começou mesmo a correr. Não conseguiu se impedir. Tinha vinte anos de idade; não estava com medo, porque o que tinha visto lá não poderia machucá-lo, mas corria; mesmo dentro da casa familiar e escura, com os sapatos na mão, ainda corria, escada acima e quarto adentro, começando a se despir depressa, suando, respirando rápido. "Devia tomar um banho", pensou: logo depois estava deitado na cama, nu, esfregando o corpo vigorosamente com a camisa que tirara, suando ainda, ofegando: de modo que, quando, com os músculos oculares doloridos e tensos na escuridão e a camisa quase seca ainda na mão, ele disse "Eu estava dormindo", era igual, não havia nenhuma diferença: acordado ou dormindo, ele atravessava aquele corredor de cima por entre as paredes descascadas e sob o teto rachado, na direção da luz tênue que saía da última porta e ali parava, dizendo "Não. Não" e depois "Mas eu tenho de fazer isso. Preciso", e prosseguia, entrando no quarto mofado e sem móveis cujas venezianas estavam fechadas também, onde a luz fraca de um segundo lampião ardia sobre uma mesa tosca; acordado ou dormindo, era igual: a cama, os lençóis e travesseiro amarelos, o rosto macilento amarelo — com as pálpebras fechadas quase transparentes sobre o travesseiro, as mãos macilentas cruzadas sobre o peito como se ele já fosse um cadáver; acordado ou dormindo era igual, e seria igual para sempre enquanto ele vivesse:

E você é...?
Henry Sutpen.
E está aqui há...?
Quatro anos.
E veio para casa...?

Para morrer. Sim.
Morrer?
Sim. Morrer.
E está aqui há...?
Quatro anos.
E você é...?
Henry Sutpen.

Estava muito frio no quarto agora; o carrilhão soaria uma hora a qualquer momento; o frio tinha uma qualidade densa, multiplicada, como se estivesse se preparando para a hora morta de antes do amanhecer. "E ela esperou três meses até voltar para apanhá-lo", disse Shreve. "Por que fez isso?" Quentin não respondeu. Continuou deitado de costas, imóvel e rígido, com a noite da Nova Inglaterra no rosto e o sangue fluindo cálido pelo corpo e os membros rígidos, respirando fundo, mas devagar, com os olhos bem abertos pousados na janela, pensando "Nunca mais a paz. Nunca mais a paz. Nunca mais. Nunca mais. Nunca mais", "Você acha que foi porque ela sabia o que ia acontecer quando contasse, tomasse alguma providência, sabia que estaria terminado então, acabado, e que o ódio é como bebida ou as drogas e ela o tinha usado por tanto tempo que não ousava se arriscar a cortar o suprimento, destruir a fonte, a própria raiz e semente da papoula?" Quentin ainda não respondeu. "Mas finalmente ela se conformou com aquilo, pelo bem dele, para salvá-lo, para trazê-lo para a cidade onde os médicos poderiam salvá-lo, e assim ela contou tudo então, conseguiu a ambulância e os homens e foi até lá. E a velha Clytie talvez estivesse à espera exatamente disso enquanto espiava da janela do andar de cima por três meses: e talvez mesmo o seu velho estivesse certo dessa vez e, quando ela viu a ambulância passar pelo portão, acreditou que fosse o mesmo carroção preto pelo qual deve ter mandado o rapaz preto esperar durante três meses, chegando para levar Henry para a cidade para a gente branca enforcá-lo por ter baleado Charles Bon. E imagino que tenha sido ele quem manteve aquele cubículo embaixo da escada cheio de lixo e materiais inflamáveis durante todo aquele tempo também, tal como ela lhe dissera para fazer, talvez sem entender por quê, mas mantendo-o cheio como ela dissera, com o querosene e tudo, por três meses, até a hora em que ele poderia começar a uivar..." Agora o carrilhão começou a dar uma da manhã. Shreve se calou, como se estivesse esperando as batidas pararem ou mesmo ouvindo-as soar. Quentin permaneceu imóvel também, como se estivesse ouvindo também, embora não estivesse; apenas escutou as batidas sem ouvir assim como tinha escutado Shreve sem ouvir nem responder, até que elas cessaram, morreram no ar gelado, delicadas, tênues e melodiosas como o som que emana quando alguém bate num vidro. E ele, Quentin, podia ver isso também, embora não tivesse estado lá — a ambulância com a srta. Coldfield entre o motorista e o segundo homem, talvez um vice-xerife, usando o xale com certeza e talvez até levando o guarda-chuva também, ainda que provavelmente sem machadinha nem lanterna agora, passando pelo portão e atravessando cuidadosamente a alameda sulcada e gelada (com a neve já um pouco derretida agora); e talvez tenham sido os uivos, ou o vice-xerife ou o motorista, ou talvez tenha sido ela quem gritou primeiro: "Está em chamas!", mas não teria gritado isso; teria dito: "Mais depressa. Mais depressa", inclinada para a frente aqui também — a mulherzinha furiosa, soturna e implacável, não maior que uma criança. Mas a ambulância não poderia avançar depressa por aquele caminho; Clytie com certeza sabia disso, contava com isso; levaria uns bons três minutos até ela alcançar a casa, a monstruosa casca apodrecida vazando fumaça pelas rachaduras empenadas das tábuas gastas como se fosse feita de tela de arame e repleta de urros e além da qual, em algum lugar, alguma coisa à espreita gritava, alguma coisa humana, pois os gritos eram uma fala humana, ainda que a razão para essa fala não parecesse ser. E o vice-xerife e o motorista devem ter saltado e a srta. Coldfield descido aos tropeções e deve tê-los seguido, correndo também, para a varanda também, para onde a criatura que gritava também deve ter ido, fantasmagórica e insubstancial, olhando para eles de dentro da fumaça, diante do que o vice-xerife se virou e correu para ela, diante do que ela recuou, fugiu, embora os uivos não tenham diminuído nem mesmo parecido ficar mais distantes. Eles correram para a varanda também, para a fumaça vazando, com a srta. Coldfield gritando, rouca: "A janela! A janela!", para o segundo homem à porta. Mas a porta não estava trancada; ela abriu; o sopro de calor os atingiu. A escada inteira estava em chamas. Mesmo assim, tiveram de segurá-la; Quentin podia ver a cena: a criatura leve, magra e furiosa sem fazer absolutamente nenhum som agora, lutando com uma fúria silenciosa e implacável para se desvencilhar, cravando as unhas e arranhando e mordendo os dois homens que a continham, que a arrastavam para trás e pelos degraus abaixo enquanto a corrente de ar criada pela porta aberta parecia explodir como pólvora entre as chamas e enquanto todo o vestíbulo inferior desaparecia. Ele, Quentin, podia vê-lo, podia ver o vice-xerife segurando-a enquanto o motorista levava a ambulância de ré até um lugar seguro e voltava, os três rostos um pouco desvairados agora, pois eles devem ter acreditado nela; os três olhando, fitando com raiva a casa condenada: e então, por um momento, talvez Clytie tenha aparecido naquela janela de onde ela deve ter ficado vigiando o portão constantemente dia e noite por três meses — o rosto trágico de gnomo e a cabeça enrolada num lenço limpo contra o pano de fundo vermelho do fogo, vislumbrado por entre duas espirais de fumaça, olhando para baixo, para eles, talvez nem mesmo agora com uma expressão de vitória e não mais de desespero que jamais mostrara, possivelmente até sereno por sobre as tábuas derretendo antes que os novelos de fumaça o envolvessem de novo. — e ele, Jim Bond, o descendente, o último de sua raça, vendo-o também e uivando com razão humana agora, pois agora até ele conseguiu saber por que estava uivando. Mas não conseguiram apanhá-lo. Puderam ouvi-lo; ele não pareceu se afastar mais, mas não puderam chegar mais perto e talvez após um tempo não pudessem sequer localizar mais a direção dos uivos. Eles — o motorista e o vice-xerife — seguravam a srta. Coldfield, que se debatia: ele (Quentin) podia vê-la, vê-los; não estivera lá, mas podia vê-la, se debatendo e lutando como uma boneca num pesadelo, sem fazer nenhum som, espumando um pouco pela boca, o rosto mesmo sob a luz do sol iluminado por um último reflexo carmim enlouquecido enquanto a casa desmoronava com um estrondo e sobrava apenas o som do negro idiota.

"E, assim, foi a Tia Rosa que voltou para a cidade dentro da ambulância", disse Shreve. Quentin não respondeu; ele nem mesmo disse: *Srta. Rosa*. Apenas continuou ali deitado olhando para a janela sem piscar, respirando a escuridão fria, inebriante e pura que cintilava com a neve. "E ela foi para a cama, porque tudo estava acabado agora, não tinha sobrado nada agora, nada lá agora exceto aquele rapaz idiota para vasculhar aquelas cinzas e aquelas quatro chaminés destripadas e uivar até que alguém chegasse e o levasse embora. Não conseguiram pegá-lo e parece que ninguém nunca conseguiu fazê-lo ir para muito longe, ele apenas parou de uivar durante algum tempo. Então, depois de algum tempo, começaram a ouvi-lo de novo. E assim ela morreu." Quentin não respondeu, fitando a janela; então não soube dizer se era a janela de verdade ou o retângulo pálido da janela que refletia sobre suas pálpebras, embora depois de um instante ela tenha começado a surgir. Começou a tomar forma na mesma atitude curiosa, leve, desafiadora da gravidade — a folha dobrada uma vez que viera do verão de glicínia do Mississippi, o aroma de charuto, a explosão aleatória dos vaga-lumes. "O Sul", disse

Shreve. "O Sul. Meu Deus. Não admira que vocês de lá sobrevivam a si mesmos por anos e anos e anos." Estava ficando bastante visível; ele seria capaz de decifrar as palavras logo, num instante; quase agora, agora, agora.

"Sou mais velho aos vinte anos do que uma porção de gente que morreu", disse Quentin.

"E teve mais gente que morreu do que gente que fez vinte e um anos", disse Shreve. Agora ele (Quentin) podia lê-la, podia concluí-la — a letra rebuscada, excêntrica e irônica atenuada do Mississippi para a neve gélida:

... ou talvez exista. Com certeza não pode causar dano a ninguém acreditar que talvez ela não tenha escapado de forma alguma do privilégio de ser ultrajada e assombrada e de não perdoar, mas, ao contrário, tenha ela própria chegado àquele lugar ou fronteira onde os objetos do ultraje e da comiseração também não são mais fantasmas, mas gente de verdade para serem recipientes de verdade do ódio e da piedade. Não fará mal nenhum ter esperança — Você verá que escrevi ter esperança, não pensar. Então que seja esperança. — que um deles não possa escapar à censura que sem dúvida merece, que os outros não mais deixem de ter a comiseração pela qual esperamos (já que decidimos ter esperança), ansiaram, nem que seja pela simples razão de que eles estão prestes a recebê-la, queiram ou não. O tempo estava lindo, mas frio, e tiveram que usar picaretas para romper a terra para fazer o túmulo, contudo em um dos torrões mais profundos vi uma minhoca que com certeza estava viva quando o torrão foi atirado para cima, embora pela tarde estivesse congelada de novo.

"Então foi preciso Charles Bon e a sua mãe para se livrarem do velho Tom, e Charles Bon e a oitavona para se livrarem de Judith, e Charles Bon e Clytie para se livrarem de Henry; e a mãe de Charles Bon e a avó de Charles Bon para se livrarem de Charles Bon. Então é preciso dois pretos para se livrarem de um Sutpen, não é?" Quentin não respondeu; evidentemente, Shreve não queria uma resposta agora; e continuou, quase sem pausa: "E tudo bem, ótimo; isso resolve a contabilidade toda, você pode rasgar todas as páginas e queimá-las, exceto por uma coisa. E sabe qual é?". Talvez ele esperasse uma resposta dessa vez, ou talvez apenas tivesse feito uma pausa para dar ênfase, já que não obteve nenhuma. "Sobrou um preto. Um preto Sutpen sobrou. É claro que você não pode pegá-lo e nem mesmo o vê sempre e jamais será capaz de usá-lo. Mas ele ainda existe. Às vezes você ainda o ouve à noite. Não ouve?"

"Sim", disse Quentin.

"Então você sabe o que eu acho?" Dessa vez ele esperava uma resposta, e dessa vez a obteve:

"Não", disse Quentin.

"Então vou lhe dizer. Acho que, com o tempo, os Jim Bonds vão conquistar o hemisfério ocidental. É claro que não será em nossos dias e é claro que, à medida que eles se espalharem na direção dos polos, embranquecerão de novo como os coelhos e os pássaros fazem, para não serem tão fáceis de ver contra a neve. Mas ainda será Jim Bond. E assim, dentro de alguns milhares de anos, eu que olho para você serei também fruto dos reis africanos. Agora quero que você me diga só mais uma coisa. Por que você odeia o Sul?"

"Eu não odeio", disse Quentin, rápido, de estalo, de imediato. "Eu não odeio", disse. *Eu não odeio* pensou, ofegando no ar frio, na escuridão gélida da Nova Inglaterra; *não. Não! Eu não odeio! Eu não odeio!*

Sobre o autor

William Faulkner nasceu em 1897, em New Albany, Mississippi, em uma família tradicional e financeiramente decadente. Publicou seu primeiro romance, *Soldier's Pay*, em 1926, depois de uma breve temporada em Paris — onde frequentava o café favorito de James Joyce. Com o lançamento de *O som e a fúria*, em 1929, iniciou a fase mais consagradora de sua carreira, que culminou com o grande sucesso de *Palmeiras selvagens*, de 1939. Durante as décadas de 1930 e 1940, escreveu roteiros para Hollywood — "Compreendi recentemente o quanto escrever lixo e textos ordinários para o cinema corrompeu a minha escrita", anotaria em 1947. Em 1949 recebeu o prêmio Nobel de literatura. Morreu em 1962, vítima de um infarto, aos 64 anos.

1ª EDIÇÃO [2019] 1 reimpressão

ESTA OBRA FOI COMPOSTA PELA SPRESS EM ELECTRA E IMPRESSA EM OFSETE
PELA GEOGRÁFICA SOBRE PAPEL PÓLEN SOFT DA SUZANO S.A.
PARA A EDITORA SCHWARCZ EM MARÇO DE 2024

A marca FSC® é a garantia de que a madeira utilizada na fabricação do papel deste livro provém de florestas que foram gerenciadas de maneira ambientalmente correta, socialmente justa e economicamente viável, além de outras fontes de origem controlada.